JN215464

Friedrich Wilhelm Nietzsche
Also Sprach Zarathustra

根本思想を骨抜きにした『ツァラトゥストラ』翻訳史
――並びに、それに関わる日本近代文学

小山修一

鳥影社

序章　『悦ばしき知識』第二版の為の「序文」一は何を問うているのか

其の「序文」一の最終段落は、原語では次のようになっている。

„Incipit t r a g o e d i a“[1] —heisst es am Schlusse dieses bedenklich-unbedenklichen Buchs: man sei auf seiner Hut! Irgend etwas ausbündig Schlimmes und Boshaftes kündigt sich an: incipit p a r o d i a, es ist kein Zweifel . . .

日本語に訳すと次のようになる。

〝悲劇が始まる〟——慎重でありながら躊躇いのない此の本の最後に然う記されている。人々よ、気を付けるがいい！　何か飛び切り有害で底意地の悪い兆しが読み取れる。パロディーが始まる——疑いの余地はない……

「序文」一の〝悲劇が始まる〟は、第四書最後三四二の見出し「悲劇が始まるIncipit tragoedia」[2]を指す。第五書は飽くまでも補足にすぎず、本当の最後は三四二だということなのか、或いは「序文」を先に書いたのでこうなったのか、どちらとも言えない。問題は、二版に備える一八八六年秋には「悲劇が始まる」から「パロディーが始まる」が見えたのに、何故に一八八二年初秋の初版時には其れが見えなかったのか。それは同じ『悦ばしき知識 *Die fröhliche Wissenschaft*』の初版と二版の違いではない。つまり、同書の三四二を殆どそのまま〈序説1〉にした『ツァラトゥストラ *Also Sprach Zarathustra*』[3]一部が一八八三年に世に出て以来の市場の反応の中に、三四二の見出しで預言されている悲劇をパロディー化する傾向が認められたからこそ、其れに対する警鐘が『悦ばしき知識』二版の「序文」の一となったのである。

ならば何の部分が悲劇であり、それが何のようにしてパロディー化されたのか。それは、〈序説1〉第八連である。原文は次のようになっている。

Ich muss, gleich dir, u n t e r g e h e n, wie die Menschen es nennen, zu denen ich hinab will.[4]

訳は後に幾度も扱うので、ここではgleich dir(汝のように)に焦点を当ててみたい。「汝のように」とは「太陽のように」ということにほかならない。先ず第一に此の詩句が人間に秘められたる最高の可能性への憧れを歌ったものだと受け止められたか否かが問われる。もし、詩人の戯言(たわごと)だと受け止められたならば、既にパロディー化されていると言えよう。となると、ゲシュベルト(字間あけ)で以て強調されている動詞u n t e r g e h e nの甚深の意味もパロディーにされてしまう。つまり、黄金の夕陽の人間化というディオニュソス的な深化を意味するものではなく、単に人間界の日常的な没落・破壊・堕落を意味するものとならざるをえない。ドイツの読者市場で、先ず其のような内面的パロディー化が始まったのだと考えられる。

根本思想を骨抜きにした『ツァラトゥストラ』翻訳史
——並びに、それに関わる日本近代文学

目次

序章　『悦ばしき知識』第二版の為の「序文」―は何を問うているのか……1

第一章　根本思想の謎
Ⅰ　超人……15
Ⅱ　犬と猫の違い……19
Ⅲ　愛と永遠回帰……22
Ⅳ　根本思想を象徴する太陽……25

第二章　根本思想をめぐる〝蜘蛛の網〟としてのハイデッガー……27

第三章　根本思想の掏り替えを狙った安倍能成訳『この人を見よ』に続く翻訳史
Ⅰ　奇妙な横並び……34
Ⅱ　呪いの永遠回帰……41
Ⅲ　「深淵の思想」との対決……47
Ⅳ　根本思想を掏り替える人の群れ……52
Ⅴ　ニーチェに対して正直な生田長江と加藤一夫……55

特記：加藤一夫訳『この人を見よ』……58

第四章　ニーチェと高山樗牛と生田長江を結ぶ「美的生活を論ず」

Ⅰ　「長江」命名の経緯……61
Ⅱ　文壇から理解されなかった預言「美的生活を論ず」……63
Ⅲ　もう一方の秤皿の「無道徳」……70
Ⅳ　ニーチェと樗牛との秤皿構造の外形比較……73
Ⅴ　本能の絶対的価値……76
Ⅵ　預言者祖国に受容れられず……81
Ⅶ　「美的生活を論ず」から日蓮へ……88

第五章　ニーチェと「美的生活を論ず」との関係を否定する見解について

Ⅰ　願望を事実として言い替える……95
Ⅱ　見当外れの過大評価……96
Ⅲ　近松論の逆説……97
Ⅳ　なぜ五節までを切り捨てたか……100
Ⅴ　谷沢の掏り替え……102
Ⅵ　改竄……104

Ⅶ　排除のロジック一辺倒の重松……109
Ⅷ　重松流の掏り替え……114
Ⅸ　ドイツ・ロマン主義を日本浪漫主義に掏り替える重松と谷沢……118
Ⅹ　「無題録」（六）に於ける樗牛の真意……120
Ⅺ　「末人」・吉田精一……124
Ⅻ　曲学阿世の和辻哲郎著『ニイチェ研究』……133

第六章　自然主義と『ツァラトゥストラ』の根本思想の起源

Ⅰ　謎の多い石川啄木の「時代閉塞の現状」……145
Ⅱ　樗牛と啄木の比較……151
Ⅲ　樗牛の天才性について……159
Ⅳ　本来の自然主義と日本の擬自然主義……165
Ⅴ　「自然主義」に睨みを利かす鷗外……184
Ⅵ　ツァラトゥストラの根本思想の起源……190

漱石没後百年追悼、長江没後八十年追悼、平塚らいてう没後四十五年追悼

第七章　漱石と長江

Ⅰ　森田草平という道化……205

II　那須塩原心中未遂事件……211
III　『三四郎』は漱石から明への恋文……221
IV　『煤烟(2)』をめぐる漱石と平塚家の遣り取りについて……226
V　長江の『煤煙』批評と平塚明の「小説に描かれたるモデルの感想」について……229
VI　「吾輩は猫である」は何のパロディーであるか……239
VII　「超人」並びに「永遠回帰」の応用問題としての塩原心中未遂事件……244
VIII　本邦初の全訳『ツァラトゥストラ』をめぐる漱石の思惑……251
IX　明治四十三年（一九一〇）……256
X　「夏目漱石氏と森鷗外氏」……260
XI　『こころ』の背景（1）
阿部次郎著『ニイチェのツァラツストラ解釈並びに批評』……268
XII　『こころ』の背景（2）『自叙伝』（3）『青鞜』創刊……271
XIII　『こころ』の背景（4）「夏目漱石氏を論ず」……275
XIV　『こころ』の背景（5）『行人』……282
XV　『こころ』一　罪の意識……290
XVI　『こころ』二　読み替えられた掛け声としての「覚悟」……297
XVII　『こころ』三　重力の魔と影……305
XVIII　『こころ』四　永遠回帰への殺意

再び『ニイチェのツァラツストラ解釈並びに批評』について …… 311

第八章　生田長江訳における根本思想の暗殺
Ⅰ　樗牛の「海の文藝」からのアプローチ …… 322
Ⅱ　パロディーの始まり …… 324
Ⅲ　四十七番目の詩の謎と、長江訳『悦ばしき知識』第四書三四二訳の不思議な括弧 …… 327
Ⅳ　単行本訳に対する抵抗としての全集訳 …… 331
Ⅴ　ニーチェ「たばかりList」の一端 …… 336
Ⅵ　ニーチェ「たばかり」の全体像 …… 342
Ⅶ　二つの「没落」の謎 …… 347
Ⅷ　復讐の狂気 …… 351

第九章　『ツァラトゥストラ』〈序説1〉第八連を中心とする翻訳史
Ⅰ　長江以前 …… 354
Ⅱ　長江訳評 …… 358
Ⅲ　大正期 …… 364
Ⅳ　昭和期（一九四四年まで） …… 368
Ⅴ　戦後 …… 375

VI　手塚富雄の土井虎賀寿訳批判……384

第十章　「安城家の舞踏会」と『ツァラトゥストラ』の「没落」
I　日本のグレートゥヒェン原節子……391
II　「没落」の延命……403

原節子没後一年追悼
注　解……409
あとがき……415

根本思想を骨抜きにした『ツァラトゥストラ』翻訳史

――並びに、それに関わる日本近代文学

第一章　根本思想の謎

I　超人

ニーチェは『ツァラトゥストラ *Also Sprach Zarathustra*』に関して、「根本思想 der Grundgedanke」という言葉を度々使っているわけではない。三章で詳しく論じるが、『この人を見よ *Ecce homo*』の『ツァラトゥストラ』一に於ける其れを除けば、クリョーナー版遺稿集『力への意志 *Der Wille zur Macht*』九七九と一〇〇〇の中にしか見当たらない。但、「生に対する歴史の利害」の中で使われている「根本思想」は、意外にも無視できない。それについては六章末で後述する。因みに、現代では『この人を見よ』の「ツァラトゥストラの根本思想」とは「永遠回帰 die ewige Wiederkunft」のことだとされている。然し、工房とも言うべき『力への意志』九七九と一〇〇〇の「根本思想」はそうとは読めない。『この人を見よ』の其れについては後に種々掘り下げるので、先ず、工房『力への意志』一〇〇〇（九七九を包含している）、の「根本思想」を取り上げてみよう。

私は、最高の人間の核心を幾ばくかは言い当てたと信じている。——或いは其の人間の核心に迫りつつある者は誰しも、打ちのめされるかもしれない。然し、最高の人間と出会った者は、それが可能となるべく役に立つことをしなくてはならぬ。

　根本思想とは、つまり、あらゆる我我の価値評価を決定するのは未来であると受け止めねばならぬ——そして我我の行動規範を、我我の背後に探し求めてはならぬということだ！


　問題は、右の引用文を見て「根本思想」が「超人Übermensch」をめざし、価値転換を成し遂げようとするディオニュソス的思想だと見なすか、さもなくば「永遠回帰」の思想だとみなすかである。引用文を見るかぎり、明らかに前段は超人論であり、後段は価値転換とディオニュソス的創造について語っている。「永遠回帰」が「根本思想」となる根拠を見出すのは極めて難しい。むしろ、前段は〈ツァラトゥストラの序説4〉の第六連、後段は第七連の内容に近い。とはいえ、その六連と七連も含めて〈序説4〉全体の中心軸は、第四連の「人間が偉大であるのは、人間が一つの橋であり、目的ではないからだ。人間の愛される所以（ゆえん）は、人間が太陽のように移りゆき、下降するものであるからだ」という言葉である。

　また、この〈序説4〉第四連も脈絡なしに突如出現したわけではない。その源流を尋ねれば、〈序説1〉第八連の「汝（太陽）のように、私は降って行かねばならぬ。私の行手にいる人間たちは、斯（か）くの如きを命名して降臨と呼ぶ」という言葉に遡る。それを裏付けるかのように原文ドイツ語では、〈序説1〉第八連のu n t e r g e h e nと〈序説4〉第四連のÜ b e r g a n g並びにU n t e r g a n gは、ともにゲシュペルト（字間あけ）で、（稀にイタリック体で）強調されている。つまり、〈序説1〉八連を以て、アリアドネーの糸は始まるのである。ここには「超人」は元より、「歌うこと Singen」もあれば、認識から行為への橋もある。それ故の悲劇もあれば、ディオニュソスの美学もある。ここに「根本思想」が無いとすれば、いったい何処にあるというのだろうか。

このように、工房『力への意志』一〇〇〇の「根本思想」が文脈地図となって〈序説4〉から〈序説1〉八連へと遡る道順を裏付けている以上、代表作『ツァラトゥストラ』に於ける「根本思想」が〈序説1〉八連の中に有ることは余りにも明らかではないか。――であるかぎり、翻訳書『この人を見よ』の『ツァラトゥストラ』一に於ける「根本思想」は、工房『力への意志』一〇〇〇の地図から外れてはならぬ筈である。ところが、地図から外れずに正しく訳しているのは、なんと戦前の二つの訳だけ、即ち大正十五年（一九二六）の生田長江訳と昭和四年（一九二九）の加藤一夫訳だけなのである。大変に不可解だと言わざるをえない。幾人かの意図的画策があったのは否めない。そのせいで、第二次大戦後の『この人を見よ』の訳者は、年を経るごとにツァラトゥストラの「根本思想」は「永遠回帰」だという立場に追随している。

その理由を逆説的に尋ねるならば、端的に言って、〈序説1〉八連で「降臨」と訳すべき所を「没落」と訳してパロディー化してしまったからではないか。つまり、ディオニュソス的精神の深まり（下降）を鼻で笑ったことは、「根本思想」の在り処を否定したに等しい。だからこそ、誰にもよく解らない、〝蜘蛛の網〟のような「永遠回帰」を「根本思想」だということにして口裏合わせをするしかない。然し、それは、学者たちのやることとは思えないほど世故い。そもそもニーチェ個人の苦悩と彷徨の中、「永遠回帰」の思想なるものは、ディオニュソス的生き方を深く模索する過程に於いて、思いも寄らぬ形で偶然に湧いてきた霊感だったのではないか。つまり、ディオニュソス的なるものの実現を飽くことなく求め続けていかないかぎり、「永遠回帰」は〈新たな舞踏の歌〉に於ける「大歓喜 Wollust」の源泉とは成り得ない。せいぜい葬式仏教のお経のような解らないが故に有難く思える呪文か、或いは解ったようで少しも解っていない教養便覧の一つになっているのが現実ではあるまいか。

結局、ディオニュソス的精神・生き方の深化は己自身の根本を極め尽くすことにほかならない。だから根本思想と称するのだ。また、深化は下降（Untergang）であると同時に上昇（Aufgang）でもある。深淵と山頂は一つになる。だからこそ、「永遠回帰」への視界が開けてくるのではないのか。──ともあれ、ツァラトゥストラの「根本思想」は傍観者的学者の知識教養に留まるという選択肢を拒絶する。なぜならば、彼等は客観的中立を堅持することができない。それどころか、〈序説5〉の「市場の群衆」となってディオニュソス的深化（下降）のパロディー化を支えてきたからである。無論、彼等は善人であろう。何も悪いことをしたとは思っていないかもしれない。然し、まさに〈古い石板と新しい石板26〉と〈27〉でニーチェの預言しているとおり、「善人」たちこそ、「あらゆる人間の未来を脅かす最大の危険」なのである。

II　犬と猫の違い

「根本思想」がドイツ語で der Grundgedanke という男性名詞であり、「永遠回帰」が die ewige Wiederkunft という女性名詞であるのは、故無しというわけではない。『この人を見よ』の『ツァラトゥストラ』冒頭では「作品の根本構想、即ち永遠回帰の思想 die Grundconception des Werks, der Ewige—Wiederkunfts—Gedanke」という言い方がなされている。「構想 die Konzeption」も亦女性名詞——、つまり、筆者が言いたいのは、或る種の「構想」と「根本思想」との結婚が「永遠回帰の思想」になるのだと童話風に理解しても少しも差し支えない、それどころか、かなり有効なアプローチとなるということである。

そのような「永遠回帰」を想定している或る種の「構想」についても、工房（遺稿集）から注目に値する傍証を見出すことができる。『力への意志』一〇一〇、一〇一九、一〇六六が其れである。まず一〇一〇には「新たな完全性の構想 Konzeption einer neuen Vollkommenheit」とある。無論、一〇一〇だけで此の「構想」を理解するのは難しい。然し、一〇一九最終行の「事実上達成された可能性が極めて高い理想としての此のような世界の構想に対して zur Konzeption dieser Welt als des tatsächlich erreichten höchstmöglichen Ideals」という言葉が三つの「構想」を近づけている。因みに「此のような」の意味には、「強さのペシミズムの」という見出しを当てるのが相応しい。問題は「事実上達成された可能性が極めて高い理想」である。真に注目に値する此の言葉は、筆者の考えでは同じく『力への意志』一五五に於ける「仏教の理想 das Ideal des Buddhismus」だと見なすことができる。というのも直後の文章の中、其の理想の価値評価だと見なすことのできる「完全性 die Vollkommenheit」という概念は、一〇一〇の「完全性」と同一だと見なすことができるからである。後にも触れるが、大乗仏教は、我我が一般に想像している以上に強く意識されているとと見ていい。

このように一〇一〇の「完全性」と一〇一九の「理想」並びに「世界」が一五五によって精練されていることからしても、「永遠回帰」を想定している「構想」は。クリョナー版の順序にお構いなく、因果律を超越して精練されていると言える。一〇六六の「新たな世界構想 *Die neue Welt-Konzeption*」もまた、永遠回帰の霊感とともに当初から有ったとも言えるし、或いは精練され抜いた粋としての「構想」とも言えよう。その意味に於いて、『力への意志』一〇〇〇が『ツァラトゥストラ』の文脈地図となって、〈序説4〉から〈序説1〉八連へと到る「根本思想」への道を忠実な狩猟犬のように示してくれるのとは対照的である。つまり、「永遠回帰」を想定している「構想」の場合、遺稿集自体が猫のように遊びと偶然、回り道と謎かけに満ちた文脈地図を描いているのである。当然乍ら、「永遠回帰」に関するかぎり、工房の文脈地図が直ちに『ツァラトゥストラ』の文脈地図となるわけではない。散文と詩は自ずと表現を異にする。例えば、工房で重要な「理想」や「構想」という抽象名詞は、代表作の中では、「世界」という象徴詩の一語に収斂し包摂されている。「永遠回帰」や「完全性」さえも「世界」と重なることがある。――但、作品中の「完全になった」という表現は、工房の「完全性」との結びつきを示す有力な傍証であろう。

作品と工房との此の僅かな結びつきは、〈序説1〉八連の場合と同様、作品を読み解く為に著者ニーチェが後世の読者に贈ったアリアドネーの糸ではあるまいか。つまり、その糸は、男性原理である「根本思想」と女性原理である「永遠回帰」との間を取り持ち乍ら、紆余曲折の経路を描くのである。無論、「完全になった」という達成感を示す表現は、実体験の中でニーチェ自身のディオニュソス的深化と相俟って明らかになってきた「永遠回帰」の姿をかなり反映している。とりわけ、都合四度繰り返される同じ表現の中でも、〈酔歌10〉の「今将に私の世界は完全になった。真夜中もまた正午なのだ」というツァラトゥストラの言葉からは、最も強い達成感が伝わってくる。この場合の「世界」とは「永遠回帰」のことである。「私の世界」と言っている以上、自分で摑んだ確かな「永遠回帰」の知恵という意味であろう。無論、前段のみでも充分に「永遠回帰」と「根本思想」との陰陽和合は示している。但、双方の出自を個別に見ると、前段が「世界（永遠回帰）構想」の実現、後段が「根本思想」の実現である。然し、二つの実現は一つの妙なる実現、即ち女性原理と男性原理の陰陽和合、つまり「永遠回帰」による「根本思想」の懐胎となるのである。それこそ、ニーチェが「永遠回帰の思想」と名づけたものではないか。

III　愛と永遠回帰

「永遠回帰」が女性原理であるのは、ドイツ語で女性名詞だからではない。新たな愛と新たな善悪の主導権が想定されているからである。既に言及した〈酔歌10〉の達成感は元より、〈酔歌7〉の「私の世界は将に完全になったのではないか」、〈正午〉の「世界は将に完全になったのではないか」などの自問からは、矢張り〈三段の変化〉の「獅子」の精神のように、「私は欲する ich will」というディオニュソス的男性類型を感じてしまう。ところが、一部の〈年老いた女と若い女〉は、四部とは相当に趣きを異にしている。

> 男性の幸福は「私は欲する」ということであり、女性の幸福は「彼は欲する」ということである。「見て、今丁度、世界は完全になったわ！」――ひたすら愛の声に従うとき、女性は誰しも其のように考える。
>
> 女性は愛の声に従い、自らの表面を補う一つの深みを見出さなくてはならぬ。女性の心情は表面である。浅い水辺に漂い、嵐に弄ばれる一つの表皮である。
>
> これに対し、男性の心情は深い。その命の流れは、窺い知ることのできない洞窟へと音を立てて吸い込まれていく。女性は其のエネルギーを予感するものの、それを理解することはない。――

文法的人称は、ニーチェの場合（無論、彼だけに限らぬとは思う）しばしば哲学的な応用問題へと発展する。第一連での一人称と三人称の違いは、単なる主観と客観の違いではない。敢えて言うならば、遠近法の妙であろう。「彼は欲する」という女性の幸福感を、男性の幸福感は与り知ることはできない。にもかかわらず、「私は欲する」という男性の幸福は、「彼は欲する」という女性の幸福によって見守られ承認され肯定されるのだ。その逆はない。また、その必要もない。なぜならば、三部〈新たな舞踏の歌〉の「大歓喜 Wollust」か、少なくとも四部〈酔歌12〉の「歓喜 Lust」の共有が有るにちがいないからである。その証が、二連の「世界は完全になった」という其の後三度現われる主題である。此れは既に述べたように、「永遠回帰」と「根本思想」との陰陽和合である。結局、「永遠回帰」は、早くも〈年老いた女と若い女〉の中で既に「世界」として構想、乃至は懐胎されている。或いは、ニーチェ自身の魂の神殿に居る巫女によって預言されていると言えよう。

然し、三連の「女性は愛の声に従い、自らの表面を補う一つの深みを見出さなくてはならぬ」という言葉は、「永遠回帰」がディオニュソス的根本思想によって深められないかぎり、儚い幻影に終わってしまうことを暗示しているし、四連は逆に女性の側からの勇敢なる愛が無ければ、男性のディオニュソス的奔流は日の目を見ない暗流となってしまうと警告しているのではないだろうか。その意味に於いても、「ひたすら愛の声に従う aus ganzer Liebe gehorchen」という言葉の重要性は、どれほど強調しても強調し過ぎることはない。つまり、ひたすら愛の声に従う女性によってのみ、男性の求めている「永遠回帰」は承認され肯定されるのである。無論、女性とは第一義的には生身の女性を指すと言っていい。然し、それだけではない。一人の男性の無意識中の内なる「女性」というのも有る。また、第三の「女性」として、コスモロジー（宇宙秩序）を構成する女性原理の伏在を忘れることはできない。

ならば、その女性原理とは、どういうものなのか。無論、「永遠回帰」は其れとして既に論じてきた。それに連なる「世界」や「構想」や「懐胎」や「完全性」も其のような女性原理である。然し、それだけではない。「ツァラトゥストラ」の中には、まだ幾つもの女性原理がアリアドネーの糸として伏在している。例えば、〈序説3〉の「超人とは大地の志である」の中の「大地 Erde」、〈読むことと書くこと〉の「知恵は女性であり、戦う者だけをいつも愛する」の中の「知恵 Weisheit」、〈戦いと戦士〉の「たとえ君たちの思想が仆れても、君たちの正直さが其れを乗り越えて、勝利の雄叫びを挙げねばならぬ」の中の「正直さ Redlichkeit」、〈有徳者たち〉の「君たちの徳は、君たちの最愛のもの其れ自身である」の中の「君たちの徳 eure Tugend」、〈帰郷〉の「おお、孤独よ！　御前（おまえ）、わが故郷なる孤独よ！」の中の「孤独 Einsamkeit」、〈新たな舞踏の歌〉の「私の心は大歓喜に満たされて佇んだ」の中の「大歓喜 Wollust」など、次から次へと現われてくる。

とはいえ、決してカオスではない。コスモロジーを構成する以上、秩序と個性、それ全体を貫く原主題も見えてくる。それは矢張り「知恵は女性であり、戦う者だけをいつも愛する」という言葉ではないか。まさに、此の原主題を梃子にして、「人間は克服さるべき何かである」という全体で七回は繰り返される「根本思想」の主題が生まれた。そして、出来上がった其の主題と原主題を更なる梃子にして、「世界は完全になった」という「永遠回帰」を告げる主題も生まれたと見なすことができる。ならば、原主題と前後二つの主題を結ぶものは何か。どう見ても、それは愛である。然し、ただの愛ではない。『ツァラトゥストラ』に於ける、最大の価値転換の哲学は、同情と未分化なキリスト教的愛を克服し、これを厳しく峻別することにある。つまり、「根本思想」と「永遠回帰」とを結ぶ愛自からの、コスモロジーそのものへの自己克服に有るのだ。まさに此のコスモロジーそのものへと脱皮した愛を、ツァラトゥストラ・ニーチェは、「偉大なる愛 grosse Liebe」と呼び、最高の「女性原理」と見なしたのではないか。その意味に於いて、〈同情者たち〉の「すべての偉大なる愛は、いかなる同情者の思いをも超えている」という、北極星の如き輝きを放つ言葉の重要性は、どれほど強調しても強調し過ぎることはない。

Ⅳ　根本思想を象徴する太陽

抑（そもそも）、『ツァラトゥストラ』を凝縮した概論とも言うべき〈三段の変化〉の中で、「根本思想」は、自由を求めて戦う「獅子」の精神として刻印されている。その外なる敵との闘争の結果如何に関わりなく、それまでの自分自身を創造的に超越してはじめて得ることのできる、いわゆる「幼児（おさなご）」の自己認識を、ニーチェは「自分の世界ｓｅｉｎｅ Welt」と表現した。これこそ、〈酔歌10〉の「私の世界」つまり「永遠回帰」の道への始まりである。ともあれ、過程（根本思想の闘争）

なくして果実（永遠回帰）はない。ところが、現今の「永遠回帰」＝根本思想説は、過程を無視して、いきなり果実を食おうとする。過剰な知識の野蛮、教養主義のどん底を見る思いがする。これは、ハイデッガーにも言えることだが、軍国主義の残像、或いは幻影の然らしむる所だと考えるほかない。抑、「善人の害こそ、最も始末の悪い害である〈古い石板と新しい石板26〉」というニーチェの預言が、『ツァラトゥストラ』解釈に当て嵌まらないわけがない。

それでもなお、「永遠回帰」が「根本思想」だと主張する人の為に、そうではないことを噛んで含めるように分からせてくれる有難い譬喩が一つ用意されている。一部最終章〈慈しみ与える徳〉の中、弟子たちからツァラトゥストラに贈られた一本の杖の、黄金の取っ手に細工されている「太陽（根本思想）に巻きついた一匹の蛇（永遠回帰）」である。〈1〉の最終連を次に掲げる。

この新しい美徳、それは力である。支配者となる思想である。そして、其の思想の周囲に、一つの聡明な魂が巻き付いている。これこそ、一つの黄金の太陽と、それに巻きついている認識の蛇なのである。

第二章　根本思想をめぐる〝蜘蛛の網〟としてのハイデッガー

マルティン・ハイデッガー著『ニーチェＩ』の第二章「等しきものの永遠回帰」冒頭の項目は、〈ニーチェの形而上学の根本思想としての永遠回帰説　Die Lehre von der ewigen Wiederkunft als Grundgedanke von Nietzsches Metaphysik〉と称するものである。しかし、ハイデッガー自身が文中で「永遠回帰説は、ニーチェの形而上学の根本思想である」と明確に言い切っているかというと、全くそうではない。同じく第二章二十三項〈回帰思想の領域・ニヒリズムの克服としての回帰説〉の中で、ハイデッガーは「等しきものの永遠回帰がニーチェ本来の哲学に由来する根本思想であるならば……Wenn nun die ewige Wiederkunft des Gleichen der Grundgedanke von Nietzsches eigentlicher Philosophie ist ……」[(1)]としか述べていない。たしかに nun もあり、Wenn の前提条件的な意味は強くないかもしれない。しかし、その美辞学（レトリック）が、逆に「永遠回帰は根本思想である」という単純な命題が成り立っていないことを吐露している。

章の始めに項目名とすることで、永遠回帰を根本思想だと思わせる。要するに宣伝（或いは仕掛け）をする。あとで学問上の立ち位置、つまり「ＡはＢである」ことさえ実は成り立っていないことをそっと明かす。しかし聴講する学生の誰かが、そこに潜む矛盾を咎めなければ、成り立っていないことは不問に付され、逆に先行する宣伝は真なるものとして確定する。これがハイデッガーの弁神術的な手法である。

ハイデッガーの考え方は一見すると明快である。「力への意志は永遠回帰として有る」[2]というものである。これは確かにニーチェ解釈かもしれない。しかし、ハイデッガー自身の思想でもある。彼は、ニーチェが構想し結局は自らの意志で出版を断念した幻の著書『力への意志』[3]を「主建築 der Hauptbau」と見なし、代表作『ツァラトゥストラはこう語った』を「玄関 die Vorhalle」と見なしている。けれども、ニーチェが自らの意志で出版を断念したという事実は重い。しかし、ハイデッガーはこの事実を軽視して、仮想現実を崇めようとする。どこかに歪みが生じてこないはずがない。その歪みの一つが「根本思想 der Grundgedanke」という名の瞞着ではないだろうか。

ハイデッガーがナチスとの弁解できない過去の関わりを持っているにもかかわらず、或いは其の故に彼の毒に惹かれる日本の学者は少なくない。彼らは共にデカダン毒に染まった「世界の背後を妄想する者たち Die Hinterweltler」[4]である。彼らが〈三段の変化〉[5]とは無縁の形而上学をめざすのは、ある意味に於いて当然である。然し、ニーチェが西洋形而上学の完成者であろうと、その終焉をもたらした人物であろうと、ニーチェは希望でなければ意味がない。救済しなければ預言者ではない。形而上学の完成であれ、終焉であれ、そこから再び新手の「形而上学」が生まれ、それとともに人心を搦め捕る半僧侶的な特権階級がニーチェを飯の種にするだけならば、嘔吐、嘔吐また嘔吐でしかない。ところが、ニーチェ没後百十余年、日本の学者たちのやってきたことは、歌う鳥の毛[6]を毟り取って飛べなくしただけだったのではないか。

ニーチェは確かにわれわれに思想をもたらした。然し、それは単なる思惟ではなかったはずだ。

『曙光 *Morgenröte*』一一六の中で、彼は「そもそも或る行為について知りうることは、決して十分とは言えない。つまり、認識から行為への橋は今まで一度も架けられたことがない。これこそ、〝恐ろしい〟真理ではないか」と読者に問いかけた。そして、この問いに自ら答えて、彼は『この人を見よ *Ecce homo*』の「ツァラトゥストラ」六で「〝ディオニュソス的〟という私の概念がここで最高の行為となった」と述べたのである。しかもニーチェは、その行為への橋を具体的に〈三段の変化〉として示した。「駱駝」、「獅子」、「幼児」である。だが、「幼児」となって創造する、そのための自由を獲得する戦の中に身を投じる「獅子」は、必ずしも生きて「幼児」となるとはかぎらない。行為が悲劇に見舞われることをも見据えておかねばならぬ。その悲劇を乗り越えても猶実現されるに値する価値転換の思想が、ディオニュソス的と呼ばれる。そのようなディオニュソス的思想によってしか、人間の魂の闇を光明に変えることはできない。

　最早そのような救済をキリスト教に期待することはできないとニーチェは見ていた。それでもなお、ハイデッガーは『ツァラトゥストラ』が「玄関」であり『力への意志』こそが「主建築」だと言うのだろうか。然し、ハイデッガーが彼の流儀でキリスト教的形而上学的な教理問答をどれほど紡ごうとも、日本人のわれわれはニーチェが『力への意志』の中で仏教的なるものへの強い憧憬を示していることを指摘しておかねばならぬ。このことに早くから気づいていたのが生田長江[7]である。彼は『宗教至上』の「宗教其物としての大乗仏教対大乗基督教」の中で述べている。「これまでの欧米人の中、最も鋭く仏教思想の特質を抉り込み、最も深い所にまで理解の手をのばしているのはフリードリッヒ・ニイチェである」と。むろん、長江が述べているように、『悦ばしき知識』、『黎明』、『善悪の彼岸』などに於いてもインドや仏教への言及は認められる。然し、『力への意志』の場合、それが際立って多い。仏教という言葉が比較的少ない後半部分に於いても、没落しゆくヨーロッパを救う未来の影としての仏教を感じ取ることができるはずである。『宗教至上』に取り上げられた長江訳『権力への意志』一五四の一部を現代的に修正して小山訳としてここに掲げておく。

虚無主義的宗教の中でも　尚ほ且つ基督教と仏教とは峻厳に差別されてよい。仏教は一の美しき夕を、一の完成された甘美と慈悲を表白している。――それは、仏陀には見当らない不機嫌や幻滅や怨恨は元より、克服されたあらゆるものに対する謝恩である――。つまり、それは高い精神的な愛なのである。生理学的矛盾の煩瑣は超越されている。それからの安息もある。しかし乍らこの仏陀からこそ、仏教は其光輝と晩紅とを獲ているのだ（最上階級から生まれた宗教故。）　　　――漢字は現代表記――

黄金の落日という言葉こそないが、「美しき夕」や「光輝と晩紅」には『ツァラトゥストラ』〈序説1〉や〈古い石板と新しい石板3〉を彷彿とさせるものがある。また「高い精神的愛 die hohe geistige Liebe」は、〈自由なる死〉や〈慈しみ与える徳〉へとわれわれを誘う。のみならず、この愛こそ、『ツァラトゥストラ』の中で、「同情 das Mitleiden」とは厳しく峻別されている「偉大なる愛 die grosse Liebe」のことなのではないか。そのほか、「謝恩 Dankbarkeit」は、ディオニュ(8)

ソス的類型には不可欠な特徴であり、「生理学的矛盾の煩瑣は超越されている」とは、あらゆる肉体と精神の苦痛は解消されているということであろう。これらのことを総合すると、一つの問いに収斂していく。それは、仏陀こそディオニュソスの典型ではないか、ということである。

長江は、この一五四のほかに三一、一五五、二三九などもニーチェの仏教への言及[9]として挙げている。更に括目に値するニーチェの言葉を付け加えることが許されるならば、五五の「仏教のヨーロッパ的形式」としての「永遠回帰」、一三二の「ヨーロッパ人の仏教というものは、たぶん不可欠になるかもしれない」、二四〇の「何よりも病んだ神経を鎮めねばならぬキリスト教は、あの〝十字架にかけられし神〟という恐るべき解決を凡そ必要としてはいない。これこそ、ヨーロッパの至る所で仏教が静かに広まっている所以である」などの言葉も忘れることはできない。因みに引用した一五四の見出しは「仏陀対〝十字架に架けられし者〟*Buddha gegen den "Gekreuzigten"*」である。これはフィナーレ直前一〇五二の「二つの典型、即ちディオニュソスと十字架に架けられし者 **Die zwei Typen:** *Dionysos* und der *Gekreuzigte*」という見出しと呼応し合う。事実、一〇五二の第三段落で「ディオニュソス対〝十字架に架けられし者〟」という言葉が冒頭に出てくる。要するに、この三様の変化は、一五四から生じた「仏陀こそディオニュソスの典型ではないか」という問いが「仏陀こそディオニュソスの典型なり」という確信へと変わっていく過程を示している。むろん、その前提として、キリスト教的ヨーロッパの落日を見据えているのは疑いない。

然し、仏陀がディオニュソスであるならば、必然的に仏陀にも、あの「駱駝」、「獅子」、「幼な子」という〈三段の変化〉が求められる。つまり、ニーチェにいわせると、「獅子」となって戦わない仏陀は仏陀ではないということになる。その文脈を踏まえると、日蓮が自らの処刑を目前にして「不かくのとのばらかな・これほどの悦びをば・わらえかし」[10]と逆に弟子を励ましたことは、『力への意志』一〇五二の「悲劇的人物は最も過酷な受難をも肯定する。彼は、それほど充分に強く、豊かで、自らを神の如く敬っている」というニーチェの言葉と恐ろしいほど符合する。高山樗牛が活躍していた頃、むろん『力への意志』はまだ知られていなかった。然し、『ツァラトゥストラ』を読んだとき、樗牛は日蓮とニーチェとの間に同じような符合を感じ取っていたのではないだろうか。このディオニュソス的符合は、あらゆる者に「心豊かになれるか。強くなれるか。自らを神の如く敬っているか」と問いかけてくる。そして、それに肯定で答えると、今度は「ディオニュソスのようになれるか。悲劇に立ち向かうことができるか」と問いかけてくる。〈三段の変化〉を信じ、行為として実現できるか否かが問われるのだ。客観的歴史主義者や傍観的学者が幾千万いようとも、『獅子』となって戦い「幼な子」となって価値を創造することはできない。だからこそ、樗牛は文学者に「覚悟」[11]を求めたのではないだろうか。

然し、彼の説く「覚悟」に対して、一九〇一年当時の文壇は概ね冷ややかな対応を示すか、或いは敵意や嫉妬を懐いた。このことは、ニーチェ受容に対する暗い未来を予感させるものがあった。十年後、ニーチェのディオニュソス的根本思想が本格的に紹介されるべく、本邦初の全訳『ツァラトゥストラ』が日本の民衆に対して解放されようとしたとき、依りによって、その精髄たる根本思想が骨抜きにされたのである。時代は「大逆事件」前夜、真相は闇から闇へと葬られた。樗牛の説く「覚悟」を唯ひとり愚直に実践しようとした訳者生田長江は、無念の思いを深い孤独とともに噛み締めた。ニーチェのディオニュソス的思想を、原作に忠実に伝えようとした長江自身が、まさにディオニュソス的悲劇の主人公となってしまったのである。いずれにせよ、長江が樗牛と同じく早過ぎた、個人の自立の提唱者だったことは疑いない。その意味において、司馬遼太郎の小説に出てくるような、国家の野心を逸早く読み解き、誰よりも早く立身出世を遂げようという典型的な明治人とは似ても似つかぬ在野の傑物だったと思われる。

長江の悲劇は、単に全訳『ツァラトゥストラ』から根本思想が骨抜きにされたということに留まらなかった。その事実が二重三重四重に闇に葬られ、彼がディオニュソス的悲劇の主人公だったことは、どこから見ても分からないようにされてしまっている。あたかも、長江を〝殉教者〟にしてはならぬという談合が成り立っているかのように。

第三章　根本思想の掏り替えを狙った安倍能成訳『この人を見よ』に続く翻訳史

I　奇妙な横並び

『この人を見よ』の『ツァラトゥストラ』の項、冒頭部で、ニーチェは永遠回帰の思想を『ツァラトゥストラ』における「根本構想 die Grundconception」[1]と呼んでいる。しかも、独文にして三十行足らずの後に、彼は根本思想については根本思想として別に言及している。原文は ;zuletzt giebt sie[2] den Anfang des Zarathustra selbst noch, sie giebt im vorletzten Stück des vierten Buchs den Grundgedanken des Zarathustra. 因みに主語の sie は、先行する die gaya scienza（悦ばしき知識）というタイトルの本を指している。和訳すると次のようになる――

締括り（警句三四二）に、この本は取って置きのツァラトゥストラの始まりさえも載せている。まさにその第四書の最終段落から一つ手前の段落には、ツァラトゥストラの根本思想が示されているのである。

訳の要は、zuletzt と selbst noch を的確に訳すことではないだろうか。取り分け「取って置きの……さえも」を示す selbst noch という副詞には、ニーチェの強い気持が示されている。なぜなら二年前の秋『悦ばしき知識』第二版の「序文」の最終段落を書いていたとき、〈序説1〉八連のパロディー化を大変に危惧していたからである。その意味に於いて、『悦ばしき』三四一は念頭に無かったと考えられる。抑（そもそも）、それだけが根本思想であるなら、〈救済〉という章を書く意味は元より、『ツァラトゥストラ』そのものさえも、書く意味がある筈がない。

周知のごとく『悦ばしき知識』の三四二は、見出しの「悲劇が始まる[3] I n c i p i t t r a g o e d i a」と「ウルミ Urmi」の二つを除いて、〈ツァラトゥストラの序説1〉と全く同じである。二箇所の字間あけ（ゲシュペルト）、即ち見出しと文中の u n t e r g e h e n は呼応している。「悲劇」はディオニュソス的悲劇のことである。それゆえに u n t e r g e h e n とは、悲劇に立ち向かうディオニュソス的精神の発露として受け止めねばならぬ。次に「段落 Stück」について考えてみたい。確かに『悦ばしき知識』三四二からは、段落が明らかではない。しかし、『ツァラトゥストラ』〈序説1〉は明らかに十一連五段落から成り立っている。最終段落から一つ手前の段落とは、七連と八連とを合わせた第四段落と見て間違いない。そして u n t e r g e h e n を擁する第八連こそ、ニーチェの言う「根本思想」の在り処を示していると考えるのが最も理に適っている。原文は Ich muss,[4] gleich dir, u n t e r g e h e n, wie die Menschen es nennen, zu denen ich hinab will. 筆者は、その〈序説1〉第八連を次のように訳した。

汝のように、わたしは降って行かねばならぬ。私の行く手にいる人間たちは、斯くの如きを命名して降臨と呼ぶ。

因みに二〇一四年現在市場に出回っている二つの『この人を見よ』も同じなのか比べてみよう。その一つ川原栄峰訳[5]は、Stückを「文」と訳している。それを一文と見ても一連と見ても、「最後から二つ目の文」とは「この杯を祝福してくれ……」となる。この文は段落で捉えると、最終段落に属している。明らかに、根本思想の的を外していると言わざるをえない。

今一つ西尾幹二訳[6]は、Stückを「節」と訳している。そして、根本思想の在り処が『悦ばしき知識』の三四一節だとわざわざ鈎括弧をつけて明示している。奇怪にも、その根拠は永遠回帰が根本思想だからということらしい。いつの間に永遠回帰は根本思想になったのか？ 冒頭に「この作品の根本構想、すなわち永遠回帰の思想（西尾訳）」とあるではないか。自分で訳しておきながら、次のページでいとも簡単に「構想Conception」と「思想Gedanke」を同一視するのは理解に苦しむ。実は、結想と構想の違いはあれ、お手本を示したのは先ず阿部次郎、更に遡ると安倍能成だと思う。その後も続々と踏襲され、西尾氏がしゃあしゃあと構想と根本思想を丼物にして食うのは、既に歴史となった祭の習俗のようなものだ。然し、習俗の多くは、殆ど作り話である。

では生田長江訳『この人を見よ』（昭和十年八月、日本評論社版『ニーチェ全集』第八巻四一九頁）は、どうなっているだろうか。

なぜと云って、つまりそれはツァラトゥストラその物の発端を与えている。それは第四書の最後から一つ手前の箴言に於いてツァラトゥストラの根本思想を与えているのである。

（現代語表記）

因みに、この訳の初出は大正十五年十一月の新潮社版『ニーチェ全集』第九篇だったと考えられる。正直に言って、敬愛する長江が zuletzt を「つまり」と訳したのは、筆者には物足りない。然し、長江は Stück を「箴言」と訳している。〈序説1〉では「段落」とほぼ同じだと見ていい。筆者と同じように、長江も〈序説1〉第八連を根本思想の在り処だと考えていたことは間違いない。

念の為、氷上英廣訳[7]を見てみると、Stück は「章」と訳されている。必然的に西尾訳と同じ文脈であるということになる。つまり、三四一節が三四一章に変わっただけである。因みに氷上は die Grundconception を「根本着想」と訳している。さすがに西尾氏のように次のページで早速それを「根本思想」と同一視したりはしていない。ところが『華やぐ智慧』の解説で「『最大の重し』（三四一）という一文は、『ツァラトゥストラ』の根本思想である『永遠回帰』をあらかじめ語っている」と述べている。何のことはない。結局、西尾氏と同じことを言っている。川原訳氷上・西尾訳に共通しているのは、zuletzt（最後に）を訳した副詞が見当たらない。その代り「そればかりか」という存在しないはずの nicht zuletzt の訳が、鴉の朝鳴き宜しく幅を利かせているところである。

それぱかりかこの本は『ツァラトゥストラ』の冒頭をそっくり載せてさえいる。この本の第四書の最後から二つ目の文にはツァラトゥストラの根本思想が示されている。

（川原栄峰訳）

それぱかりかこの書は『ツァラトゥストラ』の書き出しそのものを載せている。またその第四書の最後の一つ前の章には、『ツァラトゥストラ』の根本思想が述べられている。

（氷上英廣訳）

それぱかりか、同書第四巻は『ツァラトゥストラ』の書き出しそのものを載せているし（最終節三四二番）、その一つ手前の節には『ツァラトゥストラ』の根本思想が述べられている（第三四一番には永劫回帰思想が述べられている）。

（西尾幹二訳）

noch（さらに）を大仰に「それぱかりか」と訳すことによってzuletzt（最後に）を暗殺してしまっている。確かに、nochは奥の深い、一筋縄ではいかない副詞である。だからといって、zuletztに対して、お前はビリだから教室から出て行け！　と命令できるのだろうか。奇妙だ。なぜこんなことが起きるのか。要するに前文冒頭で「最後に」という副詞があり、前文と後文が同じ動詞を使い、しかも主語が同じでアポストロフィで結ばれている以上、副詞は後文にも係る。だから後文は前文のより具体的な説明であり、必然的に三四一の出番は全くないのである。何としても三四一を捩じ込もうとしても、「最後に」という副詞が邪魔をして巧く捩じ込めない。だから「そればかりか」によって「最後に」を圧殺してしまったのである。それにしても、三者横並びでこんな見え透いた小細工をするとは、我が目を疑うような衝撃ではある。根本思想の在り処が三四二だと特定されることに対して、余程強い抵抗感があるとしか思えない。

然し、『悦ばしき知識』三四二即ち『ツァラトゥストラ』〈序説1〉のディオニュソス的根本思想を受容れないと言うことは、ツァラトゥストラを拒絶するということではないのか。氷上氏や西尾氏のような『ツァラトゥストラ』の訳者、或いは訳者と見なされている人が、『この人を見よ』を訳すときには意外にも反ディオニュソス的立場をとっている。本音ではツァラトゥストラを拒絶していながら、めしの種として訳しているということなのか。『この人を見よ』の訳者としては、他に昭和二十六年の秋山英夫訳、同二十五年の土井虎賀寿訳（以上の二人は『ツァラトゥストラ』の訳者でもある）、同十七年の阿部六郎訳などがある。小細工をした最初の犯人探しをするつもりはない。ただ、根本思想の在り処が三四二だと特定されないようにしてきた暗い動きの元は、尋ねなければなるまい。そういうわけで、本邦で最初に *Ecce homo* を『この人を見よ』と訳した安倍能成訳（大正二年十一月南北社）にまで遡ってみた。

結局この書は『ツァラトゥストラ』その物の起原を示す、それは第四巻の最後から二番目の文章に於いて、『ツァラトゥストラ』の根本思想を示す。——

見てのとおり安倍は、Stückを「文章」と訳している。一応、最初に挙げた川原訳は、安倍訳を手本にして「文章」を「文」にしたと言えよう。然し、厳密に言うと、Stückには本来どちらの意味もない。長江訳の「箴言」であれ、筆者の「段落」であれ、はたまた西尾訳の「節」であれ、氷上訳の「章」であれ、安倍に言わせれば文章であるのかもしれない。とはいえ、それは屁理屈に近い。文章の具体的な姿が明らかにされないかぎり、根本思想の在り処は特定されないのではないか。むしろ安倍訳は特定されないようにしたかのようである。そのような観点に立つと、大正十五年（一九二六）に世に出た生田長江訳は、曖昧な安倍訳を咎め正したことになる。

ならば、その後に氷上・西尾訳の元祖に相当する訳が出現したのだろうか。否、実は氷上・西尾訳の元祖も、安倍訳である可能性が高い。安倍は、更に二つのくせのある工作をしている。まず一つは、ツァラトゥストラという人物を『ツァラトゥストラ』という書物に掏り替えたことである。氷上・西尾訳はこれを踏襲している。二つ目は、その掏り替えによって生じた「起原」という下心のある訳語を以て人目を欺いたことである。長江訳の二つの文の「それ」は、ともに『悦ばしき知識』という本を指している。一方、安倍訳の「それ」は、「この書」ともあるいは「起原」とも受け取れる。訳文が原文に背いて玉虫色にぶれているのである。もっとも「それ」を「この書」であると受け止めたとしても、「起原」や「文章」などという曖昧な訳語を使っている以上、三四一を根本思想の在り処にしようとする意図は否定できない。ただ問題は、原文を知らない読者は「それ」が直前の「起原」を受けていると解釈する可能性が極めて高いことである。その場合には玉虫色は消えて、三四一への軌道が明瞭になる。なぜ長江の正直・愚直が滅びて、安倍の曖昧さが生き延びたのか。それは、安倍が「國体」に阿り、保身を図ったからである。彼の阿りと保身も後輩たちによって踏襲されたのだ。

そもそもAnfangには根源という意味は有っても、起原（源）という意味はない。似て非なるものである。起源はUrsprungである。始まりや発端が見えなくなった時、はじめて源を知り起を問う気持ちが言葉となる。それが起源ではないだろうか。安倍は、そのイメージを逆説的に利用した。つまり、彼が「『ツァラトゥストラ』その物の起原」と訳した時、悲劇は避けたいと思う者たちにとって、ツァラトゥストラの〈序説1〉と『悦ばしき知識』三四二とは見えなくなった。そして、「四巻の最後から二番目の文章」とは、彼らにとって三四一への誘惑となったのである。

II　呪いの永遠回帰

然し、三四一は、それほど誘惑に値するのか。それよりも何よりも、本当にそこに根本思想があるのか。確かにGedankeという語が二回使われている。然し、デーモン（Dämon）の囁きという非現実の文脈からすると、思想というよりも想念——呪いの永遠回帰という想念と呼ぶべきであろう。デーモンとは、自分自身の影——漱石『こころ』の「黒い影」を彷彿とさせる——であると解釈できる。むろん、自分自身の影にも濃淡があり、絶対的なものを悪魔とか悪霊と呼ぶのであろう。デーモンも本来は、そのような悪霊の類である。然し、デーモンと、その形容詞形であるデモーニッシュは、近代に入って芸術的創造の秘密として天才的人物からは高く評価されている（『ゲーテとの対話』）。キリスト教会は神と悪魔を絶対的対立と捉えてきた。然し、西洋芸術史は、悪魔を人間の中に肯定的に取り込み、創造的デーモンに改造してきた。その伝統は、ここ三四一に於いても呪いの永遠回帰に対する見方の違い、即ち悪魔に対する遠近法（die Perspektive）となって生きている。

その意味において、二つのoder（「それとも」と訳す）に始まる文脈は大変に重要である。とはいえ、それらは三三九に出てくる思わせぶりな妖精のように、ただ暗示を与えているにすぎない。三四一の要旨は、やはり「最大の重石」である呪いの永遠回帰を欲するのかという問いを突き付けられることであろう。つまり譬えて言うならば、こういうことである。運命の秤皿の一方に呪いの永遠回帰が「最大の重石」として載っている。他方の秤皿では、自分自身と人生への愛惜とが一片の羽毛の如き軽さを示している。この不条理を果てしなく繰り返すことを欲するのかという、恐るべき問いをデーモンによって突き付けられるのだ。欲するのかは、耐えられるのかと解釈できる。つまり、愛惜の念の軽さを「最大の重石」に耐えられるほど均衡ならしめることができるのかということである。むろん、ツァラトゥストラの〈三段の変化〉を見据えているはずなので、耐えるだけに終始するわけではない。然し、結局、三四一は欲するのか耐えられるのかという問いかけだけで終わっている。二つの「それとも」以下の文は単なる謎かけにすぎない。耐えるとは知恵と勇気を孕むことなのか。そのことも未だ見えない。とにかく、耐えるためには根の深い思想、即ち根本思想が必要になるのではないか。然し、それは三四一には全くない。

三四二冒頭の「悲劇が始まる」という言葉を俟って漸く、ディオニュソス的根本思想への希望が見えてくるのである。

さて、ここで安倍訳の意図を探るため、まずはその多重性を整理しておきたい。安倍訳の「文章」を「一文」と解した川原訳は、根本思想を擁する〈序説1〉第八連という的を外していた。安倍訳の「文章」を「章」と「節」として各々に解した氷上・西尾訳は、根本思想が『悦ばしき知識』三四一にあると誤認していた。もっとも三氏は、流石に現前の「始まり」を差し置いて「起原」を贋造する安倍流を真似ることはなかった。それだけに最初の安倍訳は、原文を知らない多くの読者を長く一層強力に三四一へと誘導したと言えよう。

以上のことから安倍訳の意図を探ると、「文章」が〈序説1〉だと受け止める読者には、とにかく第八連だけは外すように仕向けた。そして、悲劇に立ち向かう主人公に違和感を抱いたり、付いて行けない読者には、「起原」で誘い、三四一に根本思想を求めるように仕向けたと考えることができる。ところが、安倍の欺網の広がりは、それだけに留まらなかった。近い将来生田長江訳『この人を見よ』を読んだ人物が「〈序説1〉第八連に根本思想があるのではないか？『始まり』が現前にあるのに『起原』はないだろう？」などと安倍を問い詰める場合に備えて、「『文章』と訳している以上、その可能性は否定されていないし、とにかく原書では『悦ばしき知識』のほうが『ツァラトゥストラ』よりは早く発表されているので、『起原』というのも強ち間違いではない」などの詭弁と掏り替えを以て言い抜ける余地も残しておいたのである。ツァラトゥストラは呪術師に対して、「おまえはいつも、二重、三重、四重、五重に曖昧であり続けるしかないのだ！〈呪術師〉」と難詰している。安倍能成訳『この人を見よ』の、根本思想を曖昧にすることこそ、ツァラトゥストラの預言を満たして余りあるものだと言えよう。ただこの一点において、安倍訳は詩人の訳ではないのは素より、文学者の訳でさえない。抽象名詞を操ることに長けた官匪の訳であると言わざるをえない。

ただ、安倍訳のこのような意図は、元より彼自身の人生観に合わせたニーチェ解釈に基づいていることは論を俟たない。確かに、三四二冒頭の「悲劇が始まるIncipit tragoedia」という一言に秘蔵されているのは、古代ギリシア悲劇の知恵であるかもしれない。とりわけ、その結晶とも言うべきディオニュソス的精神は、彼にとって教養便覧的な歴史として尊重されるべきであろう。然し、自らがその精神を実現する当事者とならなければならぬとなると、全く事情は別だ。過去の他人事つまり歴史主義として認めることはできても、現在の自分の天命として認めることは難しい。そもそも三四二は、宗教的殉難者や守護聖人の歴史ではないのか、その類の伝統・慣習は、日本にはないのではないか、というような懐疑と自己弁護の念がむらむらと湧き上がってくる。ましてや、国家権力対ディオニュソスという構図が見えてきたならば、エリートコースに乗ることを悲願としている安倍には、それは到底受け入れられない。つまり、安倍自身が主人公ツァラトゥストラに違和感を覚え、付いて行けないと感じた最初の読者だったのではないだろうか。

結局、安倍にとって三四一が不条理であるのは勿論であるが、最後の三四二はさらに大きな差し迫った不条理となる。それを回避するためには、不条理が大きくならないうちにその芽を摘み取ってしまうしかない。どういうことなのか。「神が死んだ」という事実に同調し、無信仰を告白することである。難しいことではない。違和感の命ずるままに三四一に立ち戻り、デーモンに向かって「個体の生命は死んだら終わりではないか。永遠回帰は科学的実証に耐えうるものではないので、信じることはできない」と無信仰を告白すれば済む。それによって安倍は、客観主義という名の傍観者的読書人の立場を手に入れた。然し、それと引き換えにデーモンと没交渉になり、遠近法を喪ってしまったのである。この喪失は、ある意味で致命的である。というのも、悪魔を人間の中に肯定的に取り込み、創造的デーモンに改造するという遠近法がなければ、『ツァラトゥストラ』を読み解くことは殆ど不可能に近いからである。

詩の遠近法と客観主義の決定的な違いは、前者が変幻自在の価値観の使い分けに留まらず、行動を促す命令法でもあることではないだろうか。その典型が、ディオニュソス的世界観に満ちた〈三段の変化〉と呼ばれる自己克服の指標である。これは、悪魔を自分自身の中に取り込んでいるという前提が満たされていなければ、成り立たない。機が熟するのに備え、耐え忍ぶ「駱駝」から、戦の時を感じて勇気を奮い起こし、自由を強奪せんとする「獅子」への変貌は何を意味するのか。それは即ち、大きく成り過ぎようとする悪魔を、創造的デーモンへと改造することである。ならば、その強奪せんとする「獅子」から、「聖なる肯定」を宣言する「幼児（おさなご）」への変貌は何を意味するのか。それは即ち、有り余る創造性と同時に危険な破壊性をも孕み始めたアンビヴァレントなデーモンを、汚れなき境地に遊楽する天使へと改造することである。元より、「獅子」が必ずしも生きて「幼児」となるとは限らない。また、幸いにも生きて「幼児」となったとしても、更なる自己克服をめざして内なる悪魔と戦い続けない限り、堕天使となるという裏をも読み取るべきである。つまり、〈三段の変化〉は生きている限り繰り返され、その深甚の意義を噛み締めねばならない人生の兵法なのではあるまいか。

ともあれ、〈三段の変化〉は『ツァラトゥストラ』概論或いは原論と命名すべき基軸であり、そのディオニュソス的な自己克服の精神は明らかに超人（der Übermensch）を見据えている。然し、超人にせよ、〈三段の変化〉にせよ、或いはディオニュソス的精神にせよ、単にニーチェという人物の学説、つまり過去の他人事として受け止めている限り、それは客観的歴史主義的な虚しい知識にすぎない。そうではなくて、現在の自分に求められている自己克服――言い換えると、自分の中で大きくなり過ぎようとしている悪魔との対決だと受け止め、魂の根底に於いて身読して勝利の本能的な喜びを摑んでこそ、悪魔に対する遠近法のもたらす妙なる知恵となるのではあるまいか。現在日本の『ツァラトゥストラ』解釈は、そのようになっているだろうか。否、と言わざるをえない。一貫した文脈を共有するはずの超人と〈三段の変化〉とディオニュソス的精神の三者が、一貫した文脈で論じられることさえ殆どない。このように、超人という山頂に到る過程と根拠が明らかにならない以上、山頂に拡がる視界――即ち最もディオニュソス的果実であるはずの永遠回帰の世界が明らかになるはずがない。安倍が己自身に降り懸かるかもしれぬディオニュソス的苦難を不条理と受け止めて、それを芽の間に摘み取ったことは、ディオニュソス的な根本思想の芽を摘み取るのみならず、永遠回帰の可能性をも密かに暗殺したに等しいのである。

Ⅲ　「深淵の思想」との対決

然し、まさに可能性を密かに暗殺された永遠回帰の幻影、或いは残像こそ、安倍に倣って根本思想の在り処を〈序説1〉第八連以外に求めた客観的歴史主義者たちの無信仰的個人主義に適うものだった。彼らもまた、安倍と同じようにディオニュソス的に成長した根本思想の中に違和感と不条理を覚え、それらを芽の間に摘み取ったのである。その意味から改めて確認すると、根本思想の在り処について川原氏が「的を外していた」とか、氷上・西尾氏が「誤認していた」という筆者の表現は正確ではない。要するに、三者とも分かっていて敢えて安倍の無信仰的世俗的個人主義に追随したのである。然し、「創造する者はみな、峻厳 (hart) である〈同情者〉」とツァラトゥストラは言う。これがニーチェの「偉大なる愛」ではないだろうか。確かに〈序説1〉第八連のディオニュソス的精神、即ち根本思想には不自惜身命とも言うべき峻厳さが秘められている。然し、そこから逃れることは、〈三段の変化〉の中で最も重要な、自由のための戦から逃れることを意味する。自由とは、自己克服本能の自由、即ち自らを超えて創造する自由のことである。永遠回帰 (die Ewige-Wiederkunft) を女性に譬えると、この自由は紛れもなく、その女性の求めている男性であり「獅子」であり、なお且つディオニュソスである。だからこそ『喜ばしき知識』三四一へと退行して、三四二の根本思想を芽の間に摘み取っておきながら、残った永遠回帰だけを「根本思想」と命名してみたところで、そのような自己克服の自由を奪われた永遠回帰は不毛の大地とならざるをえない。もっとも、生命かよわぬものの常として、畏怖や呪縛や権威の為には何がしかの徒花を咲かせるかもしれない。だが、健やかな喜び即ち父親ディオニュソスの精神を受け継いだ息子としてのディオニュソスを生み出すことは決してないのである。

ここで、『悦ばしき知識』の翻訳者が根本思想について何と言っているか、その代表として一人だけ信太正三氏の意見を紹介しておきたい。氏は昭和五十五年（一九八〇）理想社発行の『ニーチェ全集8』の解説に於いて次のように語っている。

> 「永遠回帰」の思想は、その誕生のいきさつが自伝『この人を見よ』に明記されているように、一種のインスピレーションとして襲ってきたものである。いうまでもなくこれが『ツァラトゥストラ』の根本思想となる。

氷上・西尾氏と同じように、信太氏も「根本構想 die Grundconception」と「根本思想 die Grundgedanke」とを混同しても、何の支障もないと考えているようである。然し、「根本構想」とは「根本受胎」のことである。つまり「根本思想」の種を受胎して、新たな「根本思想」を産もうとしている〝母親〟のことである。胎児であろうと、新生児であろうと、母親と息子を同一視するのは本末転倒も甚だしい。それは永遠回帰の孕む自己克服性を否定するものであると言わざるをえない。永遠回帰は、「喜び Lust」という「幼児（おさなご）」を生むことによって自己克服する。それを端的に示しているのが三部〈新たな舞踏の歌〉と四部〈酔歌〉であろう。なぜ、それが可能なのか。譬喩を以て言えば、永遠回帰という女性は、ディオニュソス的根本思想という異邦の男性と出会い、愛し合い、「喜び」を受胎させられているからだ。その「喜び」の受胎を男性の側から象徴的に示しているのが〈七つの封印〉である。思想的な意味の受胎は、すでに〈序説1〉第七、八連で始まっている。それが具体的に暗示されるのは〈幻影と謎2〉であろう。この思想的な意味の受胎に始まる永遠回帰の暗から明への自己克服的転換と、「幼児」という新たなディオニュソス、つまり根本思想の継承を称して、ニーチェは作品の「構想 Conception」と呼んでいるのである。自己克服性といっても、それは元来、永遠回帰に属するのではなく、ディオニュソス的根本思想に属する。永遠回帰に元々「思想」と呼べるものがあるとするならば、それは「深淵の思想 abgründlicher Gedanke」〈癒されつつある者1〉と呼ばれるものである。

ディオニュソス的根本思想と「深淵の思想」との関係を示すのは、〈酔歌10〉の次の言葉である。

露の一滴か？　湧き立つ永遠の芳しさか？　おまえたちには聴こえないか？　おまえたちには感じられないか？　まさに世界は完全になった。真夜中もまた正午なのだ。——苦痛もまた一つの喜びであり、呪いもまた一つの祝福であり、夜もまた一つの太陽なのだ。

要するにディオニュソス的精神は「深淵の思想」を肯定し希望を与えることによって救済し、「真夜中」を「正午」に変えようとする。然し、それは簡単ではない。むしろ、大変に難しい。というのも「深淵の思想」は通常かなり長い間、反発と違和感を抱くのみならず、無知と偏見と憎悪を浴びせてくる。いわゆるディオニュソス的受難と呼ばれるものである。のみならず、搦め手から「同情 das Mitleiden」に訴えて、逆にディオニュソス的精神を呑み込もうとしてくる。実はこれが最も危険なのである。とはいえ、それは、同苦を同喜に変えようとするディオニュソス的精神と、「同情」を切り札に使う「深淵の思想」との間の避けることのできない価値観の激突でもある。そこには、永遠回帰という女性原理をめぐる、思想（男性原理）と思想との自己克服能力を競い合う戦がある。「深淵の思想」が飽くまで肯定されることを拒絶し、逆にディオニュソス的精神を呑み込んで同化し亡きものにしようとするならば、「深淵の思想」を敵として倒すことによって生き残るしかない。

さて、ここで先に触れた〈幻影と謎2〉で具体的に暗示される受胎について少し述べてみたい。元より、この寓意は、ニーチェという一人間の自己克服を凝縮させている。傍証に依るならば、『この人を見よ』の「ツァラトゥストラ」六の「〝ディオニュソス的〟という私の概念がここで最高の行為となった」ということであろう。「最高の行為」とは、まず第一に『ツァラトゥストラ』を指す。第二に、「創造」即ち〈三段の変化〉の最高段階である「幼児」を指す。最重要な第三の意味は、男女の結合、即ちディオニュソス的根本思想（男性原理）と永遠回帰（女性原理）との結婚である。但、この陰陽和合は、曾てないほど精神的であり、峻厳な自己克服の跡が窺える。ニーチェの実人生に於いて、「幼児」を生み出す「最高の行為」を阻もうとする最大の苦難があったのである。それを象徴しているのが、咽喉に咬みついた蛇である。

牧人はツァラトゥストラの絶叫に応えて逆に蛇の頭を咬み切った。一見、生存競争だけが強烈に迫ってくる。然し、本当は、悲劇に立ち向かう正義が闇に葬られるか、生き残るかという選択が突き付けられているのだ。「最後の人間der letzte Mensch〈序説5〉」の、生き残ればいいというだけの勝利ではなく、むしろ現実には悲劇の一生でありながら、後に時代を超えた正義を証明するディオニュソスと、その思想の勝利を読み解くことが求められている。そういう文脈から言えば、「蛇の頭を咬み切った」とは、「深淵の思想」という魔物に呑み込まれることなく、自らを超えて創造することができたという意味なのである。まさに、このようなディオニュソスに憧れること、そしてその子を産みたいという思いを自立の思想として受容れること、これこそが、宿命に泣く永遠回帰という女にとって、受胎を意味し、自立の第一歩となるのである。このようにして、ディオニュソス的根本思想は「深淵の思想」を進化の必然として肯定しつつ、これを打ち負かし、それに取って換わって永遠回帰に新たなディオニュソスという希望を孕ませて遣った。両者は一体不二である。

にもかかわらず、それを無理矢理別れさせて、しかも永遠回帰だけが根本思想なのだと言う学者がいるとしたら、それはディオニュソス的精神を拒絶する一方で、「深淵の思想」に密かに共鳴し復活させようとする者であると言わざるをえない。

Ⅳ　根本思想を掏り替える人の群れ

「ディオニュソス的」という概念について、ニーチェは『この人を見よ』の〈悲劇の誕生〉三の冒頭で次のように語っている。

生の最も不当で最も過酷な問題の渦中にあっても、生に向かって「元より分かっている」と肯定すること、さらに敷衍するならば、生の最高の典型を喪う最中にあっても、それらに固有の無尽蔵を喜ぶ生への意志――これを私はディオニュソス的と呼んだ。

死と真摯に向き合った跡が窺えるのではないだろうか。死の哲学から反転した生の哲学、これがニーチェであろう。然し、西欧に同じような哲学はない。彼は同じ箇所で「私以前にはディオニュソス的なるものを、一つの哲学的パトスへと、このように転換した例はない」と言う。それほど独創的なのである。しかも「ディオニュソス的なるもの」は、哲人・芸術家など人物の真贋、つまり自己克服本能に対する正直（Redlichkeit）を見分ける指標となった。彼の心がワーグナーやショーペンハウワーから離れていったのは、彼らが「ディオニュソス的なるもの」の実現とは凡そ正反対の「生の否定者、生の誹謗者」であることが判ったからであった。『ニーチェ対ヴァーグナー』の〈われら正反対の道を行く者〉に依ると、真贋を見極める具体的な第一歩は、苦悩する者（die Leidenden）を二つに分類することである。

一つは生の溢れる豊かさ（Überfülle）に苦悩する者である。これは、ディオニュソス的芸術を意欲すると同様に、生への悲劇的洞察と希望（Aussicht）を意欲する。――次は生の貧困（Verarmung）に苦悩する者である。これは、安息、静寂、穏やかな海を欲しがる。さもなければ芸術や哲学による陶酔を、痙攣を、麻痺を渇望する。

これまでの二つの引用文のディオニュソス的脈絡に『ツァラトゥストラ』解釈を加味して読み解くならば、「生の溢れる豊かさに苦悩する者」とは、「偉大なる愛」を以て他者に対する同苦を同喜に変えようとしている時に不当な迫害に遭遇したとしても、「元より存知のこと」と受け止め、むしろ善悪の根源と新たな自己自身の発見の中に、比類なき喜びを覚える人物を意味するのではないだろうか。一方、「生の貧困に苦悩する者」とは、そんな余裕など想像だにできないほど生の貧困化に陥り、その苦しみを陶酔と痙攣と麻痺とによって紛らわせようとする人物ではないだろうか。

この分類に即して『悦ばしき知識』三四一の問いを改めて吟味し直すと、それは本来は他者の魂の救済に真剣に悩んでいる人、例えば「出家」する前の釈迦のような、典型的な「生の溢れる豊かさに苦悩する者」に突きつけられた問いなのではあるまいか。三四二のような悲劇が始まると立身出世は覚束ないからというので、根本思想の在り処まで三四二から三四一へと掏り替えるような俗物は、自分のことで頭が一杯、つまり「生の貧困に苦悩する者」である。前者に突きつけられた魂の根源への深い問いかけが、後者のような「自分のことで頭が一杯」の人物に凡そ届くことはない。むしろ、前者の「永遠回帰」の幻影を盗み取って、自分の既得権益よ永遠なれと願かけをして、それを「根本思想」と呼びたいのが本音なのではあるまいか。

むろん、人物の真贋をディオニュソス的尺度によって篩い分けることは、ニーチェ自身の死を以て一応は終焉を告げた。然し、ニーチェはディオニュソス的思想が行為となる過程、即ち、「三段の変化」を身を以て示していた。つまり、自ら、「駱駝」となり「獅子」となるのは元より、「幼児」となって新たな価値を創造したのである。それが『ツァラトゥストラ』という詩作品にほかならない。詩もまた行為であり、ニーチェであるという意味において、この作品は、ニーチェと魂の共鳴を分かち合う一人ひとりの読者にとって「新たな始まり」である。そして、彼に倣って「三段の変化」を実践することによって、読者自身も「幼児」となることができる。事実、そのような道を辿った人物は少なくなかった。高山樗牛や生田長江、そして中国の魯迅などは、そのような人物の中に数えることができる。というのも、「三段の変化」はディオニュソスの道であり、悲劇とまでいかない場合でも、受難や迫害を招いたり、誤解・無視の類は元より憎悪や嫉妬を浴びることとさえ稀ではないからである。彼ら三人は、「三段の変化」を実践することによって生じる様々な不条理を予め覚悟する余裕を有っていたと思われる。だから現実に受難・迫害が身に降り懸かってきたとき、必要な試練が来たとむしろ誉れの気持ちを懐いたのではないだろうか。むろん、そのような気持ちなど、世間も同時代人も知る由もなかった。これこそ、ニーチェと同じように「生の溢れる豊かさに苦悩する者」の等しく味わう孤独ではあるまいか。「三段の変化」を読者自ら実践し、ディオニュソス的に追体験することは、『ツァラトゥストラ』の作者の「偉大なる愛」であり、譲れない一線だった。客観的認識に何か抽象的正義が約束されているかのように錯覚する客観主義は、認識から行為を見えなくする闇であり、行為への命令法を孕む詩の遠近法に取って換えられ、読者自身の追体験という光に照らされることによって、その闇は明るみに出され、救済されねばならない。そのようにして、明治の王政復古の闇も明るみに出され、人々の魂の深淵も救済されるはずだった。然し、権力者に取り憑くという第六天の魔王が、闇の中から付け狙っていたのであろうか。明治四十四年（一九一一）一月に新潮社から発刊された単行本、生田長江全訳『ツァラトゥストラ』の冒頭〈序説1〉には、明らかに当局が翻訳に容喙してディオニュソス的根本思想を骨抜きにした痕跡が窺えた。目敏く、それを見つけた安倍能成は、当局の意向を汲み取り、それに逸早く取り入る計画を立てた。『この人を見よ』の最初の訳者になる決意を固めたのである。

V　ニーチェに対して正直な生田長江と加藤一夫

最後に同一部分に関して、『この人を見よ』の翻訳史を総括してみたい。安倍訳の後、大正十三年（一九二四）には、殆ど安倍訳の焼き直しに近い三井信衛訳が出版された。同十五年と昭和十年（一九三五）に長江の新潮社全集訳と日本評論社全集訳が出版されたので、さすがに精確ではない安倍訳の「起原」は姿を消した。取って換わって、長江訳の「発端」が小栗孝則訳（昭和十一年）から阿部六郎訳（昭和十七年）を経て土井虎賀寿訳（昭和二十五年）まで継承された。ところが、子細に調べてみると、小栗訳は副詞を掏り替え入れ替えし、肝心要の後段では、安倍訳の曖昧な「文章」を「章」へと改変している。阿部六郎訳は姑息な真似はしていないものの、小栗の「文章」から「章」への改変は、ちゃっかり踏襲している。土井訳は原文に存在しない接続詞「そして」を割り込ませ、前文と後文が別々の動詞で動いているかのように装い、そのうえで安倍訳の「文章」を「節」へと改変している。要するに三人が三人とも、長江訳と安倍訳を公平に踏襲しているかの風を装いながら、根本思想の在り処を「悦ばしき知識」の三四二から三四一へと掏り替えようとする安倍の目論見を、抜け目なく読み解いている。これら三者の戦前、戦中、戦後の翻訳は、長江の死によって改竄を正面切って咎める大物翻訳家がいなくなり、安倍訳のように長江を畏れて曖昧な表現のままに留めておく必要が最早なくなったことを示している。むしろ、安倍能成が京城大学教授や一高校長などを経て、戦後は文部大臣や学習院院長を歴任するなど、権力中枢での存在感を高めていったことのほうが三人にとっては遥かに重要だったのである。ただ、三人の名誉のために言っておくと、彼らは三井訳のように当局と安倍に露骨に取り入ったというわけでもない。小栗が die Grundconception を「根本的受胎」と訳したのは新鮮だったし、そこから生まれた阿部六郎訳の「根本受胎」は、ニーチェの心象を最も適格に伝えていると思われる。土井の「根本構想」も適切な訳である。近い将来、永遠回帰思想が「根本思想」であると唱える人物が現れたとき、永遠回帰の思想は「根本受胎」或いは「根本構想」であるとニーチェ自身が明言しているではないかと切り返せば、論敵の嘘に鏡を突きつけてやることができるからである。

安倍訳は大正二年（一九一三）南北社版の後、昭和三年（一九二八）と同二十五年（一九五〇）にも岩波文庫として出版されている。その安倍訳の目論見を受け継ぐ形で昭和二六年三月に出版されたのが角川文庫の秋山英夫訳である。曖昧な安倍訳『この人を見よ』が安倍の出世作だったとすれば、安倍の曖昧さの底にある目論見をしゃあしゃあと権威主義的に掲げた秋山訳は秋山の出世作となった。まさに秋山より前の訳者たちが危惧していたとおり、二つ注（四七、四八）を付けて、前段は三四二、後段は三四一を受けていると事実を歪曲してまで、永遠回帰思想は「根本思想」であると唱える人物が現れたのである。むろん、ディオニュソス的人物の存在と正義を認めたくないがゆえの見え透いた嘘である。他の訳者やドイツ語学研究者が黙っているわけがない。読者を欺くことはできても裸の真理を欺くことはできないはずだ。然し、残念乍ら読者を欺く市場主義が無信仰の虚無主義者に味方した。

結局、ツァラトゥストラの根本思想の所在に関するかぎり、『この人を見よ』の翻訳史は、安倍訳の曖昧な「文章」の移り変わりに尽きる。つまり「文章」が「文章」のまま（三井訳）であることもあれば、「文」となる（川原訳）こともあり、「章」となる（小栗訳、阿部六郎訳、氷上訳）こともあり、「節」となる（土井訳、秋山訳、西尾訳）こともあった。長江訳の明瞭な「箴言」を踏襲する者は誰もいなかったということである。なぜか。長江訳を踏襲すれば、根本思想の在り処を三四二の〈序説1〉第八連に相当する段落だと見なすことになる。それは取りも直さず、根本思想が当局によって骨抜きにされた痕跡を暴くことに繋がりかねない。そうなることに萎縮して、長江以外の翻訳者は安倍をはじめとして当局の骨抜きに相呼応して動いた。あたかも、長江を悲劇の主人公にして後世に名を成さしめる可能性をことごとく摘み取るかのように、長江訳の「箴言」をひたすら無視と閑却へと囲い込んでいった。そして今なお、それは続いている。

特記：加藤一夫訳『この人を見よ』

加藤訳は、安倍・三井・生田に続く四番目の訳として、昭和四年二月に春秋社から刊行された。然し、当局の意向か出版業界の畏縮など何らかの理由で非売品となったようである。埋もれたままにしておくのは惜しい。例の箇所は左記のとおりである。

何となれば、結局『悦ばしき知識』は、その第四巻の一部に他ならない最後の警句において『ツァラトゥストラ』の根本思想を表現して居るが故に、『ツァラトゥストラ』の発端を示して居るわけである。

今まで取り挙げてきた訳文と異なり、二つの文の主語を完全に一本化して、一つの文としている。そのうえで、原文の後文を根拠を示す前文（副文）として訳すことによって、原文の後文は前文のより詳しい説明にすぎない、つまり、前文で「発端を示して居る」と述べた以上、副詞「結局（zuletzt）」が後文に係るのは元より、前後の二文共に『悦ばしき知識』三四二から逸脱するはずはないのだと言わんとしている。加藤訳の最大の特徴は、vorletzt が必ずしも zweitletzt（最後から二番目の）ではないと気づかせてくれたことである。「他ならない最後の」という不器用な形容が「もうこれに尽きるのだと言わんばかりの」とか、或いは「もうこれを超えるものはないのだと言わんばかりの」という意味であれば、真に胸に突き刺さるものがある。この意味に気づかせてくれたという意味に於いて、加藤一夫訳『この人を見よ』の歴史的価値は大変に高いと言わざるをえない。

加藤が内実解説調の訳を世に示したのは、『この人を見よ』の問題部分の訳が最初の安倍訳とその追随である三井訳いずれも、『悦ばしき知識』三四一への誘惑だったからである。しかも、安倍・三井の謬見は殆ど大正時代を覆っていた。漸く長江訳が出たのが大正十五年、つまり昭和元年十一月である。確かに長江訳は、安倍訳三井訳を咎め、明確に三四二を示している。然し、vorletzt を zweitletzt と同じ意味に解しているかぎり、三四一への逸脱は絶えることはない。そのように加藤は未来を予測したのではないか。事実、その後の歴史は、小栗訳阿部六郎訳土井訳など折衷主義の流れから、秋山訳の公然たる三四一への逸脱へと突き進んでいった。このような客観主義によってディオニュソス的精神を徐々に形骸化していこうとする教養俗物的な趨勢を、在野の詩人である加藤一夫が長江訳を補強する形で押し止めようとしたと見るのは、或いは筆者の過大評価なのかもしれない。然し、予見能力と生命のバランス感覚のない詩人は、健やかな詩人とは言えない。加藤は詩人として声を挙げたのである。彼は、秋山訳の出た昭和二十六年（一九五一）この世を去った。因みに、加藤訳『この人を見よ』を収録した春秋社版『世界大思想全集』8には、同じく加藤全訳『ツァラトゥストラは斯う語る』も収録されている（後述）。

第四章　ニーチェと高山樗牛と生田長江を結ぶ「美的生活を論ず」

I　「長江」命名の経緯

生田長江は、最も熱心に高山樗牛を宣揚した人物として知られている。そのことが漱石を前門の虎、鷗外を後門の狼にした。樗牛と長江は、五か条の御誓文中の「万機公論に決すべし」を愚直に奉じていた。長江は樗牛より十年後明治三十六年（一九〇三）に同じ東京帝国大学哲学科に入学し、三十九年に卒業している。年齢に十二歳の開きがあり、直接会ったらしい接点を見出すのは難しい。とはいえ、明治三十四年にニーチェ・ブームが始まったときには、生田弘治は既に十九歳、胸躍らせて樗牛を読んだことだろう。一方、樗牛が生田弘治という人物を伝え聞いていたとしたら、青山学院中等部の文学会に招かれた内閣参与徳富蘇峰の変節[1]を咎めた十七歳の少年だということとくらいであろうか。明治三十五年(一九〇二)九月、「感慨一束」を書いているときに、一高生となっていたこの硬骨漢の将来を、樗牛はひょっとしたら思い描いていたかもしれない。

死期が近づいたのを悟って書いた其の「感慨一束」の中に、のち同三十九年早春三十歳の上田敏が二十四歳の生田弘治に贈った「長江」という号名が既に産声を上げている。

当代文明の革新は、社会の上下にゆき亙れる現世的国家主義の桎梏を打破するにあり。此の一難関にして通過せらるべくむば、自余思想界の事、おのずから順風に帆かけて長江を下るの概あるべくと存じ候。

（現代表記に改め）

前後二つの文を一つの言葉に要約すると、「桎梏を打破する長江」という言葉が浮き彫りになってくる。次の段落では次のように記されている。

個人の精霊は無尽蔵也。釈迦出で、孔子出で、基督出で、ソクラテース、プラトー、ダンテ、紗翁[2]、ゲーテ、奈破翁[3]出で、バイロン、ニイチェ、日蓮出でたるも、個人は猶お依然たる無尽蔵に御座候。此の無尽蔵の開発する所に人生の精華あり、光栄あり。所謂人道とは是の開発の結果を中心として無限の継続を歳時と方処に繋げたるものの謂に外ならずと存じ候。

（現代表記に改め）

二度強調して繰り返される「無尽蔵」と最後の文の「無限の継続」の二語から推量すると、自分の寿命はすぐに尽きるが、どうか自分に続く人物を見出して欲しい、そして、其の人物が「桎梏を打破する」人物であれば、「長江」と命名して欲しい、其のように樗牛は「感慨一束」を真っ先に受け取る姉崎潮風に切願しているのではないかと考えられる。然し、研究者タイプの姉崎に少なからず覚束なさを予感して、念の為に上田敏にも白羽の矢を立て、終わりに近い所で「其の語学のタレントは当代稀有と称すべきもの」と持ち上げたのではないだろうか。果たせるかな、樗牛の思惑どおり、生田弘治を見出して、「長江」[4]と号させたのは、やはり上田敏であった。

II　文壇から理解されなかった預言「美的生活を論ず」

因みに樗牛は、『ツァラトゥストラ』三部〈古い石板と新しい石板〉の〈2〉の四連まで〈10〉の三連まで〈21〉の一連と三連、〈26〉の七連までを訳して「猶多放言（ニイチェ自らの言を借りて）」として明治三十五年（一九〇二）一月『太平洋』に発表した。部分訳とはいえ、彼は『ツァラトゥストラ』本邦最初の翻訳者なのである。然し、なぜ彼は〈序説1〉から順を追って訳さなかったのだろうか。恐らく樗牛は、〈序説1〉八連のディオニュソス的生き方に至高の美の実現を見て取ったのだと考えられる。そして其の生き方を、一人ひとりの自己克服を深める知恵として読者に噛んで含めるように伝えようとした。それこそ、まさに「美的生活を論ず」であった。そうすることによって、鷗外や逍遥との美をめぐる長い論争に決着を付けようとしたのではないか。その意味に於いて、確かに、樗牛は〈序説1〉八連のドイツ語を日本語に置き換える、つまり言語上の翻訳はしなかったかもしれない。然し、ツァラトゥストラの根本思想の知恵は、誰でもが実践できるように「美的生活」として翻訳したと言えるのではないだろうか。

「美的生活を論ず」については、今なお無理解と誤解と受け売りのむきが余りにも多い。価値転換を模索させる為に一石を投じた「本能」を偏見のメガネを通して専ら劣情の性欲へと曲解し、「美的生活」をパロディー化した。そのように、樗牛の品格を貶める文脈を仮構し、そこから樗牛にとっては有難くもない「早過ぎた自然主義の提唱者」などという誤謬を導き出しては「押し着せ」としている。このような低俗週刊誌的目線が、日本近代文学史に於ける樗牛への評価として居座っているのは否めない。何とも呆れた話ではないか。

〈汚れなき認識〉には「おお、汝ら感じ易い猫被りどもよ、汝ら欲しくてうずうずしている奴らよ！汝らの欲望の中には、無垢が欠けている。だから汝らは欲しがることを誹謗するのだ！」というツァラトゥストラの言葉が有る。確かに樗牛にしても長江にしても、自然主義という言葉を使ってはいる。然し、それは習俗の打破、価値転換を目的とするニーチェの自然主義である。抑、性欲の語源は、『法華経』の開経とされる「無量義経説法品第二」の中に有る。「性欲」というのが其れであり、「性欲不同」、「性欲無量」という形で記されている。つまり、欲望の性質は同じではなく、その数は量り知れないということである。また、「諸根性欲」という言葉の有ることから、根性欲を見極めないと、性欲、つまり欲望の性質は知ることができないということになる。逆に言えば、衆生の根性欲の中に「無上道」を強く求める機根を見て取ったからこそ、仏陀は法華経を説いたということになる。「美的生活」をパロディー化する批評家は、性欲の語源に全く無知であるかのようだ。知っていないながら無視しているとすれば、質の悪い嘘つきだ。

「美的生活を論ず」は、明治三十四年（一九〇一）八月『太陽』に発表された。明治中期としては珍しい道徳批判を含んである。而も、その道徳批判は、当時最高の道徳とされていた忠君愛国道徳を決して批判の対象から外してはいない。大変に勇気ある論文である。その意味に於いて、同年一月に同じ『太陽』に発表した「文明批評家としての文学者」の中で文学者に求めた「覚悟」を身を以て示したと言えよう。筆者がまず着目したいのは（二）の後半に有る次の言葉である。

心なくしておのずから其の美を濟せる也。古人曰へらく、野に咲ける玉簪花（ぎょくしんか）を見よ、勞（はたら）かず、紡がざれども、げにソロモンが榮華の極みだにも、其の裝ひ是の花の一に及（とど）かざりきと（そのつもりなくしておのずからそれぞれの美を完成するのである。古代人は言っている、野に咲いている玉かんざしを見よ、機織りせず、糸を紡ぐことはないけれども、実に栄華を極めたソロモン王でさえ、その装いはこの花の一輪にも及ばなかったと）。

樗牛は、まずここで美的生活に最も相応しい譬喩を読者に提示する。そのこころは本然のままに美しく咲く花のように、人間にも一人ひとり本能進化の〝命令法〟が眠っている、それに夢を見させ、未知の自分自身（本然）を目覚めさせ更には其れを貫徹させてはどうかというところではないか。幻影の美ではない、ほんものの美を求め抜く詩人ニーチェと樗牛の魂の共鳴が窺える所であろう。次に着目したいのは（四）第二段落冒頭の次の言葉である。

道徳が一方便に過ぎざることは、其の極度の無道徳に存することにても知らるべけむ（道徳が一つの方便に過ぎないことは、それを過剰に推し進めた場合には無道徳、即ち野蛮となることからも自ずと知ることができよう)。

肝心要の(四)に於ける道徳批判は、丹念に読むと、いわゆる秤皿の様相が見えてくる。つまり、右文中の「其の(道徳)の極度の無道徳」と第三段落冒頭の「道徳の極度は無道徳」との中間に「道徳の理想は戮力無くして成立し得るものならざるべからず(道徳の理想は権力の威圧なしに成立し得るものでなければならぬ)」という規範を基軸に据えると、前後二つの「道徳」は負と正の両極の秤皿となり、それぞれの秤皿の上に全く異なる「無道徳」が載るのである。必然的に「極度」の意味も負と正に分かれる。つまり、負の意味は極端、過剰であり、正の意味は「究め尽くすこと」である。無論、樗牛に倣って筆者も、負の道徳から出発した。但、著者の謎かけを、読み手は謎解かねばならぬ。右文現代語訳の最後で、筆者が「無道徳」を野蛮だと解釈したのは、負極の一端を先ず明らかにする必要があったからである。だが、樗牛がオブラートに包んでいる本音を露にするならば、この場合の「道徳」とは忠君愛国であり、「無道徳」とは戦争だと見なしていいかもしれない。むしろ、時代を映していると言えよう。

さて、基軸となる規範に依って道徳の理想の純度を量り、野蛮(負極)なのか文化(正極)なのかを査定する試金石となるのが「戮力」の有無である。これは基本的人権の尊厳を知らない絶対君主の時代の産物である。大きめの漢和辞典によると〔史記・鴻門の会〕の「臣与将軍戮力而攻秦(臣将軍と力を戮せて秦を攻めり)」が起源とされている。それを受けて『広辞苑』にも「力を合わせること、協力」と記してある。然し、臣と自ら称していた劉邦(のちの前漢初代皇帝)

が項羽の立腹と范増の計略によって生命を奪われかねない危機の中で言ったとされる「戮力」は、其の後さまざまな遠近法的文脈の中で使われたのではないだろうか。抑、皇帝となった劉邦が臣下に対して「戮力」を迫ったならば、取りも直さず其れは、協力しなければ殺し或いは死刑に処し、辱しめる力を意味したに違いない。つまり、「戮力」を迫った絶対君主、或いは支配者に対して敢えて異を唱えず、自らの野蛮なる力を殺いで耐え忍び協力するのも「戮力」ならば、逆に協力を拒んだ臣下や敵対者を殺し或いは死刑に処し・辱しめるのも、また「戮力」なのである。

とはいえ、「戮力」は単にアンビィヴァレントというだけではない。因みに樗牛は「戮力」を八回使っている。初回は（二）の中、残る七回は（四）に集中している。前後二回は、確かに臣下の目線であり、途中の四回は君主の目線であると言えるかもしれない。然し、道徳の理想を僭称していた道徳が過剰へと傾き、野蛮と狂気を招くときには、君主の目線は元より、臣下の目線だと見えていた「戮力」からも、恐るべき権力の魔性の正体が露になってくる。つまり、「戮力」は、臣下と君主の目線を融通無碍に使い分ける恐るべき復古の闇、敢えて言うならば、歴史という名の伏魔殿に潜む〝鬼〟の別称なのではあるまいか。だからこそ、其の野蛮なる魔性の侵食から、精神文化の美を生み出す可能性を死守する為にも、樗牛は「万能の威権」として君臨しつつある忠君愛国道徳を極善ならしめている「戮力」を批判の俎上に載せ、以て野蛮と文化を見分ける規範としようとしたのである。

そして、「戮力」を払拭した新たな理想として樗牛の提示したのが、先に挙げた「野に咲ける玉簪花（ぎょくしんか）」の譬喩である。中でも「心なくしておのずから其の美を濟せる也」は、ツァラトゥストラの「美の声は微かに語り掛ける。其れは最も冴え渡った魂の中だけに、そっと忍び入る」〈有徳者〉という言葉を思い起こさせる。つまり「心なくして」とは「見返りを求めることなく」と読めるのである。だとすれば、見返りを求めない正直――如何に自己克服を深化させているかが問われる峻厳なる徳――あの正直を第一の美徳とするニーチェに倣って、樗牛は道徳から美徳への価値転換を思い描いているのではないか。もはや決して美文調だの感傷だのという次元ではない。見返りを求める道徳と其れを求めない美徳を秤皿に載せて、後者こそ生命の大地に本能として根を張ってきた文化ではないかと明治の知的良心に向かって猛省を促す問いを突き付けた。だからこそ彼は詩人なのである。

戦争と殺戮の世紀と言われる二十世紀の初頭、日本国内に忠君愛国を競い合う危険な兆候、つまりニーチェの言う、善人の中に潜む「人間の未来を脅かす最大の危険」を、高山樗牛は鋭く感じ取っていたのではないだろうか。――徳川時代の封建制度に於いては、家臣は君主の恩顧を期待して滅私奉公の忠勤に励む。確かに世襲が多く、自ずと出世の途は限られていた。然し、本気で期待するにせよ、少しは夢見るにせよ、とにかく武士は恩顧という見返りを求めたのである。この武家封建制度の恩顧と忠誠に接ぎ木したものが、明治新政府下の忠君愛国である。そして、それを精神とするのが、いわゆる「國体」思想である。然し、藩主の〝お殿様〟に取って換わった天子様は庶民にとって縁遠いものだった。だから「忠君愛国」にせよ「國体」にせよ、新しい「観念」、丸呑みさせられた「知識」でしかなかった。無論、おいそれと根付く筈はない。自由民権運動や「竹橋事件」が其れを証明している。だからこそ、「戮力」を以て「新聞紙発行条目」

だの「不敬罪」だの「教育勅語」だのと強制して、周知徹底をはかるしかない。

とはいえ、四民平等の下では、取って置きの切り札が有った。何しろ出世の道は、徳川時代とは比較にならない。だからこそ、出世という見返りを餌にして虚栄心を刺激し、忠君愛国を互いに競わせ、以て滅私奉公の忠勤に精励させる――、まさに此れが切り札となった。こうなると、忠君愛国は虚栄心と限りなく似通ってくる。やがてすべてが過剰に傾き、お定まりの野蛮と狂気が顔を覗かせる。ほどなく野蛮は警察国家となり、虚栄心を連れ合いとした忠君愛国は、神がかりの狂気へと祭り上げられた。思えば、樗牛の「美的生活を論ず」から十年後、捏ち上げだと後世から専ら指弾されている〝大逆事件〟なるものの背景、或いは真相として、当時司法省民刑局長だった平沼騏一郎（のちの検事総長・司法大臣・総理大臣・A級戦犯）が部下を束ね、最後の藩閥と言われた元老の山県有朋・首相の桂太郎などと共に忠君愛国を過剰に競い合ったことを指摘する声は少なくない。因みに、処刑後の明治四十四年（一九一一）三月『スバル』に載った佐藤春夫作の「愚者の死」と題する詩は、同郷の大石誠之助の死を悼むというよりは、其の死を鞭打つことによって権力側に少しでも擦り寄ろうとする詩であると筆者は見た。佐藤がのちに「文学報国会」の理事となる素地は、この時に形成されたといっていいのではないか。いずれにせよ、文壇もまた、忠君愛国を競い合う暗流に巻き込まれていったのである。

Ⅲ　もう一方の秤皿の「無道徳」

さて一方の秤皿と、秤の基軸がほぼ見えてきたところで、「美的生活を論ず」(四)の第三段落冒頭、つまり、もう一方の秤皿について触れないわけにはいかない。既に述べたように前者即ち、負の秤皿の場合、病状を「野蛮」あるいは「戦争」として明らかにする必要があったので、現代語訳と解釈を一つにした。然し、正の秤皿の場合それは難しい。一概に普遍化・抽象化するというわけにはいかないのである。その理由は次第に明らかになると思う。ともあれ、先ず第三段落冒頭を次に掲げたい。

更に一歩を進めて是を観む乎、道徳の極度は無道徳に存すてふ命題は、取りも直さず本能の絶対的価値を証明する者ならずや。

（漢字は現代表記）

此の言葉は、元より負の秤皿にも当て嵌まる。然し、第三段落冒頭に有るのは、矢張り負極の病状を明らかにすることによって、正極の健やかさを推し量らしむる為である。但、「本能の絶対的価値」といっても、負と正の間には根本的な差異がある。負の場合、道徳や知識の相対的価値との比較に於ける、本能の絶対的価値を意味している。つまり、忠君愛国道徳を過剰に競い合うほどに、眠りの本能や死の本能などのデカダン的・破壊的本能が絶対的命令を下す。だから野蛮は狂気の祭を求めて戦争へと突き進むのだ。このように、不幸な家族は似通っていると言われるとおり、病状や惨禍は互いに似通っている。だから普遍化も抽象化もできる。ところが、一方、正の場合、本能の絶対的価値とは、一人ひとりに固有の創造的幸福の中に於ける、醇化した本能の満足を意味していると解釈せざるをえない。何故そうなるのかというと、「道徳の理想は戮力身の本能について語っているからである。とりわけ「吾人の本能なるものは謂わば種族的習慣也」、「吾人の祖先が是の如き遺産（本能）を吾人に伝え得るまでに幾何の星霜と苦痛とを経過したりしか」、「是の如き本能の成立し得むが為に費やされたる血と涙と生命と年処……」などの文言は、明らかに、醇化した本能を受け継がせてくれた祖先の鴻恩に対する感謝表明ではないか。

このように言葉を尽くして、樗牛は代を重ねて精練されてきた自らの本能について語り、そこから生ずる絶対的幸福を堅持することが「吾人の所謂美的生活、是也」と(四)を結んでいる。結局、剣をペンに替えて『太陽』の論陣を繰広げることこそ、何物にも替え難い本能の満足だと言わむとしているのである。にもかかわらず、今までの樗牛論の殆どは、彼独自の醇化した本能についても「美的生活」の率先垂範についても悉く無視している。そのうえ、樗牛の憫笑した「道学先生」の本音としての「性欲の満足」の揚げ足を取って、なんと樗牛自身を「獣欲主義者」に仕立て上げようとさえする。将に、ニーチェに倣って「善人の愚昧は、底知れぬほど抜け目ない」[5]と言わずばなるまい。さて、縷々述べてきたことから、(四)第三段冒頭の少なくとも「道徳の極度は無道徳に存す」の意味解釈だけは、何とか見えてきたのではないだろうか。正極の秤皿の様相を簡単に纏めると、次のようになる。

　野の花の如く、見返りを求めない美徳、即ち正直を究むれば、自己克服本能は道徳を超越して、何ものにも替え難い大歓喜を得る。

手短に解説を加えると、左記のようになる。道徳の理想、つまり、見返りを求めない美徳を究むれば、他者に対しては菩薩道、自分自身に対しては自己克服本能の正直を究むることになる。実はここに、思ってもみなかった（或いは忘れていたかのような）絶対的に幸福な自分自身の発見が用意されている。だからこそ、自分自身を愛さずにはいられなくなり、心底から自分自身を信じることができるようになる。なぜならば、〈新たな舞踏の歌〉――『ツァラトゥストラ』に於ける、もう一方の秤皿と言ってもいい――冒頭に記してあるとおり、自分自身の中に生命の黄金を見るからである。黄金は古より永遠の象徴である。もっと具体的に言えば、永遠に回帰する大歓喜を象徴している。これこそ、ニーチェの言わむとする自分自身の発見の極みではないだろうか。

　因みに、「大歓喜」という言葉は故なくして出現したわけではない。「美的生活」に於ける「本能の満足」は、ニーチェとの関連で最も着目すべき言葉である。つまり、樗牛の場合の「本能」は、ひたすら醇化をめざす自己克服本能である。一方、自らを超えて創造することができないと感じたとき、人は魂の底で[6]死を願うとツァラトゥストラは言う。だから、合言葉は「人間は克服[7]（超越）されねばならぬ何かである。」このようなニーチェと樗牛との「先天の契合」[8]が有るからこそ、「本能の満足」は、〈新たな舞踏の歌〉冒頭（原文）の「大歓喜 Wollust」と大変似通っているのだ。確かに『ツァラトゥストラ』の中には、「肉欲」とか「情欲」とか、さらには「淫蕩な喜び」などと訳さざるをえない Wollust もある。文脈からいってネガティブ乃至デカダン的な意味であり、これらは、『ツァラトゥストラ』に於ける一方の秤皿（負の秤皿）である〈舞踏の歌〉の枠組みに属する。しかし、〈新たな舞踏の歌〉（正の秤皿）の Wollust だけは全く異なる。つまり、魂の奥底から精神の頂に到るまで健やかな、将にディオニュソスの黄金に輝く自己実現を、詩人ニーチェは描き出しているのだ。樗牛が『ツァラトゥストラ』の文底に秘沈されている秤皿構造を解読したうえで、「美的生活を論ず」の文底に独自の秤皿構造を秘沈させた可能性は高い。露骨に忠君愛国道徳を批判すれば、直ちに発禁となるのは必定だった。それを回避する苦肉の策こそ、ニーチェに倣った秤皿構造だったのではないか。

Ⅳ　ニーチェと樗牛との秤皿構造の外形比較

ⅡとⅢで「美的生活を論ず」の秤皿構造を中心に論じ、その絡みで『ツァラトゥストラ』の秤皿構造について断片的に言及したにすぎない。けれども、若干複雑にしてしまったとの譏りは免れ難いかもしれぬ。それを払拭する為に一目瞭然の図表を次に掲げておきたい。

一・古典、ニーチェの場合

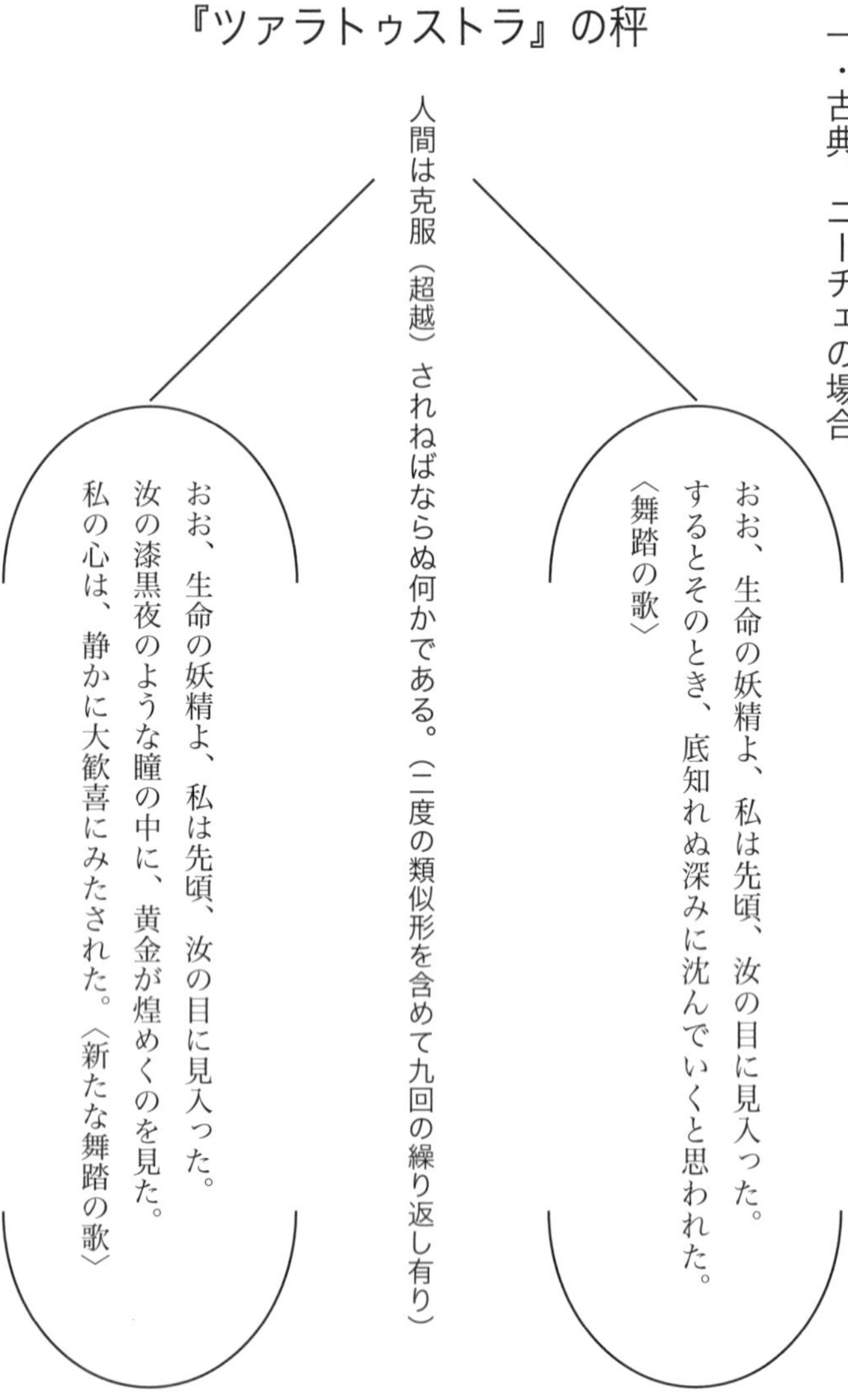

『ツァラトゥストラ』の秤

人間は克服（超越）されねばならぬ何かである。（二度の類似形を含めて九回の繰り返し有り）

おお、生命の妖精よ、私は先頃、汝の目に見入った。
するとそのとき、底知れぬ深みに沈んでいくと思われた。
〈舞踏の歌〉

おお、生命の妖精よ、私は先頃、汝の目に見入った。
汝の漆黒夜のような瞳の中に、黄金が煌めくのを見た。
私の心は、静かに大歓喜にみたされた。〈新たな舞踏の歌〉

二・応用、樗牛の場合

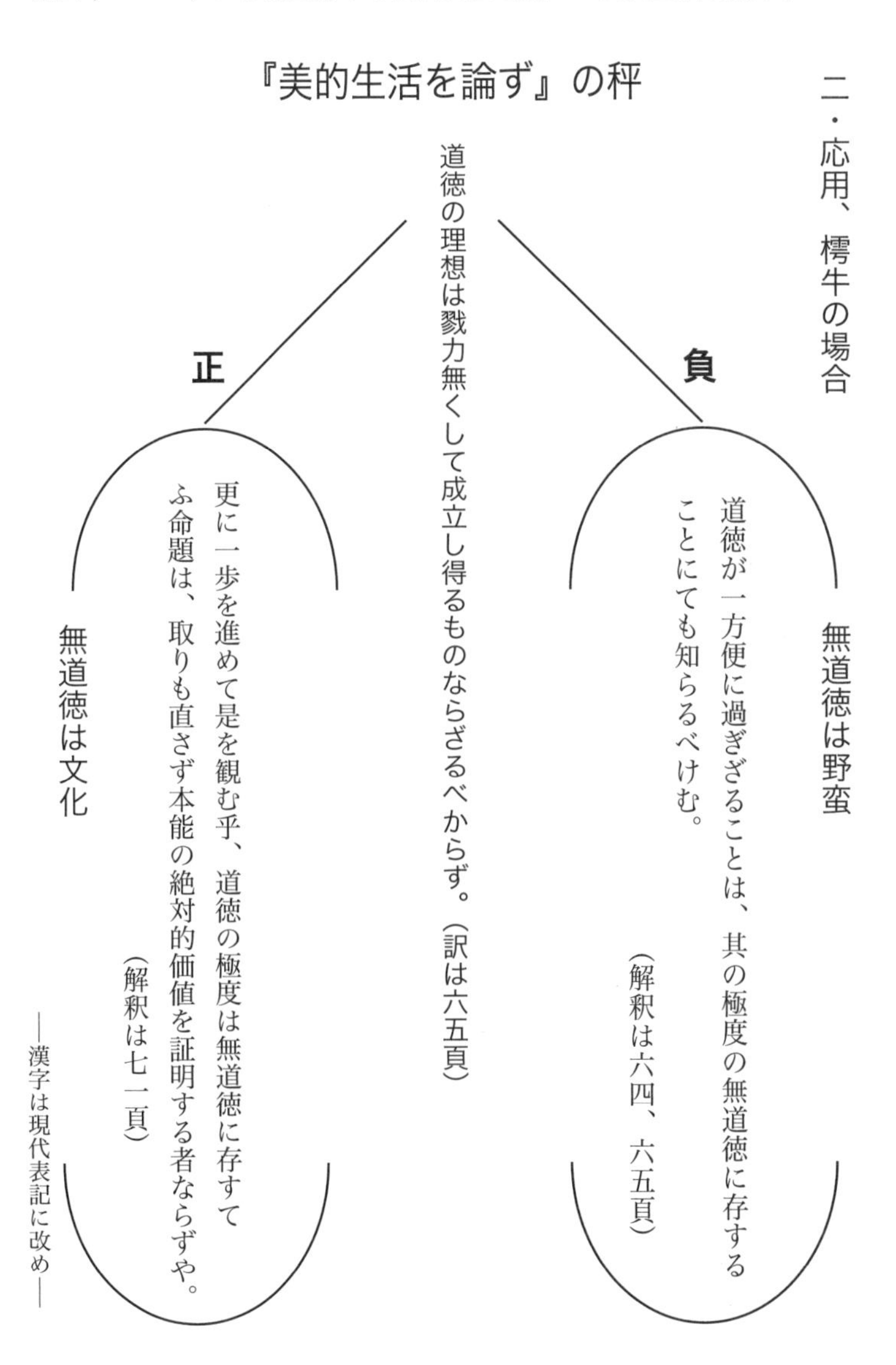
『美的生活を論ず』の秤
道徳の理想は戮力無くして成立し得るものならざるべからず。（訳は六五頁）
正
負
道徳が一方便に過ぎざることは、其の極度の無道徳に存することにても知らるべけむ。（解釈は六四、六五頁）
無道徳は野蛮
更に一歩を進めて是を観む乎、道徳の極度は無道徳に存すてふ命題は、取りも直さず本能の絶対的価値を証明する者ならずや。（解釈は七一頁）
無道徳は文化
——漢字は現代表記に改め——

V　本能の絶対的価値

Ⅲのなかで、正の秤皿に載った本能の絶対的価値とは、一人ひとりに固有の創造的幸福に於ける醇化した本能の満足を意味していると記した。然し、これは実は、一人ひとりに自由平等に秘められている最高の可能性を指摘したにすぎない。その可能性を現実に開花させた本能は、負の秤皿に載った本能には見えないし、たとえ見えたとしても絶対に見たくはないのだ。だから樗牛自身の「本能の絶対的価値」をめぐっては、先入観と偏見、無知、無理解が幾重にも絡まっていたのである。抑、本能という言葉からして、肉体だけに限定される器質的な機能だと受け止められていたむきが多かったようだ。然し、日蓮仏法に通じていた樗牛は、色心不二という文脈で本能を理解していた。これは、ニーチェやニーチェの影響を受けた深層心理学者のユングなどにも当て嵌まる。現代の本能理解は、ほぼ此の方向で定まっている。無論、本能の中には、眠り続けて消えてしまうものも有れば、新たに生まれて鍛え抜かれ独自の知力を研ぎ澄ますものも有る。だが、建設は死闘、破壊は一瞬、健やかな本能は容易く病んだ本能に染められる。いずれにせよ、本能の数は無尽蔵、誰にも量り難い。ともあれ、代を重ねた死闘の建設の極みから、剣をペンに持ち替えた樗牛の戦う本能は生まれた。其の本能の勝利こそ、醇化した性欲なのではあるまいか。一方、樗牛を貶め、ニーチェと共に抹殺しようとしたものこそ、デカダン文人たちの頽廃した性欲なのではあるまいか。醇化した性欲であれ、頽廃した性欲であれ、双方が互いに本能の絶対的価値を主張して譲らない。ここに「美的生活を論ず」をめぐる騒論の原点が有った。然し、深い海から浅い海は見えても、その逆は有りえない。但、浅い海、つまり「生の貧しさに苦悩する者」は、深い海、つまり「生の溢れる豊かさに苦悩する者」を恐れ憎むだけだ。同じように、自己克服を深化させ、既に醇化し更なる醇化を目指す本能から頽廃した本能は見えても、その逆は有りえない。但、闇が光を恐れ憎まずにはいられないように、頽廃した本能は醇化した本能を恐れ憎まずにはいられないのである。

このように、醇化した本能の持主である樗牛は、頽廃した本能の持主である文人たちから、外来の恐るべきニーチェに憑依した人物であるかのように恐れられ憎まれていた。その恐れと憎しみは、七ヵ月前の衝撃の論文「文明批評家としての文學者」を彼らが見たときから始まっていた。樗牛が本論に入って直ちに宣言した「主観を没し人格を虐げ、先天の本能を無視するものは歴史也」は、自由な発想を封じ皇統神話を歴史的事実だとして丸呑みさせることによって、自然の本能を傷つけ、その傷の上に天皇の為の「滅私奉公」という死の本能を刷り込もうとする大日本帝国に対する警鐘だった。このような警鐘文脈を辿っていくと、いわゆる日本主義後期と見られている明治三十二年三月、『中央公論』に発表された「古事記神代巻の神話及び歴史」にまで遡ると考えられる。無論、既に本能論が展開されているわけではない。然し、神話が自然であれば本能の象徴となる一方で、神話が政治的に強制されたものであれば頽廃したか或いは病んだ本能の象徴となるしかない。その意味に於いて、「美的生活を論ず」は、不自然な神話を俎上に載せた「古事記神代巻の神話及び歴史」に於いて既に始まっていたと言えるのではないだろうか。

後者の中で、樗牛は國学者の金科玉条たる「天孫降臨」を批判の俎上に載せた。そして彼は「天孫降臨の時に舟師を用ひしこと疑い無し」と喝破した。今日、古代史学者の殆どが口にする此の説、つまり天降りは海から遣ってきたことの言い替えであることを初めて天下に向けて公言したのは、恐らく樗牛だったのではないだろうか。日清戦争後、国の皇國史観が初等教育の支配を虎視眈々と狙う中、「天孫降臨」はおろか「降臨」という言葉さえも使うことを畏縮する空気が生まれ始めていた。それを樗牛は看過できなかったのだと思われる。だからこそ、勇気を振り絞って万機公論に決すべく、一石を投じたのである。無論、神話と歴史を同一視することに矛盾を感じていた多くの民衆から、「古事記神代巻の神話及び歴史」は大変な好評を以て受け止められた。ところが、オピニオン・リーダーたちは、恰も黙殺を申し合わせたかのように口を噤んだ。のちの「文明批評家としての文學者」と「美的生活を論ず」との関連で最も着目すべきは、樗牛の次の言葉であろう。

我邦の國学者は、是の所蔵する所を以て神聖犯すべからずとなし、吾人に向かって其の神話的伝説をも文字通りに信憑すべしと訓えたりと雖も、是の如きは我が神聖なる國体に関する誤謬の思想に本けるもの也。吾人の眼より見れば、是の如き浅薄なる根拠の上に、我が神聖なる國体を説かむとするものこそ、却って大に不敬なりと云ふべけれ。

要するに、樗牛の論旨は、國学者が大日本帝国憲法第三条〈天皇ハ神聖ニシテ侵スベカラズ〉

を濫用している、それこそ「却って大に不敬なり」ということに凝縮される。道徳批判の見地に立つと、神話を歴史的事実だと丸呑みさせるのは、どう見ても忠君愛国道徳の過剰である、過剰は野蛮であり、必ず戦争という狂気の祭へと突き抜けていく。実際、それが日本の近代史となったのではないか。だからこそ、「美的生活を論ず」に於ける「其の（道徳の）極度の無道徳」つまり負の秤皿に載った野蛮の原型は、神話を歴史的事実だとして丸呑みさせようとした國学者だということになるのだ。然し、図星を突かれた國学者をはじめ、終生の論敵だった鷗外や逍遥など名の通った論客たちは、黙殺の包囲網を敷いて樗牛を圧迫した。恐らく内務省筋から「万機公論あるべからず」という指示が密かに有ったのだろう。樗牛を無視して孤立させるという老獪な遣り方は、彼に対する白色テロ情報のリーク（其の可能性は高い）などと絡まっていれば、肺を病む樗牛の神経を酷く消耗させたに違いない。だからであろうか、三ヵ月後、明治三十二年（一八九九）六月『太陽』にて、しびれを切らした樗牛は、黙殺の包囲網に向かって乾坤一擲の警鐘を放った。

恐ろしき沈黙

大いなる戦争の前には恐ろしき沈黙あり、而して戦争の勝敗は凡べて是の沈黙の間に成さるる也。

今や見渡すところ、日本の社会は平和の社会也。政治、宗教、教育、学芸、何れの方面に向いても、大いなる争闘なく、大いなる運動なく、大いなる旗幟無く、大いなる輿論、公議無し。然れども吾人は、是の無事なる社会の裏面に於て、幾多の時流の交錯せるを認む。而して當に来るべき社会の性質は、是の暗流が如何なる方向を取り、如何に綜攝せらるるやによりて決定せらるべき也。

> 願わくは大なる決断あれ、大いなる飛躍あれ。是の大決断、大飛躍に達せむが為には已むを得ずむば、大いなる争闘を為すも可也。最も恐るべきは、一時の苟安なり、眼前の彌縫なり。懸かる場合に於いて平和を好む人民は、古より大なる功業を成し遂げ得ざる人民也。
>
> 恐ろしき沈黙の後には、必ず恐ろしき戦争あるべきを覺悟せよ。　（漢字は一部現代表記）

「戦争の勝敗は凡て是の沈黙の間に成される也」と言っている以上、神話についての沈黙が戦争の敗北に繋がると謂わむとしていると解釈できる。ということは、「大いなる戦争」とは、神話についての沈黙が小学教育の毒と化して、軍国少年少女を陸続と生み出させ日中戦争から太平洋戦争へと突入した第二次世界大戦だということになる。確かに、強いられた沈黙のある所、語られざる真実はすべて毒となる〈自己克服〉。そして、其の毒が神国妄想を煽り、忠君愛国を過度に競い合う狂気の祭、つまり「恐ろしき戦争」へと奔らせたのではなかったか。樗牛の預言は正しく的中したのである。

本来ならば、神話を歴史的事実として丸呑みさせようという野蛮に対しては、文学者が英知を結集して正していくというのが世界精神たるべき文学者の良心であり、文化への責任であろう。

その良心と責任に訴え、英知の結集を呼び掛けたのが、まさに「古事記神代巻の神話及び歴史」だった。然し、樗牛の訴えと呼び掛けは、復古の闇の中に空しく消えていった。それを物語っているのが「恐ろしき沈黙」である。因みに、樗牛を理解するうえで欠くことのできない「古事記神代巻の神話及び歴史」は、どの明治文学系全集を見ても載ってはいない。極めて残念である。

VI　預言者祖国に受容れられず

先に述べたように醇化した本能の持主、つまり「生の溢れる豊かさに苦悩する者」である樗牛から、頽廃した本能の持主、つまり「生の貧しさに苦悩する者」である文人は見えても、その逆は有りえない。但、彼らは、異国のニーチェに対する当局の不安と同じ上から目線で、樗牛を恐れ憎んでいた。これが「美的生活を論ず」の価値をめぐって絶対的に対立する二つの本能の構図である。〈古い石板と新しい石板26〉の「善人たちは、独自の徳を創り出す者を磔刑にせずにはいられない」を彷彿とさせる。逆に言えば、個人の自立の思想にしか存在しない、見返りを求めない美徳は、或る意味で大変に恐れられ憎まれるということである。確かに善人たちのニーチェ理解は、一知半解どころか、殆ど樗牛頼みだったかもしれない。然し、重くなった一方の秤皿の無道徳（野蛮）は、軽くなり上昇した他方の秤皿の無道徳（見返りを求めない美徳）が見えないままでも予感することぐらいはできるのではないか。樗牛という光源に点火したのは、ニーチェという炎の詩人ではないか、という本能的直観だけは決して的外れではなかったのである。明治三十四年（一九〇一）八月『太陽』に載って「美的生活を論ず」が世に出るや否や、偏見と先入観、無知・無理解が、巣を突っつかれた雀蜂のように樗牛めがけて集中攻撃を仕掛けてきた。彼が「古事記神代巻の神話及び歴史」を以て万機公論を呼び掛けたとき、黙殺の包囲網を以て応えた復古の闇、否、「恐ろしき沈黙」の闇から、美的生活を説く樗牛を「獣欲主義者」に貶めることに、このうえなく残忍で淫らな喜び、まさに頽廃した性欲の発散を覚える魔物・悪霊の類が、言われなき復讐の念に燃えて一気に襲いかかってきたのである。

見返りを求める道徳が、見返りを求めない美徳を恐れ憎み攻撃してきた。まさに言われなき復讐であり、不条理だった。これには、七ヵ月前「文明批評家としての文学者」に於いて、「覺悟」を求められた文人たちの鬱積していた瞋恚が大きく噛んでいる。樗牛にしてみれば、「先天の本能を無視する歴史」に今こそ待ったを掛けねばならぬ、さもなければ、死の本能を刷り込まれた軍国少年少女が陸続と出来上がる。そうなれば亡国だ、そうさせない為には、「個人の為に歴史と戦った」ニーチェに倣って我々も歴史と戦わねばならぬ、神話を歴史的事実だと言い替える野蛮を咎める「覺悟」を持たねばならぬと言いたかったのだろう。因みに「覺悟」は七回繰り返されている。それだけに文人たちにはずしりと響くものがあり、〈恐ろしき沈黙〉の最後の言葉「恐ろしき沈黙の後には、必ず恐ろしき戦争あるべきを覺悟せよ」を彷彿と蘇らせた。彼らは、一昨年黙殺の包囲網の一人であったことを咎められたと思った。そして傷ついた。然し、傷ついたのは、決して誇りではなかった。むしろ、虚栄心だったのである。

誰しも正義の人でありたい。とりわけ、文学者はそうかもしれぬ。然し、正義の人となる機会を逸すると、彼らは一転して時代に阿り、上から目線に染まっていく。ニーチェは「生に対する歴史の利害」六の中で「正義という美徳 die Tugend der Gerechtigkeit」は稀にしか居合わせない。それと認められることは更に稀であり、殆ど常に死ぬほど憎まれる」と語っている。文人たちの主だった者たちは「古事記神代巻の神話及び歴史」に対する黙殺の包囲網に加わっていた。然し、歴史観と使命に目覚め、その包囲網を抜け出し、樗牛に伍して正義の人となる機会は百日近く有ったのである。国が岐路に立たされているとき、オピニオン・リーダーたちの責任は真に重い。ツァラトゥストラに即して言うと、彼ら自身、自らを超えて創造すること[9]（über sich hinaus schaffen）ができなければ、真っ先に破滅を望む（untergehen wollen）しかないのだ。あの黙殺の包囲網から早二年近く、語られざる真実は毒となって、既に彼らの五体をめぐっていた。「文明批評家としての文學者」を目にしたときの主だった文人たちの内面をニーチェは見事に言い当てている。

破滅を望んでいる、君たちの心底は。だから肉体の軽蔑者となった！　最早自らを超えて創造することができないのだ。

それゆえ、君たちは今、生命と大地に対して瞋恚を懐いている。無明の嫉妬が、君たちの疑り深い軽蔑の目付きに表れている。　〈肉体の軽蔑者〉

ここで一旦、時系列を整理してみよう。先ず、「古事記神代巻の神話及び歴史」では、当局と國学者から、樗牛は死ぬほど憎まれた。次に彼らに加えて、其のときに黙殺の包囲網の一人だったことを「文明批評家としての文學者」の中で咎められ傷ついたと思った文人たちからも、樗牛は死ぬほど憎まれた。そして、更に此れらの者たちに加えて、彼らの先入観と偏見、無知・無理解に依り「美的生活を論ず」から捏ち上げられた「樗牛は獣欲主義者也」という悪宣伝を丸呑みさせられた大衆からも、樗牛は死ぬほど憎まれたのである。無論、軍隊のような機械的な動きがあったというわけではない。賢明な庶民や青少年の間には、樗牛の根強い愛読者がいたからである。然し、少なくとも三段階を経て憎しみが燎原の火となって裾野に拡大していき、今日の誤解・無理解となって続いているのは否定しようがない。

因みに、樗牛は「美的生活を論ず」の中、(一)序言と(二)の「野に咲ける玉簪花(ぎょくしんか)」の譬喩とを「マタイによる福音書」から借用している。その言葉の主であるイエス・キリストも死ぬほど憎まれ、結局磔刑にされ殉教者となった。日蓮もまた死ぬほど憎まれ、実際鎌倉竜の口で夜闇に乗じて密かに斬首されそうになった。樗牛にも生命に及ぶ危険が無かったとは言えない。(一)序言の後段では、日蓮の「立正安国論」の問答形式で以て次のように述べている。

> 人若し吾人の言をなすに先ちて、美的生活とは何ぞやと問わば、吾人答えて曰わむ、糧と衣よりも優りたる生命と身体とに事ふるもの、是也と。

一人の人間にとって、掛け替えのない絶対的価値を創造できる生命と肉体ほど誇りに満ちたものはない。然し、虚栄心は、そのような絶対的価値を信じることのできる自分自身を欠いている。「糧」とは、無論、食物、或いは食物をもたらす生業、つまり職業である。ここに取り立てて問題はない。問題は「衣」である。勿論、生命と身体を傷病から守る具体的な衣が問題なのではない。問題は身を飾る比喩的な「衣」即ち身分・立場・階級・権威・名声である。但、それらが生命と身体を最優先させていれば、取り立てて問題はない。然し、生命と身体よりも身を飾ることを最優先させるならば、価値が逆立ちする。縷縷述べた歴史や知識や道徳の過剰が野蛮を誘い、狂気を招くというのも同じ原理である。大日本帝国憲法下では、先ず天皇への滅私奉公が植え付けられる。つまり、自然なる生の本能を傷つけて、死の本能が刻み込まれる。その傷は決して治癒することなく、死に惹かれる（ネクロフィラスな）傾向となる。このような傷ついた本能に突き動かされて、いわゆる明治の立身出世は踊ったのである。だから、歴史や知識や道徳の過剰と同じく、身分・立場・階級・権威・名声もまた、空しさ、そして虚栄心を映し出す死のアナロギー（類比）となっていく。

このような死の文明は、誤った教育によって世代から世代へと再生産され続けていくと、修復し難い悪循環の中に根を張ってしまう。事実、樗牛の「古事記神代巻の神話及び歴史」から五年後、明治三十七年（一九〇四）に最初の国定歴史教科書『小学日本歴史』が刊行された。到頭、天照大神を皇祖とする天孫降臨神話を歴史として子供たちに盲信させようとする破壊的教育が始まったのだ。無論、中学も其れに続いた。二〇一五年九月二十七日、東京・有楽町の朝日ホールに於ける古代史シンポジウム[10]に招聘された映画監督の篠田正浩は、其の特別講演の中で「あの戦争に敗れたことで私は歴史の教師を失いました。旧制中学の生徒だった私たちに対し、歴史の先生が『うそを教えて申し訳なかった』と謝ったからです」と述べている。また「二十世紀になって、原爆が落とされるような時代に、私たち日本人は敗戦まで神話（皇統神話）を信じてきた」とも述べている。

このように樗牛没後、百十余年経った時代の証言を、改めて彼の言葉と突き合わせてみると、彼が如何に的確に未来を見据えていたか、それに比べて同時代人たちの眼が如何に節穴だったかが見えてくるのではないだろうか。「美的生活論とニイチェ」によって樗牛擁護の論陣を買って出て呉れた登張竹風のニーチェ理解にしても、確かに樗牛は公的には価値を認めているものの、本音(ほんね)では到底分かち合うことのできる代物ではなかっただろう。むしろ、若旦那風革命家気取りの行く末が、早くも顔を覗かせているのに失望したのではないか。『帝国文学』の「フリードリヒ・ニイチェ」の中の「残忍は人の本能なるを知らざるべからず」は、誰よりも登張自身を語っているとしか思えない。或いは、これが〈青ざめた犯罪者〉についての竹風の解釈だとすれば、その説明不足は他の文人たちの無知・無理解よりも遥かに有害な毒を撒き散らしていると言わざるをえない。

竹風の若旦那風能天気を物語っているのが好んで連発する「自由の本能」という言葉である。本能は元来突発的偶発的、或いは已むに已まれぬ盲目的衝動として顕れる。だから本能の絶対性に人は苦悩を強いられる。然し、その苦悩は一人ひとりにとって意味があり、謎かけである。其の意味を謎とく中にのみ、苦しみから喜びを創造する知恵が現れている。つまり、自己克服を究めなければ、魂の牢獄に囚われている本能は、絶対的自由を得ることができず、「シャバ」と「ムショ」の往復を繰り返すしかないのである。本能は遊びたいときに遊び、眠りたいときに眠り、夢見たいときに夢見、そして目覚めたいときに目覚める。自由なのではなく、気まま気まぐれなのである。本能は、最初から決して自由という理念に従って動いているわけではない。問題は、むしろ、自由から逃走する本能の、己自身に対する残忍なのである。これが「青ざめた犯罪者」の病にほかならぬ。軍国主義の個人的内面の断層と言えよう。いずれにせよ、本能の絶対性を竹風は深く掘り下げなかった。だから本能醇化という本能自体の知恵・知力の妙に達することができなかった。逆に、本能を徒に理念化、或いは理想化して「美的生活」をめぐる混迷を深めるキーマンとなってしまった。抑、ニーチェの自由とは〈三段の変化〉の示す通り、自己克服の自由、峻厳なる自由である。だから、本当に樗牛の本能論を支援するつもりがあったのならば、「自由の本能」などという間延びした表現ではなく、「使命を求める本能」とでも言えば、少しは助けになったかもしれない。

其の〈三段の変化〉から〈序説1〉第八連へと凝縮していく根本思想の命脈を、樗牛は詩人の直観を以て深く受け止めていた。なぜならば、ニーチェを読む前に、彼は既に〈三段の変化〉を実行していたからである。それが「古事記神代巻の神話及び歴史」にほかならなかった。だからこそ、ニーチェを初めて読んだとき、樗牛はニーチェとの「先天の契合」を強く感じたのではないか。勇気を得た彼は、其の感慨を「文明批評家としての文学者」として世に問うたのである。然し、そこから樗牛を恰もディオニュソスに見立てたかのような迫害の空気が拡がっていく。まさに『悦ばしき知識』三四二に有る如く、悲劇が始まったのである。然し、竹風は、書物に書いてあることが現実に起こっているという歴史観に立つことができなかった。樗牛の「畏友」でありながら、彼が〈序説1〉八連の実践者であるとは夢にも思っていなかったのである。其のことを最も能く解っていたのは、恐らく生田長江唯一人だったのではあるまいか。なぜならば、長江は樗牛の悲劇を継承することになったからである。

Ⅶ 「美的生活を論ず」から日蓮へ

明治三十四年十二月『太陽』の「消息一通（姉崎潮風に寄する書）」もまた、矛盾する感情が混沌の中にせめぎ合い、極めて興味深い。前段で目立つのは「君よ、予は敗亡の身なりと云えり。げにげに敗亡の身也、屈辱の身也、無念の身也」という言葉である。因みに、「敗亡の身也」という言葉は、前後四回使っている。樗牛に対する糾弾・非難・侮蔑・嘲笑が如何に凄まじかったかが窺える。少なくとも三十数人は居たとされる新聞・雑誌上の糺弾者による膺懲から、社会の隅隅にまで及ぶ大合唱となっていたようだ。其の中で鎌倉に居を求めたのは、死罪を免れ佐渡流罪の身となった日蓮を偲び、「何（いず）れは我心の澄む時やがて來りぬべし」となることを模索したからである。何よりも彼を傷心の極みへと突き落としたのは、友人先輩の中から起こった声であろう。「年來の病苦と失意とによりて狂せるに非ずやなど言いはやす」、「高山こそは小事の得喪によりてかくも迷い惑へるよと想われむことの口惜しさよ」、「筆執れば人に狂なりと呼ばれ、物言えば君は健やかなりやと問わる」などと記している。到頭、不羈奔放、才気煥発を以て聞こえた樗牛が「自ら我心の健康をさえ疑うこと無きに非ず」とか「吾れは日に衰へ月に衰へて恐らくは其の心さえゆがみ曲れり」などと珍しく弱音を吐いている。因みに『ツァラトゥストラ』一部〈創造者の道〉の中に、樗牛の心境を言い当てているくだりが有る。

　今のところ汝は未だ多くの人のために苦悩している。今のところは汝は未だ汝の勇気と希望を完全に保持している。

　然し、いつか孤独が汝を疲れさせ、いつか汝の誇りが言い逃れをする。すると、汝の勇気は歯軋りするだろう。汝はいつか「私は孤立している！」と叫ぶのだ。

　然し、樗牛が何れほど傷ついたとしても、虚栄心が傷ついたわけではなかった。生命の尊厳を擁護しようとした誇り、つまり、自分自身に対して飽くまでも正直であろうとする誇りが甚く傷ついたのである。それだけが唯一の救いだった。同じく二部〈人間の賢明さ〉の中で、ニーチェは「あらゆる悲劇の母は傷ついた虚栄心ではないか？　一方、誇りが傷つけられる所では、きっと誇りに優るものが育つ」と言う。至言である。ならば「誇りに優るもの」とは何か。それは矢張り正直である。とはいえ、単なる自分自身に対する正直ではない。実際、野に咲く花は単に自分自身に正直なだけではない。見返りを求めることなく、花を目にした人を普く慈しむではないか。これこそ、真の意味に於いて、自分自身に正直であるということにほかならぬ。然し、それは花が太陽から学んだからできるのである。実は、これが野の花にはできても、人間には大変に難しいのである。

なぜか。人間は、確かに野に咲く花を恐れたり憎んだりはしない。然し、人間は、不条理にも、野の花のように見返りを求めることなく、普く人を慈しむ人を恐れ憎むのである。問題は、恐れであれ、憎しみ恨み蔑みであれ、敵対感情に満ちた人間を、野の花のような人が分け隔てなく相対することができるかどうかであろう。ニーチェは、〈創造者の道〉で「汝を蔑む人物を公平に取り扱うという、正義の苦悶を知っているか」と読者に問うている。太陽の孤独に耐えられるか否かということにほかならない。まさに此の苦悶を樗牛は鎌倉で噛み締めていたのではないだろうか。続く文中に、樗牛の苦悶に寄り添い、知恵を授けるツァラトゥストラの言葉が有る。

汝は彼らを超えていく。然し、君が高く昇れば昇るほど、それだけ汝が小さいと妬みの眼は見る。飛び行く者が最も憎まれるのだ。

「私に敵対していながら、如何にして汝らは公平たらむとする！」――と汝は言わねばならぬ――「私に加えられる汝らの不公正を、私は与えられた天命として選び取る」。

不公正と汚物を彼らは孤独なる者に向かって投げつける。然し、我が兄弟よ、汝が一つの星であろうとするならば、彼らのためにも汝は公平に照らして遣らねばならぬ！

この文を原文で最初に見たとき、少年時代から日蓮に親しんでいた樗牛は、文永九年（一二七二）四月佐渡一の谷で五十一歳の日蓮が「富木殿御返事」の中で記した「但生涯本より思い切て候今に飜返こと無く其の上又違（遺）恨無し諸の悪人は又善知識なり」という言葉を思い起こしたのではないか。そこには太陽の孤独を超越した黄金の太陽が有った。樗牛は深く共鳴した筈である。ニーチェのディオニュソス的なるものの追求が世界精神たらむとすればする程、日蓮が文永九年二月佐渡塚原で「開目抄」下巻に記した「詮ずる所は天も棄て給え、諸難にも逢へ、身命を期とせむ」という言葉が俄かに脚光を浴びてくる。つまり、「精神とは、自らの生命に切り込む生きざまである。それは自らの苦難によって、自らの知見を増すのだ」〈有名な賢者たち〉というニーチェの言葉は、文応元年（一二六〇）八月二十七日松葉ヶ谷法難（白色テロからの緊急避難）、弘長元年（一二六一）五月十二日から約二年弱に及ぶ伊豆流罪、文永元年（一二六四）十一月十一日小松原法難（刀の難・弟子一人即死、二人重傷、日蓮自身も頭を負傷・左手骨折、外護の鏡忍房と工藤吉隆殉死）、更には文永八年（一二七一）九月十日竜の口法難（刀杖の難・深夜秘密裏に日蓮斬首されそうになる）、そして、同年十月十日から文永十一年三月十三日まで続く佐渡流罪などによって、既に「新たな石板」として用意されていた。もっと相応しく言い換えると、日蓮仏法は、ニーチェによって世界精神として蘇るべき時機を待っていたということになるのである。

法難に関しては、更にそのうえ、弘安元年（一二七八）から約三年に及ぶ熱原の法難（農民信徒弥四郎暗殺、神四郎・弥五郎・弥六郎斬首）という大難が有る。弘安二年十月一日の「聖人御難事」の中で、五十八歳の日蓮は「各各師子王の心を取り出して・いかに人をどすともをづる事なかれ、師子王は百獣にをぢず・獅子の子・又かくのごとし」、「我等は現には此の大難に値うとも後生は仏になりなん、設えば灸治のごとし当時はいたけれども後の薬なればいたくていたからず」、「彼のあつわらの愚癡の者ども・いゐはげまして・をどす事なかれ、彼等にはただ一えんにおもい切れ・よからんは不思議わるからんは一定とをもへ」と厳愛の励ましを送っている。この伏線は、竜の口法難後の「佐渡御書」の中に既に有った。五十一歳の日蓮は「世間の人の恐るる者は火炎の中と刀剣の影と此の身の死するとなるべし……中略……世間の法にも重恩をば命を捨て報ずるなるべし又主君の為に命を捨る人はすくなきやうなれども其数多し男子ははじに命をすて女人は男の為に命をすつ、魚は命を惜む故に池にすむに池の浅き事を嘆きて池の底に穴をほりてすむしかれどもゑにばかされて網にかかる、人も又是くの如し世間の浅き事には身命を失へども大事の仏法なんどには捨る事難し故に仏になる人もなかるべし」と厳しい認識を示している。矢張り、日蓮は既に熱原の法難を見据えていたのだろう、続いて数行後に「悪王の正法を破るに邪法の僧等が方人をなして智者を失はん時は獅子王の如くなる心をもてる者必ず仏になるべし例せば日蓮が如し……中略……正法は一字・一句なれども時機に叶いぬれば必ず得道なるべし千経・万論を習学すれども時機に相違すれば叶う可らず」と言い切っている。日蓮の示した殉難者たちに対する厳父の愛は、ツァラトゥストラの語った「すべての偉大なる愛は、いかなる同情者の思いをも超えている〈同情者〉」という価値判断の先駆けだったと言えよう。[11]

さて「(自らの苦難によって) 自らの知見を増す」といっても、其の知見は自分自身に対する信という正中を外してはならない。其の信が深まることによってのみ、新たな自分自身の発見があり、其の自分自身への愛が深まり、其の愛を人に分かち与えずにはいられなくなる。そして偉大となった愛は生きた知恵となり、新たな世界が見えてくる。これこそディオニュソス的生き方であり、正に〈序説1〉第八連のｕｎｔｅｒｇｅｈｅｎの内実、つまり溢れる生の豊かさなのである。そして樗牛にとって、其のことについての最も分かり易い註釈は、「正直捨方便、但説無上道」（方便品）「一心欲見仏不自惜身命」（寿量品）を貫徹した日蓮その人だった。実際、『ツァラトゥストラ』の中の第一の美徳である、自分自身に対する正直を究める程度に於いて、日蓮に比肩せられる人物を見出すのは困難である。なぜならば、竜の口法難を契機とする発迹顕本という名の自分自身の発見に比すべきものを有っている人は他にいないからである。実は、ここ（竜の口法難）に樗牛は「美的生活の事例」の最高峰を見ていたのではないか。「ああ死を以ても脅かすべからざる彼らの安心は貴き哉」と記しているからである。樗牛は自らを日蓮へと立ち返らせてくれたニーチェに感謝した。そして前世からの因縁さえ感じた。それが「吾れは又ニーチェの思想に先天の契合あるを覚えぬるは如何にぞや」という言葉となったのである。

日蓮の人となりを象徴している文として度度引き合いに出されるのが、生還期し難しと誰もが固く信じていた佐渡流罪から許されて島を離れるときの真情を記した「さればつらかりし国なれどもそりたるかみをうしろへひかれ、すすむあしもかへりしぞかし」という言葉であろう。因みに、これは、佐渡流罪中に支援者となった国府入道が阿仏房夫人の千日尼からの銭三百文と国府尼からの単衣の供養をたずさえて身延へ遣って来てくれたことに対する感謝の手紙の中の言葉である。樗牛が「美的生活を論ず」で言及した「野に咲く花」の見返りを求めない美徳の原点、即ち太陽の美徳がここにある。佐渡で日蓮の支援者となった人たちは、樗牛の文脈で言うと将に「野に咲く花」のように見返りを求めない純粋な喜捨の人たちだった。「野に咲く花」は幕府に畏縮することも忖度することもない。懐かしい旧知の間柄として一途に太陽の美徳を体現した日蓮を支援した。だからこそ彼は「日蓮をこいしく・をはしせば常に出ずる日ゆうべに・いづる月ををがませ給え、いつとなく日月にかげをうかぶる身なり、又後生に霊山浄土に・まいりあひ・まひらせん、南無妙法蓮華経」という最大の感謝で以て応えた。

そして、ツァラトゥストラニーチェもまた、見返りを求めない美徳を太陽の美徳として学んだ。それこそ〈序説1〉第八連であり、また〈古い石板と新しい石板3〉ではないか。見返りを求めない美徳は、畏縮することも落胆することもない。無論、復讐に身を焦がすこともない。〈偉大なる憧れ〉はツァラトゥストラの偉大なる感謝で終わっている。仏教の求道者には、無信仰者から見ると、強さのペシミズムとしか思えない不思議がある。見返りを最も求めない人が見返りを求めない人の支援を受けたとき、彼らは奇跡のように有難いことだと感謝する。これこそ、仏菩薩と「幼児〈三段の変化〉」の世界なのではないだろうか。

第五章　ニーチェと「美的生活を論ず」との関係を否定する見解について

I　願望を事実として言い替える

忘れてはならぬことを忘れてしまうとき、時の経過というものは、どこか魔物めいたものになる。あの「南京大虐殺」にしても、中国側の主張する三十万という死傷者を、せいぜい二十万と言い替える所から始まって、到頭昨今では「そんなものは無かった」という説まで飛び出している。要するに、否定したいから否定する、つまり、願望を事実だと言い替えているだけのことである。同じ類の言い替えは、樗牛の「美的生活を論ず」とニーチェの関係を否定する際にも見受けられる。因みに、この類のロジック、否、妄想的便法を近い過去と照合してみると、神話を歴史的事実として信じよと主張した明治國学流に辿り着く。

二〇一二年、谷沢永一という書誌学者兼国文学者の『文豪たちの大喧嘩』[1]（ちくま文庫）という本が再販された。この本は、鷗外についての権威主義的先入観・俗見を打ち砕いている。確かに、その意味に於いては斬新である。然し、「美的生活を論ず」に対する谷沢の取り扱い方は、同一人物とは思えないほど定見の無さが目立つ。鷗外・樗牛論争では樗牛の肩を持ったので、「美的生活を論ず」をめぐっては彼を何んなにひどく扱っても構わないと思っているかのようだ。将に明治三十四年（一九〇二）十月『太陽』で樗牛の言った「今の学者の為す所を見るに、漫に先人を是非して折衷を事とする者多し」である。結局、陸軍大将にもなろうかという天下の鷗外を情容赦なく徹底的に論破した不世出の若き論客が、「美的生活を論ず」の作者としては、二流三流の凡庸な感傷主義者に格下げされている。知性に対する評価としては余りにも一貫していない。この落差は、樗牛党と見られることに対する憚りなのか、それとも市場の道化かくあるべしということなのか。

II　見当外れの過大評価

恐らく最大の理由は、谷沢の「美的生活を論ず」自体についての無知・無理解にあるのであろう。筆者が縷縷言及したように、「美的生活を論ず」に最も色濃く反映されているのは『ツァラトゥストラ』の根本思想なのである。このニーチェ代表作を原書で真面目に読んだ形跡は、谷沢の筆使いからは全く窺えない。彼は、昭和二十八年（一九五三）六月重松泰雄作の論文を下敷きにしている。題名は「樗牛とニーチェ――『美的生活』論を中心として」（『文芸研究』日本文学研究会編第十三集）である。ここから谷沢は自説を紡ごうとする。ところが、重松のニーチェ理解が今一つ覚束ない。それで広汎なニーチェ研究で名高い独文学者の杉田弘子氏の意見を都合よく切り取って自説に繋げている。奇妙なのは、ホイットマン起源説であれば、手放しで支持していることである。透けて見えるのは、師匠と仰ぐ重松同様、なんとしても「美的生活を論ず」からニーチェの影を薄めたいという思いではないか。その執念（野心）が露骨に顕れているのが「姉崎嘲風に與ふる書（明治三十四年六月『太陽』）」に対する見当外れの過大評価である。

谷沢は力説する。「此の一篇を以て私は日本自然主義の、少なくとも基本の綱領を宣言した、文学史上に最初の発声と高く評価したい。明治四十年代の文壇を制覇するに至る、日本自然主義文学運動の骨格と方向は、虚心坦懐に西欧の文芸思潮と対比するなら、自然主義流の合言葉を点綴する工夫に基づくものの、内実は近代化に努めたロマンチシズムと規定し得る。この様に自然主義の特異な日本的形態を、ロマンチシズムのリズムに乗った自然主義のメロディー、そう理解するのが実態に即した規定であろう」――。ここで言う「自然主義流の合言葉」の中には、「この一篇」に三回出てくる「ニーチェ」も含まれる。然し、谷沢の言わむとする所は、日本自然主義文学運動の骨格と方向の内実はニーチェ無しの「此の一篇」に有るのだということである。

Ⅲ　近松論の逆説

なぜそう言えるのかというと、章を変えて十一の二から姉崎正浩（嘲風）の「美的生活と意的生活」（明治四十五年二月『帝國文学』）を紹介していたとき、後半の佳境部分（ニーチェから日蓮への方向性）を突然打ち切り、その換わりに明治二十八年（一八九五）四月『太陽』の樗牛作「近松戯曲に於ける人物性格」の感情即原性即本能論を持ち出して最後にひとくさり「この説はさながら後年の美的生活論ではないか。美的生活論が樗牛のハラワタから出た叫びであり、断じて何物かの口真似でないこと、歴然たる証左ではなかろうか」と谷沢はハラワタから叫んでいるからである。つまり、此の結論を導く為に其れに添ったストーリーを描き、それに適わない証拠は、切り捨てたり、無視したり、言い替えたりしているのではないか。

　重松・谷沢のように「此の一篇」にニーチェとの繋がりが有るとは信じたくないと思っていれば、何をか言わむや、「知は易く信は難し、百知ありて一信無からむは、初めより学ばざるに如かじ」（明治三十四年十月『太陽』）である。ニーチェと樗牛という類稀な人物同士の関係を捉える為には、ニーチェは先生で樗牛は学生だという文脈は必ずしも当て嵌まらない。なぜならば、「血で以て書く」炎の人タイプは「読書するのらくら者」ではないからである。だから、何々は未だ読んでいない筈だから其れ此れは解る筈がないとか、或いは『ツァラトゥストラ』の原書を四ヵ月程度で理解できるわけがない等の教養主義的、乃至は教養俗物的見解は先入観となる可能性が高い。つまり、事柄と事柄を客観的に突き合わせるよりも、人と人とを主観的に突き合わせない限り見えてこないものが必ず有るのだ。因みに、谷沢の紹介した樗牛の近松論の中に「挙げて赤裸々なる小児となり了らん」というくだりが有る。この「小児」という言葉は、重松も谷沢もニーチェとは何の関係もないと見なしたようだ。確かに一八九五年というと、樗牛はニーチェを読んではいない。然し、筆者は近松論に於ける、「最も純粋なる感情」をもつ「小児」は、アンデルセン童話の「裸の王様」は元よりとして、最終的には『ツァラトゥストラ』〈三段の変化〉における、精神の自己克服の最高段階「幼児 Kind」（超人の隠喩）へと愛の手を繋げていると考えている。つまり、ここにも、ニーチェと樗牛との「先天の契合」の重要な一側面を認めることができるのである。〈有徳者〉でツァラトゥストラは、母性愛の見返りを求める母はいないと言う。見返りを求めない母の愛に育まれる「小児」もまた、見返りを求めない。其れが樗牛近松論の中の「小児」である。母と子の間柄は、太陽と野に咲く花の間柄に等しい。だからこそ、〈三段の変化〉の「幼児」もまた、畏縮することも落胆することもない〈無垢〉。恨むことも復讐に身を焦がすこともない〈忘却〉。人を救済しようとすることはあっても〈新たな始まり〉、決して傍観者となることはない〈自ら回る車輪〉。そして、何よりも感謝に溢れている〈聖なる肯定〉。それほど生命が豊かなのである。以上が「超人 der Übermensch」に求められる要件である。これらの要件を欠いた、つまり自己克服なき超人は、たいてい偽物であると言わざるをえない。とにかく、自己克服を極めた超人の、いわゆる永遠のまなざしを以て迎えてはじめて、「永遠回帰」の世界が遣って来るのである。同時に其のとき、人間の生命は真に自由自在な遊楽を享受し、それが将に価値創造の源泉となるのである。

このように樗牛近松論の「小児」は、ニーチェ「超人」の隠喩である「幼児（おさなご）」と出会うことによって、ニーチェと一体の世界精神となり、「永遠回帰」を見据えることになったのだ。そして更に、其のニーチェ思想は、樗牛を日蓮仏法に於ける仏界の生命の永遠性へと導くことになったと受け止めることができる。ここには、谷沢の言う「口真似」か否かを超越したニーチェと樗牛との原性の共有があると言っても過言ではない。つまり、浅い繫がりなどではなく、本質的な繫がりが超越的に、言わば「星の輪舞」の如く存在しているのである。それにしても、谷沢が明治二十八年であればニーチェとの無関係を証明できると思って持ち出した「近松戯曲に於ける人物性格」の中に、のちのニーチェとの運命的出会いの芽生えとも言うべき「小児」なる詩的言語が近松論を超えた先を見据えていたと解するならば、谷沢は其の意図とは別に、逆説的にニーチェと樗牛との深い繫がりを証明したことになると言えよう。

Ⅳ　なぜ五節までを切り捨てたか

さて、ここで再び本丸の「此の一篇」、つまり明治三十四年六月『太陽』の「姉崎嘲風に與ふる書」に戻る。「自然主義流の合言葉」にすぎないと谷沢が見なしている「超人」、と三回出てくる「ニーチェ」よりもニーチェ的な内実は本当にないのだろうか。筆者は、そんなことは全くないと考える。抑、十の三第一段落の谷沢の批評は真に胡散臭い。先ず「寂寥を主軸とする前半の第五節までを踏み台に」などと突然言い出して、五節までを切り捨てるのは粗雑過ぎる。二節第一段落の「徒に知識を趁ふものは、猶ほ徒に金錢を蓄ふるものの如きか」という樗牛の言葉には、明白に知識の過剰を教養主義の野蛮と見るニーチェと同じ目線が既に認められる。また、三節第三段落から説かれる歴史批判力の必要性は、「古事記神代巻の神話及び歴史」に遡るとともに、ニーチェ『反時代的考察』の歴史観に極めて近い。そして四節の「或る特殊の國民、又は特種の民族が好尚する所の特殊の理想を以て、他の國民、又は他の文物を批評する唯一の照準となさむは、畢竟謬見なりと謂わざるべからず」とは、ドイツ皇帝の演説に対する批判であると同時に、「万世一系」という皇統神話を歴史的事実と見なす「特種の民族」が其の「特殊の理想」を追い求めていけば、必ずや文明の衝突(大戦争)を惹起せざるをえないという、言わば国家諫暁でもある。更に続く「若しこの世界に人道の理想なるもの存せりとせば、そは何れの國民、又は何れの民族にも偏倚せず、あらゆる人類のあらゆる特質を包括し、調和し、玉成したる所に存すべき也」とは、歴史的研究の目的は、あらゆる民族を一つに結ぶ世界精神の模索から決して逸脱してはならぬとの謂である。元より国家諫暁の続きでもある。然し、それのみに留まらず、筆者にはツァラトゥストラの「これまで千の目標があった。千の民族があったからだ。但、千の首を結ぶ絆が今なお欠けている。一つの未曾有の目標が欠けているのだ。未だに人類は、目標を持ってはいない。然し、兄弟、どう思うか言ってみよ、人類に未だに目標が欠けているのなら、人類自体もまた、――過ちを犯しているのではないか?」〈千の目標と一つの未曾有の目標〉という言葉が彷彿と已み難く蘇ってくる。

恐らく谷沢は、樗牛の美術史観を「美的生活を論ず」とは無関係だということにして軽く見たのであろう。然し、樗牛の其れは、(谷沢も熟知している筈なのだが)審美学・哲学であるのは元より、一種の創造的進化論であり、凝縮された歴史観にほかならない。だから、三節で美術学者に対して彼が求めた「歴史的研究」は、学者一般、とりわけ國学的傾向に染まりつつあった学者に向けられていた。印度以東の凡ての国々の美術を包摂しているにもかかわらず、国粋の美を主張すれば、美は幻影となり、世界精神の欠如を露呈する。真の誇りを模索することができず、傲慢になるか卑下するかしか知らなければ、文明の衝突は避け難い。樗牛は其れに警鐘を放ったのだ。文明の衝突を回避する為に、民族の美の歴史に対する覚醒を促した樗牛は、美に依る安全保障を真剣に模索した先駆者ではないだろうか。四節最後の「本邦人の自ら自己を知らざるや」。さりげない言葉ではあるが、何故か心に響く。その意(こころ)は、「君はかくも美しい、なのにこれから戦争で死のうというのか」——と言えば言い過ぎであろうか。昭和を見据えていたのだろう。いずれにせよ、「美的生活」の目的は、国民の生命と肉体を護ることだった。

V 谷沢の掏り替え

以上のように、四節までは、自己を知る為の歴史という前提を凝縮させるべく存在した。そして、五節は其れを受け、忍び難きを忍ばなければならぬ現下に於いてこそ、新たな自己を模索する為に戦いの筆を執らねばならぬと決意を明らかにしているのではないか。谷沢は、此の五節までを「寂寥を主軸とする前半の第五節まで」と能く言えたものだと思う。主軸になっているのは歴史であり、自己を知るということではないか。抑、樗牛の寂寥や感傷を鼻で笑う俗学流は、彼の正直が余りにも明澄なのでその甚深の所が全く見えていない。そのことについては追って幾度か触れるとして、とにかく「主軸」をかくも無慚に掏り替えてしまえば、自己を知る為の歴史という樗牛の意図した前提も、始めから無いものとして無視されてしまうしかない。このように、折衷主義の最も胡散臭い所は、肝心要の部分を素知らぬふりをして殺ぎ落としてしまうことにあるのだ。

然し、「断じて何物かの口真似でない」つまりニーチェとの繋がりは全くないという結論を予め下し、其れに添ったストーリーを描き、それに適わない証拠は、切り捨てたり、無視したり、言い替えたりすることが巧くいく筈がない。実際、谷沢は奇妙なことを言い出す。「その口切りでは批評上の客観主義をきっぱりと斥け、批評に於ける主観主義の歴史的な正統性を説き云々」などという論評は、文脈を正確に受け止めているとはいえない。（八）第二段落で樗牛は次のように言っているにすぎないからである。

　今の人動もすれば曰く、批評は客観的ならざるべからず、一個人の習癖を擺脱したる没理想のものならざるべからずと。其の意極めて分明、予又何をか言はむ。

このように客観的であることは肯定されている。客観は、真理の証人だからである。いずれにせよ、主観の負の側面を篩にかけるという意味に於ける客観主義は肯定されているのだ。だから「批評上の客観主義をきっぱりと斥け」という要約は当らない。また、続く「批評に於ける主観主義の歴史的な正統性を説き云々」は、いったい何の部分を要約して言っているのか。要約の対象は歴史との関連で見ると、同じく（八）第六段落の次の言葉であるはずだ。

兎にも角にも、文藝界に於ける主観主義の勢力が、遥に客観主義に勝りたるものありたるは、予を以て見れば炳焉（へいえん）たる歴史上の事実也。然れども、是の如き歴史上の事実あるの故を以て、一切の主観主義を挙げて是を推奨するは予の意に非る也。[2]

右文で明らかなように、樗牛が言及しているのは「歴史的な正統性」ではなく「歴史上の事実」なのである。而も、一切の主観主義を丸ごと推奨するつもりはないというのは、一切の個人主義を丸ごと推奨するつもりはないというのと同じである。だから個人主義が「主観主義の歴史的正統性」の根拠となることはない。仮に「歴史的な正統性」が直前の段落の後半に於けるドイツ・ロマン派哲学者フィヒテや理論家シュレーゲル兄弟あたりを仄めかしているとするならば、「断じて何物かの口真似でない」ことを証明する身としては、余りにも定見がない。つまり御都合主義であるというほかかない。

Ⅵ 改竄

このように「主観主義の歴史的な正統性」の実体は全く摑めない。無論、自然科学の方法を範とした客観主義の過剰に対する、人間性のバランス回復を主観主義は担っている。然し、それは歴史の必然なのであって、正統か異端かの問題ではない。どうやら見えてきたのは、樗牛の言葉でないのは元より、谷沢自身の信じている言葉でもないということである。つまり、捏ち上げの撒き餌であり、目的は読者に一杯食わせて谷沢の捏ち上げた樗牛の「思考基軸」と称する〝網〟の中へと誘い込むことにある。要するに、読者に気づかれずに樗牛の主観主義論を著しく偏狭なものへと改竄しようとしているのである。

右に述べたことを明らかにする為に、さらに結論の（八）第七段落全体を次に掲げたい。二行目の「一定の」から四行目の「特長也」までは、『文豪たちの大喧嘩』十の三第二段落で「此の（樗牛の）思考基軸」として、谷沢が一ヵ所改変して（「一定の基準を立し」から「一定の基準を高らかに押し立て」に）残りはほぼそっくり現代表記に直している。

是を要するに、主観主義には一定の基準無し、其の勝劣は唯是を提唱する人物の如何によりて別るべきのみ。一定の基準を立し、万人をして依拠する所あらしむるを得ざるは、慥に主観主義の一欠点なり、而かも文字以外、縄墨以上、個人天来の理想を発揮して、清新なる生命を芸術界に注入するの一事は、亦慥に主観主義の特長也。予は再び言はむ、主観主義其物には何等の定価なし、唯是を唱ふるの人によりて初めて価値を有し来る。超人を理想とする個人主義は、ニーチェの人格によりて初めて成立すべく、意志の発展を極致とする個人主義は、イプセンの個性を待て初めて意義あり、而して一度び偉大なる人格の強烈なる意志によりて伝道せられたる主観主義は、時に一世の民心を把住して所謂時代の精神を作ることある也。

この文には二つの山がある。無論、最初の山は冒頭の一文、第二の山は「超人を理想とする個人主義は」で始まって「精神を作ることある也」に終わる最後の一文である。そして、二つの山の間の谷底が「一定の基準を立し、万人をして依拠する所あらしむるを得ざるは、慥に主観主義の一欠点也」である。すべては冒頭の一文で言い尽くされている。名文ではないか。基準無しという混沌の中に光を見ている。ディオニュソス的でもある。だからこそ、単に結論というだけではなく、意欲であり、希望でもある。同時に、最後の一文に見られる理想・極致・偉大・人格・精神をも見据えている。そのうえ、谷沢の言う「此の（樗牛の）思考基軸」は、冒頭の一文に収まっているではないか。また、「批評に於ける主観主義の歴史的な正統性」も何処かに当て嵌めるとするならば、冒頭の一文の外にありえないではないか。

ところが、矢張り嘘は嘘を呼ぶ。捏ち上げられた「歴史的な正統性」は、新たに「効能」を捏ち上げ、「立し」を「高らかに押し立て」に改変した。谷沢永一演出の見え透いた〝田舎歌舞伎〟が始まったのだ。狙いは、「樗牛の思考基軸」の捏造である。無論、「立し」から「高らかに押し立て」への改変などは仕上げの化粧の如き微少なものであろう。然し、付け睫一つで女性の印象は、元の顔が分からなくなるほど変わる。

とにかく真実は一つである。抑、樗牛は主観主義の価値が、提唱する人物の如何に依って決まるという原理（当に思考基軸と言える）を明示する為に、基準がないにもかかわらず基準を捏ち上げて万人に強制しようとする前段落のプルードンの如きを主観主義の欠点だと説く一方で、奔放自在の表現で陋習と呪縛を乗り越え、天来の理想を発揮して清新なる生命を芸術界に注入する後述のニーチェ・イプセンの如きを主観主義の特長（美点）だと説いているのだ。このように欠点はプルードンに繋げ、美点はニーチェ・イプセンに繋げてはじめて、前後の文脈から逸脱せずに正面（まとも）に読めるのである。然し、虚実織り交ぜて巧妙な芝居を打とうとする詐欺師と紛う野心家は、そんな正面な読み方はしない。予めの結論に不利な証拠はすべて葬り去り、有利な証拠だけを捏ち上げようとしている谷沢は、人と事柄を分断する隙を狙って探し求めていた。そして、樗牛が事柄だけを客観的・超歴史的に説明した部分を逆手に取って「欠点」と「特長」を盗み取り、なんと未発表の筈の「美的生活」と結びつけ、樗牛の「主観主義の歴史的な正統性」なるものが毒にも薬にもなる「効能」だと偽って〝売り〟に出した。そして、それを読者に丸呑みさせて、或る程度の催眠状態に追い込んだと確信した谷沢は、更に「効能」を「樗牛の思考基軸」とまで捏ち上げ、読者を欺罔の中に絡め捕ったのである。

以上が〝田舎歌舞伎〟の舞台裏と筋書きである。抑、プルードンに象徴される欠点と、ニーチェ・イプセンに象徴される美点とは、当に本能に於ける絶対的価値観の対立である。だから野蛮と文化の対立の如く、当然一体となる筈がない。強いて一体とすれば、老廃物と滋養を混ぜる類の所業である。だから毒にも薬にもなる「効能」というのは当らない。確かに樗牛の客観的説明の如く、主観主義総体の両面性を超歴史的に俯瞰する場合にのみ、相矛盾する欠点と美点の歴史的事実を、一体のアンビィヴァレント（両価的）な抽象的原理に集約させることは学理的要請であろう。

然し、だからといって、事柄のみに当て嵌まる客観的原理を人間に当て嵌めることはできない。それこそ、主観に於ける山頂と深淵ほどの精神の差を無視して、人間を皆、無性格の道化にし、信じるに値しないものにしてしまう。紛れもなく折衷主義の害毒ではないか。

もっとも、元来が無性格の道化に近いプルードンは、それで少しも構わないかもしれぬ。然し、人間の未来を照らし、過去をも救済せんとする運命を一身に背負ったニーチェの人類史上の性格は、プルードンの其れとは比較にならないほど悲劇的である。而も其れは、不思議にも樗牛の悲劇的人生と通底してくる。無論、谷沢はそんなことは認めたくはないし、信じようともしない。彼は信じるということを信じることのできない人間なのである。結局、谷沢自身が無性格の道化なのではないか。だからこそ、樗牛をも無性格の道化ということにしてしまった。然し、その為に谷沢は、既に見てきたように、切り捨て・無視・言い替えは元より、掏り替え・捏ち上げ・改竄まで遣って退けたのである。谷沢は、誰よりも自分自身が信じるに値しない人間であることを証明したのではないか。折衷主義の自縄自縛ここに有りと言わざるをえない。故に、明治三十四年六月五日『太陽』の「姉崎嘲風に與ふる書」を谷沢が「日本自然主義の、少なくとも基本の綱領を宣言した、文学史上に最初の発声」などと褒め殺したり、「樗牛は自然主義の早過ぎた提唱者だった」などと言っているのは、捏ち上げに捏ち上げを重ねた囃子歌(はやしうた)の余韻に過ぎないと筆者は考えている。

Ⅶ　排除のロジック一辺倒の重松

谷沢の捏ち上げのメロディーに此れ以上付き合うにもほどがあるので、この辺りで何故此の「姉崎嘲風に與ふる書」が重要なのか改めて問い直してみたい。抑、「美的生活を論ず」自体から、ニーチェとの繋がりを一般の読者が客観的に裏付けるのは、『ツァラトゥストラ』を理解していない限り、相当に難しい。然し、「美的生活を論ず」を強く予感させる二ヵ月前の「姉崎嘲風に與ふる書」に少なくともニーチェという名が三度見られる以上、そこにニーチェと樗牛との繋がりが反映されている筈だと信じ込むのは、必然的ではないか。確かに理解には程遠い。然し、本能的直観としては外れてはいない。

事実、既に見てきたように前半部二節三節四節の中にニーチェとの繋がりを認めることができた。だが、重松も谷沢も其のことについては全く触れていない。同じように重要な後半部についても全く触れていない。勿論、無知もあろうが、元来が其の繋がりを認めたくないし、信じたくもないからである。彼らがニーチェを知ろうとするのは、樗牛との繋がりを否定する〝欺網〟を紡ぐ為である。樗牛という人物を深く知るつもりは毛頭ない。樗牛については、寧ろ間違った先入観のほうが彼らの都合に合致しているのだ。とにかく、ニーチェであれ樗牛であれ、人物を根本的に知ろうとしなければ、事柄をめぐって豊富な知識を得たとしても、知恵に触れることはできない。つまり、学んだことにはならないのである。ともあれ、重松・谷沢が何んなに無視しようが、或いは無知であろうが、真実は大道を進むのである。

では早速（六）を丹念に拾ってみたい。批評家の任務として六つ挙げている中で、先ず目に留まるのが「第三、既に社会の教育者を以て自ら任ずる批評家は、時に社会の好尚に反対して不人望なる真理を吐露するの勇気なかるべからず」という言葉である。ここの勇気は、第六の正直と直結している。樗牛を知る上で不可欠であり、又ニーチェ更には日蓮の生き方にも通じているので、次に掲げておきたい。

第六、彼は如何なる場合に於いても、飽くまで自己に忠実ならざるべからず。彼れの公言する所のものは彼れ自身の真に思い、真に感じたる所のものならざるべからず。是を以て彼は権勢に阿ねる能わず、威武に屈する能わず、情誼に惑わさるる能わず、直前邁往、ただ其の所信を執て毫も動くこと無かるべし。既に己れに忠なるもの、亦己れと共に進止せざるを得ず、是を以て彼は其の思想好尚の変遷に遇えば、輒わち是を公言して憚ること無かるべし。夫の反覆の誤りを受けむことを恐れて、終始先言に拘泥し、自ら知て其の非を遂ぐるものは、外より見て定見あるものの如きも、実は既に虚言者のみ、真正なる批評家の為すべき所に非る也。蓋し人の一生は発達の連鎖也、発達は変化を意味し、変化は時に矛盾を意味す、夫の矛盾を恐れて減黙するものは、死するまで発言の機会無かるべし、個性の発展に本ける思想感情の転移は寧ろ必然の経過のみ、決して反覆を以て批難せらるべきに非る也。

（漢字平仮名現代表記）

冒頭の「飽くまで自己に忠実ならざるべからず」は、四節の民族としても個人としても自ら自己を知らなければならぬというテーマから受け継がれている。そして、それは半年後の明治三十四年十二月『太陽』に於ける「消息一通」（姉崎嘲風に寄する書）の「心のままにして自ら欺かざりしを喜ぶのみ」という自分自身に対する正直を貫徹した勝利の喜びへと到るのである。無論、其の「喜び」は、四章Ⅷで言及したように「正直捨方便、但説無上道」「一心欲見仏、不自惜身命」という最も自分自身に対する正直を貫徹した日蓮を知った「喜び」でもある。知ったのは信じたからであり、信じたのは同じように自らに正直な言動を貫いていたからである。だから日蓮を知った「喜び」は、樗牛にとって何物にも替え難い絶対的価値であり、人生本然の要求、即ち（醇化した）本能の満足であり、将に「美的生活」にほかならなかったのである。

四章Ⅷで述べたように、樗牛を日蓮へと導いたのはニーチェである。何故それが可能となったのか。ニーチェが最も大切にしている美徳も正直（Redlichkeit）だからである。『ツァラトゥストラ』〈背後の世界を見る者 Von den Hinterweltlern〉の中で彼は、正直のことを「徳の中で最も幼い、先刻承知の徳 jene jüngste der Tugenden」と呼ぶ。これは〈三段の変化〉の最高段階、つまり超人の隠喩である「幼児（おさなご）」の美徳と見なす外ない。つまり、最も難しいがゆえに、神聖なる美徳なのである。如何に正直が高く評価されているかが分かる。ニーチェも矢張り、「正直捨方便、但説無上道」を彼なりに果たしていたと言えるのではないだろうか。

読者の中には（六）の「第五、同情の範囲を拡張するは、文芸批評家の任務を果たすべき修養として欠くべからざる也」という樗牛の意見がニーチェの同情観とは異なるのではないかと問うむきがあるかもしれない。確かに、字面だけの第一印象に囚われると、其のような錯覚に陥ることもあると思われる。然し、樗牛は、次の文の中で「同情力の多少が多くの場合に於いて批評の運命を左右する」と言っている。一方、ニーチェは「同情心をもつことが許されるには、多くの精神（知力）をもっていなければならない」と言う。両者は似たことを言っているのではないか。要するに、彼らにとって同苦を同喜に変えることができれば、其の力を何と呼ぼうが差し迫った問題ではないのだ。

次に筆者がニーチェと樗牛の繋がりを強く感じるのが（十）第五段落冒頭の次の言葉である。さらりと読み過ごされそうだが、ニーチェの独創性が樗牛にも見られるという意味に於いて大変に注目に値する。

彼ら（所謂教育家、倫理学者）は人生の事すべて哲学上の冷刻なる思索によりて解釈し得らるべしと信ぜる也。

これは思索、即ち目的である行為の為の手段にすぎない認識が、自己目的化することによって、本来の目的である行為と、目的を僭称する認識との間に、死角や盲点が生じ、其のことが野蛮を招くと言いたいのである。元来、行為に先立つ、行為についての認識が十全であることは有り得ない。二章で既に言及したように『曙光』一一六でニーチェは「そもそも或る行為について知りうることは、決して十分とはいえない。つまり、認識から行為への橋は今まで一度も架けられたことがない。これこそ、〝恐ろしい〟真理ではないか」と問いかけた。逆に言えば、十分とはいえないのに傲慢にも十分だと思い込むのは、誤謬・錯覚・妄想にほかならず、我知らず自らを欺くことになると警告しているのである。だからこそ、自らに正直であらむ為の〝鏡〟として、ニーチェは〈三段の変化〉を提示したとも言える。

この認識と行為の乖離に対する洞察は、次の段落の「道徳全能主義」に対する批判に見事に応用されている。此の場合の「道徳」とは、言論の自由を事実上は認めない三重四重の呪縛・法制を差し引いて考えると、明らかに滅私奉公・忠君愛国道徳を指している。然し、これを正面に書けば、「國体」批判という禁忌に触れる。だから、即日発禁・逮捕拘束だけは絶対に避けたい社主側が其れを許さなかったのである。どう見ても、近代史に通じている国文学者である重松・谷沢が此の辺の事情を分かっていないとは思えない。否、むしろ分かっているからこそ、特殊な事情を無視し忠君愛国道徳という一点を外して、道徳の側に何らの問題も無いかのような論旨を展開している。この類の排除のロジックの源を尋ねるならば、間違いなく「美的生活を論ず」に於ける道徳批判の肝心要を外して、いわゆる換骨奪胎を目論んだことと軌を一にしていると言わざるをえない。

「美的生活を論ず」の中で、抑、樗牛は何と言っているか。(四)に「本能は目的にして知徳は手段のみ」とある。二ヵ月前の「姉崎嘲風に與ふる書」、とりわけ先に掲載した引用文を註釈として読み解くと、本能とは行為を意味し、知徳即ち知識と道徳とは認識を意味する。行為が目的である以上、知識であれ、道徳であれ、ともに認識に過ぎないので、手段であらざるをえない。

ところが、手段である筈の認識自体が目的となることがある。そうなると、知識であれ、道徳であれ、過剰となり、野蛮や狂気を招く。実際、皇統神話を歴史的事実だと丸呑みさせ、そのうえで滅私奉公を説く忠君愛国道徳の場合、第二次世界大戦の結果が如実に示しているとおり、道徳に対する過大評価という認識が其の分を乗り越えて自己目的化し、道徳的行為そのものとなっただけではなく、更に道徳的行為への命令或いは扇動と化す、いわゆる原理主義の様相を呈していた。つまり、ニーチェの言葉を借りて言うと、道徳を説く者たちが「死の説教者 die Prediger des Todes」となっていたのである。このような道徳の自己目的化に対する評価を重松は全く下していない。要するに、重松の樗牛論には道徳批判と歴史観が欠落しているのである。

Ⅷ　重松流の掏り替え

重松泰雄は「道學先生」の再来である。だから其の特徴として樗牛の挙げた「煩瑣と冷淡と無趣味と没理想」のすべてを持ち合わせている。とりわけ煩瑣を好む傾向が強い。「美的生活を論ず」に依ると、「道學先生」とは「美的生活」とは真逆の「虚偽の生活」を営む不正直者の群れである。重松の文が、掏り替えの尻尾を摑まれないための一種異常な小間切れの煩瑣から成り立っているのは其のためだろう。重松は、樗牛の問題にしている道徳が実際は忠君愛国道徳であることも、其れの自己目的化こそが「道學先生」を「死の説教者」にした事も全く無視しているのみならず、逆に問題を掏り替えて本能が目的であるのが善くないかの如く、樗牛の言ってもいない「本能的自我の無条件な解放」を樗牛が唱えていると捏ち上げる。そして、なんと樗牛を「道學者」「村學究」に対する反逆者だと決めつけるのである。而も、だからニーチェと「美的生活を論ず」は無関係だとこじつける。全く自作自演の道化芝居であると言わざるをえない。とにかく、最初の根本的な掏り替えを次に掲げる。

「美的生活論」の論旨は、要するに人間存在の意義が各個本能（人性本然の要求）の充足にあり、「道學先生」の説く理義は單にこれを助成するものに過ぎぬといふに在る。「眞」「善」にあらざる「美」的生活は、最もか、る本能を充足せしむるものの謂いであって、彼はかやうな本能的自我の無条件な解放を唱えて「道學者」「學究」輩の堅苦しい人生觀に反逆を試みようとした。かような「美的生活論」の立場は、これをニーチェの立場と對比する時、むしろ明白にそれより學んだものではないことを豫想せしめる。

「樗牛とニーチェ――『美的生活』論を中心として」四節

「美的生活を論ず」の論旨（要旨・主旨）は、先に挙げた「本能は目的にして知徳は手段のみ」で充分である。更に敷衍し（三）と（四）の文脈に即して言えば「人生の目的は本能（人生本然の要求）の満足にあり、道徳は単にこれを助成するものに過ぎぬ」となる。このように前段は目的、後段は手段という骨組みがない限り、正確に意味を汲み取った論旨とは言い難い。その意味に於いて、重松の言う「論旨」は骨抜きにされ、改竄された代物であると言えよう。抑、「人間存在の意義」などという抽象的模索が本能の充足という具体的行為と同時進行で嚙み合うのか。こんな間延びした抽象的表現を樗牛はしていない筈だ。樗牛の記念碑的論文を意図的に月並みな卒論のレヴェルに貶めようとしたとしか思えない。次の「各個本能」とは何ぞや？　五本や十本の指で数え切れるほど本能の数は少ないのか。それほど自明の了解が成り立っているのか。「本能」についての定見は有るのか。早くも重松の「本能」観に疑問符が付く。問題は『道學先生』の説く理義は單にこれを助成するものに過ぎぬ」という「論旨」の後段である。これは、箍の外れた前段と打って変わって極めて悪質である。あらゆる掏り替えの根本がここに有ると言えよう。

抑、樗牛は道徳全能主義に立つ「道學先生の理義」などというものを全く信じていない。だから樗牛自身と彼に続く者たちの本能の満足と、「道學先生」の本能の「充足」を混同してはならぬ。(六)冒頭で「価値の絶対的なるもの是を美的と為し、美的価値の最も醇粋なるもの、是を本能の満足と為す」と言っているではないか。樗牛の本能は醇化をめざし、「道學先生」の本能は退化するしかない。「道學先生」は(一)序言に照らすと「糧と衣」に拘泥する、つまり、富と虚栄に取り憑かれ、その為に「死の説教者」という無道徳者にまで転落したのだ。だから道徳と「道學先生」とは全く別物である。道徳の理想は、野に咲く花のように見返りを求めない(醇化した本能の)満足の中にある。これこそ、絶対的価値を有つ究極の「美的生活」である。因みに、重松の色メガネは、「美的生活」の此の最も美的側面を全く殺ぎ落している。無論、「道學先生」の営む「虚偽の生活」には、このような美の世界は絶対にないのである。だから「道學先生」の説く理義が、人性本然の要求を満足させる「美的生活」へと助成するという重松の「論旨」なるものは、真っ赤な嘘である。

然し、此の嘘が恰も〝清め〟であるかのように、重松は「道學先生」の「恐ろしき戦争」に於ける「死の説教者」としての重大な責任を不問に付し、新たに「道學者」として名誉回復してやり、そのうえ絶対的権力までも授ける程の手品を遣って退けたのではないだろうか。なぜそういう子供の神主遊びめいたことを遣ったのではないかというと、「道學者」が絶対的支配者ではないならば、「本能的自我の無条件な解放」であれ、「道徳的形式主義に對する反逆」であれ、対立軸を失うからである。いずれにせよ、重松が掏り替えの嘘に乗じた一網打尽を狙い、手の込んだ自作自演を弄してまで「絶対的支配者」の虚構の擁立にこだわったことは、逆説的に見ると「本能」についての定見の無さ、とりわけ本能満足の絶対的価値と正面に向き合っていないのを見透かされるのではないかという不安の裏返しでもあろうと考えられる。

然し、道徳を「道學先生」に掏り替えた重松の主目的は、何といっても明治三十五年五月五日『太陽』「無題録」（六）で樗牛自ら「美的生活論がニーチェに待つ所なき、寧ろ炳焉たるに過ぐるに非ずや」と言った論拠、つまり、其の約二年前の丁酉倫理會に於ける樗牛の講演「ロマンチクと人生」に「樗牛の浪漫的な反逆」という虚像を繋げることにあった。当に其の「反逆」を補強する為の宣伝工作宜しく、「『道學者』『學究』輩の固苦しい人生観」に対する「反逆」を先鋒隊として、「道徳的形式主義に對する反逆」などという意味不明の妄語を殿軍として紡ぎ上げたのである。

このような言わば「小反逆」キャンペーンによって樗牛を日本型浪漫主義者だと読者に錯覚させ

たからこそ、「ロマンチクと人生」については「今その主旨を窺ふことはできない」と断定しているにもかかわらず、「この講演における樗牛の考え方」は、翌明治三十四年六月に発表された『太陽』第七巻第七号の「予は今の時に於て道學先生の倫理運動よりは寧ろロマンチシズムの勃興を希望せむ」という言葉の中に「はっきりと継承されてゐる」などという牽強付会を可能にしたのである。

IX ドイツ・ロマン主義を日本浪漫主義に掏り替える重松と谷沢

確かに、樗牛が日本型浪漫主義者であれば、重松のロジックは通るだろう。然し、樗牛は、重松の言わむとする「夢想家」という意味のロマンティストでは毛頭ない。また、透谷や藤村のような日本的に読み替えられた「浪漫主義者」でもない。強いて何ういうタイプかと問うならば、「滝口入道」の創作や「平家物語」への趣好、「文は人也」に凝縮された日蓮を国民文学の至宝と見なす考え方などからすると、基本的には仏教文学者である。但、彼が「獅子」となって「龍」に戦いを挑むとき、「ロマンチク」とか「ロマンチシズム」を口にすることはある。無論、読んで字の如く、日本型浪漫主義を念頭に置いているわけではない。樗牛が念頭に置いているのは、フランス革命に触発され、対ナポレオン解放闘争を機縁として勃興した、ドイツ国民精神の形を模索せむとする〝元祖〟ドイツ・ロマン主義である。

実際、「ロマンチクと人生」という題目の講演をしたとされる明治三十三年五月前後は、前年の「恐ろしき沈黙」を始め、鷗外・逍遥など難敵との大論争をくぐり抜け、新たに天分を自覚し、脱皮しつつある頃でもあった。例えば『高山樗牛人生読本』（昭和十一年十一月第一書房）に収録されている、三月の丁酉倫理會公開演説の前半とされる「人と天分」では、足るを知るというのは東洋的個人主義の最も悪しき側面であり、己の天分を全うする為にはジャンヌダルクのように死ぬまで退いてはならぬという主旨のことを明言する。事実、其のとおりの人生を自ら貫いたと言えよう。どう見ても日本型の浪漫主義には当て嵌まらない。また、同じ本に収録されている同年六月作とされる「海の文藝」には、なんと『ツァラトゥストラ』一部の〈自由なる死〉、或いは三部の〈古い石板と新しい石板3〉等に於けるディオニュソス的黄金の夕陽に包まれた、凱旋勝利の死を彷彿とさせるものがあるのだ。詩魂の共鳴に国境はない。

此のことは、ニーチェと樗牛との繋がりを研究するうえで大変に興味深いのではないか。というのも、仮に『ツァラトゥストラ』を既に読んでいたとしたら、相当に深く、つまりディオニュソス的根本思想を摑んでいたのではないかと推察せしむるに充分な根拠となりうるからである。一方、実際には未だ読んでいなかったとしても、恰も不思議な霊感に導かれるかの如く、死に方についてはニーチェの甚深の知恵と同じ内容を言っていることになるからである。だからこそ、樗牛が実際に〈自由なる死〉や〈古い石板と新しい石板3〉を読んだときの感慨たるや如何ばかりであっただろうか。この問いに対する答えこそ、当に「吾は又ニイチェの思想に先天の契合あるを覚えぬるは如何にぞや」（四章八節に既出）という言葉なのである。

いずれにせよ、「海の文藝」と『ツァラトゥストラ』の符合が示しているとおり、ニーチェと樗牛との繋がりは、先ず第一に時代を超越した詩人同士の魂の共鳴であると受け止めねばならぬ。そこから自ずと天分・知恵・人間性の共有へと拡がっていく。ところが、重松の手法は、まず冷淡に詩人同士の魂の共鳴を除外し、ニーチェと樗牛との繋がりは無いものと頭ごなしの結論を決めつけ、それに添って断片と断片とを次々と〝否定の縫い針〟で繋げ、無い無い尽くしの筋書きを捏ち上げていくのだ。重松も谷沢も、前節で挙げた「無題録」(六)で樗牛が「吾人未だ曾てニイチエを唱道したること無し」、「美的生活論は予が一家言のみ、一毫一銖もニイチエに待つ所無し」と言ったことを恰も鬼の首でも取ったかのように持ち出す。ところが、詩人同士の魂の共鳴と思える部分は二人とも念入りに殺ぎ落としている。樗牛は同じ「無題録」(六)の中で他に何と言っているか。「恐らくはニイチェを嘆美することに於て予は今の何人にも譲らざるものならむ。唯彼れは彼れたり、予は予たり」、「予は多くの人よりニイチェの紹介者、もしくは私淑者と目せらる。私淑者と云ふは尚ほ可也、紹介者と云ふは全く當らず。予は未だ曾てニイチェを紹介せしことあらざる也」と言っているのだ。

X 「無題録」(六) に於ける樗牛の真意

「無題録」(六) に於いて先ず目に留まるのは、樗牛自身が正式題名である「美的生活を論ず」

を六回すべて「美的生活論」と言い替え、一度も「美的生活を論ず」とは言っていないことである。「美的生活を論ず」を一篇の特殊な詩だと見なすならば、題名末尾の音の響きがuでおわるのとnで終わるのとでは其れなりの異同が有ると言わざるをえない。つまり「「美的生活を論ず」とは、価値転換を為さむとしている当に現在進行形の梼牛の行為そのものを指す。これに対して「美的生活論」とは、美的生活に関する梼牛の認識について論評を下す第三者の意識の中で、歴史化され（過去のものとなり）当に如何ようにも切り刻むことのできる「美的生活を論ず」の痕跡だと言えるのではないか。

前者と後者の決定的な違いは何か。原題である前者には、少なくともニーチェが〈有徳者〉で語った「美の声は微かに語り掛ける。それは最も冴え渡った魂の中だけに、そっと忍び入る」という真理が働いている。それが「野の花」であり、「心なくしておのずから其の美を濟せる也」である。とりわけ「道徳の理想は戮力無くして成立し得るものならざるべからず」という言葉は、「美の声」の最たるものである。なぜならば、既に四章のⅡ・Ⅲ・Ⅳで触れたように、此の言葉は正負両極の道徳を載せた秤皿を動かす基軸となるからである。だから「美の声」を擁する秤皿構造についての理解を全く欠いている論評を、「美的生活論」と呼べるのではないか。というのも翌月に「美的生活論」という言葉を使った樋口龍峡を始め、鷗外・逍遥から竹風も含めて重松泰雄・谷沢永一、果ては吉田精一に到るまで、「美的生活を論ず」を恰も同一語であるかのように「美的生活論」だと言い替える者は、悉く肝心要の秤皿構造について全く理解していないからである。

無論、「美的生活論」と言っていないからといって秤皿構造を理解しているとは限らない。逸早く八月十九、二十六日の読売新聞に「美的生活とは何ぞや」を発表した長谷川天渓は、重松と同じように一回だけ「美的生活を論ず」と記しているが、あとは「美的生活論」で押し通した重松と違って全く「美的生活論」とは言ってはいない。然し、此の男は、抑生命と本能の関係を理解していなかった。だから醇化という発想も欠いている。当然、秤皿構造を理解するには程遠い人物だった。とはいえ、重松とは大同小異だったのではあるまいか。其の長谷川天渓も程なく「美的生活論」に合流していったようだ。このように「美的生活論」とは、樗牛を貶め、彼の〝息子〟にも等しい「美的生活を論ず」を読み替え、内容を改竄してしまう、島国的な俗物潮流の一大メルクマールだったのである。

だからこそ、原著者である樗牛が「美的生活論は予が一家言のみ、一毫一銖もニイチェに待つ所なし」と言うからには、恰も敵の剣を奪い取って突きを一刺し浴びせたかのような痛烈な皮肉が籠められていると見ていいのではないか。無論、多少の諦念は有るだろう。なにしろ、ツァラトゥストラの根本思想を書物の翻訳なしに、いきなり「美的生活」として移植しようという大胆な試みは一応は挫折した。然し、其の原因は、ニーチェと樗牛との詩魂の共鳴とも言うべき肝心要の秤皿構造を、文人たちが全く理解しようとしなかったからである。これでは、抑「美的生活」は成り立たない。滅私奉公・忠君愛国道徳の一人勝ちである。そして、其の道徳に寄生する「道學先生」の本音と建前という「虚偽の生活」あるのみだ。まさに「ニーチェに待つ所なし」にしたのは文人たちではないか、そう言いたい思いが樗牛の中に有ったと考えられる。

而も、彼らはニーチェの肝心要の影響を無知・黙殺によって無視しただけではなかった。建前・

手段・めしの種としての道徳の偽善性という痛い所を突かれたことから目を逸らす為に、文人たちは樗牛の「美的生活を論ず」がニーチェの影響を受けた露骨な本能至上主義だと非難し、だから曾てないほど反道徳的な「獣欲主義・色情主義」を誘発しかねないとばかりにプロパガンダ包囲網を形成し、樗牛に集中砲火を浴びせたのである。結局、偏見・先入観・妄想という否定的文脈でのみ、ニーチェの影響有りということにしたと言えよう。これは、ニーチェの「私淑者」であり、「ニイチェを嘆美することに於いて予は今の何人にも譲らざるものならむ」と告白する樗牛にとっては何とも悔しく耐え難いものであったのではないか。有るのは、ただニーチェについての誤解と、樗牛を〝血祭り〟にして性欲に代わる残忍な喜びを噛み締めようとする文人たち自身の其れこそ本能至上主義の投影だった。

いずれにせよ、樗牛自身の懐くニーチェとの詩魂の共鳴と、文人たちの考えているニーチェの樗牛への影響との間には、恐ろしい食い違いが生じていた。樗牛に対する嫉妬や憎悪も綯い交ぜになっており、縺れに縺れた糸を解きほぐす目処（めど）は、当分の間立たなかった筈である。但、登張竹風がニーチェ代表作を全訳すると公言していた。それを樗牛は好機と捉え、竹風を「ニーチェの紹介者」自身を「ニーチェの私淑者」、「誰よりもニーチェを嘆美する者」として役割分担したのである。その為には、誤解的文脈で受け止められているニーチェの「美的生活を論ず」への影響も「ニーチェに待つ所なし」で一旦は御破算にするほうが寧ろ望ましい。重松・谷沢は、此のような樗牛の真意とは全く逆の文脈で、無い無いづくしの御馳走を読者に食わせようとしているのである。

XI 「末人」・吉田精一

重松泰雄と谷沢永一が、明治三十五年（一九〇二）五月五日『太陽』の「無題録」（六）を最大の根拠として、一貫してニーチェと「美的生活を論ず」との繋がりを否定しようとするのに対して、「自我意識の尊重に於いて、誤解とは云えニイチェの思想の影響を観取し得るのである」[3]としているのが吉田精一である。然し、重松・谷沢が事柄と事柄を〝否定の縫い針〟で繋げて否定するのに対して、吉田は詩人同士の内発的な詩魂の共鳴に「自我」という抽象名詞の楔を打ち込み、内発的な共鳴を樗牛の外面的な誤解へと矮小化しているにすぎない。要するに、異なる蠢動ではあるが、同じ否定しようとする根っ子を持っているのである。『自然主義の研究上巻』（昭和三十年東京堂）第三章「個人主義の深化と主観尊重の風潮」第一節「主我主義の主張――高山樗牛とニイチェ――」の中に、吉田の「美的生活論」の「論旨」と称する奇妙な文がある。

人生の目的は幸福にあり、幸福とは本能の満足である。本能とは人性本然の要求である。これを満足させるものを「美的生活」といふのである。道徳も知識も人生の至楽として性慾の満足に及ばない。前者は要するに本能の指導者であり、手段であり臣下である。道徳の極度も亦無道徳にあり、美的生活即ち本然の要求を満たすに至って極致を見るのである。即ち道徳や知識は安住しがたく、美的生活は絶対的にして、理義を超ゆる。

価値の絶対なるものを美的とし、美的価値の醇粋なるものを本能の満足とするが、本能以外の事物も、亦絶対価値のあるものは亦美的である。

奇妙なのは、先ず「道徳の極度も亦無道徳にあり」という言葉が唐突に浮き上がっており、前後との脈絡が見えないことである。吉田自身の説明に依ると、「たとえば樗牛のひいた例では、疲労の後の晩酌や、音楽をききながら美人とある場合が、本然の要求をみたした美的生活で、哲学書一巻を読破した愉快や、貧民をあはれみ、孤児を助ける快感よりも莫大であるとし、これを美的生活の最たるものとした」などと樗牛が言ってもいないことを書いている。因みに、「樗牛のひいた例」とは、正しくは（六）美的生活の事例を指す筈である。ところが、吉田の言う「例」は（三）人生の至楽の中からの捏造である。結局、「無道徳」とは「性慾の満足」ということになる。とすると「極致」も「性慾の満足」か「性慾の満足の極致」となるしかない。何故に吉田精一が此れほど「性慾の満足」に拘泥したのか。

答は簡単である。樗牛自身は、性欲の満足が「美的生活」だとは言っていないからである。だからこそ、恰も樗牛がそう言っているかのように見せかける為に諄い悪文となったのだ。其の結果、（六）の冒頭から取った最終段落も、全く浮き上がって彷徨いはじめている。このように、吉田の「論旨」は杜撰としか言いようがない。ところが、吉田は「これは樗牛独自の論として見ればともかくであるが、ニイチェから触発されたものとすればやはりはきちがえである」とうそぶいている。自分で「はきちがえ」を捏ち上げておいて、よくもしゃあしゃあと「樗牛独自の論」

などと言えるものだ。自作自演の粗っぽさは重松も顔負けである。抑、こんな性欲至上の生きざまは、伊藤博文をはじめとする、当に官尊民卑の出世主義者が嫌というほど見せつけていたのではないか。「道學先生」の親玉は伊藤公だったと言っても過言ではない。数ヵ月後には「奈良朝の美術」研究論文によって文学博士となり、其の年の暮れには生命燃え尽きてしまう気鋭の論争家・哲学者が、何の必要があって性欲至上の俗物根性を論文にしてまで咎めるだろうか？　其れが「美的生活」とは真逆の「虚偽の生活」だからに決まっているではないか。

さて、次に吉田の極めて断片的な引用によって誤解が深まった、明治三十四年（一九〇一）十二月五日『太陽』「無題録」後半の十一の警句をご覧に入れたい。因みに「性欲」の語源は、厳密には「無量義経徳行品第一」（蕭斉天竺三蔵曇摩伽陀耶舎訳）中の「又善能知。諸根性欲。以陀羅尼。無礙弁才。諸仏転法輪。随順能転」という漢文が最も古いものの一つだと思われる。どうか世俗の先入観に囚われることなく、仏典などに依る根本的遠近法の中で噛み締めて頂きたいと願っている。

○　自　然　の　児

吾等は是の如き言の或は世に誤られむことを恐る。されど吾等をして暫らく自然の児の如く語らしめよ。

○　何　が　故　ぞ

世に若き女の容つくれるばかり美わしきは無し。彼れ何が故に其の容を装うや。野に咲ける百合の花を見よ、ソロモンが栄華の極みだにも其の栄え是の花の一つのも及ばざりき。花や何が故にしかく麗わしき。鳥の樹間に歌うとき、彼れ何の情ありて其の歌のかくは妙なるや。黄金色なる木の実の枝も撓はわなる態の如何にうるわしきよ。木の実はた何の心ありて寂しき秋に独り打ち笑める。

○貴き哉是の宝

人よ自然の大いなる力の是の間に活らけるを見ずや。是の力無くば世には若き女の笑顔なく、野には花の色の美わしきなく、森には鳥の歌の妙なるなく、春はさながら秋の如くにして、世は限りなき沙漠の如くならむ。大いなる哉是の力。貴き哉是の宝。吾人に祈るべき神なくむば、願くは先づ是の自然の大なる宝を讃美せむ。

○性　欲

怪しき哉、是の大なる貴き宝の吾等の社会に賤めらるる事や。悪魔の如く咀わるるに非れば、其の名決して彼等の口に上らざる也。彼等胸に是の宝を抱けども、そを隠すことさながら盗める物の如き哉。斯くてあらゆる悪名は是の宝の上に被らせられぬ。真理の外に何物とも知らずと称する科学が名けて性欲と呼べるもの、ああ是れ彼等が是の宝に与えたる最も美わしき称謂なりき。良しさらば、吾等亦暫らく是を性欲と名けむ。

○何ぞ其の祝福を讃美せざる

吾等をして自然の児の如く語らしめよ。自然の宝には常に両面の刃あり。人は何故に其の害毒を呪咀して其の祝福を讃美せざる。

○性欲の動くところ

吾等をして自然の児の如く語らしめよ。夫の性欲の発動の醇なるものは、真にこれ天下の至美、人生の至楽也。性欲無きところに人生幾何の価値ありや、吾等まことにそを疑うなり。彼等に詩ありや、愛ありや、将た美ありや、青春の妙楽彼等果たしてそを解するや。吾等まことにそを疑うなり。たとえば一脈の春風吹き亘りて野に生色あるが如く、たとえば微妙の音楽に神往きて限りなき歓喜の中に漂うが如く、たとえば妙香薫じ天華雨に中る身は無上浄楽の三昧に入るが如く、性欲の動くところ、野には春色あり、空には妙光あり、人には愛情あり。天地と人生と玆に初めて美なるを得るに非ずや。

○地獄の火印を烙けられたるもの

夫の春と年若きとを欽う人は、何ぞ性欲の美わしきを称えざる。吾等をして自然の児の如く語らしめよ。彼の性欲を禁遏し、若しくは力めて卑下するもの、其の面に色無く、其の眼に光無きをみずや。さながら地獄の火印を烙けられたるものの如く、其の額には蛇の如き皺あるを見ずや。彼等笑わざるに非ず、されど其の笑う声に空洞の響あるを聞かずや。彼らはげに知博く、徳高く、行正しく、若しくは財裕かなる人なるべし。されど吾等は疑う、是の如くにして世に尚お望むべき栄えありや。人は己れに克つと謂う、されど性を矯むるは天を傷くる也。善か悪か、吾れ是を知らず、ただ人生の福祉是の如くにして空しかるべきを想うのみ。玉の盃の底なきもの、げに用うべからざるを如何。

○性欲の醇化

げに欲也、飽き足らずむば已まざるべし、されど、喩えば火は煖むれども触るるものを焼くが如く、楽は遠きにありて聞くべきが如く、色は水に和して染むべきが如く、性欲の美はた其の飽足せられたる所に在らずして、そを憧憬するところに存すべし。吾等仮にそを性欲の醇化と名けむ。

○久しい哉自ら欺けることや

吾等をして自然の児の如く語らしめよ。是の如きをしも賤むべしとせば、世に何の貴むべきものありや。名けて色情と呼ぶ、可。淫欲と称する、亦妨げじ。唯是をしも耻とせば、世に何の誇るべきものありや。異世他界の知識をだも人は尚お貴しとして求むるに非ずや、この自然の欲求を羞耻として忌避するの謂われ何處にありや。げに没趣味、没風韻の世とはなりにけり。されど人は其の根を芟りて其の花の美わしきをのみ望むべきに非るべし。久しいかな、風俗社会の自ら欺くことや。

○価値也、名目に非る也

吾等は想う。若き女は容つくるべきもの也、何にぞ今の女學生の其の髪蓬の如くなるや。かの裸体画を眺むるもの、何故に其の膚の柔かにして其の息の香しきを想うべからざる乎。劣情と云ひ、実感と叫ぶ、暫らく人の名くるに任せむ。吾等自然の児の関わる所は価値也、名目に非る也。

○真の教育、真の道徳

嗚呼自然の最も大いなる宝は久しく磨かれずして埋れたり、是れまさしくまことの教育とまことの道徳との関わるべき最も大いなる問題に非る乎。人は長えに其の罪を逐ぐべきに非る也。
（一部漢字を除いて現代表記）

因みに、吉田精一は「主我主義の主張」の中で[4]、右六節七節各一部を取り出し「美的生活論」の「矯飾」を脱ぎ捨て「赤裸々に云おうとする所を言ったもの」だとしている。確かに警句全体は、性欲に対する偏見に満ちている習俗の打破を目的としている。その意味に於いて、吉田の解釈は部分的には当っているように思える。ところが、吉田が原文で八十二行から成る十一の警句を合わせて九行程度の「次の如き短文」に縮小して読者に一杯食わせた手口たるや、官匪・学匪の類ではないかと思わせるほど酷い。先ず六節〈性欲の動くところ〉の冒頭の三行のみを引用。二節三節と並んで大変に詩的で而も哲学的な「彼らに詩ありや……」以下の六節を全て切り捨てている。次に（最後に）七節の先ず冒頭の三行のみを引用。「さながら地獄の火印」から「栄えありや」までの訳五行を切り捨て、「人は己に」から「思うのみ」までを引用。余韻に満ちた最終行「玉の盃の底なきもの、げに用うべからざるを如何」を念入りに切り捨てている。而も吉田は出典を明示していない。括弧の中に三四年十二月と記すのみで、「短文」が十一の警句から成る叙情詩の一部であることは元より、「無題録」後半に属することはおろか、『太陽』に属することさえ明示していないのだ。

吉田の切り捨てた部分に着目すると、二つの特徴に気づく。先ず、当時の文人や「道學先生」を意味する「彼等」を痛烈に批判する肝心要の部分を切り捨てているということである。次に、それと裏腹に最も詩的且つ哲学的美学的部分を抱き合わせて切り捨てていることである。まさに樗牛の口を借りて言えば、吉田に詩ありや、愛ありや、はた美ありや、ではないか。而も、これだけ殺ぎ落としておきながら、そのうえ、臆面もなく吉田は次のようにうそぶく。「このような短文によってパラドキシカルに語る所は、或はニイチェの『ツァラトゥストラ』を模したかと思われる。しかも樗牛の場合〔幽玄で深遠で、高翔的で未来に酔うてゐて、おだやかな山頂の如き情緒〕(ブランデス評)はなく、〔超人〕ではなく〔末人〕[5]の言の感がある」。何やら重松からゴルゴンの眼ならぬ〝否定の縫い針〟でも借りてきたような軋む言い回しだ。いずれにせよ、これは、ニーチェと樗牛との詩魂の共鳴に「自我」という抽象名詞の楔を打ち込み、詩人同士の内発的共鳴を樗牛の外面的(平俗的)誤解へと矮小化しようとした嘘の陥った墓穴(パラドックス)である。

抑、吉田は「末人 der letzte Mensch」の意味を分かって言ってはいない。それは、もはや自分自身を軽蔑することのできない、最も軽蔑すべき人間、つまり自己克服なき人間、自らを欺いて恥じない人間、市場主義の目先の利害しか見えていない人間である。吉田が市場に於ける日本近代文学史の中で、樗牛に「末人」という商標を貼って売り出そうとしているのならば、それこそ超人の分身たる「幼児(おさなご)」の手の鏡に映った吉田自身の「末人」像の投影であると言わざるをえない。とにかく、八十二行十一節の警句詩を九行の断片にまで切り刻んでおきながら、その断片を元にして八十二行全体を「末人」の所業の如く見せかける欺罔行為は、学者の遣ることとは到底思えないのである。

詩を断片にしては、鑑賞することも批評することもできない。まして、文学史の〝大先生(ボス)〟によって切り捨てられた部分に、ニーチェと樗牛との詩魂の共鳴を示す箇所が有ったとしたら、吉田の遣ったことは、真理の探究いずこに有りやと疑わせる。事実、吉田によって切り捨てられた六節の最終段落「性欲の動くところ」以下は、比べてみれば一目瞭然『ツァラトゥストラ』二部〔汚れなき認識〕の最終段落と大いに共鳴しているのだ。これが溢れる生の豊かさの共鳴だとすれば、一方、音楽的共鳴もある。それが二節五節六節七節九節と都合五回繰り返される「吾等をして自然の児の如く語らしめよ」である。さながら晴れやかなトランペットの如き此の言葉は、『ツァラトゥストラ』三部に場面を変えて三回繰り返される「耳ある者は、聞くがいい Wer Ohren hat, der höre」に倣ったと考えられる。

これらのことを吉田が知っていたか否かは別にして、あらゆる外来文化を日本風に読み替えてきたことを日本の伝統的文化だと見なす者たちにとって、ニーチェと樗牛との詩魂の共鳴、或は預言者的天分の共有というのは、日本風の読み替えを笑い飛ばす竜巻のような恐ろしいものであったのではないか。だからこそ憎しみもひとしお湧いたのであろう。重松の書いたものからも彼の憎しみが伝わってくるが、吉田の憎しみは更に大きいようである。吉田が「(樗牛が)自らニーチェたらんとした意気が見える」(6)と言うとき、ニーチェと樗牛との「先天の契合」を薄々と感じて少し不安になってきたのではないかと推測させるものがなんとなく有る。と同時に其の繋がりを何としても読み替えて別物に仕立て上げて遣るぞという飽くなき妄念(執念)が伝わってくる。始めに結論ありきの予審判事的思いは、谷沢・重松の比ではない。それこそ「近代日本文学史の審判者たらん、其の神たらん」とした力への意志が透けて見えるのではないか。

XII　曲学阿世の和辻哲郎著『ニイチェ研究』

然し、そのわりには、遣ることが大日本帝国の旧軍人のように、あとは野となれ山となれの感は否めない。何よりも肝心のニーチェ理解の目が粗い。先ず個人主義に於ける樗牛のニーチェ解釈が「平俗」だと根拠付ける為、自分の意見だか他人の受け売りだか見分けのつかぬことを言い出したと思いきや、霧隠れ才蔵ならぬ雲隠れ吉田精一宜しく、最後に（和辻哲郎「ニイチェ研究」上参照）と記している。このような姑息な呪いに畏れ入る読者はいない。見分けのつかぬ言葉はすべて吉田の言葉（責任）である。因みに、der Wille zur Macht を「権力への意志」と訳した生田長江は、其れを「没落」などと同様に当局並びに鷗外から強制されたと筆者は考えている。夏目漱石に近いとされている和辻は恐らく安倍能成と同じく、当局に阿る方向で動き、長江訳を更に「権力意志」と改変し、大正二年（一九一三）十月『ニイチェ研究』（内田老鶴圃）の中で連発したのである。それを和辻から贈られた長江が喜ぶ筈はない。彼は将来いつか「力への意志」と修正する計画だったからである。和辻の知的良心が疚しさを感じたのであろう。翌年五月十一日の『讀賣新聞』紙上に長江の目を意識して「覺書より」を発表した。

なぜ「権力への意志」から「権力意志」への変化が、別物になるほどの改変なのか。『ツァラトゥストラ』〈自己克服〉を読めば、自ずと明らかになる。抑、「力への意志」は、生命（の妖精）がツァラトゥストラに明かした「秘密 Geheimnis」である。本来、業・宿業の内容、或いは仏の悟りの内実、更にはニーチェ自身の永遠回帰の霊感など将に現世を超える（と思われる）生命の秘密を解りやすく伝えることのできる人間界の言葉は存在しない。だからこそ生命の妖精を彷彿とせしめて、其の秘密を「力への意志 Wille zur Macht」として彼女からツァラトゥストラに伝えさせるという童話的な象徴詩の形をニーチェは取ったのだ。まさに超人の遠近法たる「幼児（おさなご）」の目線であろう。とはいえ、最初から妖精の力を借りたわけではない。先ずツァラトゥストラは「生命あるものを見つけると、私はそこに力への意志を見出した」と語る。ここでは未だ「秘密」という言葉は登場しない。

但、あらゆる生命個体に「力への意志」という現象が生起すると明言した以上、詩が自然科学を超えて生命の典型を提示したことになる。このような手法的パラドックス（奇論）に対しては、自ずと読者の側から問が発せられる。証明できないアンビィヴァレントな力は何のような目的を得て安定するのだろうかという問が真っ先に来る筈だ。まさに其の問に答えるかのように、生命の妖精は「いいですか、絶えず自己克服しなければならぬのも、それが私なの」と秘密を明かす。この秘密が「力への意志」という未来の科学を見据えた言葉に置き換えられたのである。無論、弛まぬ自己克服という目的は、生命が何よりも高く評価されねばならぬという価値観に基づいている。然し、生命の妖精は最後に一言次のように言う。「多くのことが、現代人の為に生命自体より高く評価されているわ。然も、その評価自体からさえも、力への意志が物を言っている」。要するに、力への意志がアンビィヴァレントであることは避けられない。むしろ、健やかな力への意志は、生命を手段化しようとする病んだ力への意志との戦いの中でこそ自己克服していくことができる。いずれにせよ、〈自己克服〉に於ける力は、証明できない秘なるものである。権力という証明できる力は、全く考慮されてはいない。

さて、それでは和辻のニーチェ論に触れてみたい。因みに「主我主義の主張」の中で吉田が持ち出した和辻からの受け売りは、岩波版『和辻哲郎全集』第一巻「ニーチェ研究」第四章第三節一七三頁最終段落前後に集中している。そこで和辻は、「自己」は本来権力意志であると言う。而も其の自己が「権力意志の全体であって同時にその特殊な力である」ときた。何だかゲーテ論でも聴かされているかのようである。そして最後に何と（吉田も口真似している）「自己は奴隷的の人にはなく、ただ自由な舞踏をなし得る個人にのみある」と呆れたことを言う。あらゆる生命全体に「力への意志」が生起することは、〈自己克服〉でニーチェが将来の虚言に備えて二度まで確言している。同じ der Wille zur Macht でありながら訳語が「権力意志」となれば、其れを持った者と持たざる者に分かれると言う以上、和辻のニーチェ解釈は、ニーチェの言っていることを否定していると言わざるをえない。

まさに、ニーチェの言っていることを捩じ曲げて、自己に同化させる為に、和辻は密かに生命と権力を掏り替えて「権力意志」などという欺罔語を紡ぎ出したのではないか。「ニイチェ研究」は、真っ向から遺稿集『力への意志』を取り扱った三九一頁に渡る大作であるにもかかわらず、der Wille zur Macht という原点を示す言葉が全く見当たらない。これはドイツ哲学思想の解説書として大変に奇妙である。あたかも走者がスタートラインから出発せずに、どこからともなく競争に加わったような違和感を覚える。このスタートライン無き走者という和辻の心象（イメージ）は、その他の訳語に於ける日本語の濫用からも窺える。

「権力意志」と紛らわしい「権力への意志」について一言触れておきたい。確かに、遺稿集『力への意志』の中で『権力への意志』と訳す場合もある。例えばクリョーナー版七五一のように、ニーチェが「権力への意志」と訳すようにとシグナルを発している場合、或いは七七〇のように前後関係から明らかに権力欲が見て取れる場合などである。いずれにせよ、本当は自己克服の為の証明できない秘なる力を模索する「力への意志」が一時的な目標を実現するために、証明できる形の健全な「権力への意志」にもなり部分的に重なることは稀ではない。とはいえ、訳語を統一させねばならぬという根拠のない先入観の下に「力への意志」と訳すべき所をすべて「権力への意志」と訳してしまえば、それらは生命の秘密を代弁することのできない誤訳となる。然し、「権力意志」は「権力への意志」のように「力への意志」の一側面を代弁することはできない。それは和辻の場合で明らかなように、主役が生命ではなく、権力になっているからである。

抑、「権力意志」とは裏腹の関係にある、和辻の言う「自己」（矢張り原語 Selbst をどこにも示してはいない）は、余りにも誇大である。全集一巻四九頁で彼は次のように語る。

認識の形式を超絶した人格の頂点はただ「自己」としてのみ解せられる。そこには部分と全体との関係は許されない。個人の自我と絶対者との関係は部分と全体との関係ではない。「自己」は直接に宇宙の本質である。

『ニイチェ研究』を世に出したとき、弱冠二十四歳だったというだけあって、どこか夢想しているような雰囲気が伝わってくる。「自己」とは恐らく和辻自身を映し出しているのではないか。少なくとも此のようなことをニーチェは言わない。これほど「自己」が統一された「本質」だとすれば、其の統一はニーチェが言うように単なる見せかけにすぎない（『力への意志』四八九）。「有名な賢者」和辻哲郎がニーチェの認識批判を逆利用して、まさに「見せかけの統一」を呪文で招き寄せ、「國体」思想に阿っているのは明らかである。『ツァラトゥストラ』〈肉体の軽蔑者〉の中で、ニーチェは「自己 Selbst」に関する基本的見解を次のように述べている。

わが兄弟よ、君の思想と感情の背後に、或る強力な命令者、未知の賢者がいる。それが自己と称している。君の肉体の中に其れは住んでいる。君の肉体が其れなのである。

やはり生命固体を離れては、自己もなければ「力への意志」もないのだ。肉体と大地を踏まえたニーチェの説と比べると、和辻のニーチェ解釈は、ニーチェとは掛け離れ、むしろ「背後の世界を妄想する者 Hinterweltler」に近いと言わざるをえない。実際、和辻は全集一四八頁で、「ニイチェの権力意志は〔精神〕のみに該当する」などと奇妙なことを言う。ニーチェが「精神とは、肉体の戦いと其の勝利の伝令であり、肉体の同志、肉体のこだまである〈慈しみ与える徳〉」と言っていることを全く忘れているのか、或いは気づいていないのか、さもなくば知っていて無視したかであろう。いずれにせよ、『ニイチェ研究』を書いていた頃の和辻は、非日常の祭の気分にも似た妙に高揚した状態だったのではないだろうか。

次に、ニーチェの道徳論を樗牛が「平俗に」解釈した根拠として、吉田精一の持ち出した和辻のニーチェ解釈に目を転じてみたい。だが、その前に吉田の馬鹿げた思い違いを強く指摘しておかなくてはならぬ。吉田は「道徳的評価、善悪の基準は、超越的根拠をもつものではなく、生のためにつくりあげられたもの、『権力意志』が自らのためにする解釈である。ここに解釈するものは最も直接な権力意志の活動としてあらわれて来る感動である。それ故、道徳は感動の記号だといふのである（和辻哲郎「ニイチェ研究」下）」と記している。全く誰が「いふ」のかと叫びたくなる。どうやら「感動」の一語を以てニーチェの「道徳論」を勝れた和歌と同じように高く評価するという牽強付会を決めたらしい。それあらむか、続く言葉は「されば[7]ニイチェの思想と樗牛の〔美的生活論〕とは似て非なるものである。さきに〔個人〕或は〔個人主義〕を平俗に解した樗牛は、ここでもその道徳を平俗に解釈したのである」。他人の褌で相撲をとるのにも限界がある。要するに、吉田は一つひとつ論証するのが面倒臭くなったのだと思われる。

然し、ニーチェの道徳論は、樗牛の其れを上回る厳しい道徳批判である。無論、両者共に健やかな本能が傷つけられることを警告する目的をもって道徳批判を展開している。当然、ニーチェの批判対象は、専ら欧州キリスト教社会の道徳である。樗牛の批判対象は、日本の滅私奉公・忠君愛国道徳である。ニーチェが日本の道徳を直接批判したことはない。まして日本の道徳に「感動 Rührung」を認めたなどということはある筈がない。吉田がニーチェは「感動」の一言を以て和歌を愛でる如く日本の忠君愛国道徳を称えているのだと見せかけているとしたら、それはとんでもない吉田の詭弁である。その意味に於いて、樗牛がニーチェの道徳論を「平俗に」解釈したという根拠は、最初から崩れている。和辻のニーチェ解釈を吟味するまでもないのである。だからといって、和辻に咎なしとはならない。やはり純粋な感動を意味するRührungとは別のドイツ語を「感動」と訳してニーチェを大和趣味風に読み替えたのは、何といっても和辻哲郎である。抑、彼の文体は特殊な傾向をおびている。誰に語りかけるという風でもない。『日本人のニーチェ研究譜』「この九十年の展開」で西尾幹二氏も指摘しているように「哲学的モノローグ」であると言わざるをえない。確かに、洗練された知的欲求の持主だったようである。然し、突然何かに取り憑かれたように文脈が一変し、訳語であるという配慮を忘れて日本語の濫用に奔る傾向がある。「自己」の場合が当にそうだった。「感動」の場合も、どうやら其れが当て嵌まるのではないか。次に「ニイチェ研究」本論第二　価値の破壊と建設第二章　道徳の批評　第一節　善悪の問題　一「道徳的評価」の冒頭を掲げる。

人の眼が鋭くなり、科学的精神が力を得、すべて凝固したものに対する不信が横溢して来ると共に、在来の道徳的評価に対する懐疑が起こってくるのは当然である。で、ニイチェは道徳的評価を認識の批評と同じ仕方で批評した。まず道徳的評価・善悪の基準が、超越的根拠を有するものではなく、生のために造り上げられたものだとする。すなわち権力意志が自らのためにする解釈だというのである。この解釈はある生理的状態の徴候であり、またある支配的判断

（すなわち内生活に支配的に活らいている傾向が必然に要求する判断、たとえばある物を征服せんとする意慾から出た判断）の精神的水準の徴候である。そうしてここに解釈する者は、吾人の内に最も直接な権力意志の活動として現われている感動である。それゆえ、道徳は感動の記号だと言うことができる。

右の最終部分は、遺稿集『力への意志』二五四の原文 *Wer legt aus?* — Unsere Affekte. に対応している。和訳すると、「誰が解釈するのか？——われらの興奮（激情）だ」となる。つまり、和辻が「感動」と訳している元の原語は、本来は「興奮」或いは「激情」を意味する Affekte（男性名詞、単数は Affekt）なのである。心理学では「情動」、「情緒」と訳すこともあるようだが、いずれも何か問題を抱えている症状を指すのであろう。ユング心理学では、感情（情感）Gefühl は価値評価機能だと見なされている。感動 Rührung にも其の機能は有る。例えば、黄金の落日に感動して生き方を学ぶ詩人ツァラトゥストラである。この種の感動が勝れた和歌に対して起きることはあるかもしれない。

然し、同じ感動が滅私奉公・忠君愛国道徳に対して起きたとしたら、どうであろうか。無論、楠正成のように「一旦の知遇に感激して微臣百年の身命を抛つ」というようなことはあったかもしれない。然し、天皇とは一面識もない兵士たちが、自ら選択したわけでもない道徳に感動して二四六万人以上も犠牲になったとしたら、其の感動は決して健やかな Rührung ではなかった。やはり戦争という狂気の祭に相応しい興奮、或いは激情だったのではないか。価値評価という解釈が、病んでいたのである。事実、ニーチェは同じ二五四の中で「解釈自体は明確な生理的状態の症候であり、同様に支配的判断群から成る一定の知的水準の症候（Symptom）である」とまで言っている。さすがに世界精神である。この洞察は、日本軍国主義に見事に当て嵌まる。然し、和辻は病的な「症候」を傍点なしの、つまり吉凶不明の「徴候」に掏り替えるという小細工をしている。和辻哲郎全集第一巻二五八頁の第二段落は、前段が遺稿集『力への意志』二五四に対応したのに続いて、二五五に対応している。然し、吉田が樗牛の善悪論とニーチェの其れとの違いを示す為に持ち出した和辻の言葉は二五五の中にはない。つまり、それはニーチェとは無関係の吉田・和辻の〝口裏合わせ〟なのである。其の和辻の言葉を次に掲げる。

生が自由に成長開展する時、それが意識的となり自らに対して現われて来れば、そこに善という判断があり、その反対に生活が圧縮せられ消滅に導かれる時には、悪の判断が生まれて来る。

右は吉田が口真似をした部分である。このような隔靴掻痒の類をニーチェが言う筈もなければ、言う必要もない。然し、和辻は此れをニーチェの言わむとする所だということにした。そして、吉田も和辻のニーチェ解釈だということにしたのである。たぶん吉田は、和辻の「國体」思想への阿りを見抜いていたのであろう。まさに阿る為、そしてニーチェ解釈らしく見せる為、和辻は次のように続ける。

また生の開展を自由ならしめる条件あるいは物が意識の内に図式として整斉せられ、それに対して生が関係を付け、感動の彩りをその図式に塗る時には、善の判断がある。つまり善悪の判断は、成長と衰退との活動もしくは条件の意識を、忍びやかに現わしている表徴である。

既に述べたように、先の「生が自由に成長……」に始まって右文の最後までは、遺稿集『力への意志』二五五の中には無い。和辻が独自に加筆した文である。目を惹くのは「感動の彩り」であろう。因みに、同じ二五八頁の中で三度目の「感動」となる。最初の「感動」は逸脱とはいえ、Affekte の訳語だった。ところが、のちの二つはニーチェの原文とは無関係、つまりニーチェを「國体」思想に同化するのも可也とした和辻のレトリックである。事実、「感動の記号」に続いた「感動の彩り」を通して、和歌の評価と道徳の評価とが言葉巧みに「統一」され、恰も「本質」が同一であるかのような幻想が紡ぎ出されている。因みに、本論第一の第一章「権力意志」の冒頭から僅か五頁の間に、和辻は七回もの「感動」を連発している。はじめに強い印象を与えたと見られる。いずれもニーチェの言葉とは思えない、和辻の捏ち上げた「國体」思想への露骨な阿りである。初版『ニイチェ研究』が「感嘆敬服」を以て世間に迎えられたとしたら、ニーチェを大和風に読み替えた和辻の呪術師性に依る所大であろう。

裏返して言えば、其れほど苦もなく騙されるほどニーチェの道徳的善悪評価については、文壇も世間も無知だった、或いは無知同然だったと言わねばなるまい。これには「大逆事件」直後の時代状況が影を落としている。つまり、大君の為には「真正面からの真実よりも心地よい嘘を」

という当局側の意向を忖度した和辻の『ニイチェ研究』に対して、真正面から批判を加えるとなると、ニーチェと滅私奉公・忠君愛国道徳との「感動的」〝密会〟を俎上に載せなければならない。然し、それは、当局の「國体」護持監視網によって捕捉されることは確実だったからである。まさに其の意味に於いて、和辻の『ニイチェ研究』は、一種の「監視網」を当局に提供したことになると言えよう。行間から伝わってくる昂揚した気分は、恐らく其のせいだと思われる。

遡ってみれば、一九〇一年八月の「美的生活を論ず」以来、ニーチェが道徳批判に於いて、何を善悪の基準にしているかという問は、日本人の魂の海に深く下された謎かけの錘だった。第一次ニーチェ・ブームの時には、まさに其の問を表立って議論できない無能力を誤魔化す為もあって、一層激しく樗牛をスケープゴートにしたとも言える。然し、関心を抱きながら論客となるには若すぎた声なき声は多い。其の後久しく、ニーチェだったら日本の滅私奉公・忠君愛国道徳を何のように評価するだろうかという応用問題は、国の大破局という行末を憂うる者には世界精神を模索する種火となっていたのではないか。其のような者に比較的解り易く答えてくれるのが『ツァラトゥストラ』の前史ともいうべき、当時は未だ翻訳されていなかった『曙光 *Morgenröte*』である。此の書を原書で読んだ者は、一〇二、一四一、二一五、二二一などを滅私奉公・忠君愛国道徳と照らし合わせてみると、「未開の段階の道義心 die Moralität der halbwilden Stufe」というニーチェの診断が忠君愛国道徳に対して下されるのを知ることができた。

原書で読み、其のような診断を知ることができた者の中には、無論国の行末を憂うる者だけではなく、当局側の目線に立つ者もいた。前者は樗牛の指摘を改めて噛み締め、後者は『曙光』の翻訳よりも前に何らかの事前検閲の枠組みの必要を痛感したかもしれぬ。然し、「大逆事件」の衝撃を境にして、前者の中から立身出世の為、知的良心を悪魔に売り渡す者が現れてきた。和辻は、まさに其の典型であろう。彼の場合、ニーチェから心は離反しているくせに、称えるように装いながら、実は「國体」に同化してしまおうという手法を取ったと考えられる。つまり、『曙光』から得た知識を悪用して「感動」を捏ち上げ、其れで以て遺稿集『力への意志』を解釈すると見せかけて、結局ニーチェを滅私奉公・忠君愛国道徳の礼讃者にしてしまおうとしたのである。ニーチェ研究者としては質(たち)が悪い。然し、日中戦争・太平洋戦争を通して、このタイプのニーチェ研究者は決して少なくはなかったのではないか。更に問題なのは、そのような戦前のニーチェ研究者が戦後もなお何ら篩にかけられることなく権威づらしていることである。

昭和十七年(一九四二)十二月の改訂第三版序の中で、和辻は『ニイチェ研究』(大正二・三年の初版と再版)を「抹殺したく思っていた」とか「異様な感じを抱かずにはいられない」と語っている。だから三版で手を加え、更に戦後の二十三年(一九四八)の四版でも訂正したのであろう。因みに、筆者が読んだのは昭和三十六年(一九六一)版である。既に見てきたように此の版でも、異様な「國体」への阿りは少しも変わらない。三版・四版で何処に手を加えたのだろうか不思議な気がする。こんな王政復古調では、吉田が涎を垂らして飛びつく筈である。

第六章　自然主義と『ツァラトゥストラ』の根本思想の起源

I　謎の多い石川啄木の「時代閉塞の現状」

これまで見てきたように、樗牛についての吉田精一の明治文学史[1]は、はじめに結論ありと言わむばかりの悪徳検事宜しく、次から次へと杜撰な論拠を並べ立てていく。裁判であれば、其の杜撰は直ちに咎められもしよう。然し、売手市場では権威と錯覚されて一方的に毒が垂れ流されるから恐ろしい。第一節「主我主義の主張」の最後で持ち出した樗牛と日本自然主義との牽強付会もまた、大変に杜撰なものである。

それにしてもとくに樗牛の場合、個人の権利を国家社会の要求、拘束以上の至上命令としたことは、後に石川啄木の評したやうに「自然主義運動の先駆」（「時代閉塞の現状」）であったに相違ない。日本の自然主義は、天才主義には同じ(ママ)ないにしても、主我主義と個性の絶対観とを樗牛等からうけついだ。そして文学上でも、主観の内部に深い根を据ゑないものに反撥するところから発足したのである。

啄木が書いたとされる「時代閉塞の現状」は、没後約一年一ヵ月経って著者故石川一編輯土井善麿の名で東雲堂書店から発行された。明治四十三年八月に朝日新聞の為に書かれたという説が有るが、同年六月二日に「大逆事件」関連の一切の記事差止命令を受けていれば、其の波紋を含めて「朝日」に掲載の意図は全く無かった筈である。だからといって、「朝日」が原稿を紙クズにして捨てたわけでもないだろう。次々と不審な点が浮かぶ。抑、啄木が書いたと証明されているのか（問一）。啄木の死後誰かが加筆した痕跡はないのか（問二）。現状は本当に閉塞していたのか（問三）。誰かの影は全く見えないのか（問四）。純粋自然主義が俎上に載せられているのに、其の概念を唱導した島村抱月の意見は聞かなかったのか（問五）。等等である。ともあれ、先ず吉田が述べている如く、啄木が樗牛を「自然主義の先駆」と見なしているのか確かめてみたい。

（五）に次のようなくだりがある。

> 蓋し、我我明治の青年が、全く其父兄の手によって造りだされた明治新社会の完成の為に有用な人物となるべく教育されて来た間に、別に青年自体の権利を認識し、自発的に自己を主張し始めたのは、誰も知る如く、日清戦争の結果によって国民全体が其国民的自覚の勃興を示してから間もなくの事であった。既に自然主義運動の先蹤として一部の間に認められている如く、樗牛の個人主義が即ち其第一声であった。
>
> （現代語表記）※昭和三十九年　講談社『日本現代文学全集39石川啄木集』

右に明らかなように、明治四十三年（一九一〇）八月頃には、樗牛の個人主義は「自然主義運動の先蹤として一部の間に認められている」と啄木は言っているにすぎない。彼が認めている者の一人か否かは、この文面では明らかではない。にもかかわらず、吉田は「自然主義運動の先駆」、谷沢は「自然主義の早過ぎた提唱者」だと捏ち上げたのである。因みに、樗牛を「自然主義の先蹤」として認めている「一部の間」とは、誰をさすのか、一人なのか複数なのか全く不明である。それを大っぴらに言うのは気が引けるのだろう、やんわりと類推させるために続く文を括弧で囲んでいる。

（そうして其際に於ても、我々はまだ彼の既成強権に対して第二者たる意識を持ち得なかった。樗牛は後年彼の友人が自然主義と国家的観念との間に妥協を試みた如く、其日蓮論の中に彼の主義対既成強権の厭制結婚を企てている。）

それにしても驚かされるのは、樗牛の個人主義を「彼の既成強権」と言い替えていることである。まさにここから、吉田は「樗牛の場合、個人の権利を国家社会の要求、拘束以上の至上命令とした」というこじつけを紡いだのだ。そして同じように、猪野謙二も「それまでの樗牛が〈自己の幸福、自我の満足〉を実現し、具体化すべき唯一の手がかりとして主張してきた〈国家〉が、ニイチェとの邂逅を契機として、いまやそのまま〈本能〉という全く非社会的な〈自我〉の権威に置きかえられたものともいえる」（昭和五十五年講談社『日本現代文学全集』別巻「日本現代文学史〈一〉

「樗牛の〔美的生活論〕とニイチェイズム」）などと吉田のこじつけの上に更にこじつけの上塗りをしている。確かに樗牛には、日本主義前期（結婚する前後の各約半年間）に黄禍論などを意識して国家の役割を過大評価した例外的な時期が有った。然し、三者とも例外を全体だと偽って、樗牛が国家主義的文脈で個人主義を主張したと奇想天外なる抽象的思弁を繰り広げているのである。

「彼の既成強権」とは、言うまでもなく「樗牛の既成強権」、或いは「樗牛の国家権力」ということである。『太陽』という単なる一民間誌の主幹が、いつ其のような「強権」を手にしたというのか。其の根拠を「啄木」は先ず明らかにすべきである。樗牛は日本主義後期の明治三十二年（一八九九）三月『反省雑誌』（『中央公論』の前身）に「古事記神代巻の神話及び歴史」を発表し、神話と歴史的事実との混同を咎め、国家権力の狙う教育政策上の野望に待ったを掛けた。誰もが言いたくても言えぬこと、新聞各紙でさえ、畏縮して言わなかったことを堂々と言った。だから大好評だった。民衆は何よりも樗牛の勇気を称えたのである。無論、当局や國学者・民族主義者の間に激震が走った。恐らく何者かによって教唆されたる少年に依る白色テロあるべしとの情報が樗牛に伝わったのではないか。同年八月『太陽』の「死と永生」は、樗牛と刺し違える覚悟の少年壮士への温かい説得だったとも受け止めることができる。

このように樗牛の個人主義は、神話と歴史の混同こそ「大に不敬なり」と国学者の非理を咎めたときから始まっていた。そして、其の筆鋒は、「美的生活を論ず」に於いて、滅私奉公・忠君愛国道徳の過剰は無道徳（野蛮と狂気）なりとの当にニーチェと一心共鳴といっていい程の一種の「國体」批判にまで繋がったのである。樗牛が何よりも憂えていたのは教育の将来だった。だからこそ黙ってはおれなかった。啄木にしても（四）のなかで一九一〇年当時の教育者の置かれた絶望的な呪縛状態を指摘しているではないか。まさにそうならないように、樗牛は生命懸けの言論戦を繰り広げたのである。無論、「恐ろしき沈黙」で無視されたり、ごうごうたる非難を浴びたりもした。或いは脅迫を受けたこともあったにちがいない。然し、それらの無視や非難や脅迫は、当然乍らいずれも国家主義の目線から樗牛の個人主義を酷く排撃したものだった。

にもかかわらず、没後八年にして、同じ東北に生まれた詩人石川啄木から其のような事実は無かったことにされ、なんと国家主義の文脈で個人主義を主張していたと見せかける為に「彼の既成強権」などという謎めいた〝商標〟を捏ち上げられたうえに、死にかけている日本自然主義の文学理論の尻ぬぐいまでさせられる破目になるとは、いかに聡明な樗牛といえども想像だにできなかったのではないだろうか。真に詩人の言葉は魔物である。然し、ツァラトゥストラが「詩人たちは余りにも多くの嘘をつく」と言っているように、「啄木」もまた嘘をついたのだ。正直に存在を告げる何かが表現されているとするならば、恐らく其れは彼の無産階級的ルサンチマンではないか。

そのほかに（五）の最初の括弧の中には、「啄木」が読者に是非とも食わせたいと思っている〝御馳走〟がある。ところが、其れが大変に胡散臭い。少なくとも筆者は、とても食えない。「樗牛は後年彼の友人が自然主義と国家的観念との間に妥協を試みた如く、其日蓮論の中に彼の主義対既成強権の厭制結婚を企てている」という文章が其れである。とりわけ最も胡散臭いのが前段の「彼の友人」という四文字だ。なぜ氏名を明らかにできないのか。それこそ、まさに「時代閉塞の現状」の怪文書的性格を物語っていると言わざるをえない。而も其れは、どちらかというと、無産階級的ルサンチマンというよりも、権力を握っている側から樗牛伝説の改変を狙って仕掛けられた、一種の〝白色テロ〟じみた怪文書である可能性が高いのだ。

抑、ニーチェ的な意味の深い友情を樗牛とともに分かち合っている親友は、同窓の文学博士姉崎嘲風（正治）ただ一人だということは夙に知られている。彼に比べると登張竹風の如きは、勝手に迷走しているデカダンの「畏友」にすぎない。其の姉崎嘲風の責任編集した第一次『樗牛全集』が此の「時代閉塞の現状」の書かれた明治四十三年頃には、大変に好評でよく売れていた。もし「時代閉塞の現状」が新聞に公表されていたならば、氏名なき空白と言うべき謎の「友人」に「啄木」が誰を匂わせているか、立ち所に嘲風によって見抜かれ、直ちに怪文書として徹底的に論破されていたことだろう。また、生田長江は更に容赦なく「自己主張」と「自己否定」の〝じゃれ合い〟手品の種が、樗牛の「友人」に成り済ました天敵の長谷川天渓に有りと、其の噴飯的な仮面舞踏会性を一刀両断したのではないか。

因みに、啄木の此の評論が書かれたとされる八月から半年もしない翌明治四十四年（一九一一）一月十八日の「大逆」事件判決の直前（西尾幹二著「この九十年の展開」）に、本邦初の生田長江全訳『ツァラトゥストラ』は世に出た。度度言及しているように、鷗外によって〈序説1〉は骨抜きにされていたとはいえ、あらゆる新聞雑誌が此の事件について論評を禁じられていた中で、長江の訳語だけは「国家は善悪に就きてのあらゆる言語に於いて詐る。いやしくも語れば必ず詐るなり。いやしくも有するところの物は悉く皆偸みしなり」と叫び、或いは「善悪につきての言葉の混乱よ。この標徴を我は、国家の標徴として汝等に与う。げに、死滅への意志をこの標徴は指示するかな。げに、そは死の説教者にむかいて手語するかな」〈新しき偶像〉などと国家の嘘偽りの行末を俎上に載せたのである。まさに恐ろしいほど時宜に適った天の声だったのではないか。

其のことが十二人の減刑に繋がったという確たる物的証拠はない。然し、声なき声の動かす力は意外に強い。少なくとも長江訳『ツァラトゥストラ』の〈新しき偶像〉の「国家は総ての冷酷なる怪物の中、最も冷酷なるものと称せらる」に始まる稲妻の如き言葉は、「大逆事件」捏造という当に冷酷なる陰謀を図星で言い当てるディオニュソスの〝神託〟として、西洋個人主義の強烈なる自己主張を多くの日本の知識人に改めて思い知らせることとなった。そして、此のニーチェの自己主張は、取りも直さず訳者生田長江の、「大逆」事件の被告となった不幸な知人を救わむとする自己主張であり、長江の尊敬した高山樗牛の生命と肉体を慈しむ価値転換の自己主張であり、遡れば樗牛が「文は人なり」の模範と仰いだ日蓮の立正安国の自己主張なのである。

II　樗牛と啄木の比較

このように日蓮―ニーチェ―樗牛―長江と続く自己主張の系譜は、啄木のように負けず嫌いとか勝他の念が強すぎるという類のものではない。国家、即ち「竜」との戦いが不可避と見れば、

「幼児（おさなご）」（超人の隠喩）となる好機と受け止め、生命を的にして「獅子」の菩薩道を敢行する運命愛なのである。

『ツァラトゥストラ』に依ると、詩人には「深い海」の詩人と「浅い海」の詩人がいる。右の四者のように、「正直捨方便、但説無上道」「一心欲見仏、不自惜身命」を掲げ、〈三段の変化〉の軌道に身を投じた詩人は、紛れもなく「深い海」の詩人である。此の詩人は、最も深い海の底を最も高い山頂に変えようとする。其の過酷なる世界創造の戦いの中で、自己否定などという逃げ場はない。其の類の逃げ場のないことこそ、逆に何物にも替え難い安楽行なのである。「時代閉塞の現状」（二）で「啄木」は、自己主張と自己否定とを一括（ひとくくり）にして国家の利害に繋げた「日本人特有の或論理」なる、何のことはない俗物根性的エゴイズムを、取って置きの呪文のように持ち出して樗牛を密かに其の呪いの投げ網の中に捕え同化しようとする。然し、そのような目先の利害しか見ていない俗物を搦め捕る投げ網で恰も詰将棋でもやっているかのように、未来を見据え絶対的価値に生きる樗牛を捕えることはできない。むしろ、自ら紡いだ言葉によって自網自縛に陥っているのは、自己否定に汚れちまった「啄木」自身の影ではないか。

　端的に言って「時代閉塞の現状」は、当時根強い人気を誇っていた『樗牛全集』に対する破壊工作だった可能性が高い。もっとも（五）の「彼の友人」が仮面を被った長谷川天渓だとすれば、当時下り坂を転げていた自然主義の側が一枚噛んでいるとも読み取れる。或いは、「啄木」が一枚噛ませて、樗牛を日本自然主義に繋げ両者を一まとめに抹殺しようとしたとも考えられる。然し、そうなると「啄木」以外の誰か、つまり左右の大物の思惑が関与しているかもしれない。いずれも当っているとすれば、それこそ未だ嘗て無かった複雑な文だということになる。無論、没後の加筆や改竄も考慮に入れねばならない。

然し、複雑極まる韜晦もミスを犯すときには、偉大なる単純に媚びるのかもしれぬ。「啄木」が魚住理論の日本自然主義に於ける、自己主張と自己否定との対国家戦略的「政略結婚」を誤謬だと斥けておきながら、其の三角形の枠組みを、樗牛を貶める武器に転用するのは余りにも虫が良すぎる。譬えて言えば、魚住折蘆からの贈物を食えない石ころだと突っ返したくせに、言葉を少し入れ替えただけで中身は同じ石ころの贈物を樗牛に送りつけるようなものではないか。このような言葉遊びの手品で手軽に樗牛に対する評価を下したと思っているとしたら、それは批評家としての「啄木」の限界を示すものであろう。何が問題かというと、「敵」というものに対する歴史認識が甘すぎるし、内面的洞察が殆ど欠落している。つまり、自分自身が自分にとって最大の敵となるという神出鬼没のパラドックスによって背後から抱き付かれているのである。

その意味に於いて、天渓は元より、島村抱月や相馬御風などの自然主義者と同じく、「啄木」は国家に対して物申す行動に出る気は毛頭ないのだと思われる。啄木を最も身近に知っている言語学者金田一京助は「どんなに白熱化していても石川君自らは、直接行動に出る種類の人ではなかった」と語っている。啄木を身近に知らない人たちは、自分では気づかずに願望を事実に置き換えて、彼を悲劇の主人公に仕立て上げるシナリオを描いているのではないだろうか。「啄木」は（一）の第三段落で「我々日本の青年は未だ嘗て彼の強権に対して何等の確執をも醸した事が無いのである。従って国家が我々に取って怨敵となるべき機会も未だ無かったのである」と言い切っている。こんな意見を容認していると、明治初期のキリスト教弾圧や、兵隊たちの「竹橋事件」へと突き抜けた全国規模の自由民権運動など無かったことにされてしまう。

それにしても不思議である。同じ東北の詩人でありながら啄木は何故、そして何歳ぐらいから樗牛に敵対心を懐くようになったのであろうか。十九歳だった明治三十七年の一月から三月末頃までの日記からは、姉崎嘲風率いる「樗牛会」と接触していた形跡が窺える。自ら入会したか否か不明だが、岩手に啄木ありと言わんばかりの「樗牛会に就いて」という華麗なる名文を「岩手日報」に寄せ、入会を奨励している。姉崎宛ての手紙には「樗牛先生の玉砕を伝え聞きて、夕寒髄に徹する江戸川べりに立ちつくしつつ、雲低き空を仰ぎて心潜かに祈りを捧げたるも此頃に候」(明治三十七年一月十三日渋民村より)などと殊勝なことを書いている。そして、実際二月一日、啄木は日本基督青年会の招待で「信仰の人高山樗牛」「仏陀と基督」という講演の為に盛岡に来ていた姉崎と会った。「先生とこの地に会するが如きは実に先載の一遇なり。しかもこれ初対面なりき。種々の談話の如きは胸深く刻まれて忘るべくもあらねばここに記さず」と其の感動を日記に記している。

また、二月二十九日の「高山樗牛先生の令弟齋藤信策氏へ書信送る」という記述も着目に値する。三月十九日には、後に詩集『あこがれ』に収められる「沈める鐘」という興味深い詩を姉崎に送っている。ニーチェの影響という観点に立つと前年五月の「ワグネルの思想」などという一知半解の評論よりは、偶偶であるとしても遥かにニーチェと共鳴していると言えよう。ひょっとしたら、啄木は既にハウプトマンの同名の戯曲を題名だけでも知っていたかもしれない。いずれにせよ、樗牛と肝胆相照らす盟友ともいうべき宗教学の俊英の人格に触発される中で、此の詩が創られたのは興味深いのではないだろうか。やはり啄木は詩人であり、批評家ではなかったようだ。「沈める鐘」に見られる象徴的内面性を深化させていけば、ニーチェ・樗牛の〈三段の変化〉を受け継いだ哲学的詩人となっていたかもしれない。そうはならずに、自己主張と自己否定とが双つ頭の蛇の如く互いに嚙みつき合い、恰も犯罪者のように自分を持て余す堂々巡りから逃れられなかったのは何とも惜しまれる。

第一、そのような自分を克服する軌道に入らないかぎり、ニーチェや樗牛を身読しているとは言えなかった筈である。その意味から言っても、啄木にとっての金田一に等しい、ニーチェ幼少時からの親友である仏教学の世界的権威パウル・ドイセンを師として学んだ姉崎正治の薫陶は長く受け続けるべきだったのではないか。然し、日記を見るかぎり明治三十七年四月以降、姉崎との交信は途絶えている。結局、『太陽』の長谷川天渓、『明星』の与謝野鉄幹と同様、姉崎は啄木の詩を『時代思潮』へと掲載する仲介者にすぎなくなってしまったのである。当初から其のような心づもりで姉崎に近付いたのではなかった筈である。因みに、啄木が日記の中で「先生」と呼ぶ中央文壇の大物は、其の嘲風と樗牛と後の鷗外だけである。鉄幹に対しても、あの上田敏に対してさえ、「先生」と呼んではいない。なればこそ「嘲風先生」という千載一遇の師を通して「樗牛先生」甚深の「文は人なり」の奥義を究めるべきだったのではないか。確かに当初は、其のつもりだったと思われる。ところが、その初志が貫徹されない。それどころか、「沈める鐘」だけを鳴らしたことによって、樗牛が望んでいた「ロマンチシズムの勃興」を鮮烈に遣って退けたのだと自惚れていたのではないだろうか。

このように樗牛の世界に人格的にアプローチしようとしたにもかかわらず、中央文壇を其の才能の煌めきによって驚かせたのと引き換えに、啄木は樗牛を学び究める道を自ら閉ざしてしまったのである。これが啄木の原風景だったように思えてならない。肝心要の事を途中で投げ出す。其の呪いは何を遣っても付きまとった。何故か。抑、原点からして狂っていた可能性が高い。ニーチェの人格の中に、歴史と道徳によって傷つけられた現代人の本能を、本来の「人生本然の要求」へと創り変えようとする天才を見た樗牛が、霊感に駆られたように天才論を説いたとき、其れが「魔語の如く」啄木を捉えたとすれば、ニーチェ・樗牛に続く天才は先ず誰よりも啄木自身にほかならぬと思い込んだからではないだろうか。

確かに、啄木の性格からして其のように思い込むのは無理もない。然し、天才は天才であるか否か試される。その試練に耐え、自己克服し続けていくことができ、更には生命と引き換えても惜しくないほどの絶対的価値に対する信仰の真金の輝きを実現できるか否かが問われる。いずれにせよ、天才の資質を秘めていることと、天才を全うすべき生き方とは次元を異にする。弱冠十九歳の啄木は、残念乍ら其のことを解っていなかった。或いは当てにならぬ師弟関係を見過ぎていたのかもしれない。其の最も肝心要の命脈に対する不信は、授業ボイコットに始まって退学に終わった十六、七歳時の盛岡中学での騒動、更に遡れば明治三十七年末に表沙汰になった父石川一禎の属する曹洞宗内部での軋みに根ざすのかもしれない。だとしたら不思議にも、「一切の宗教を排撃するものなり」と断言して憚らなかった樗牛が「虚無主義者」だと見なされていたニーチェに依って日蓮へと導かれ「信仰の人」となった一方で、欧米では東洋の神秘と見なされている禅仏教が啄木を「無信仰の人」にしてしまった可能性が高いということになる。

この信仰の樗牛と無信仰の啄木の違いは、どのように啄木が樗牛を受け止めていたかを示す目安ではないだろうか。例えば宗教学の嘲風を通して樗牛の遺風に親しむことを躊躇させたのは、矢張り啄木の無信仰のエゴイズム、いわゆる末法の衆生の三毒である所の貪・瞋・癡であろう。ならば、「樗牛会に就いて」の中の詩情溢れる言葉は何だったのか。

過去三十歳を通観して、わが精神的文明の過渡期に於ける最大の指導者を求むれば、先ず指を故文学博士高山樗牛氏に屈せざるを得ず。其の真摯なる研学の態度、熱烈なる文芸の憬仰、および一意理想に精進して俗世に超然たる不撓の精神等、一として吾人の讃嘆に値ひせざるはなしと雖ども、特に其生涯を一貫したる空霊の天才が、真乎神通の妙文に現われて、民衆を覚醒し、鼓舞したる偉大の思想に至っては、帰趨する所を知るなき現代の文明に空谷の跫音たる者にして、又実に百世の光彩なり。

――「岩手日報」明治三十七年一月二十日――

右は冒頭の追悼文である。大町桂月や長谷川天渓の追悼文より、要にして当を得ているのではないか。一読者の追悼というより、むしろ天才のみぞ天才を知るという自信に溢れた、まさに詩魂の共鳴が聴こえてくる。この追悼は、「沈める鐘」の前奏に当るのではないだろうか。啄木と号して間もない頃、言わば内海から外海に船出したとき、啄木は将に空霊を摑まんとして遥か清見潟の空を仰いで樗牛を絶讃し、詩人としての誓願を立てたと言えるのではないだろうか。此のような樗牛への讃嘆が直ちに詩的感興となり、言葉が翼を得て舞い踊るとき、後世のわれわれは啄木が樗牛を信じ切っていたと認めざるをえない。少なくとも詩魂の共鳴のある所、啄木は樗牛の残した妖精たちと睦み合っていたのである。尤も出来上がった追悼文は、俗人石川一の野心に仕える手段となった。前年十二月の十九日に「岩手日報」紙上で樗牛に倣って発表した「無題録」（二）の最終段落に於いて、「抱懐する所の野心は暫らくは秘して言はじ」という言葉が其れを裏書きしている。

とはいえ、明治の世を生きる此の類の野心を咎めるのは没趣味というもの。啄木は未だ汚れてはいない。樗牛没後、ポッカリと開いた心の穴を埋めることのできない多感な若者は、決して少なくはなかった。啄木も其のような若者の一人だったからこそ、樗牛の死に呼応するかのように病を得たのではないだろうか。ならば、樗牛が生きていた頃、啄木は樗牛の言説を何のように受け止めていたのか。最も興味深いのが「美的生活を論ず」をめぐる次の記事である。

高山博士病重りて枕に就くと、蓋しわが文壇の恨事なり。文芸時評の欄、桂月氏代わりて筆を取る。愚劣遂に見るべからざるを如何にせん。天渓の『新思潮とは何ぞ』汝何ぞしかく没分暁なる。然れどもニイチェニズムの誤りたる反面の評として、吾人斯の如き論者あるを忘るべからず。

――「岩手日報」明治三十五年三月十九日――

此の啄木の意見は、当時の多感な十六、七歳の少年たちが第一次ニーチェ・ブームと「美的生活」論争を何のように受け止めていたかを示す貴重な資料ではないだろうか。どんなに立派なことを説く「道學先生」も「性欲の満足」以上の本能の満足を知らないのだと樗牛が明言したとき、中央文壇の有名な論客たちは声を合わせて囃し立て、其のような本音を口にする樗牛こそ誰よりも先ず「性欲の満足」を唱導する道徳の破壊者だと騒ぎ立て、「美的生活」をパロディー化した。然し、地方で青雲の志を抱く少年たちは、村八分を仕立て上げる田舎芝居が中央文壇でも繰り広げられるさまを呆れて見ていたのではないか。とりわけ言葉尻を逆手に取って臆面もなく文脈を掏り替えるレトリックは、逸早く権力の意向を忖度して虎の威を借りた上から目線だと見抜かれていた可能性は高い。そのように当局側の照準へと、「美的生活」論争を誘導すべく、樗牛を挑発し追い込んでいくことこそ、樗牛包囲網を成している文人たちにとって、まさに「性欲」以上に残忍で淫らな権力欲という名の〝情欲〟の満足だったのではあるまいか。

Ⅲ　樗牛の天才性について

鉄の文明のどん底を極めている近現代、とりわけ、帝国主義の破滅と社会主義の勃興とが見えてきた二十世紀初頭、我が大日本帝國も当にニーチェが預言したとおりの「冷血な怪獣の最たるもの」にほかならなかった。国家は、本能という「人生本然の要求」を柔らかい刀で傷つけ、戦争という狂気の祭へと誘う色とりどりの奸策を仕掛けた。然し、狙われている国民の側の本能自体は、大抵それを見破ることができない。国家は、建国神話を歴史的事実だと丸呑みさせることによって先天の本能を傷つけ、其の傷に滅私奉公・忠君愛国道徳を刷り込むことによって後天的な死の本能を刷り込もうとした。この洗脳、否、本能の改変は、国民を畜群に変え、犠牲として食らい続けていく為には「冷血な怪獣の最たるもの」にとって不可欠の大嘘芝居だったのである。其の芝居を真実らしく見せる為に、国家は教育という風土を占拠していた。だから我我の父祖たちは、比較的容易すく騙され、「國体」の旗の下に結集させられ、毒杯を仰いだ。その結果、国全体が熱狂的なカルト教団と化していった。

さすがに、日中戦争から太平洋戦争に突入するころには、大日本帝國に取り憑いていた第六天の魔王の正体は露になった。だから米英相手の無謀な戦争に異を唱える人はいた。然し、時すでに遅し——。大破局への転落を求めて狂気の祭を挙行すべく敷設された神がかりの軌道は、最早引き返す勇気も理性も全く封殺したのである。戦後、世界戦争に異を唱え、軍部に抵抗した人たちは、軍人・役人・学者・民間人を問わず多くが名誉を回復されている。其の流れは、大正デモクラシーの美濃部達吉や吉野作造あたりまでは遡るようだ。然し、何故か大正元年あたりで途切れてしまう。奇妙である。確かに、美濃部博士や吉野博士が法学者と政治学者の知的良心に従って、軍部に抵抗したことは称えられるべきである。

然し、問題は抵抗よりも、権力の過剰な反応と暴走ではないか。それが無ければ抵抗する必要もないのである。もし美濃部・吉野両博士が戦後少なくとも昭和三十年前後まで生きていたならば、両博士の十分の一ほどの抵抗もしていないのに検察の暴走によって死刑・終身刑に処せられた「大逆事件」被告人の冤罪を晴らす名誉回復の声を発したかもしれぬ。其の名誉回復が未だ為されていないのは、学者・法曹・政治家・官僚が両博士を偉く祭り上げるだけで其の精神を継承していないどころか、「大逆事件」を捏ち上げた当局者をも「奇しきもの」の伝で「触らぬ神」に祭り上げてしまっていると言わざるをえない。結局、立場上の知的良心と自由意志の存在証明を専らにする消極的抵抗史観に依って、軍国主義に対する抵抗の足跡を辿ろうとしても、掻靴掻痒の障壁に撥ね返される。つまり、滅私奉公・忠君愛国道徳を虚栄の旗印と化すほど過剰に競い合った狂気と、其の闇の正体を摑み、俎上に載せることはできないのである。

名聞名利の先頭に立たんが為に、「大逆事件」を捏ち上げた当局者の狂気と、「恐ろしき戦争」に依って万骨枯るとも名聞名利を摑まんとした軍人たちの狂気とは、同一の転落軌道上にある。ニーチェ的に言うと、これら二つの狂気は道徳の過剰と、恐らくは過剰の主要形態である傷ついた虚栄心から発生している。国の存亡に関わる集団狂気は、凶兆として現われる前駆症状の段階で芽を摘み取ってしまわなければならない。然し、日中・太平洋戦争という大嘘芝居に対して無力だった知識人は、「大逆事件」という大嘘芝居に対しても無力だった。美濃部・吉野両博士の抵抗は、繁茂し過ぎた毒草を対症療法的に多少伐採するようなもので既に手遅れだった。つまり、「大逆事件」は前駆症状ではなく、既に戦時体制の出現だったのである。

ならば前駆症状の兆していた時代は、いつだったのか。抑、前駆症状とは何だったのか。然し、此の問い自体が容易には発せられない。美濃部・吉野両博士の抵抗が遅ればせの対症療法か、知的良心のアリバイ証明にすぎないと分かっている法学者や政治学者はいても、其れより以前の前駆症状を模索しようとはしないようだ。恐らくかれらの意識の中に、前駆症状の時代は文学者・詩人・哲学者・宗教家の出番だったのだという思いが有るのかもしれない。ところが、肝心の戦後の文学者は、法学者や政治学者よりも更に此の問いを発することに慎重になる。というのも、第二次世界大戦後になってはじめて、日清戦争後の文学者の無知無力や付和雷同が〝未必の故意〟という不作為犯行となり、其れが天孫降臨どころか二度の原爆投下という大破局へと向かう転落の引き金となったのが見えてきたからではないか。

「天孫降臨」を一途に信じさせられていた国民の頭上に嘗てないほど強力な原子爆弾が降ってきたという空前絶後のパラドックスを帳尻合わせする為には、國定教科書に先立って建国神話を歴史的事実だと鵜呑みさせようとした前駆症状としての大嘘芝居の狂気にまで遡らざるをえない。そこには「大逆事件」と同じ顔ぶれ、桂太郎・山県有朋の暗躍が有った。「教科書大疑獄事件」である。仕掛人は児玉源太郎だった。其の報道は、明治三十五年十二月十七日から始まった。樗牛の死が指呼の間合いに入ったのを見計らって起きた「事件」である。それほど天才的論客の繰り出す筆鋒は恐れられていた。彼は、維新の元勲たちにとって、戊辰戦争を最後まで戦った庄内藩の生き残りだったのである。

樗牛は世界精神的文化の旗を掲げて藩閥政府の野蛮と戦った。嚆矢となったのは、第一節で言及したように明治三十二年（一八九九年）三月「古事記神代巻及び歴史」だった。ここで、「古事記」の神話をそのまま「神聖にして犯すべからず」と主張して科学的研究を拒絶せむとする國学者の時流を笠に着た傲慢の中に、彼は忠君愛国道徳の過剰から生じる危険な狂気の兆候を見て取り、「却て大に不敬なりと云うべけれ」と強く咎めたのである。以来、虚栄心を傷つけられた彼らと其の眷属である國文学史家の多くは、樗牛を目の敵にしている。然し、彼の鮮やかな一撃は復古の闇を垣間見せてくれた。というのも、國学者の此の時流を笠に着た傲慢こそ、小学生向けの國定歴史教科書を使って神話を歴史的事実であるかのように錯覚させる戦時体制づくりが着々と準備されていることを物語っていたからである。

然し、少なくとも樗牛が活躍していた頃、歴史教育は未だ狂気の祭の下に、つまり戦時体制下に組み込まれてはいなかった。その意味に於いて、樗牛が万機公論に決すべく鏑矢を放った明治三十二年三月から三十五年十二月の「教科書大疑獄事件」までを、第二次世界大戦へと至る転落軌道の前駆症状期であると見なすことができるのではないか。裏返して言えば、此の時期の間に、神話と歴史との関係を文明開化に相応しい、世界の公準から外れない文化へと秩序づけることが焦眉の急として求められていた。それこそが、生きたまま単なる消耗品として狂気の祭（戦争）へと駆り出される民衆の声なき声だったのである。客観的に見ても、王政復古と文明開化との間の矛盾は、手遅れにならないうちに解消されねばならなかった。然し、其れはどう見ても野蛮と文化の決戦に収斂するほかなかった。つまり、長州軍閥と高山樗牛との公場対決的言論戦に於ける結果（勝敗）に依って、神話と歴史の関係が決着を見るのが最も望ましかったのである。万機公論を呼びかけた天皇も間違いなくそう望まれたのではないか。

無論、樗牛も同じ思いで、山県・桂・児玉ら三人の陸軍大将と伊藤博文元首相などに向けて言論戦の火蓋を切る鏑矢を撃ち放った。軍閥に阿る学者文人が論争相手だったとしても、言論を尽くして神話と歴史の関係を誰もが納得できるように秩序づけることができさえすれば、公場対決は歴史的に有意義なものとなっていたかもしれない。明治天皇も宸襟安らかにされたことだろう。然し、血の味を嫌というほど噛み締め、海千山千の陰謀に長けた元勲たちは元より、其の盾となって論争を受けて立つべき学者文人さえも、全く樗牛の挑戦を黙殺し続けた。せいぜい反応として想像されうるのは、元勲側が内務省警察当局を使って博文館側に向け、樗牛に対する白色テロ情報を真偽に関係なくリークさせたということくらいであろう。たぶん此の推察は当っている。四章のVで言及した三ヵ月後の「恐ろしき沈黙」という言葉は、真に意味深であり、自分（樗牛）に対する白色テロめいた流言飛語が幾つも飛び交ったことを皮肉ったと考えられる。

それにしても、下級武士から一代で位人臣を極めた元勲たちに代わって、樗牛の科学的自然主義を受けて立たなかった高学歴の学者文人たちの無視・無関心・保身・黙殺という不作為は、幾重にも咎められて然るべきではないか。まさに此の不作為こそ、元勲たちの演出した「恐ろしき沈黙」を支え、大日本帝國をして太陽神話を排他的に独占した頑迷固陋な特別な国にしてしまった。そして、其の国は国民に特別な洗脳教育を施し、やがて樗牛が預言したように「恐ろしき戦争」を敢行し、止めることができず、遂に特別な爆弾を招き寄せたのではないか。明治維新の原点の「万機公論」に立ち返っていたならば、決して其のようにはならなかったであろう。ともあれ、高山樗牛という天才的預言者だけが、王政復古の野蛮を新たな文化へと脱皮させることのできる唯一の求心力だったと思えてならない。此のような樗牛の天才性を石川啄木は理解していたであろうか。無論、其れを模索し究めるだけの力量を秘めてはいた筈である。然し、或る程度は模索したにせよ、究めるまでには到底達し得なかったと言わざるをえない。

Ⅳ　本来の自然主義と日本の擬自然主義

建国神話を真っ向から科学的研究の俎上に載せた「古事記神代巻の神話及び歴史」は、たぶん博文館社主周辺の反対に遭ったか、或いは当局の事前検閲の壁に阻まれたかに依って、『太陽』に掲載されずに、止むをえず発刊間もない『反省雑誌』に掲載されたのであろう。然し、本来は僧侶の反省を掲載していた此の雑誌に当代切っての論客である樗牛が登場して鮮やかな舌鋒を奮い、何かにつけて時流を笠に着て居丈高になっていた國学の徒の鼻を明かして猛省を促したことに対して、一般民衆は喝采を惜しまなかった。『反省雑誌』が『中央公論』へと脱皮する契機となったのではないか。

ここで樗牛を論じる文学史家の多くが目を閉ざしているか、或いは全く見落としている肝心なことがある。蓋し、敢えて此の時期に生命の危険を冒してまで建国神話と歴史的事実の関係を改めて見直さなくていいのかと世に問うたのは、其処に彼が絶対的価値を見出していたからにほかならない。だから其の価値を実現せむとして、「古事記神代巻の神話及び歴史」を世に問うたことは、彼の誇るべき「美的生活」であり、根性欲、即ち「人生本然の要求」だった。つまり、樗牛自身の本能の満足は此処に有りということになるのである。更に加うるならば、其れは、「野の花の咲く」ような、彼自身の忠君愛国の理想だったとも言えよう。

要するに「美的生活を論ず」は、樗牛がニーチェに触れたか否かに関わりなく、ツァラトゥストラの「三段の変化」に於ける「龍」に対する「獅子」の挑戦として、明治三十二年三月の「古事記神代巻の神話及び歴史」で以て事実上既に始まっているのである。この脈絡を踏まえておいてこそ、三十四年八月の「理も枉ぐべからず、智も揺るがすべからず、天下の威武を挙げて是に臨むも如何ともすべからざる也」という「美的生活を論ず」に於ける個人の絶対的価値の境涯と、「死を以ても脅かすべからざる彼等の安心は貴き哉」という其の価値を貫く覚悟の強さも感じ取ることができる。さもなければ、美的生活の最も峻厳な側面を示す此れらの言葉は馬耳東風となる可能性が高い。まして文学史家が嘗ての國学者と同じ性根で以て、樗牛を目の敵にしていれば必ずそうなる。事実、殆どの「美的生活論」は、「性慾の満足」だけに目を奪われて、美的生活本来の静かに吹いてくる高貴なる美風を馬耳東風にしているのではないか。而も、此の馬耳東風、つまり美的生活に対する曲解と誤解から、田んぼのカエルの大合唱宜しく、「自然主義」と文学史家の呼んでいるものが生まれたのではないか。だが、それは決して本来の自然主義ではない。似て非なる擬自然主義である。それを自然主義と呼ぶのは、一種の宣伝工作(プロパガンダ)である。啄木も其れに騙された一人である。

フランスを中心にヨーロッパに広まった本来の自然主義の理想は、何よりも科学的精神を尊重する。習俗の打破を鮮明にする為である。単に病的遺伝、或いは罪深い宿業に好奇の目を向けさせようとするのではない。だから文学活動を超えた社会的関与が求められる場合には、エミール・ゾラのように「ドレフェス事件」の弁護に立つ。同様の意味に於いて、建国神話と歴史的事実との関係を科学的研究の俎上に載せることを訴えた明治三十二年三月の「古事記神代巻の神話及び歴史」が、習俗の打破という目的を鮮明に掲げた本来の自然主義の嚆矢であることは明白である。

此の明白な事実を無かったことにすれば、そこから生じた「恐ろしき沈黙」も宙に浮いて脈絡を失う、だから其れも無かったことにしようと、樗牛を敵視している文学史家は目論んでいるのかもしれない。然し、それは、明治三十二年三月の樗牛の問いかけに対する「恐ろしき沈黙」という包囲網の二の舞ではないか。ツァラトゥストラが言っているように「語られざる真実はすべて毒となる」。此れは、ニーチェを読まないと分からないものではない。「深い海」の詩人であれば大抵分かっている。だからこそ、樗牛は「恐ろしき沈黙の後には、必ず恐ろしき戦争あるべきを覺悟せよ」と強く警告せずにはおれなかったのではないだろうか。いずれにせよ、「恐ろしき沈黙」を否定してみても、「(原爆が落ちてくるほどの) 恐ろしき戦争」は紛れもない事実となった。それとともに、建国神話と歴史的事実との関係を学問的に見直すことを求めた樗牛の問題提起こそ、日本に於ける本来の (フランス発) 自然主義の始まりだったことは否定しようもない事実なのである。

にもかかわらず、長州軍閥と利害を一にしていた嘗ての國学者から鞍替えしたような戦後の文学史家の多くと一部の文芸批評家は、目の敵にしてきた樗牛が真実の太陽となって蘇るのは耐えられない。まして「吾人は須らく現代を超越せざるべからず」と言い遺したことの重みを改めて嚙み締めるのは恐ろしくて仕方がない。だからこそ、戦後の近代文学史は、樗牛の預言者性は元より、其の先見の明を絶対に骨抜きにしてやるという呪いの下に書かれていることが余りにも多いのである。無論、戦後の近代文学史学者だけを全面的に咎めることはできない。「骨抜きにしてやる」という動きは、既に樗牛生前から始まっていたからである。

其の意味に於いて、フランス発の自然主義が樗牛解釈の過程で骨抜きにされ、日本流自然主義の「性慾の満足」へと矮小化されたことと、ドイツ発の『ツァラトゥストラ』のディオニュソス的根本思想が骨抜きにされ、「没落」という商標を貼られてパロディー化されたこととは、同じ根をもつといえよう。而も、それぞれの濃淡の差はともかく、いずれにも鷗外の影が見える。鷗外が長州軍閥に連なる「沈黙の塔」として双方に睨みを利かさざるをえなかったのは、フランス発自然主義とドイツ発『ツァラトゥストラ』とに共通する「本能の満足」自体よりも、寧ろ其処から生じる個人主義のほうが国家主義に敵対する可能性が高かったからである。鷗外には、陸軍大将をめざす立身出世主義者の顔がある。其の顔を覗かせるとき、彼は国民皆兵を司る国家主義者となる。其のような鷗外にとって個人的な「本能の満足」は、およそ絶対的価値を主張してはならず、寧ろ後ろめたいもの、隠微なもののままのほうが好ましかったのである。これは、夏目漱石にも当て嵌まるように思えてならない。

因みに鷗外には、年譜上の前後二人の正妻のほかに日清戦争凱旋後から小倉転任前までの間に針子を装った児玉せき女という「隠し妻」がいたことが長男森於菟氏によって証言されている（角川書店『鑑賞日本現代文学①森鷗外』昭和五十六年）。また、啄木の明治四十二年一月十九日付日記には「森先生が若い時その妾の姉妹に上野に氷屋を出さしてゐたことをきいた」という謎めいた記述もある。其れ以降、啄木は鷗外宅での月例歌会に出なくなったようである。

然し、鷗外や漱石と違って、樗牛にとっての個人的な「本能の満足」は、うしろめたくも隠微でもなく、石器時代さながら真に海洋民族的である。つまり、女性の本能が大事にされている。此れはニーチェにも、そして日蓮にも通じる。何が本能の満足となるかは、「無量義経」に照らすまでもなく、何が其の人物の「根性欲」となるかで決まる。性慾の満足だけが根性欲ではない。放火したいとか、人殺しをしたいという欲望が根性欲となることもある。権力の魔性が根性欲となることは余りにも多い。其の根性欲の満足が絶対的価値をもつのだ。既にのべたように、樗牛の根性欲は、建国神話と歴史的事実との関係を当時の前近代的・専制主義的・不自然なものから近代的・自然なものへと改革することに有った。其のように「生の溢れる豊かさに苦悩する者」は、人生本然の要求の絶対的価値が高貴になっていくほどに、根性欲の宿る本能も自己克服していくことを知っている。其の自己克服の知恵の有る所、たとえ「三段の変化」の試練あろうとも「人生本然の要求」は、一度きりの人生に於いて掛け替えなく尊貴なる使命となるのではないか。これこそ樗牛が「美的生活」として世に訴えたかったことなのである。

此のように正当に評価された「美的生活」が、日本の自然主義と称する文学運動の骨格となっているだろうか。全くそうではない。骨抜きと掏り替え有るのみである。「本能の満足」というと、好奇の目で「性慾の満足」と罪深さを結びつけて鴉のように騒ぎ立てる似非道学者的な論客が余りにも多かった。ニーチェ言う所の「生の貧困に苦悩する者たち」、ツァラトゥストラ言う所の「世界の後ろを見る者たち die Hinterweltler」である。いずれにせよ、「大地の志 der Sinn der Erde」の健やかさを解する本能を喪失した「肉体の軽蔑者たち」は、田んぼのカエルを真似て「美的生活とは性慾の満足なり」と囃し立て、其処に後ろめたい淫靡や不倫から「獣欲主義」にいたるまで、刺激的な話の種は何でも揃っているかのように読者の好奇心に阿り、「美的生活」を殆ど泥まみれにしてしまったのである。

一概に日本の自然主義といっても今以て百家争鳴（自由な論争がある）というわけではない。寧ろ、「美的生活」をめぐる田んぼのカエルの揃わぬ大合唱や、似非道徳家顔した鴉の空騒ぎを彷彿とさせる。事実、理論的先導を担っていた島村抱月をはじめ、後藤宙外や長谷川天渓は「美的生活」論争では、性欲の満足以上の「人生本然の要求」を知ることもなく「虚偽の生活を営む」元凶だと樗牛の見なした「道學先生」の立場を代弁して、樗牛に対する集中攻撃に加わっていた。つまり、「美的生活」では長州軍閥の意向に添って樗牛を貶める宣伝工作に加わっていた顔ぶれが、日本流自然主義の理論形成を買って出ていたのである。（既に此の一事だけで、人脈的にも理論的にも樗牛が日本流自然主義の先駆である筈はない）。而も其の理論形成は、「美的生活」をめぐる論争と同様に、宣伝工作、つまり空騒ぎとなる傾向が強かったのではないか。

因みに、國木田独歩が明治四十年（一九〇七）十月に発表した「余と自然主義」という小論の中で「僕は自然主義を唱えてこれを公言したことも私語したこともない」と明言している。また、島崎藤村の立場を代弁して、宙外に対し「島崎君自身が余は自然主義を奉ずと公言し、宣伝し、而して製作した事が有るだろうか。或は島崎君が自分の作をば、これ自然主義の産物なりと唱えたことが有るだろうか。後藤君は有ると断言し得るか。若し有るならば其例証を挙げて貰ひたい」と詰問している。此れは「自然主義」という言葉をめぐる当時の状況を写真のように鮮やかに伝えているのではないだろうか。結局、批評家と称する詩才も文才も比較的乏しい「自然主義」宣伝工作者たちは、批評先行によって詩才も文才も個性豊かな作家たちを、或る時は奔馬の如く、或る時は大人しく柵の中に囲うが如く、自在に飼い馴らそうとした。其のようにして自分たちの既得権益の維持拡大を狙い、国家の監視網を肩代わりし、独歩や藤村など、「自然派」と目されている作家の中から「習俗の打破」を掲げるフランス発自然主義の渦が巻き起こる芽を摘み取っていこうとしたのである。

其の為に動いた日本流「自然主義」の渦の目となったのが島村抱月の説だった。逍遥門下の優等生で早大教授にまでなった抱月は、鷗外と同じ島根県出身でもあり、彼に倣ってハルトマンを奉じたこともあるほど私淑していた。然し、明治四十年六月の『早稲田文学』で「事象に物我の合體を見る」などと奇妙なことを言う。その当時の生々しい記憶を辿るならば、恰も二〇三高地を目ざして重砲撃とともに吶喊する歩兵のようではないか。ところが「其の事象は冷かなる現実客観の事象に非ずして、霊の眼、開け、生命の機、覚めたる刹那の事象である」と来る。そして「吾人は假りに之を名づけて純粋なる自然主義と呼ばう」と言うのだ。何かに取り憑かれたのか。とにかく結論部をまじまじと見詰めてみよう。

此の派にあっては、事象を結撰するの前、必ずしも現実らしくと意識せず、また必ずしも理趣深くと意識せず、此等の意識をばむしろ一種の邪念として斥ける、必竟私意の作為が之れから生ぜんことを恐れるのである。然らば作家は何を心の標的として此の際に於ける自己の態度を定めんとするか。其の直接の答は消極的である。曰はくただ無思念と。私念を去るなり、我意を消すなり、能ふべくんば我れの発動的態度の一切を抑えて、全く湛然の水の如くならんと工風する。禅家が三昧の境はどうであるか知らぬが、自然主義の三昧境は、この我意私心を削った、弱い、優しい謙虚な感じの奥に存するのではないか。此の時自然の事象は始めて鏡中の影の如く、朗かに其の全景を暴露して、我れと相感応するのではないか。

「今の文壇と新自然主義」抄

真に抱月と称するだけあって、妖しい月のように巧みに人心を朦朧とさせる、将に抱月一流の美辞麗句である。然し、其の「妖しい月」は、鏡という魔法の祭器が倭國に伝来したときの驚愕と畏怖を何処か彷彿とさせはしまいか。そのさまは、ツァラトゥストラに言わせると「仰天させる――それが彼（市場の道化、つまり抱月）にとっては、証明することである。判断力を狂わせる――それが彼にとっては、納得させることである。血は彼にとって、最も都合のいい論拠となる」というところであろう。結局、「物我の合體」とは、「鏡」という象徴との合體である。これこそ習俗打破の行動を殺ぎ落とした新自然主義に於ける「観照」なるものではあるまいか。そうなると、確かに禪家の三昧境は図星である。然し、鏡の歴史に照らしてみれば、「観照」という三昧境は別に鎌倉時代に始まった禅宗に限ったことではない。

鎮護国家の枠組みの下、長く続いた神仏習合の歴史の中で、世に不穏な空気が充満し、既得権益が脅かされそうになる度に、古の呪術師の継承者であり、最高権力の代弁者でもあった祭司や僧侶は、個々に伝来の「魔法の鏡」と其の秘術を持ち出して、遣り場のない民衆の怨嗟が破壊的エネルギーとなって権力側に立ち向かってくるのを巧みに鎮めた。つまり、民衆を仰天させ、其の判断力を狂わせ、畏れ入らせたのである。同様に、日露戦争という兵士の命の鴻毛の軽きを見せつけた狂気の祭の後には、言い知れぬほど虚しく不穏な空気が充満し、やり場のない民衆の怨恨、即ちルサンチマンが発散の機会を求めて彷徨っていた。無論、詩人や小説家の中には、民の悲歎に寄り添い、声なき声を代弁しようとする者が居た。ところが、其処に「禅家の三昧境」宜しく、「自然主義」の三昧境を説く抱月僧が出現し、創作家たちを誘導し箍を嵌めた。彼もまた、秘伝の「魔法の鏡」を洗練された教養満載のレトリックに変えて、民衆を仰天させ、判断力を狂わせ、畏れ入らせた。其のようにして、権力側に立ち向かっているルサンチマンの方向を切り替えたのである。

　其の意味に於いて、矢張り抱月は鷗外にとって、文学最前線の優秀な宣伝工作者だったと言えよう。因みに、抱月の持ち出した「禅家が三昧境」は、天渓に暗示を与えたようだ。彼は明治四十一年（一九〇八）三月の「所謂余裕派小説の価値」の中で恰も自信を得たかのように「自然主義者の態度は、正に現実に立戻った禅坊主と同様である。即ち傍観者として現実世界に立つのである」と気炎を上げる。そして四月の「自然派に対する誤解」では、調子に乗って「自然派の根本思想を虚無主義と云うたならば、最も明白であろう」と言ってのける。流石に言い過ぎたので言葉を補う。然し、其の補い方は、まるで軍から派遣されて文学を牛耳ろうとする情報参謀の言い回しではないか。

虚無主義と云えばとて、ロシアの政界に起って、非常の運動を始めた虚無党と同一視されては迷惑である。それと之れとは全く別物と見なければならぬ。而して其の主義を一言の下に説明すれば、如何なる理論上の権威にも服従することなく、ただ現実を承認する思想である。

『太陽』

権威に服従しない者が何故に現実を承認するのか。それは現実が服従を強制するからである。而も五月の『太陽』では、「現実」とは権力であり、そのうえ無解決であることが露骨に明かされる。「思想」というよりも単なる野蛮ではないのか。いずれにせよ、天渓が権力に臆面もなく阿る道化であることを示している。だから二重丸の結論部は、裏読みする必要が有る。つまり、ここで天渓の言う「理論上の権威」とは、決して国家的なものではない。ほかならぬ樗牛のことなのである。既に触れたように、当時博文館から出た『樗牛全集』は、圧倒的な人気を誇っていた。本来ならば所属する会社の大きな利益を何れほど喜んでもいいくらいであったにもかかわらず、此の執念深い「論客」は妬ましくて仕方がなかったのであろう。同じ論文の中で、其のほかにも『樗牛全集』に冷や水を掛けるようなことを言っている。

其の最たるものが「自然派の特色は、何事にも価値を附帯せぬ点に存する」という言葉である。

これは樗牛の「美的生活を論ず」に於ける個人の「絶対的価値」を抹殺しようとするものにほかならない。また、ニーチェが己の思想の理想を仏教の中に見ていたことを全く知らない天渓は、ニーチェと樗牛を分断する為に前者を「強者」だと持ち上げ、「本来理想なるものは、弱者の要求する慰藉物である」などとうそぶき、以て樗牛が野に咲く花に譬えた「道徳の理想」を抹殺しようとする。更には、樗牛に対抗して「自然派は、現実界其の物を、哲学的に解釈せぬ」などと愚劣な見栄を切っている。此れらのほかにも、樗牛の痕跡を少しでも消し去ろうとする毒を含んだ表現を数え挙げれば切がない。

結局、樗牛思想に対する譏謗なしには、天渓の自然主義（と称する宣伝工作）は成り立たなかったと思われる。逆説的に言えば､天渓は樗牛思想の豊かな滋養を奪い続けて生き延びた〝寄生虫〟だったのではないか。虚無主義（ニヒリスムス）は頽廃主義（デカダンス）でもある。其のことを天渓は「自然派に対する誤解」の中で隠して言わなかった。樗牛という明治の太陽を呪うことによってしか生きてゆけない、紛れもないデカダンだったからである。抑、ニーチェに始まりロシアを含むヨーロッパ各地へと広まり更には中国や日本にも伝播した近・現代の虚無主義から「虚無主義」の響きだけを盗み取り、自然派の根本思想などとうそぶくのは天渓ぐらいのものであろう。つまり、全くの言葉の遊戯、語呂合わせ、真っ赤な嘘である。

もっとも、歴史も起源も全く異なるものが、デカダン的に野合することはある。それが絶対的権力の旗の下に野合した日本「自然主義」と称する折衷主義と、（老荘の影響を受けたとされる）禅家の三昧境である。習俗打破の行動を回避する為の此の御都合主義的な野合を、天渓は恣意的に虚無主義と呼んでいるだけである。本来ならば、啄木は此の権力を加えた〝三角形〟を見据えねばならなかった。たぶん気づいていたと思われる。然し、己のルーツの余りにも深い闇と向き合うことに耐えられなかったのかもしれない。だからといって、「時代閉塞の現状」に於けるような胡散臭い三角形を樗牛誹謗の為に捏ち上げるとは、俄かに信じ難い。ともあれ、「虚無主義」の歴史的な定義と、俗世の利害打算とは別物である。其の混同を批評とは呼べない。寧ろ、学問を否定する野蛮である。いずれにせよ、天渓が「現実」を神に祭り上げているからこそ、此のような虚無主義の掏り替えと贋金造りが寄り添ってくる。無論、それを新たな虚無主義と呼びたい者は呼ぶだろう。然し、理想や希望が否定されたとて、デカダンの野心は悪魔のように強かではないか。天渓が「現実」とは国家主義であると居直ったとき、其の虚無主義は何でも遣れる覇道の大天魔に掏り替わるのである。樗牛に対する狂人のような飽くなき憎悪と嫉妬によって、彼もまた読者を仰天させ、判断力を狂わせ（ひょっとしたら聖者ではないかと）畏れ入らせて、いっぱしの批評家ということになっている。然し、天渓は己の紡ぐ言葉が何れほど多くの毒を撒き散らし、何れほど軍国主義の転落軌道を用意しているかを全く予感していなかったのではないだろうか。

虚無主義とは、基本的には個人の本来あるべき内的自然の喪失状態を指す。何も信じるものがないとか、或いは何も癒してくれるものがないとか、もしくは死んだほうがましだなどという、要するに絶望して死ぬほど疲れ切っている魂の症候である。だから悲観主義（ペシミズム）と裏腹の症候である。悲観主義について、ニーチェは「存在よりも非存在の方がましではないかという問いは、其れ自体すでに、一つの病気、一つの衰退、一つの特異体質である〈力への意志三八〉」と述べている。因みに、此の「特異体質 Idiosynkrasie」という概念は、後にエーリッヒ・フロムに依って掘り下げられ、死や死のアナロギー（生命無きもの）に惹かれる傾向を意味する「ネクロフィラス」という文化人類学的概念を生み出すに到ったのではないか。要するに、ツァラトゥストラの世界観に照らすと、脱皮しなければならぬ生の本能が脱皮を阻む病に罹っている状態を称して、虚無主義、或いは悲観主義というのである。

病んだ胃が其の存在を知らせると、誰もが健やかな胃を取り戻そうとする。然し、病んだ本能が其の存在を強く訴えても、人類の未来の為に健やかな本能を取り戻して遣ろうとする人は稀である。其の稀な人たちに属するのが、日蓮であり、ニーチェである。このように同苦を同喜に変えようとする偉大な人物を模索する限りに於いて、虚無主義は正午を模索する真夜中となり得る。樗牛は生の本能を「人生本然の要求」と言った。「本然」は正に彼の自然だった。つまり、普遍的な人間の内的自然が、病を克服して健康を取り戻した姿だった。そのようにして、取り留めのない自然を確実な手応えある本能へと収斂させ、其れに秩序を与え自在に制御しつつ、各々一度きりの掛け替えのない人生に相応しい創造的な知恵を紡ぎ出すことを「美的生活」として奨励した。

かりにも樗牛を自然主義の先駆者だと見なすのであれば、自然を人間の本能だと解釈・評価し、病んだ本能から健やかな本能を取り戻そうとした人物であることに気づかなくてはならない。然し、実際には此の大前提が全く欠けている。だからこそ、樗牛が自然主義の先駆者だという説は根拠のない宣伝工作であり、悪意に満ちた問題の掏り替え、つまり、日本「自然主義」の破綻した責任を樗牛の所為にしようとするものだと言わざるをえない。近代日本文学の自然主義が如何に理論的に自己完結せずに、継ぎ接ぎだらけの信じてもいない教養の寄せ集めにすぎなかったかを物語っていると言えよう。抑、樗牛の言う「本能の満足」の意味を理解していないのは、批評家たちだけではなかった。國木田独歩の「鎌倉夫人」からは、独歩が樗牛並みの本能解釈に達し、病んでいる本能から健やかな本能を見据えていたとは思えない。また、抱月から前期自然主義の代表だと見なされ、長江からも自然主義の嚆矢だと見なされている小杉天外の「波やり唄」は、有閑階級の批判としては時宜に適っているものの、明治三十五年一月という時期から見ても、美的生活を「性慾の満足」だと読み替える論壇と俗世の受けを狙ったものであることは明らかである。つまり、樗牛に対する曲解の波紋ではあっても、決して樗牛の本能解釈の継承ではない。

更には、明治三十八年三月十五日から翌年十一月十二日まで（日露戦争を跨いで）「読売新聞」に連載され、自然主義の代表的な作品の一つに数えられている小栗風葉の「青春」にしても、樗牛の言う「本能の満足」を真剣に模索する筆致が生田長江には産みの苦しみだと評価されたとはいえ、結局最後まで主人公の根性欲が浮き彫りにならず、隔靴搔痒の感は拭えない。但、「波やり唄」と「鎌倉夫人」（明治三十五年十月）との間の同年五月に新聲社から出た田山花袋の放火犯を主人公にした「重右衛門の最後」に関しては、作品の出来栄えよりも、むしろ其の意図に着目せざるをえない。放火犯を主人公にした作品は他に、大正六年（一九一七）一月春陽堂から出た『一兵卒の銃殺』がある。戦場トラウマと裏腹の犯罪者心理を生々しくえがいている。

いずれにせよ、放火・付け火は、花袋自身の自然主義に於ける役割を象徴している。というのも、彼は抱月・天渓などの理論家、否、宣伝工作者と呼応した自然主義の火付け役を担っていたからである。とりわけ、同じ博文館社員だった天渓とは決して親しい間柄ではなかったものの、共に文才の欠如を市場の道化的才覚で補っていたのではあるまいか。彼は天渓のように、樗牛に対して狂気じみた讒謗を加えはしなかったものの、「重右衛門の最後」を通して、放火犯の病的衝動も性欲の異常な変装であり、むしろ同根でありながら性欲以上に激しく燃え上がる情欲にほかならぬことを読者に印象づけた。此のようにして、樗牛の唱える「本能の満足」から生まれる筈の美的生活の妙なる可能性に対して、花袋は言わば搦め手から付け火し、殆ど灰燼に帰せしめたのではないか。

結局、日本の自然主義者たちは、取り留めのない自然を確実な手応えある本能へと収斂させた樗牛とは全く逆に、自然をより取り留めのないものへと拡散させ、手応えを摑む糸口を与えないようにした。それを象徴しているのが「重右衛門の最後」の「諸君、自然は竟に自然に帰った！」という正に最後の作者から読者への呼び掛けであろう。ここには病んだ本能も健やかな本能もない。とにかく手の付けられない本能は自然に帰った。死とともに取り留めのない同情が自然に溢れてくる。然し、鎮まる筈のない二人の死者の霊魂と其の祟りは、村人の魂を仰天させ、判断力を狂わせ、そして畏れ入らせる。どこにでもある習俗の此の非論理と茫漠を何う受け止めたらいいのか。確かに、自然は癒しである。然し、自然はまた、人を丸呑みする為に如何ようにも人を騙す邪悪な知恵、つまり毒蛇ではないか。とりわけ葬送の周辺には死神とともに悪魔がいて、邪悪な知恵をめぐらす毒蛇がいる。これもまた、没理想没解決であり、禅家の三昧境の流れを汲む

「観照」なのではあるまいか。

因みに、「観照」という言葉は、『ツァラトゥストラ』の〈汚れなき認識〉に出てくる。二度出てくるschauenという動詞は、正に「観照する」と訳すべきものである。大抵の訳が同じであり、長江の全集訳も同じである。だから長江の一九一一年初版単行本訳も同じであると考えられる。少し気になるのはBeschaulichkeitという名詞を「観照」と訳すか「静観」と訳すかである。筆者は前者であるが、長江は後者を採用している。然し、いずれにせよ、「三段の変化」に於ける自己克服の行動を欠いているという意味では殆ど同じである。寧ろ括目に値するのは、〈汚れなき認識〉に於ける「観照」批判が日本「自然主義」の「観照」に対する図星の批判となりうるということではないか。

其処に入る前に、一応ニーチェ解釈の遠近法から、彼を「自然主義者」だと受け止める余地も有ることについて簡単に触れておきたい。ニーチェは樗牛と同じように、自然を確実な手応えある本能へと収斂させようとした。それは自分自身を決して欺くことのない徹底した自己深化だった。其の過程で信じることのできない自身の影を篩落して、本当に信じ切れる自分自身に到達しようとした。それが正にディオニュソス的なるものである。此の殉教者的精神を以て、ニーチェはツァラトゥストラとなり、自ら癒しの自然となって未来を救済しようとしたのである。自然という言葉の正に無垢なる意味に於いて、ニーチェは樗牛とともに偉大なる自然主義者だったのではないか。多分、其の継承を自任するからであろう、生田長江は「龍土会一味の人達が、やかましく自然主義自然主義と云い出す前から」自分は已に自然主義者だったと明言している（「自然主義論」）。

それでは抱月を彷彿とさせる部分を〈汚れなき認識〉から取り挙げてみたい。

正直者の足取りは各、明確に意志を告げる。然し、猫は床の上を忍び足で去っていく。見よ、月が猫さながら意志を分明にせずにやって来る。——
此の比喩を私は、汝ら感じ易い猫被りども、汝ら「純粋に認識する者」呉れて遣る！　汝らを私は——欲しくてうずうずしている奴らと呼んで遣る！

四章のⅡで取り挙げた引用の前段。不正直と純粋とが結びつくニーチェ一流のパラドックスが斬新である。無論、「純粋に認識する者たち」に籠められた皮肉は、「今の文壇と新自然主義」に於ける「純粋なる自然主義」にも当て嵌まる。と同時に嘗て「美的生活」の「性慾の満足」へのパロディー化に加勢した抱月の逍遥・鷗外への「純粋なる」追従も浮き彫りになってくるのではないだろうか。続きは次の如くである。

汝らも大地と世俗的なものを愛している。私はよく判っていた！　然し、汝らの愛し方には、羞恥と疚しき良心とが有る。汝らは月に似ているのだ！
汝らの知力は、世俗的なものを軽蔑するように説得された。然し、汝らの内臓は然うではない。だからこそ、内臓が汝らを最も強く繋縛しているのだ！

そして今や、汝らの知力は内臓の言いなりになっているのを恥じ、また自身の恥から逃れるために間道を選択し、偽りの道を歩んでいる。

「吾にとって最も高尚なことは」——と汝らの嘘で固めた知力は、自身に対して語る——欲望持たずに人生を観照するにあり。決して犬の如く舌を垂らすにあらず。


三連の「間道を選択云々」の前後は、抱月と女優松井須磨子との愛欲生活を否応なく連想させる。周知の如く、此の大恋愛の為に抱月は妻子を悲歎のどん底に突き落としたばかりではなく、教授も辞する破目になった。それでも講師は続けていたようだが、須磨子と同棲して約五年後、流行性感冒で急逝する。其の二ヵ月後須磨子は後追い自殺を遂げた。いったい日本の自然主義文学運動を牽引してきた島村抱月の人生は何だったのだろうか。彼の転落もまた作品だった。寧ろ代表作だったのではないか。其れによって彼は、没理想没解決が如何に無責任であるかを実証し、「観照」が如何に天魔の所為であるかを見せつけたのである。そして、真に皮肉なことには、樗牛の「美的生活」に於ける「本能の満足」を見境のない「性慾の満足」へと貶めたのは、其れを自ら実践して見せた抱月だということである。

ところで、『ツァラトゥストラ』の中に何故に抱月を連想させる件があるのかと問うむきもあろうかと思う。其れに対する答は、先ず第一に、叙事詩の普遍性が挙げられよう。第二に、『ツァラトゥストラ』の預言書的性格が挙げられる。第三に、此れは最も現代的理由だが、既に度々触れたように、ニーチェや樗牛は茫漠と非論理の自然を本能へと収斂させた。一方、其れとは逆に自然の的を絞らせないように恰も途方もなく巨大な霞網にして、出来るだけ多くの人間を一網打尽にしてしまおうとする毒蜘蛛の如き思想家も出現した。其の典型はニーチェが厳しく批判したエドアルト・フォン・ハルトマン Eduard von Hartmann である。其の眷属が抱月であり、天渓も其処に連なっている。此のような連なりの下に近代の反ディオニュソス的類型として、彼らは主に『ツァラトゥストラ』の〈教養の国〉や〈汚れなき認識〉を中心に、其の人物像が浮き彫りになっているのだ。ニーチェ・樗牛が正直を究め、信じることのできる自分自身に到達した「幼児（おさなご）」であるとすれば、ハルトマン・抱月・天渓は不正直を究め、他人は元より自分自身をも欺く道化だったということになる。但、天渓が其の自覚もないほど人間味の枯渇した「死の説教者」だったのに対して、抱月は中途半端に人間的だったのが仇となって、悲惨な人生劇を演じる破目になった。

因みに、樗牛の亡くなった約二ヵ月後の明治三十六年（一九〇三）三月『新小説』の「思想問題」の中で、逍遥に倣い道徳を説く当に古典的道化を演じた抱月は、樗牛を「人道の賊なり」と痛罵している。然し、三十二歳で此の世を去った樗牛は、「美的生活を論ず」の中で、同年同月同日に生まれた抱月が五十年足らずで此の世を空しく去るのを恰も既に悼むかのように次のように述べている。「人の虚栄を好むや、禽獣の卑むべきを知りて其の羨むべきを悟らず。漫に道義を衒い知識を誇るも、人生の帰趣に到りては茫然として思ふところなし。五十年の短かき生涯は是くの如くにして匆忙の間に労し去らるるを見ては、吾人豈惆悵たらざるを得むや」。

V 「自然主義」に睨みを利かす鷗外

島村抱月の「思想問題」に於ける、樗牛の亡骸に鞭打つが如き論調は、たぶん『萬年草』一月号に於ける、樗牛の死を知った鷗外の仮借なき追撃に呼応していると考えられる。此の時、既に日本の自然主義文学理論と称する宣伝工作は始まったのである。つまり「超越せざるべからず」と言い遺した樗牛の金言を「没落せざるべからず」と言い替えて笑い物にせずにはおくものかと呪詛する鷗外の怨念を基本構想として始まったと解することができる。大正十一年（一九二二）七月十五日から四回東京朝日新聞に連載された「鷗外先生と其事業」と称する追悼文の中で、生田長江は「私のおぼろげな記憶によれば曾て高山樗牛氏が亡くなられた時、かねがね論争の行き掛りをもってゐられた森鷗外先生は、先生達の雑誌『萬年草』で、高山氏に対するかなり遠慮のない駁撃を、躊躇することなしに公表された」と述べている。

ところが此の『萬年草』一月号が今では消え去っている。少なくとも庶民は容易にはアプローチできない。全集にも載っていない。因みに、現存古書四種の「萬年草」の発行年月日を辿ると明治三十五年（一九〇二）十月十日、十一月十五日、十二月一日と来て次は、なんと三十六年二月二十一日となっている。然し、此の二月号には樗牛のことは何も書かれてはいない。要するに長江の言葉を裏付ける一月号は、発行されなかったことになっているのだ。市場に於ける〝鷗外神社〟伝説を毀損する事実として関係者によって禁忌扱いにされたのであろう。但、岩波の『鷗外全集』二十五巻の「萬年艸第一評語集」の末尾で「評語集記者」と称する匿名者は次のように言い放つ。「右の評語集を校し畢る時、樗牛高山林次郎君の訃音は、諸新聞紙によって伝えられました。惜しむべし、問題提供者なる天才は、一朝去って、問題提供者なる自然の中に帰せられました。我等はいかに無作法でも、人の棺槨に瓦石を投ずることを敢えてするのではござりませぬが、苟も天才を以て自ら居るものは、必ずや自己の一代にのみ属するものではないことを信ぜられた事であろう。果たしてさうならば主義に対しての意義が易簀の後に公せられたとて、決して怪しまれはせぬだろうと存じて、原稿の儘に印刷させることと致しました」[2]。日付は明治三十五年臘月（樗牛命日は十二月二十四日なので其れ以降三十一日までの間）。此の匿名記者が鷗外であることは間違いないであろう。

樗牛・鷗外論争の殆どは、ハルトマンをめぐるものである。此の論争に関するかぎり、谷沢の書誌学者としての仕事は一応の成功を収めたと言えよう。問題は、何故鷗外が異常と思えるほどハルトマンに肩入れしたかである。筑摩書房『明治文学全集』七八の「森鷗外と明治美学史」（初出昭和九年七月「浪漫古典」）の中で、土方定一は「森鷗外の如き聡明な人間が、単にその当時ハルトマン哲学が支配的であったといふことのために、ハルトマンをとり入れたということは考えられない」と聊か奇妙な問題提起をしている。然し、恐らく自らも時節柄厭世的になっていたのだろう、土方は其の原因は、鷗外のペシミズムとハルトマンの其れとが同調したからであると見なしている。確かに其れは部分的には当っている。然し、全てではない。聡明が厭世と結びつく以上に、ペシミスティックな傾向が、強い出世欲・権力欲と結びつくことは珍しくないからである。その意味に於いて、「聡明」という切り口を土方とは全く異なる文脈に配している長江の説は一段と深い。

自分自身の如何に強いかを、総ての場合にたしかめ知りたいと云ふ、それこそ不思議にも打ち克ちがたき誘惑的衝動は、先生（鷗外）ほどの聡明なる人をして尚且つ、金貨として天上から受けた物を、むざむざと銅貨として地上にばら撒かしめたのではなかったらうか。

「鷗外先生と其事業」三

鷗外の人生に対する長江の評価は「鷗外先生が余りにも深入りして、余りにも手を広げて、お役所奉公をされ過ぎたことを少なからず遺憾に思ふ」という言葉に尽きる。鷗外のハルトマン被(かぶ)れは、彼には当に其の典型だと映ったのである。無論、長江は「下手(へた)の横好き」とは言っていない。然し、遠回しに「ディレッタントらしい態度」に留まっていたと厳しい評価を下している。この場合、ディレッタントとは、権威主義的国家主義的なるが故に理解深化の甘い人ということではないか。樗牛は鷗外が深化させなかったハルトマン理解を、心ならずも鷗外に代わって深化させるしかなかった。そして、ハルトマンが創見なき教養の寄せ集めにすぎないことを突き止めた。短期間での膨大な資料研究と論争準備の為に、どれほど生命を削ったか量り知れない。美学・哲学畑の当代と未来を、樗牛は一身に背負っていた。偉そうに見せながら逃げを打つディレッタントの鷗外とは全く異なる樗牛のプロ根性を、長江は見て取ったのではないか。長江は鷗外のことを誰よりも解っていた。何故か。『ツァラトゥストラ』翻訳をめぐって、当局側の検閲者として立ちはだかった鷗外に対して、長江は精一杯の抵抗をし、両者は互いに本音をぶつけ合った。それは、長江の自然主義に於ける「龍」と「獅子」との戦いだった。まさに此の戦いを通して、長江は鷗外の軍人と文人との使い分けを知り尽くしていたと言えよう。

　ここで、問題の焦点が鷗外の過剰なる「お役所奉公」に移ってきたと思われる。其の背景に暫し目を転じてみたい。「陸軍軍医部へと養子縁組」した鷗外のドイツ留学は、無論、日本陸軍の命令による派遣だった。然し、生松敬三の出世作『森鷗外』（東大出版会一九五八）に依ると、留学を強く後押ししたのは陸軍省ではなく、どうやら陸軍衛生部だったらしい。この着眼は、生松の独創的見識ではないか。因みに、留学二年目の明治十八年に鷗外は「日本兵食論」を書いている。然し、彼の本当の関心は、もう一つの「兵食」だった。ニーチェの口を借りて言えば、精神（知力）もまた胃袋である。兵隊には大人しく食事をしてもらわねばならぬ。だから大人しくさせる精神の「兵食」も必要である。否、平時のみならず、戦時にも黙々と死んでもらってこそ強兵である。いずれにせよ、慌てふためいた山縣有朋が軍曹の帽子を被っていたと囁かれる明治十一年（一八七八）の「竹橋事件」の如き兵の反乱は、陸軍上層部にとって二度と遭遇したくない悪夢だった。

　それでも国民皆兵制度が有り、而も外国文物の輸入は増加の一途を辿る以上、どんな人物がどんな考えを抱いて兵隊になるか分からない。折しも自由民権運動が激しくなっており、兵隊の精神衛生を司る陸軍衛生部の危機感は募っていた。事実、鷗外がドイツに留学した明治十七年

（一八八四）の国内状況について、生松は『森鷗外』の中で「群馬事件、加波山事件、秩父事件の相継ぐ諸事件において、自由民権運動は最後の高潮点に達した」（三六頁）と記している。それを踏まえて、彼は次のような大前提を導き出す。

このような動きの中で、鷗外はまさに自由民権運動の爆発力が頂点に達した明治十七年に、これを弾圧する当の絶対主義権力の側から、整備拡充につとめつつある日本陸軍の一軍医として、ドイツ留学に発ったのであった。この事実は、鷗外のドイツ留学について考える場合に、まず第一に注目しておかねばならない事実であると思われる。（三七頁）

このようにして生松は、鷗外という〝迷宮〟を謎解くための糸口を見出したかのように見える。然し、ここで彼の言わむとしていることは一筋縄ではいかない。それは、矢張り鷗外の一筋縄ではいかない模索の跡を追及していったからであろう。生松の含む所が何かは次第にみえてくる。先ずはともあれ、問題となっている鷗外のハルトマン選択を彼が何のように見たかに注目してみたい。ところが、此の事に関して彼は、意外と率直に「妄想」と『独逸日記』との結びつきを受容れて、次のような推論を立てている。

鷗外がハルトマンを選んだのは、鷗外の言う通りそれが当時評判の流行哲学であったからに過ぎないのかも知れないが、やはりそこに井上哲次郎の勧めもあったのではないかと想像される。井上はハルトマンに哲学を学んでいたし、帰朝後東京帝大の外人講師招聘に際してもハルトマンをわずらわし、その紹介でケーベル（R. Koeber, 1848–1923）が来ることになったことなどから見ても、井上とハルトマンとの間にはかなりの直接的関係があったことが知られるからである。（七一頁）

生松敬三は即物的に淡々と述べている。然し、苟も国家の柱石として期待されているエリート官費留学生が、他人の勧めで哲学を選択するというのは尋常ではない。仮に生松の述べているとおりだとすれば、ハルトマンをめぐる論争に於いて樗牛から鷗外への決定的な一撃となった明治三十二年（一八九九）八月の「『審美綱領』を評す」を井上が『哲学雑誌』と『帝国文学』に同時掲載させるほど樗牛に肩入れしたのは何だったのかと疑問が沸き起こる。而も生松も取り挙げているように、鷗外は明治三十三年二月十一日賀古鶴所宛の手紙で「文壇ハ博文館ノ樗牛帝国文学ノ井ノ哲トニテカキマハシ居リ云々」と記している。結局、鷗外は井上から梯子を外されたことになるのだ。

ならば生松の推論は間違っているのだろうか。否、決して間違ってはいない。問題は、ハルトマン哲学の性格（というものが有ると仮定して）に在る。抑、名うての国家主義者である井上にしても、自己に対して飽くまでも正直な人生哲学としてハルトマンを鷗外に勧めたのでは決してあるまい。この辺に官費留学エリートの思惑の底に蠢く復古の闇が窺える。要するに、井上は欧州の個人主義的発想と日本固有の「國体」論との正面衝突を回避する為の緩衝地帯、或いは催眠術的方便として当時流行していたハルトマンを勧めたのである。

但、「妄想」の「十九世紀は鉄道とハルトマンとを齎した」という宣伝文句は、明らかに一八七〇年の普仏戦争に於いて鉄道網が嘗てない兵力の集中を可能にし大勝利を齎した歴史的事実に便乗している。因みに「ハルト hart」とは「堅固な」という意味であり、兵士の間では、フランス女との愛の戦いに於いても不屈の抵抗力を示すという如何にも卑俗な意味をも孕んでいる。つまり宣伝文句自体に幾らかのパロディーが含まれていた。それは鷗外も書いているように「賛否の声が喧しかった」ことを反映している。そして、其の否定の急先鋒がニーチェだったのである。

VI　ツァラトゥストラの根本思想の起源

ハルトマンを真正面から取り扱った「生に対する歴史の利害 *Vom Nutzen und Nachteil der Historie für das Leben*」が世に出たのは一八七四年二月である。ここでニーチェは、歴史の過剰が生の本能を傷つけ、個人の独創性を摘み取り、天才の出現を阻んでいることを俎上に載せた。そして、歴史的なるものに対する解毒剤として、非歴史的なるもの（das Unhistorische）と超歴史的なるもの（das Überhistorische）とを提示した。「非歴史的なるもの」とは、忘却することができ、自身を限られた地平の中に留めることのできる技術と能力のことである。「超歴史的なるもの」とは、存在に永遠の性格乃至は其れと同等の意味をもつ性格を賦与するもの、つまり芸術と宗教の方へと生成のまなざしを向ける力のことである。ハルトマンの名は九節から見えるのだが、序言で「過剰なものは必要なものの敵」とニーチェが言ったときから、ハルトマンは「不倶戴天の敵」として想定されている。実際、一節の「冷笑主義者 der Cyniker」、「墓堀人 Totengräber」、五節の「宦官の一族 ein Geschlecht von Eunuchen」、七節の「通俗自由神学者 theologus liberalis vulgaris」「（学者が学者ではなく）賤民 Pöbel」、「イロニー的実存 eine i r o n i s c h e r Existenz」、八節の「諸時代の末裔 ein Spätling der Zeiten」、或いは「骨董的末裔 antiquarische Spätlinge」、九節の「哲学系パロディスト ein philosophischer Parodist」などは、ハルトマンを指す譬喩である（また他にも有る）。このなかでは、「骨董的末裔」がハルトマンの「世界過程へのパーソナリティーの完全なる帰依 die volle Hingabe der Persönlichkeit an den Weltprocess」との関係から最も重要なキーワードとなる。因みに此の論文の二節のはじめに、ニーチェは次のように語る。

然し、生命が歴史の奉仕を必要としていることは、歴史の過剰が生者に害を与えるという——後に証明される筈の法則と同様に明確に理解されなければならぬ。三通りの観点から歴史は生者の為のものである。即ち歴史は活動し努力する生者の為のものであり、保存し崇敬する生者の為のものであり、苦悩し解放を必要とする生者の為のものである。これら三様の関係から、三様の歴史の受け止め方が発生する。それらは、このような呼び方が許されるならば、歴史の記念碑的な受け止め方、骨董的な受け止め方、批判的な受け止め方である。

ここから必然的に「記念碑的歴史 die monumentale Historie」と「骨董的歴史 die antiquarische Historie」と「批判的歴史 die Kritische Historie」という三通りの歴史観が発生する。一見、これらは横並びの趣向の自由かと思える。或いは、ハルトマンの中のヘーゲル的弁証法を模したかと思える。然し、「記念碑的歴史」で問われるのは、人間性に寄せる信仰の中の「根本思想 der Grundgedanke」である。ここにニーチェは自然と本能との理想的関係を見る。然し、此の根本思想が「骨董的歴史」には欠けている。また「批判的歴史」にしても根本思想が有るという保証は全くない。ともあれ、先ず其のくだりを見てみよう。

彼(ゲーテ)の目標[3]は、ともあれ何らかの幸福である。もしかすると彼個人の幸福ではないかもしれない。然し、しばしば或る民族の幸福であり、人類全体の幸福である。彼は諦念を避け、諦念と戦う手段として歴史(die Geschichte)を使う。大抵どんな報酬にも惹かれないが、栄誉は別である。栄誉とは、歴史(Historie)の聖堂の栄えある席に就く継承権のことであり、此の聖堂の中で彼自身もまた、後から来る者たちの教師となり癒しとなり警鐘となることができる。というのも、彼の戒律に依ると、〝人間〟の概念を一層広め一層美しく満たすことに一端成功したものは、其れを永遠に可能にする為にもまた、永遠に身近に存在していなくてはならぬと伝えているからである。個々の戦いの偉大なる瞬間が一つの連鎖を形成すべく、それらの瞬間の中で数千年を貫く人類の山脈が結ばれ、此のようなとっくに過ぎ去った瞬間の最高のものが私にとって猶生き生きと明らかで偉大であれかしと希う――記念碑的歴史の要求の中に表現されているものこそ、人間性に寄せる信仰の中の根本思想なのである。

右文から読み取れるように、此の「根本思想」の中に「非歴史的なるもの」も「超歴史的なるもの」も含まれている。因みに、一節から三節にかけて「骨董的歴史」という言葉は四回、「批判的歴史」は二回しか出てこないが、論点の核心たる「記念碑的歴史」は十二回出てくる。偉大なるものとか不滅なるものという魂の問題が聊かでも個人的傾向をおびると、いつでもどこでも凄まじいばかりの暗闘が繰り広げられるからではないだろうか。二節でニーチェも触れている如く、芸術が芸術を打ち殺そうとし、医者が治療すると見せかけて毒を盛る類の不条理が顔を出すのだ。とにかく、「記念碑的歴史」の振りをする嘘は余りにも多い。だから真実が何れほどの受難を蒙るか計り知れない。

六節の最後から二番目の段落で、ニーチェは青年たち（読者）に次のように語り掛ける。

諸君は、ただ現代の最高の力からのみ過去の事績の意味を解釈することが許される。諸君の最も高貴な特性を最も強く集中させることによってのみ、諸君は過去の中の何が知るに値し保存するに値し、偉大であるかを推測するのだ。等しきものは等しきものによって！　さもなければ、諸君は過去の事績を自分たちの所まで引きづりおろす。

元より「記念碑的歴史」の根拠は、イタリア・ルネッサンスから古典ギリシア世界へと遡る筈である。然し、「等しきものは等しきものによって」をニーチェに当て嵌めるならば、矢張り同じドイツ人同じ詩人であり、同じくライプツィヒに学び（同じくワイマールに葬られた）彼の生まれる十二年前に此の世を去ったゲーテであろう。実際、非歴史的に生を謳歌し、「ファウスト」を通して超歴史的なるものを目ざしたゲーテの「落款と作品と実行と類稀な光明と創造」ほど、生き残って記念碑的歴史を可能にし、「人間性に寄せる信仰の中の根本思想」の強さを示すものはないだろう。

一方、ハルトマンの史観はニーチェに何のように映ったのだろうか。ここでも問われるのは、ゲーテの創始したBildung（人間形成、日本では伝統的に「教養」と訳される）という言葉のもつ意味である。ニーチェは音楽に譬えてハルトマンを「原音der Originalton」[4]ではなく「絃音der Saitenklang」だと見なす。そして「原音は大抵行動や苦難や恐怖を呼び覚ますが、絃音は子守歌でわれわれを眠らせ、われわれを柔弱な享楽者にする。恰も英雄交響曲を二つのフルートのために編曲し、夢想する阿片喫煙者の用に供したかのようだ」と手厳しい。とはいえ、歴史の過剰が本能のバランスを狂わせ、一個の人間の中の群れ、即ち内的自然（魂）と外的自然（精神・知力）との不和・不一致が顕著になり、人格の文化的形式が見えなくなれば、歴史に耐えられる強い人格の出現は極めて稀になる。たとえ其のような人格が出現したとしても、世の中の空気は峻厳に響く原音を聴きたくない。心地よい眠りを誘う絃音が聴きたいのだ。だから犢牛の如く原音を聴かせようとする者を、世の論客たちは完全に黙殺したり、或いは一気呵成に群れをなして襲いかかる。結局、日独ともに同じことが起きていた。要するに、ハルトマンは『ツァラトゥストラ』一部の〈三段の変化〉の次に出てくる眠りの説教者なのである。

然し、眠りの神と死神は兄弟である。両者の仕事の引継ぎを見破るのは容易ではない。四節の第三段落でニーチェは不気味な譬喩を示している。飼い兎を丸呑みして悠然と日なたぼっこし、必要最小限の動き以外は全く動きを止めている蛇の話だ。此の内的感覚の爬虫類的安息を評して、ニーチェは「内面の過程 der innere Prozess[5] は当に今の問題 die Sache そのもの、実際の〝教養〟なのである」と言っている。ハルトマンが此の蛇であれ、兎であれ、或いは其の両方であれ、はたまた其の蛇が国家を意味するものであれ、彼自身が此のような「内面性 Innerlichkeit[6]」から出てきた抽象思考の影であり、仮面をつけた教養の継ぎ接ぎ(つはぎ)であることは間違いない。子守歌で眠らせるようなハルトマンの絃音が意味をおびるのは、何といっても戦争をして国家主権を発揚し国益を際限なく追い求める、熱い血と鉄の勢いが留まる所を知らず、一方で其れと裏腹の厭世主義の空気が垂れ籠めていたからである。そして、其れらの相反する利害を一つに繋げる市場主義的文脈によって、ハルトマン思想は代表的な「外面的野蛮人の為の内面的教養便覧 Handbuch innerlicher Bildung für äusserlicher Barbaren[7]」の一つとなっていたのではあるまいか。

確かにゲーテやニーチェのようなドイツ人の魂は深く、其の精神は気高い。個人の内面と外面との統一があり、文化の形式が人格となっているからであろう。また、「最も高貴な特性を最も強く集中させて」絶えず自己克服しているからでもある。然し、何も無いか有ってもせいぜい魂の混沌でしかないにもかかわらず、「内容の感覚 der Sinn des Inhaltes[8]」をもっているが故に「形式感覚 der FormenSinn」を軽んじて構わないと思い込む錯覚、否、傲慢についてニーチェは次のように語る。

まことに、[9] 此の内と外の対立は、原始の民族が露骨な欲求に従って、ひたすら我意のままに生長する場合の野蛮よりも、其の外面的なるものを更に一層野蛮にしている。

既に第一次世界大戦のドイツ軍に依る世界最初の毒ガス兵器の投入や、第二次世界大戦中のナチス・ヒットラーに依るユダヤ人大殺戮を見据えているかの如き内容である。とはいえ、歴史の過剰の度合いは、ドイツより日本のほうが酷かったことを忘れてはなるまい。但、フランスやイギリスに遅れを取りながらも、既に個人主義を其れなりの流儀で体験していたドイツ人と、個人主義の醍醐味を知る前に「國体」の箍(たが)に締めつけられた日本人の間には、歴史の過剰を個人が何(ど)のように受け止めるかについての注目すべき違いがあったように思われる。それが『ツァラトゥストラ』に於ける「嘔吐(嘔噦(むかつき))Ekel」という、肉体の理性を正直に反映する感覚である。此の感覚は良心の呵責などと似ている。つまり、個我の自立なきところには、良心の呵責も嘔吐も希薄でしかない。とりわけ、専制主義の歴史の長かった東アジアでは、稀少な感覚であろう。然し、個人の自由の為に戦った殉教者を称えることが精神文化の形式となっているヨーロッパでは、決して稀な感覚ではない。殉教者が記念碑的歴史の鏡となっていれば、「鏡を持った幼な子」も何処かにいる。そして、殉教者は師匠や同志となって蘇り、後に続こうとする者たちに対して或るときは良心を責め咎め、或るときはおまえたちの考えは甘くて食えないとばかりに「嘔吐」を突きつけて面罵し、悪魔の如き嘲笑さえぶちまけることさえあるだろう。

然し、『ツァラトゥストラ』に於いて最も重要な意味をもつ「嘔吐」は、其れと気づかれるほど明瞭なものでもなければ度々反芻されるものでもない。歴史化した自分自身を超越して新たな自己を創出できなければ、即ち自己克服できなければ、魂は死を望み、頽廃と虚無と安逸の中にまどろむ。そうなれば、「鏡を持った幼な子」は元より、記念碑的歴史の道を拓いた先達との魂の共鳴も無ければ、人間性に寄せる信仰の中の根本思想も無い。だからこそ、「嘔吐」は、寧ろ忘れていた根本をどうしても思い起こすことのできない者に突きつけられた最後通牒という絶対的危機として現われるのだ。

興味深いことに『ツァラトゥストラ』に於ける究極の「嘔吐」――実存主義の斬新な切り口となった――此の「嘔吐」は、ハルトマンとの対決の過程から生まれた。九節の中でニーチェはハルトマンに対して、おまえほど嘔吐を込めて現代と未来を軽蔑した者は他に誰もいなかったと語り掛け、だからこそハルトマンは烈しい「嘔吐」の襲来を予言するのだと追及する。此の延長線に立つツァラトゥストラの言葉がある。四部の魔術師に対する「汝は、自分の一大真実として嘔吐（エッケル）を収穫した。汝の口にする如何なる言葉も本物ではない。然し、汝の口許、つまり、汝の口許から離れていかない嘔吐だけは本物だ」というものだ。然し、『生に対する歴史の利害』と『ツァラトゥストラ』との究極の符合は、同じ九節の中の次の言葉であろう。

道化の中[10]の道化よ、おまえは今時の人間の切望を口にしている。然し、あの念入りな横並びへと知的に訓練された結果として、人類の壮年期の終末に何んな危機（黒い影、幽霊）が現れるか分かったうえで言っているな。――（無論）危機とは嘔吐のことだ。

先に述べたように、精神（知力）は胃袋である。歴史的なものだけではなく、非歴史的なものや超歴史的なものも食べなくては胃が駄目になる。ところが、ハルトマンは専ら歴史的なものだけを過剰に食べさせようとする。それだけでも胃を駄目にするのに、ハルトマンは其のうえ絃音を掻き鳴らして眠らせようとする。寝ている間に駄目になった胃が嘔吐することほど危険なことはない。咽喉を詰まらせて窒息死してしまうからである。これこそ、ハルトマンに誑かされて眠り込んでしまった青年たちを襲う危機（黒い影）なのである。

そして、此の危機は、『ツァラトゥストラ』三部の〈幻影と謎〉IIにおける、眠っていた牧人の咽喉に忍び込んで今にも食い破ろうとする黒くて重い蛇として描かれている。無論、牧人が生き延びる為には、自分の咽喉を内側から食い破られる前に蛇の頭を噛み切って吐き捨てるしかない。まさにここに究極の「嘔吐」がある。

然し、実に、私が見たものは、嘗て見たことのない光景だった。一人の若い牧人が息苦しそうに、のたうちまわり、痙攣し、顔を歪めていた。彼の口から黒い重たげな蛇が垂れ下がっていた。

これほどの嘔吐(エッケル)に満ち、恐怖に蒼ざめた顔を私は嘗て見ただろうか？　彼は多分眠っていたのだ。其の時に蛇が彼の喉に忍び込んだ。――そこに咬み付いて離れなくなったのだ。私の手は蛇を摑んで強く引っ張った。とにかく強く。――徒労だった！　蛇を喉から引き離せなかった。其の時、私の中から「咬み切れ、咬み切るのだ！」と叫ぶ声が聞こえた。「頭を咬み切れ！　咬み切るのだ！」と叫び声は言った。私の恐怖、私の憎悪、私の嘔吐、私の憐愍、私の善悪の総てが未曾有(みぞう)の絶叫となって奥底から喚いた。――

〈幻影と謎Ⅱ〉

よく知られているように、『ツァラトゥストラ』の中では殆どの言葉がアンビィヴァレントである。其れは、右文中二連の「これほどの嘔吐」と四連の「私の嘔吐」にも全く当て嵌まる。前者は現代と未来に対するハルトマンの「嘔吐」――近々眠っている青年たちの喉に忍び込み、食らいつき、犠牲として呑み込んでしまう危機としての「嘔吐」である。一方、後者は其のようなハルトマンの「嘔吐」を蛇の頭として咬み切ってしまわない限り生き延びていくことのできない、まさに自然の本能としてのニーチェの「嘔吐(エッケル)」である。要するに、蛇の頭に化けた歴史の過剰を咬み切って吐き捨てるという意味の非歴史的にして超歴史的な「嘔吐」なのである。其れを遣って退けたのは、『ツァラトゥストラ』が一つの行為であるかぎり、ニーチェが最初であることは論を俟たない。

無論、日本にもニーチェに続いて、ドイツより酷い歴史の過剰――矢張り黒くて重い蛇の頭に化けた歴史の過剰の頭を咬み切って吐き捨てた超歴史的天才がいた。言うまでもなく高山樗牛である。然し、日独ふたりの天才だけの事績だけに目を奪われていいものだろうか。確かに、ニーチェと樗牛という二人の天才の出現は、歴史の過剰という時代の最大の病（戦争という狂気の祭へと突き抜ける）の根を断ち、健やかな本能を取り戻そうとする正に自然の強い欲求であろう。天才詩人なればこそ、ニーチェは歴史の過剰を彼の喉に忍び込み今にも内側から食い破ろうとする蛇の頭だと直観することができたし、樗牛も其の譬喩の意味する所に直ちに共鳴できた。樗牛がニーチェの後継者だったように、生田長江は樗牛の後継者だった。其のように、ニーチェの「幼児（おさなご）たち」の波動は人知れず拡がっていった。

然し、長江が晩年に痛切に吐露している如く、ニーチェと樗牛の残した預言と警鐘は、無理解と誤解に妨げられ、閑却と黙殺に包み隠され、綺麗に抹殺されてしまった。そして文壇の敵対や利害関係に与り知らぬ青年たちは、益々歴史の過剰に呑まれ続け、横並びの厭世主義に染め上げられ、後はただ国家権力が突撃のための興奮剤を一服盛るのを待つだけであった。そのようにして、何も知らぬ青年たちは、追い立てられ畜群となって鉄道に乗せられ、黙々と戦場へ向かっていった。各地に敷設された鉄道網は、蟻地獄のように兵隊蟻たちを待っていた。日独ともに常態化していった風景であろう。大日本帝国は歴史の過剰そのものである「國体」で成り立っていた。一方、歴史的なものの量では日本とは比べものにならないドイツ帝国には、臆面もなく厭世主義を掲げる「十字蜘蛛」哲学者が人間の家畜化を見据えて歴史の過剰を紡ぎ張りめぐらせていた。

まさに戦争を想定して張りめぐらされた鉄道網に呼応して紡ぎ出された厭世主義と畜群人間化

思想、これこそ井上哲次郎と森鷗外とが「十九世紀は鉄道とハルトマンを生んだ」というスローガンの背後に見た軍政思想だったのだろう。鷗外が陸軍衛生部から軍政思想を選定するようにと密命を託されていたか、或いは因果を含められていたかは定かではない。然し、陸軍軍医部へと「養子縁組」した忠誠の証としてハルトマンを手土産にした可能性は高い。好戦的な軍国主義国家にとって、理想的な最善の軍政思想などあろう筈がない。不可避の厭世主義を如何に眠り薬に変えるかだけが問われる。其の為には此方も次善か第三の善で以て対応する厭世哲学こそ求められていた。然し、其のような選定ばかりやっていると流石の鷗外も厭世的になる。実際、厭世的になったらしい。だからハルトマン選定の決定的理由は、もう一つ別の所に有ったと考えられる。

ニーチェは「生に対する歴史の利害」の五節の中で次のように述べている。

あらゆる近代の哲学的思索は、政治的、且つ警察的であり、政府や教会や大学や慣習や人間の臆病などによって学識上の見せかけに限定されている。

右文が鷗外の目に留まったかどうかは定かではない。然し、ハルトマンから実際に学んでいた井上は、最もハルトマンを敵視しているニーチェの此の論文を読んでいた可能性が高い。そして、ニーチェの批判を逆手に取ってハルトマン哲学を歴史的教養の標準に据え、其処から逸脱する者には必然的に其の標準が思想警察的監視網になることを鷗外に説いたとしても不思議ではない。無論、其のような大目付的役割は、鷗外の権力志向に適うものだったと言えよう。因みに、後に

『かのように』に於けるファイヒンゲルも同様な監視網として役立ったのではないだろうか。但、井上が元々ニーチェの実力を軽視していなかったのに対して、鷗外は発狂したという理由で軽視していたようである。

ここで今一度、生松敬三の説を嚙み締めてみたい。生松説に依ると、「帰朝後東京帝大の外人講師招聘に際してもハルトマンをわずらわし、その紹介でケーベルが来ることになった」（既出）とある。ところが、日本に遣って来たケーベルは、ハルトマン哲学について多くを語らなかった。寧ろ多少なりとも目を輝かせて語ったのは、ニーチェだったようである。食っていく為にハルトマンの旗を掲げたものの、最早自分を欺くのに耐えられなかったのだろう。潮目も変わりつつあったと思われる。そして樗牛と鷗外のハルトマンをめぐる論争が佳境に入った明治三十二年（一八九九）頃、鷗外は裸の王様ならぬ〝裸の大目付〟になりかけていた。井上としても、鷗外に自らのディレッタントぶりを認識してもらう為には、梯子を外して樗牛に肩入れするしかなかったのであろう。元はと言えば、「賛否の声が喧しかった」にもかかわらず、「否」の声に自ら丹念に耳を傾けなかった鷗外の脇の甘さが招いた論争の敗北だったと言わざるをえない。

六節を締め括るに当って、「生に対する歴史の利害」第二節に於ける「人間性に寄せる信仰の中の根本思想」は、ツァラトゥストラの「根本思想」と何う繋がっているかどうか改めて確認しておきたい。先に述べたとおり、前者の「根本思想」はニーチェが記念碑的歴史の骨格とする為に援用したゲーテ的世界観の一つである。無論、それはシラーとともに共有する古典文学的人格主義でもある。その意味に於いて、シラーも「活動的なる者 der Tätige」であることは論を俟たない。

然し、「国家統治の正当な準備 die rechte Vorbereitung zur Regierung eines Staates」などという言葉で人物像が自ずと序言冒頭に回帰している以上、「活動的なる者」は先ずゲーテを意味すると言わざるをえない。中央大学名誉教授の小塩節氏は其の著『旅人の夜の歌』二章三節の中で「自然を愛しつつ自然とひとつに溶け合うのではなく、自然と相向かい、両腕に自然を抱き込まんばかりの力に満ちた〔自分〕を確立していくゲーテは、ヨーロッパ的人間のひとつの典型と言えよう」と記している。

小塩氏の此の言葉は、自然と記念碑的歴史の関係を能く言い表している。自然と溶け合えば非歴史的になれるかもしれない。然し、自然の本能を記念碑的な自己克服の歴史として永遠の記憶たらしめる為には、超歴史的であらねばならない。小塩氏は短い言葉の中に四回も「自然」という言葉を使っている。其の意味を敷衍すると、いわゆる自然主義の根本思想というものが有るとするならば、ドイツ古典主義文学を記念碑的歴史の一大起点として、其の地下水脈は古代ギリシア古典期の理想的人間主義にまで遡るのではあるまいか。そして、其処では、認識は行為を生み出す決意となっていた。つまり、高貴なる静けさに包まれた決意が行為という偉大なる単純を生み出していたのである。だからこそ、決意の強さが問われた。即ち、不可能を可能にする、闇を光に変える炎の決意にすべてが懸かっていた。その決意こそ、まさに根本思想、つまり「人間性に寄せる信仰の中の根本思想」だとニーチェは考えた。無論、決意のある所、詩があり、詩人がいた。それが近代にゲーテとなって蘇った。ニーチェもまた然りである。その意味に於いて、太陽の如くという最も強い決意を示す〈序説1〉第八連は「人間性に寄せる信仰の中の根本思想」

を継承していると言えるのではないだろうか。

ともあれ、「生に対する歴史の利害」は、『ツァラトゥストラ』研究に対して、「鏡をもった幼児」のような役割を果たしているのは明らかだ。なぜなら、「超人」とか「永遠回帰」という言葉は歴史的教養となって、事典の中の存在感をひたすら増しているだけではないか——つまり、死語となりつつあるのだ。斯くまで没落しちまったのは、鷗外の「沈黙の塔」に群がる鴉どもが余りにも多かったからではないだろうか。

「超人」も「永遠回帰」も今や骨董的歴史になり果てた。最後に、ニーチェの警告に耳を傾けよう。

骨董的歴史は、現代の新鮮な生が最早それに魂を吹き込み、霊感を与えなければ、将に其の瞬間にも退化する。忽ち敬虔の念は干からび、それを喪った学者的習癖が存在感を増し、習癖自体の中心をめぐって己惚れ、利己的に回転する。

（「生に対する歴史の利害」三より）

第七章　漱石と長江

I　森田草平という道化

生田長江は明治三十七年（一九〇四）に英国から帰朝した夏目漱石の講義を聴いたのを皮切りに、翌年には漱石宅を訪ね、明治四十年（一九〇七）十一月には、『文学入門』（新潮社）と森田草平・川下喜一との共著『草雲雀』（服部書店）の二冊に漱石の序文を付けさせてもらっている。漱石と長江の関係は、一高以来の長江の親友である森田草平と三人一組で捉えると分かり易い。森田は、大学が東大しかなく、而も最後の席次を競い合っていた時代の人間である。根っからのデカダンであり、男尊女卑の気風が身に染み付いていた。とにかく、人品・知力ともに親友の長江とは比べものにならない人物だった。実際、森田は長江に対して畏敬の念を抱いていたようである。ところが、弟子の器に収まらない長江ではなく、厚かましくドジな森田を漱石は、猫を可愛がるように偏愛した。可笑しい森田のパーソナリティーとは違って、生真面目な長江のパーソナリティーは容易には伝えられない。そこで、昭和三十二年（一九五七）に詩人の堀口大学が鳥取県の「県政新聞」に寄せた「山上の思索」[1]という一篇の詩を掲げてみたい。

その日
明治四十四年晩春五月のその日
土曜日の午さがり
本郷は弥生町のからたち垣に沿う道を
生田長江先生は歩いてゐられた
三尺さがって（影を踏まないためだ）佐藤春夫がついていく
これに追いすがるように堀口大学がついて行く（とり残されまいと大跨に）
長江先生は大きく両手を振ってゐられる
春夫は大切そうに黒皮の折鞄を胸高にかかえている
大学はうやうやしく藤のステッキを捧げている
鞄もステッキも長江先生のものだ
形態こそはちがふが
横綱土俵入の露払と太刀持、まづあれだ
三人とも口をきかない

＊

長江先生はこれから一高文芸部主催の
文芸講演会に講師として出席されるところ
先生は三十歳

春夫と大学は同年の十九歳、三田の文化の予科生だ
会場で春夫と大学は第一列に席を得た
やがて長江先生のお話が始まった

＊

その日先生は超人の哲学について語られた
縷々一時間滔々たる雄弁だった
澄んだお声がよく通った
白皙のひたひ
紅潮した頰
締りのきびしい真紅の唇
先生はおっしゃった
――トルストイは平野で思索した
だがニイチェが思索したのは山上だった》（ママ）とここが
この日のお話のききどころだった
すくなくとも春夫と大学はそう感じた
そして互いにうなづきあった
――僕等も山上で考える人間にならう》（ママ）と

＊

芥川龍之介、菊池寛、久米正雄、山本有三、松岡譲の面々
後年大名をなすべき青年たちも
その頃一高生だった
当日は勿論主催者としてこの講演の席にあった筈

最後の四行は、長江の話の余韻を消しているので、あらずもがなである。前段の十四行も必要ないほど拙い。六十六歳の堀口大学は記憶違いをしていたらしく、一高「校友会雑誌」二〇〇号に照らすと、本当は明治四十三年秋だったらしい。ともあれ、堀口の長江追慕の念は殊勝である。後年軍部追従を露にする忘恩の佐藤春夫よりは、余程人の道に適っていると言えよう。その意味に於いて、此の詩の生命は「澄んだお声がよく通った」の一行に尽きるのではないだろうか。其の記憶についてては微塵も間違いなく、四十七年経っても猶昨日のことの如く新鮮だったのだろう。因みに、日本近代文学館所蔵の「第一回一葉会のあつまり」と称する明治三十七年の写真の中に、腕組みし余所見をしている森田草平と、澄んだまなざしでカメラを爽やかに見据えている長江の姿が見える。

長江というと、四十三歳（一九二五）以降のハンセン氏病の悪化や、亡くなる二、三年前からの失明など、苦悶と悲惨という暗いイメージで見るむきが多い。然し、長江ほど刀折れ、矢尽き果てても、猶身体を的にして戦い抜き燃え尽きた文士がいただろうか。長江の澄み切った魂は余りにも深く、其の実像を市場の凡俗は捉え切れていないのではないかと思われる。そこで、既に

ご存知のむきもあろうが、堀口大学の詩を紹介しておいて長江の詩を紹介しないのは本末転倒なので、次に長江自身を物語る詩を二つ掲げてみたい。

ひややかに

ひややかにみづをたたへて
かくあればひとはしらじな
ひをふきしやまのあととも

一の元素

金剛石よりも固い私の結晶が、
氷よりも早く融けるのを見たか？
水銀のごとく重く沈み又
軽く跳びはねる私の心よ。

一定の温度に達するまでは、
頑強に私の血は沸騰しない。
蒸発してからの私の姿を
私自身のほかの誰が知つてゐる！

『現代日本文学全集』第二十八篇　改造社、昭和五年（一九三〇）

此の全集に収録されている長江自作の詩は一五篇である。彼は元来、論争の人だったらしく、詩を書き始めたのは大正五年（一九一六）に妻を亡くし追悼詩「白躑躅（しろつつじ）」を書いた頃からではないかと想像される。但、大正十二年（一九二三）の関東大震災の時に蔵書、雑誌、写真等の殆どを焼失してしまった（平成十九年「白つつじの会」広報）らしく、或いは其の時に詩を書き留めたノートも焼失してしまったのかもしれない。とはいえ、後進の面倒見が良く交際範囲も広かっただけに、今後貴重な文書が見つかるかもしれない。因みに、十五篇の詩の大半は短いものだが、昭和四年（一九二九）頃に書かれた「月光雑曲」と「永遠の悪夢」の二篇は、鬼気迫るものが有ると言っておきたい。

II　那須塩原心中未遂事件

師弟関係から同期生同士の関係は窺い知れない所がある。無論、その逆のことも言えるだろう。漱石のほうでは、森田の対長江コンプレックスに度々苛立ったようである。一方、長江のほうでも、平塚母娘の弱い立場を慮ることなく森田に一方的に肩入れする漱石の理解し難い偏愛に人格を疑った筈である。結局、漱石と長江という理解し合えない人物同士の隙間を食らうことによって、森田という道化は活気をおびていたのではないだろうか。然し、漱石城の〝宮廷道化〟たる森田草平の漱石評は、意外にも急所を突くことがある。

一体、漱石先生という人は、最初は自分の持って生まれた才分を余りよく自覚しなかった人である。それが他人から勧められるままに、試みに書いてみたものが意外に世間から持て囃(はや)される。それでもう一つ書く。それが又一層大きな反響を生ずるといったように、世間と相俟ち相砥礪(あいしれい)して、終にあの大を成した人のように私には思われる。そこへ行くと、樗牛は最初から自分に与えられた天分を自覚していた。そして、縦しやそれが間違っていたにもせよ、又は間違っていなかったにもせよ、とにかくその自覚の上に立って、初めから天下に教えるような態度で読者に臨んだ。それが漱石先生には気に入らなかったのである。次代の樗牛を以て自ら任じていた生田君が、漱石先生とうまく反(そ)りが合わなかったのも当然ではあるまいか。

――森田草平著『夏目漱石』筑摩叢書九〇　昭和四十二年（一九六七）八月――

一見、長江の受け売りのように思える。というのも、明治四十五年・大正元年（一九一二）二月「新小説」に発表された長江最後の三度目の漱石論『夏目漱石氏を論ず』の冒頭と最後を彷彿とさせるものがあるからである。簡単に言うと、好機を掴んで成功した流行作家にすぎず、話をつくる才覚は尋常ならざるものの、思想にも人格にも偉大さを認めることはできぬというものである。とはいえ、漱石の正妻である鏡子夫人も、概ね似たり寄ったりの考えを抱いていたのではないだろうか。漱石同様、鏡子夫人からも可愛がられていた森田が、近くから見ていた正妻の見方と、遠くから見ていた長江の見方とを一つの遠近法として自己の内に合わせ持っていたとしても不思議ではない。ところが、其のような客観的な評価とは全く異なる文章を紡ぎ出すから、道化の文章というのは真に油断がならない。続きは次のようになっている。

こうは云うものの、私交に於いては、夏目先生は決して生田君を容れられなかったわけではない。生田君も亦先生の薀蓄と温情とは十分に認識していた。同君の生涯に於ける一ばん大きな業績とも云うべき『ニイチェ全集』の翻訳に於いても、最初『ツァラトゥストラ』を訳出する際には、先生を好い相談役にして、半ば先生の庇護によって訳出したものである。

ここには大きな嘘がある。そして、其の嘘は、時代が下っていくにつれて益々大きな歴史の重石となり、事の始まりについて良心の呵責のかけらもない道化が如何に罪作りで不条理であるかを物語る。而も、近代日本文学史にせよ、ドイツ文学や哲学に於ける『ツァラトゥストラ』翻訳史にせよ、森田の此の言葉を概ね歴史的証言として許容し、そのうえに鷗外の「相談」なるものを接ぎ木しているのだ。然し、漱石のニーチェに関する「蘊蓄」とは何のようなものか、或いは長江は漱石を何のような相談役にしたのか、その結果、漱石の何のような庇護の下に訳出したのか、これら三つのことを森田自身は抑知っているのだろうか。筆者は全くそうではないと確信する。森田は何も知らないくせに、少なくとも（後世の読者も含めて）読者のほうは何も知らない、読者とはそういうものだと高を括っている。つまり、森田は将棋でいうと読み違いをしているのだ。あの平塚明との心中未遂事件のときも、学生の頃から既に妻も愛人もいた森田が、少なくとも女とはこういうものだと高を括っていたからこそ招いた、当に身から出た錆だったと言えよう。

＊

それでは心中未遂事件と、其の後の経緯について触れてみたい。先ず『作家の自伝8　平塚らいてう』（日本図書センター一九九四）によって、明が通っていた成美女学校の閨秀文学会講師である森田に対して、彼女が何ういう印象を抱いていたか、長江の印象と合わせて見てみたい。

生田先生と森田先生は、一高時代からのお友だちだそうで、与謝野さんの新詩社にも学生時代から出入し、また後に漱石の門をくぐったり何かにつけ行動を共にしていられたようですけれど、一人は批評家、他の一人は作家をめざしていたもので、かなり違ったタイプのおふたりでした。生田先生は、若い、殊に文学者には稀な常識のもち主で、女性に対しては、わざとらしいほどにも礼儀正しく、また如才なく、言わば、陽性で、隙のない人でした。澄んだよく透る声にはいつも張りがあり、講義も自信たっぷりな態度でしたが、それにひきかえ、一つ年上の二十六とか七とかいうのに森田先生の方は、陰性のはにかみやで、お話も上手とは言えずそのうえ気分的な、空想的な、ひとり合点のところが多いのでしたが、しかしそれが却って先生の場合は愛嬌とも、魅力ともなって、若い女生徒たちから善意な笑いをもって聴かれていたようでした。

さすがに理知的である。堀口大学と同じように「澄んだよく透る声」と長江の印象を捉える一方で、「空想的な、ひとり合点」だと森田の印象を対照的に捉えている。どうやら、明(はる)は森田の隙だらけの姿を既に見透かしていたようだ。だから「人は死ぬ瞬間が最も美しい、私は芸術家だ、詩人だ、美の使徒だ、あなたを殺す、そして、最も美しいあなたを冷静に見ようと思う……」などと「ひとり合点」の台詞を聴かされてもびくともしなかった。多分、森田は明が「だったら殺す前に私を死ぬほど愛して欲しいわ」と言うのを期待していたのであろう。そして目出度く一つに結ばれていたならば、そっくりそのまま森田の狙いどおり自然主義小説の工房となっていた筈だった。ところが、明の答は「だったら殺して下さい」という文脈だった。

森田も引っ込みがつかなくなり、明治四十一年(一九〇八)三月二十一日午前、到頭明と二人で蔵前の鉄砲屋に入り、ピストルを注文する。かくして那須塩原心中未遂事件は始まった。だが、弾丸は同時に入手できなかった。既に蒼ざめていた森田は明が「先生、お願い、もうこんなことはやめましょう！」と言うのを内心は待っていたのかもしれない。ところが驚く勿れ、明はなんと「実弾の込めてある父のピストルをもって参りましょう。でなければ短刀でも……」と云い出す始末。一気に残酷な結末を突きつけたのだ。ここで彼のほうも「此の女はとても食えない」と降参していたならば、大きな騒ぎにはならなかった筈である。諦め切れなかったのは、矢張り二十二歳の明が魅惑的であり、彼の自然主義工房の外に置くには余りにも惜しかったからであろう。然し、彼の思惑には頓着せず、本気で明は母の懐剣を盗み出し遣って来た。

それにしても、なぜ平塚明は、かくも無鉄砲になることができたのか。日露戦争は、冷血な怪獣の最たるものである国家の本性を露(あらわ)にさせ、人を愛し母となるという女性本来の自然な本能を、兵士を産み其の生命を天皇に捧げるという国家的文脈の人工的本能へと改変することを迫った。然し、石川啄木より十日早く生まれ、同じように樗牛を通してニーチェの自立的感化を受けていた〝海賊組〟の明から見ると、王政復古の男社会からの価値観の押しつけには、余りにも多くの野蛮・愚劣・傲慢・狡猾・嘘偽りが有った。明を申し分なく愛してくれていて憲法起草にも関わった人格者の父とさえ、其の為に度々意見が衝突した。然し、明は世の常の女たちのように従順な「駱駝」のままではいられなかった。父に対する蟠(わだかま)りを吹っ切って、父と新たな信頼関係を取り戻す為に、「獅子」となった明の自然な本能は己の中に眠れる内なる男性（アニムス）を叩き起こし、男社会の迷妄と呪縛を断ち切るべし、其の為に外なる敵を撃破すべしと厳格なる命令を下したのである。

要するに、かくも無鉄砲になることができたのかという問いに対する答は、彼女は彼女で（己の中の内なる男性が）自己克服への烈しい衝動を抱いていたからであるということなのだ。外なる敵に対する行動は、敵の想像を超えるパラドキシカルな先制攻撃となった。それが或る禅僧に対する突然の接吻であった。そして森田に対しては、なんと生命そのものと其れを殺める懐剣まで差し出したのである。然し、明と森田に限定して言えば、紛れもなく生命懸けではあるものの、全くどう転ぶか分からないというほど危険な賭けでもなかった。勇気と知力と体力に勝る明が主導権を握っていた。そして何よりも明は人生哲学に於いて勝利した。つまり明がニーチェの〈三段の変化〉を知っていたか否かに関わりなく、樗牛を通してのニーチェの本能観は、健やかな「人生本然の要求」をもつ明を「獅子」に改造し、歴史の過剰に依って本能を病み「猫」へと退化していた森田の狡猾と傲慢と愚劣と野蛮と臆病とを最初から見透かし、明を自然主義工房の人柱にするという森田の野望を打ち砕き、明治女性としては類稀な自己克服の記念碑を歴史に刻印させたのである。

心中未遂事件は、雪の山道で森田が、「私は、あなたを殺せない、私を愛してもいないあなたを殺すことはできない……」（自伝）と言って、勝手に明の母の秘蔵の懐剣を崖の上から雪に埋もれた谷底めがけて投げ捨ててしまった所で事実上終わりを告げた。三月二十四日、なんとか雪崩にも遭わずに、体力の限界に達していた森田を凍死させることもなく、二人は地元警察に保護される。掛け替えのない収穫が有った。峠の山頂で見た、月光に照らし出された銀世界の現実とは思えない絶妙なる明暗の浪漫美は、生命懸けで摑んだ自己克服の歓喜として後の明の人生に寄り添っていく。一方、俗世間では、早くも二十五日に「秀才」と「才媛」との不可解な雪山心中未遂は好奇と揶揄の的となり、人騒がせな「情死未遂事件」として新聞各紙の好餌（こうじ）となった。非難を浴びた森田は教師免職の制裁を蒙り、明も日本女子大校友会から除名された。

　生田長江の動きは早かった。二人が失踪した翌日三月二十二日には、早くも其の件で漱石宅を訪問している（荒正人著『漱石研究年表』集英社一九八四）。彼は閨秀文学会の発起人であり、責任があった。逸早く二人の行先を那須塩原だと踏んだのも長江だったようである。漱石も気を揉んでいた。無論、卒業できない筈の森田をどうにか卒業させて遣り、仕事のできない森田にどうにか就職を世話して遣っても、自堕落なせいで一つ（天台中学）はクビになったばかりだったので、またあいつかと呆れていただろう。然し、漱石も今や朝日新聞社員だった。目を掛けてきた愛弟子が新聞の好餌となるのは、お抱え小説家として如何にも対面が悪い。さいわい長江が一肌脱いでくれそうだった。そこで塩原での往復宿泊経費などを貸して、長江に事件の処理を依頼したのである。

　多分、三月二十五日中には、長江は塩原に到着したと思われる。既に明の母親光沢（つや）は来ていた可能性が高い。二十六日は、マスコミ対策なども含めた善後策を詰め、二十七日東京に戻ったと考えられる。明は母とともに直ちに父の待つ自宅に戻り、宿無しの森田は長江に連れられて漱石宅に引き取られた。そして翌二十八日「飯田町の教会の文芸講演会」で長江は明と森田を弁護する為に「男女二人のために論ず」と題して熱弁を奮ったらしい。残念乍ら内容は未だ目にしていない。多分関東大震災の時に焼失してしまったのだろう。然し、問題は、森田と漱石の反応である。『夏目漱石』の「漱石と生田長江」二には次のように記されている。

生田君も当時は若かったし、それに演壇から降りて来たばかりで、気が立っていたから、今日君達を弁護するだけの勇気のあるものは乃公一人だというような意味のことを匂わせたようでもある。で、同君が帰った後、私は先生に向かって、「どうも他人の弁護をするということが、それ程勇気を要することとも思われない。別に反逆人の弁護をするわけでもなかろうから」というような意味の不平を漏らした。すると、先生は「いや、そんな事よりも、もし彼にそれだけの勇気と親切があるなら、自分で君を引き取って世話をするのが当り前だ」と云われた。私は粛然として黙ってしまった。当時の私はもはや他人のことを彼れ此れ云う資格はなかったのである。が、今にして生田君のために弁ずれば、同君も恐らく先生のことは別にして考えていたのであろう。それでなければ、あんな事を云う筈はない。

漱石の言葉は常軌を逸しているので、俄かには信じ難い。長江には新婚一年にも満たない新妻がいるのを知っている筈である。事実であれば、事件の処理について長江との間に相当な思惑の違いがあったということになる。どのような思惑の違いがあったのか探ってみなければなるまい。ともあれ、森田が痛傷を感じている筈だと思った長江は、ニーチェの教えのままに心から友情を示した。然し、森田の心は其のような溢れる友情を受け止めるには余りにも擦り切れていた。実際、森田は「別段自分達が社会からシャット・アウトされたというような痛傷は感じない」と明言している。「それよりももっと別な関心事が私の心を一杯に占めていた」と本音を吐露しているのだ。

結局、大騒ぎを逆手に取って自然主義小説家として名を馳せようという魂胆である。どこか漱石の言っていることと一脈通じているような気がする。『東京朝日新聞』明治四十一年三月二十六日の〔森田草平・平塚明子の失踪事件について〕という記事の中で、記者の質問に答えた漱石は「森田は平生厭世の調子を帯んだ事許り云ってゐたが家出の五日前私の所へ来て衣食の資を得られるやう懇々と頼んで往ったから私も其積で準備をしてゐた」と述べている。此のインタビューの中で唯一の真実であろう。であるならば、心中未遂事件後、森田が漱石に引き取られて自然主義小説を書くという筋書きは、両者の間で暗黙のうちに了解されていたことになる。だから、心中するつもりは始めから無かった、つまり世間の言うとおり正に「狂言」だったのではないか。ところが、漱石という人は自分たちに都合の悪い「狂言」を隠蔽して、手前勝手な「狂言」を捏ち上げるから森田を上回る大道化者である。

　狂言という噂もあるが、それは信ぜられぬ、既に細君を離別したとすれば友人なり誰なりの手で明子の親へ結婚を申し込めば恐らく話が成立するだろうから敢えて狂言する必要はない。

岩波漱石全集二十五巻別冊上より抄

右が先に挙げた漱石の語った唯一の真実より前の段落、即ちインタビューの冒頭部である。ここで漱石の言わむとする「狂言」つまり、「明子(はるこ)の親へ結婚を申し込めば恐らく話が成立するだろう」という見込みは、明(はる)と森田の場合、全く生じる余地は無かった。もし二人が相思相愛であり、結婚を切望しているにもかかわらず、明の両親が決して結婚を許さないのであれば、どうしても結婚を許してくれなければ二人して死にますぞと言わんばかりの何処まで本気か判らぬ正に狂言は筋書きとしては生じる余地は有るだろう。然し、明の両親は誰と交際しているのかは元より、何が起きたのかさえ全く寝耳に水だった。抑、明は森田を愛していたわけではなかったし、まして結婚したいと思う筈もない。明の書いた「愛の末日」をめぐって彼と意見の遣り取りをしているうちに、男社会の迷妄と呪縛が明を絡め捕らむと迫ってきたので、自己克服の好機と捉え、生命懸けで戦い切っただけである。つまり、森田にとって明は自然主義工房の人柱であるかもしれないが、正に其れを拒絶することこそ、明にとって本能をめぐる自然主義の戦いだったのである。

結局、三月二十六日の記事は、漱石にとって致命的だった。唯一の真実を語ってしまったがために、ほかのすべての嘘が透けて見えてしまったのである。森田との間で一脈通じている本物の「狂言」を隠蔽する為に、漱石は有りもしない狂言を捏ちあげた。誰が一体全体結婚を申し込みたいと思っているのか、そんなことには全く漱石はお構いなしなのである。諺に、一つ嘘を吐けば二十の嘘を吐く破目になるという。漱石は其の見本を示してくれたのである。既に長江から漱石の伝言として充分な謝罪と抱き合わせた森田の正式な結婚申込み計画を聴いて呆れ果てていた平塚母娘は、漱石との現状認識のずれに言葉を失った。塩原には行かなかった父定二郎も態度を硬化させた。長江も漱石の余りにも安易な楽観主義に今さら乍ら驚いた。明の両親の立場を少しも忖度しない態度だった。長江としても、当初は帰宅の前に漱石宅に立ち寄ることを母娘に提案しようかと思っていたが、漱石の能天気が傲慢から生じる盲目性のようである以上、漱石宅で何んな文脈が待ち受けているか量り知れないものがあった。無論、漱石宅に記者会見場が用意されていたかどうか判らない。然し、漱石は明を一目見てみたかった。其の気持ちを長江が忖度してくれていると期待していた。森田一人を見たとき、漱石は長江に失望した。

然し、漱石の盲目の愛を一人占めできて、地獄に仏とばかりに嬉し涙に昏れる人物がいた。ほかならぬ森田草平である。確かに、森田にも長江の勇気ある弁護が、如何に得難いか理屈のうえでは解っていた。然し、森田が其のとき餓えていたのは、公平無私な正義でも真実でもなかった。不公平とも偏愛と呼ばれても構わない、たとえ同情の海に溺れ死ぬとも、地獄の底まで愚かな息子に寄り添ってくれる太母の愛だった。

Ⅲ 『三四郎』は漱石から明への恋文

明の孫である奥村直史（なおふみ）氏の『平塚らいてう』（平凡社二〇一一年）に依ると、森田を自宅に引き取った漱石は、改めて収拾策を提案している。それは「森田のやったことに対しては、平塚家ならびにご両親に十分謝罪させる、その上で時期を見て平塚家へ令嬢との結婚を申し込ませる」というものだった。何のことはない。長江に頼んだ光沢（つや）への伝言を自ら宣言しているだけのこと――。

多分、三月二十六日の『東京朝日新聞』で「誰なりの手で明子の親へ結婚を申し込めば恐らく話が成立するだろうから」などと何も知らない全国の読者に向けて安易なる楽観主義を見せつけた手前、大道化の漱石も小道化の森田同様引っ込みがつかなくなったのだ。だが、現実と小説を混同し夢想しているのではないかという気もする。果たせるかな父定二郎の返答は「娘の考えは僕には分からない、直接娘にお聞きなさい」というものだった。因みに、会計監査官の平塚定二郎は東京外国語高等専門学校卆で一高でも講師をしていたことがあり、漱石とは顔見知りだったが口をきいたことはなかった（『漱石研究年表』）

　で、明の反応はどうだったのか。奥村氏自身も孫である以上、伝え聞く所がある筈であろうが、ここは第三者（小森陽一氏）の直近の研究（『平塚らいてうの会紀要』第三号、二〇一〇年、五二頁）を紹介するという形をとっている。それに依ると、明は「封建的な方！」の一言で片付けたのだそうである。但、其の言葉を漱石に面と向かって言ったのか、それとも直筆の手紙だったのか、父か母が娘からの伝言として手紙に書いたのか、或いは長江か誰かを使者に立てて聞き取ったのか、詳しいことは分からない。然し、漱石の伝言と記事と宣言には、結婚に関しての全く家父長的采配が露(あらわ)になっている。記事の如きは、新政府の四民平等下で立身出世した庶民階級が長く続いた旧武士階級に対してパラドキシカルな封建的挑発をしているとも受け止めることができる。だから明(はる)にしてみれば、三度繰り返された家父長的封建主義に対して、ニーチェ流に「嘔吐(エッケル)」を覚え、たった一言「封建的な方！」で片付けてしまうのは或る意味当然ではないだろうか。

　真に、家父長的封建主義にうんざりしている旧武家の娘だからこそ、其の一言は男社会の迷妄と呪縛を切り裂く一撃となり、漱石の胸にぐさりと刺さったのである。と同時に漱石の心に突き刺さった一言は、彼が其の意味を何のように受け止めるかに依って、彼の魂の深さを量る錘(おもり)となり、作家としての新たな境地を切り拓く扉となることができた。筆者の考えでは、此の扉は、何処かニーチェ的な言い回しを彷彿とさせる「偉大なる暗闇」と、決して無関係ではない。これについては将来改めて論じてみたい。さて、後の問題はともかく、漱石の基本的な反応は一体何のようなものだったのだろうか。一言で言うと、懸想、つまり漱石は明を恋慕するようになったと筆者は考える。心理学的な言い方をさせてもらえるならば、漱石の中のアニマ（内なる女性）が明のアニムス（内なる男性）に恋慕したということであろう。図星を指摘されると、指摘した相手を憎むのが世の常――。然し、愛の童神が悪戯をして恋慕を起こさせることも稀ではない。但、受動的女性的な側面だけに注意を奪われると全体像が見えなくなる。何といっても新聞という社会的権力を握っている以上、性欲と食欲に取って換わる、男性的な権力欲の発情という側面があることは否めないからである。男社会の迷妄と呪縛は幽霊のように蘇ってくるのだ。

平成二十六年（二〇一四）九月三十日の『朝日新聞』で牧村健一郎氏が「三四郎が恋慕する美禰子には、当時の〈新しい女〉平塚らいてうが投影されているようだ」と述べ、同じく十一月二十六日の同新聞で中村真理子氏が「里見美禰子。そのモデルは〈新しい女〉の象徴、平塚らいてう（一八八六―一九七一）と言われている」と述べている。中村氏は其の根拠を昭和十八年（一九四三）に出版された森田草平の『続夏目漱石』(甲鳥書林)に置いている。専門研究者の間では、とっくの昔に知られていた事が漸く今頃知られるようになったのだ。こんなに周知が遅れたのは、それを喜ばぬ小宮豊隆が長生きしたことは元より、らいてう自身に問うても多分「私には与り知らぬことでございます」と言ったであろうし、何よりも森田の信用が乏しかったことが原因であろう。何はともあれ、その陰には、矢張りＮＰＯ法人平塚らいてうの会の地道な研鑽の積み重ねが有ったと考えられる。
因みに、『三四郎』十の七に次のような記述がある。

三四郎が美禰子を知ってから、美禰子はかつて、長い言葉を使ったことがない。大抵の応対は一句か二句で済ましている。しかも甚だ簡単なものに過ぎない。それでいて、三四郎の耳には一種の深い響きを与える。殆ど他の人からは、聞き得る事のできない色が出る。三四郎はそれに敬服した。それを不思議がった。

ここには、一言で片付けることの妙が独特の臨場感を以て描かれている。問題の「封建的な方！」の一言が如何に深く男女の機微に触れたかを彷彿とさせているのではあるまいか。色を隠した渾沌に忍び込み、色を盗み出す俳諧の技法である。後に『それから』に見られる自然主義的傾向をおびた「都会人の官能」が窺える所であろう。三四郎のモデルは、小宮豊隆だと常に言われる。然し、それは表向きの偽装宣伝にすぎぬ。美禰子の人物描写に関するかぎり、後述するように必ずしも純粋とはいえないものの、悉く漱石から平塚明への恋文であると見なしても過言ではない。漱石は二十歳若い明に対して、恋愛の相手になってやるぞと言わんばかりに男盛りの小説家の力量を誇示して見せたのである。
中村真理子氏は「漱石は本人（平塚明）に一度も会わないまま、草平の言葉だけで美禰子を書いた」と記している。確かにそうかもしれない。然し、必ずしも草平の言葉だけというのは当らないのではないかと筆者は考える。明は学ぶときは学び、友達と出歩くときは心から楽しむというメリハリのある生活をしていた。若い娘が笑うことや喋りに夢中になっていれば、常に美しいものを追っている作家の審美眼に気づかないということは大いに有り得る。漱石が東京に定住し始めた明治三十六年（一九〇三）三月末から心中未遂事件に到るまでの約五年間、つまり十七歳から二十一歳までの明を漱石は何時か何処かで見かけて、誰とも知らず。一方的に心惹かれてしまったかも知れぬ。如何にも俳句的で其の可能性は否定できない。また、留学前の二ヵ月足らずの東京滞在の間に見かけて心惹かれていれば、「広田先生」の心をしめている「十二、三歳の顔に黒子のある綺麗な女」の古代巫女的残像も、明の印象と何処かで繋がっていないとは言えない。「僕が女に、あなたは画だというと、女が僕に、あなたは詩だといった」という俳諧歌的掛け合いは、明を愛弟子として育てたいという漱石のほとばしる思いの表れだと解することもできるからだ・無論、それは、同じく明の師匠たらむとしているらしい長江に対する剝き出しの対抗心である。そのほか、教壇の近くであれ、新聞社内であれ、「新しい女」についての話の種は尽きることがない。いずれにせよ、美彌子の性格描写には、色んな可能性が有り得るのではないだろうか。

Ⅳ　『煤烟』[2]をめぐる漱石と平塚家の遣り取りについて

一方、明治四十一年（一九〇八）九月一日から十二月二十九日まで『三四郎』が『朝日新聞』に掲載されている間、「美彌子」が明と似ているか否かなどは、平塚家の人々にとってはどうでもよかった。たとえ美彌子の人物描写が漱石から明への恋文だとしても、それが、心中未遂事件をネタにして捻り出そうとしている森田の小説作りから結果的に目を逸らそうとするのであればば、恋文どころか手の込んだ懐柔か、もしくは森田の小説作りへの掩護射撃の性格をおびてくるからである。十一月、恐らく信頼していた長江から忌憚のない意見を引き出して、危機感は日増しに募っていたのだろう。森田と約束しても埒が明かないと思っていた平塚光沢は、漱石のもとへ厳重な抗議を申し込んだ。（夏目伸六著「父の手紙と森田さん」筑摩書房『現代日本文学体系』二九昭和四十六年）

但、それがいつだったのか、なかなか摑めない。因みに『吾輩は猫である』の二の中で漱石は猫の口を借りて「主人の様に裏表のある人間は日記でも書いて世間に出されない自己の面目を暗室内に発揮する必要があるかも知れないが、我等猫属に至ると行住坐臥、行屎送尿、悉く真正の日記である云々」と公言している。実際、漱石の日記は当てにならない。とりわけ平塚家関連と『ツァラトゥストラ』翻訳関連が少なく、有っても何やら一杯食わせようとする類が目につく。森田の出版物をめぐる漱石と平塚家の遣り取りについては、詳細なことは殆ど知られていない。

常に漱石側から流される、森田だけに肩入れした家父長的言い分のみを我我は丸呑みさせられてきた。強く抗議した筈の平塚光沢の動きなどは、日本文学史的には、殆ど黒衣扱いではあるまいか。既に百年以上は、とっくに経過している。この辺で、平塚家側の言い分に耳を澄まさなければ、歴史の公平は益々遠ざかっていくのではないだろうか。

此のように『煤烟』発表前の漱石と平塚家との間の極めて重要な会見は、其の日時も遣り取りも明らかではない。とはいえ、公表されている資料を繋げて真相を浮き彫りにする手立てが全く閉ざされているわけでもない。確かに、平塚光沢は森田が心中未遂事件をネタにして自然主義小説を書くつもりだと判断したからこそ厳重に抗議した。然し、学生時代に既に「小栗風葉論」で文壇の注目を集めていた生田長江ならばともかく、全く無名の森田草平が、まさか年末までの漱石連載『三四郎』の後を引き取って四十二年元日から『朝日新聞』の連載小説を書くことになるとは夢にも思っていなかったのではないだろうか。それは世間一般の受け止め方だったと思われる。実際、「『煤煙』とその前後」のなかで、「その間（小説の筆が進まなかった間）に春過ぎ夏も経って、秋も半ばになった。その頃私の作が朝日新聞に出して貰えそうだという消息を先生から伝えられた。当時の朝日の小説欄は、漱石先生の作の外には、未だ長谷川二葉亭の『平凡』島崎藤村氏の『春』位が載っただけに過ぎない。そこに無名作家たる私の作が載せられるというのは、全く望外の仕合せである」と述べている。

森田が「消息」という言葉を使っているのは意味深であろう。つまり、此の話が消えるか生きるかは紙一重の微妙な間合いにあり、他言無用であると漱石から釘を刺されていた可能性が高い。

また「秋も半ば」というのは、仲六氏に依ると、具体的には十二月一日である。だから明の母親光沢の抗議申し込みの為の漱石宅来訪は、十一月中旬が一応の目安となる。然し、この時期に光沢が来てくれたのは、大道化漱石・小道化森田にとって、語弊のある言い方かもしれないが当に悪魔の高笑いだったのではなかったか。森田の小説作りは、心中未遂事件をネタにするには程遠いほど捗っていなかったし、新聞連載の話も見通しが立っていなかった。だから、光沢から心中未遂事件をネタにした小説を作っているのではありませんかと問い詰められても、平然と否定することができた。つまり、平塚家側の訴えは、聞き入れられたことになったのである。其のことを指して仲六氏は「ようやく条件付で納得させ」と記しているものと思われる。

然し、さすがに常識人の仲六氏は、結果的に巧妙に騙されてしまった光沢が気の毒になったのであろう。続いて「これを密かに朝日へ連載する様に取りはからった」と内幕をさらりと暴露している。結局、漱石は光沢に約束した方向とは違う方向へと小説の舵をきったのである。時恰も日本自然主義の暴露嗜好熱が猖獗の兆しを呈していた。心中未遂事件の当事者としては有名でも、小説家としては無名の森田が朝日に連載するとなると、読者は条件反射的に「情死心中未遂事件」を筋書の最高潮として強く求める。抑、森田自身からして自然主義的な嗜好の作品を作らむとして明に近づいたのではなかったか。森田草平が此の煽り煽られる誘惑から逃れることのできぬデカダンであることを誰よりも知っているのが師匠の夏目漱石だった筈である。

Ⅴ　長江の『煤煙』批評と平塚明の「小説に描かれたるモデルの感想」について

とにかく明治四十二年（一九〇九）元日から朝日の連載は始まった。長江は、漱石の仲介に依る『煤煙』の朝日連載を何のように見ていたのか。大正四年（一九一五）に出版された『最近の文芸及び思潮』（日月社）に収録されている「人として芸術家としての森田草平氏」（一九一二年記）の中で彼は「告白として提供せられ、告白として受取られたる『煤煙』並びに『自叙伝』は、かなり大胆に筆を執られている。これに対して作者の払った犠牲の非常なるものであることは、何人にも想見されるであろうと思う。しかしながら、大胆に筆を執られたる割合には、ありのままの事実を離れ過ぎている。これは、主人公要吉と女主人公朋子との交渉其他を、最も近く見聞したところの、神戸の地位に立って摘発するのである」と述べている。「摘発」とは周知の如く悪事をあばいて社会に公表するという意味であり、親友森田草平といえども決して馴れ合いにならず、直言が必要とあれば容赦しない。次に聖徒オオガスティンの「我は自ら欺くことを欲（ねが）はず。我が不義に新たな不義を加えざらむ為なり」を引き合いに出して、森田が不義に不義を重ね、自らを欺いたことを厳しく責め立てる。

また、歴史（知識）の過剰を咎めて長江は「既存の芸術――『死の勝利』、『アンナ・カレーニナ』、『罪と罰』彼がその相手に強いようと努めるところの脚本を、自分の作ったものであると思うのは自惚れに外ならぬ。草平氏は既存の芸術を台帳として、自らも演じ相手にも演じさせようとする。脚本家ではなく俳優である」と言う。「俳優」とは、此の場合パロディー化する道化という意味に外ならぬ。最後に、彼は漱石をも批判して「敢えて言う、要吉と草平とは、遂に自ら取ることの難きをさけて、他より与えられることの易きに就いた。併してその掌に落ちたるものは、似て非なるシムプリシティと、怪しげなるヒュウマニティとである」と締め括っている。「他より与えられることの易きに就いた」とは、創作の力量の足りない無名の小説家の手に、漱石の采配によって朝日連載者という華々しい地位が転がり込んできたことを意味する。然し、それほど森田を引き立てた裏には、「明を森田の嫁に」という漱石の提案をにべもなく断った平塚家と、漱石自身が愛弟子にしたいと密かに心ときめかせていた明をまんまと自分の弟子にしたらしい長江に対して、天皇さえ「猫」の愛読者にしたとされる漱石の、己の絶大な家父長的権力を誇示したいという欲望が介在したのではあるまいか。確かに連載当初は、予想外の好評だった。森田も「蘇生の思い」だったと回想している。だったら、其のまま光沢と約束したとおり、心中未遂事件を蒸し返さず、小説のネタにしない方向で自己完結した可能性が開けていたのではなかったか。

然し、漱石に取り憑いたヒュブリス（傲慢）は、弟子の森田にも忍び寄っていた。彼は三十数年経っても三〇回分書き溜めていたと嘘を吐いているが、伸六氏の話では「数日分しかなかった」らしい。である以上、度々切羽詰まり、苦し紛れに新手の「他より与えられることの易き」に手を伸ばすしかない。即ち、歴史（知識）の過剰という野蛮である。それこそ『死の勝利』『アンナ・

カレーニナ』『罪と罰』であり、結局は囃し立てられ揶揄された「那須塩原情死未遂事件」である。そこに舞い戻る前兆は、長江をモデルにした「神戸（かんべ）」という登場人物の名が見えたときであろう。もし森田を善道する気があったのならば、此のときに漱石は、決して心中未遂事件に舞い戻ることとなしに要吉（草平）の性格描写を深めるべしと戒むべきではなかったか。

抑、心中未遂事件という現実の中で、森田は明を全く理解できていなかった。性欲の発情もさることながら、森田は何よりも名声欲に発情していた。而も此の外向きの頭脳は、歴史を溜め込み過ぎて心を喪っていた。だから明のような独特の内面性（内向性）と嚙み合うことができなかった。相手が森田の虚栄心に合わせ、精一杯歴史的に動いていたら、何もかも巧く行っていたであろう。然し、明はここぞというときには、非歴史的に動き、超歴史的なるものを模索した。森田のデカダン本能には、明の自己克服衝動の烈しさから生じる苦悶は見えなかった。むしろ、己の暗い出生と何処か通じている筈の暗い影だと都合よく誤解したのではなかったか。

此の心中未遂事件は、色々な意味で大変に注目に値する。其の問題提起する所を三点に絞ってみたい。先ず第一に、ニーチェが「生に対する歴史の功罪」で取り挙げた、自然な本能と歴史（知識）の過剰との衝突が有る。次に其の衝突は、近代日本に於ける応用問題として受け止めるならば、国家が滅私奉公・忠君愛国の徹底的実現を強いた日露戦争後に顕在化した。つまり、天孫降臨などという皇統神話によっても猶家畜の本能へと改変されていなかった女性の自然な本能が、歴史の過剰によって傷つけられ病んでしまった男性のデカダン本能の迷妄と呪縛を払い除け、愛し母となることの意味を模索し続けたという事実が有った。そして第三に其れは、誇り（平塚明）

と虚栄心（森田草平）の衝突だったということも忘れてはなるまい。

ツァラトゥストラは「誇りの傷つく所では、具合よく誇りより優れたものが必ず育つ」〈人間に対する思慮深さ〉と言う。父定二郎は元より、平塚家の母娘たちも『煤煙』連載によって何れほど傷ついたか量り知れない。然し、ニーチェに倣った長江は、心中未遂事件の際に明の誇りによって打ち負かされ傷ついた森田の虚栄心と復讐心が、『煤煙』という嘘によって明の誇りを傷つけ貶めようとしたと分析していた。だからニーチェの言に従うならば、傷ついた明から類稀な逸材が育つ筈だと期待していたと考えられる。それでは、次に「真鍋朋子」こと平塚明の言葉、即ち明治四十三年（一九一〇）八月一日発行の『新潮』第十三巻第二号に載った「小説に描かれたるモデルの感想」を現代用語にて再現する。因みに質問は小説中の朋子に向けられ、モデルの明が感想を回答として述べるという形をとっている。

記者・『煤煙』は貴女のことを書いたのだそうです。あの作を何う思われますか。

朋子・あの作に書かれたことは私も関係したことですから、面白く読みました。然し、あの作が芸術上どれだけの価値があるものか、そんなことは別問題です。批評など申し上げることは出来ません。

記者・作品に現れたところと、実際の事実とは余程違いますか。

朋子・『煤煙』は芸術上の作物になって居ることですから、無論実際の事実とは大分違って居ます。現われて来る人間も違います。私は、全きり（まるっ）他人のことでも見るような気で読みました。世間の噂に聞きますと、思い切って大胆に書かれたということですが、私は然うは思いません。寧ろ現す上に於いて臆病に過ぎると思います。最う少し遠慮なく、大胆に書かれた方が、却って面白かったではないでしょうか。

記者・朋子というのは貴女だそうですが、実際の貴女から見て、能く現われて居ると思われますか。

朋子・現われて居ません。本当の私とは違っています。書く人に私という人間が能く分かって居なかったのでしょう。分かる筈がありません。右を打てば左に出て、左を打てば右に出て、又、右を打って右に応ずることもあれば、左を打って左に応じて、それに同化して了うのです。無論、無智なる人が物に対して夢中になるのとは違います。又、今頃能く言われる自覚だとか、覚めたとかいう、そんな意味でもありません。例えば、ラヴならラヴに対して、夢中になって了うような人は問題以外です。自覚して遣るとか、覚めながらするとかいうのはその次でしょう。その上に今一つ無為——と言うと語弊がありますが——の状態になって物その物に直ちに同化して了いながら、而も自らそれを見得る余裕の（ママ）あって存する、私自ら其境地に到って居ると否とは別として、本当の芸術家は其処に到らなければ可けないと信じます。大変生意気なことを言うようですが、今の芸術家の人々には此の物に同化する素質が乏しいようです。同化する力が無くして何うして芸術が出来ませう。又、客観ということを言います。然も、客観しようとして客観できるものではないと思います。客観しようとする時、すでに主観に囚われて居るのです。本当の意味の客観は、物に同化しながら而もその間に余裕があって自ら観得る、其の場合にのみ出来ることでしょう。私は対象に直ぐ同化して了います。昨日の私は明日の私ではない。相手の出方と、其時の心持で何うにでも変わるのですから、本当の私という者が分かる筈はありません。あの事件の当時も、其度に私の態度が変わって居るものですから、相手の人は真の私が摑めないので非常に焦心された様でした。御自分の態度に依って私が変わって居るのだとはお気が付かれないで。

記者・只物に同化し応ずるだけなら、あの場合若し森田草平さんと同じような対象が外にもう一人あったとせば、貴女はそれに対しても矢張り森田さんに応ずると同じ心持で応じられたでしょうか。

朋子・無論、若しそんな人があったら、あの芝居は最う少し複雑になって、却って面白かったでしょう。血の出るような騒ぎの渦中に自ら立って居ても、それに同化し、それを観る余裕があれば、決して苦しいものではありません。寧ろ面白いものです。私はあの儘で二年でも三年でも乃至死ぬまでも続けて居ても好かったのです。けれども先生（森田氏を言う）の方は何う言うものか。非常に結末を急がれたのです。私は、ああ早く結末を付けたくなかったのです。面白いと思って居ました。若し、先生のように仕向けてくれる対象がありましたら、私は今でも又ああいう事件を繰り返すでしょう、私は然ういう人間なんです。塩原へ死にに行ったのも、先生が殺すと仰言ったから、あの場合私は無論先生に同化して居ますから、そのお言葉に従ったまでです。殺すとか何とかいう言葉をお使いになったのは、先生の方からでした。その当時、私は迂闊で未だそんな点にまでは思い至らなかったのですが、今考えて見ますと、先生は私をどうにかして早く征服しようとされたのです。それは従来の女に接した経験から、然ういう態度に出られたのでしょう。その当時卑劣なことをされると気付いたこともありました。それに依って、女が男に対してどんなものであるかということが能く分かりました、私が先生の意志通りに動かなかったので、遂に殺すと言われたのです。

記者・それを貴女は承知なさいましたか。

朋子・私は直に殺されることを承知しました。それから塩原の方へ出かけるまでに二日ぐらい間がありましたが、その間そのことは些とも頭に思い浮かべませんでした。不断の通りの心持で、別に変わりはなかったのです。すると浅草の海善寺という寺で待ち合わすようにという手紙が来ましたので、何時もの散歩でもするつもりで其所に行きますと、先生は先に立って浅草橋の近所の須賀屋？　という銃剣などを売る家へ連れて行って短刀を買われたので、初めて本当に殺す気かと思い、直ぐに家に帰って自分の道具を一纏めにして、友達の所へ送り、そして上野のステエションへ行きました。其間が僅かに半日足らずでした。不断でも緊張している頭が、然ういう際には更に強く緊張していますから、物事が明敏に運びます。私があまり落ち着いているものですから、何うしてそんなに落ち着いて居るのかと、お叱言を頂戴したぐらいです。物足らなく思召したのでしょう。

記者・何うして殺されなかったのですか。男の人が弱かったからですか。

朋子・殺されないのが当たり前だと思います。寧ろ殺せないのでしょう。私が考えますのに、人間は一分の隙もない人間を何うしたって殺すことは出来ないものだと思います。隙があればこそその隙に乗じて殺すことも出来るのですが、一分の隙のない人間は、普通の考えのある人には殺せません。相手がずっと偉い人であるか、又は馬鹿か気違いなら殺せたでしょう。

記者・塩原まで行く途中で、山に登る時の心持は何うでした。

朋子・何でもありません、平気でした。途中では途中の景色に同化し、山では山の景色に同化し、殺されることなぞ考えませんでした。

記者・東京に帰って来られた時は何うでした。

朋子・世間の騒ぎが大きいので、別の世界へ帰って来たような気がしました。新聞なぞあんなことを余り大袈裟に書き立てて居ますので、寧ろ可笑しいような気がしました。

記者・今斯うして自分の過去のことを話して居ますと、どんな心持です。

朋子・自分のことを話して居るような気は些ともしません。だから何ともありません。あの当時でも私は決して恋しているなどという気持ちはしませんでした。恋ではないのです。だから自分のことを全で他人のことのように、友達なぞに始終話して居ました。又、あの当時新聞などで娘があれだけの騒ぎを仕出かすのに、家の者が気が付かないとは不都合だというような非難もありましたが、それは家の者に対して気の毒です。分かりよう筈がありません。私は、家に居る時は家に居る時のような気持でそれに同化し、どんな動揺があって帰っても、平気で家の手伝いもしたり、勉強もしたり、不断と少しも変わらないのですもの、分かることはありません。あのことに依って、世間というものが何ういうものか、教えられる所が多う御座いました。道徳家に言わしたら不道徳とでも言うでしょう。けれども善いとか悪いとかいう批判を加えることの出来るものでしょうか。

記者・『煤煙』を見て、森田さんの、人物鑑識眼を何う思われますか。

朋子・『煤煙』は先に言いました意味で同化と客観とが足りないと思います。あの作に依って見ますと、女の方が寧ろ主導者になっています。女を精しく書いてあるから然う見えるのでしょう。又、手紙を書くにしても、どういうわけで然ういう手紙を書くか、其間の経過が書いてありません。私ども知っていますから好い様なものの、全きり知らない読者は何う思うでしょう。あの時あんな手紙を書いたのは、書く様に仕向けられたから書いたので、今でも其時の心持になって努力すれば書けないこともないでしょうが、難しい様です。あの作を読んで、あれを書いた人が自分に対して非常に臆病だという事を感じました。

記者・女の方が主導者になって居るというのは、何ういう意味です。

朋子・充（つま）り、ああいう結果に到るように、女が導いたやうに受取れます。

記者・あの事実そのものが芸術的興味から出来上がったのですな。その当時これから先何う発展して行くか、事件に対して小説を読むと同じような興味と好奇心があったでしょう。

朋子・ありました。実際の生活が芸術です。先生の方でも、斯うしたら何（ど）う出るか、斯（こ）う言っ

たら何う言うかという多少試験的な所もありました。私にもその時気が付いていたので
お相手をして居ました。どうしても芸術家には然ういう傾きがあります。

自伝に出て来るピストルの話がないのは、たぶん事前検閲との絡みで「短刀」にするしかなかったと考えられる。目を引く「同化」とは、非歴史的になって超歴史的なるものを模索するということである。いずれにせよ、歴史的になっている森田とは嚙み合わない。のみならず、森田の教養便覧的な客観は借り物の客観にすぎない。常に自己克服の機会を摑まむと全神経を集中している明の遠近法的且つ創造的客観には敵わないのである。二つの客観の勝敗が明らかとなったのは、どうにかして早く明を「征服」したいと焦っていた森田が教養便覧的に「殺す」と言ったときであった。そのとき、明は相手の弱さと野蛮を見て取ったのである。とはいえ普通の女性であれば怖くなり、交際する意味を感じないだろう。然し、そこから明は相手に一分の隙も見せないようにしたというのである。而も其のように変貌する明を森田は益々理解できなくなる。同化と客観をめぐる明の人生哲学、否、行動学は、芸術論として既に一家をなすのみならず、どこか武芸に長けた兵法家を彷彿とさせるものがある。いずれにせよ、このとき二十四歳、ニーチェ思想を体現するに最も相応しい女性が出現した。長江を喜ばせたことは言う迄もない。
　結局、現実の上で森田の貧しい客観が明の豊かな客観に敗れた以上、雪辱の舞台を小説に移したところで貧しい客観は豊かな客観を捉え切れない。つまり、森田は明の性格描写ができず、嘘と弁解の上塗りに狂奔するしかないのである。だからこそ、それを見越した漱石は、愛弟子の為

に明を「美彌子」として性格描写して見せたのであろう。然し、小説技法の名手である漱石にも、明が何を背負っているか、何のような時代の胎動が此の女性の中に隠されているか、容易に見極めることができなかった。或いは見極めたくなかったのかもしれない。だからこそ徘徊中の迷いか逡巡のようなものが、美彌子の直接的な性格描写とは別に「十二、三歳の顔に黒子のある奇麗な女」とか或いは「偉大なる暗闇」という謎めいた脚色となったのではないだろうか。

VI 「吾輩は猫である」は何のパロディーであるか

『ツァラトゥストラ』の翻訳に際して、長江は漱石から何を期待していたか。『文学入門』と『草雲雀』に付けさせてもらった類(たぐい)の、つまり有名作家の月並みな序文だけで充分だったと考えられる。無論、漱石から質問があれば、長江は直ちに口頭で回答していた筈である。然し、漱石は〈三段の変化〉と、ツァラトゥストラの根本思想を全く理解していなかった。厳密に言うと理解したくなかったのだと考えられる。それを最もよく象徴しているのが、『吾輩は猫である』の終末に近い「八木独仙」の言葉ではないだろうか。

とにかく人間に個性の自由を許せば許す程御互の間が窮屈になるに相違ないよ。ニーチェが超人なんか担ぎ出すのも全く此れ窮屈のやり所がなくなって仕方なしにあんな哲学に変形したものだね。一寸見るとあれがあの男の理想の様に見えるが、ありゃ理想じゃない、不平さ。個性の発展した十九世紀にすくんで、隣りの人には心置なく滅多に寝返りも打てないから、大将少しやけになってあんな乱暴をかき散らしたのだね。あれを読むと爽快と云ふより寧ろ気の毒になる。あの声は勇猛精神の声ぢゃない、どうしても怨恨痛憤の音だ。それも其筈さ昔は一人えらい人があれば天下翕然として其旗下にあつまるのだから、愉快なものさ。こんな愉快が事実に出てくれば何もニーチェ見た様に筆と紙の力で之を書物の上にあらはす必要がない。

冒頭部からは、人間に個性の自由など許す必要はないと受取れる。儒教封建的な漱石の本音が窺える所であろう。いずれにせよ、日露戦争の戦勝気分と、「猫」の思わぬ成功とが重なり合った、お得意の落語調ではないだろうか。然し、ドナルド・キーン氏の『日本文学史』二によると、『我が輩は猫である』執筆の時期は「鬱病の激しい発作に襲われていた時期」でもあるらしい。また、平川祐弘氏の「夏目漱石の『ツァラトゥストラ』読書」によると、矢張り同じ時期、つまり明治三十八年（一九〇五）から三十九年にかけて、アレクサンダー・ティレ（Alexander Tille）という訳者の英訳『ツァラトゥストラ』への書き込み（英語）があったと言う。而も、それは「漱石の他の著作に類を見ないほどの激しさ」を伴い、「第一印象というか第一衝動を抑制することなくそのまま書いたものであった」らしい。キーン氏と平川氏の話を繋げると、漱石は鬱病的な、つまり家族に当たり散らすような攻撃性を以て英訳『ツァラトゥストラ』の読書に臨んだということになる。

このような背景を踏まえるならば、漱石の鬱病と裏腹の躁状態が「独仙節」となった可能性が高い。独仙は「超人」が「理想」だという前提を勝手に立てている。而も「理想」の正体が「不平」だと決め込む。『ツァラトゥストラ』の何処を伺う読めば、このような病的なロジックに達するのか。ニーチェは、超人と理想とを直ちに結びつけるようなことは決してしてはいない。むしろ、超人は専ら〈三段の変化〉という現実に根ざす自己克服の戦いの中でのみ精錬されていく。抑、『ツァラトゥストラ』の中に「理想 das Ideal」という言葉は絶無である。ツァラトゥストラは、唯「超人は、大地の志である」と言っているだけである。そして、折に触れて「人間は超越されねばならぬ何かである」と繰り返す（七回）。因みに、これら二つの文は典型的な超人論であるにもかかわらず、英訳には何ら書き込みもない。

結局、英文の書き込みだけを通して鬱病の攻撃性の跡を辿るだけでは、読書の全体は見えない。何に対して咬みついたかと何に対して心を閉ざしたかは、全く別の問題である。その意味に於いて書き込みのない箇所の方が、むしろ意味をおびるであろう。事実、全体の文脈からいって、最も重要な箇所の一つであるにもかかわらず、漱石が全く何の書き込みもしていない所は多い。其の代表が『ツァラトゥストラ』概論とも言うべき〈三段の変化〉である。『ツァラトゥストラ』が認識から行為への架橋である以上、ここは肝心要である。無論、超人も永遠回帰も此の中で最も凝縮した形で、而も不可分の間柄として示されている。とにかく、求められるのは勇気、そして覚悟だ。鈴木三重吉あての手紙（明治三十九年十月二十六日）で「維新の志士の如き烈しい精神で文学をやってみたい」と語った漱石は何を思ったであろうか。

無論、何の書き込みもしていない以上、一概に無視したとか拒絶したとは言い切れないかもしれぬ。然し、独仙のように何の根拠も示さず、いきなり「超人」という字面だけに咬み付いて「理想」だの「幻想（不平）」だのと扱き下ろす半可通ぶりは、基本的アプローチを踏まえるつもりが無く、「超人」の全体的脈絡、とりわけ〈三段の変化〉に対して全く心を閉ざしている証左ではないだろうか。いずれにせよ、漱石という学者を此れほど非学問的にする何か得体のしれないものがあると言わざるをえない。

無論、学んで其れほど非学問的になるのであれば、英訳『ツァラトゥストラ』を学ぶ必要はなかったのではないかと問うむきもあろう。正に其処である。平川氏が論考のタイトルを「夏目漱石の『ツァラトゥストラ』読書」としている所以も其処にあるのだ。つまり、学んだのでもなければ、元より研究したのでもない。漱石の個人的事情から生じた止むに止まれぬ読書だったのである。その背景や如何？　まず第一に彼は文学者としての転機を迎えていた。学究よりも創作の方途を模索し始めていた。そこに日露戦争が勃発する。戦争という狂気の祭に対して、大抵の詩人・小説家は血の騒ぎを覚え、躁状態になったり、鬱状態になる。漱石の心にも色んな思いが交錯して、現実に対する不適応が鬱病を発生させたのであろう。更にそこへ、明治三十七年（一九〇四）八月中旬、博文館から最初の『樗牛全集』が世に出る。

未だ個人全集自体が大変に珍しく、有っても巻数は僅少だった時代、全五巻から成る堂々たる『樗牛全集』は、戦時中ながらも世人を大いに驚かせた。而も好評で可く売れた。多くの青少年が「吾人は須らく現代を超越せざるべからず」という言葉に希望を見出そうとしたのである。無論、漱石の勤務先である一高や東大にも共鳴者は増えていった。然し、元々熊本の五高勤務時代に生前の樗牛に対する同様の共鳴を見聞きし、樗牛に対して縄張りを奪われたような被害者意識とともに、嫉妬と憎しみの入り混じった激しい瞋恚の念を懐いていた漱石は、全集の圧倒的人気に依って正に超越的に蘇った樗牛の幻影のせいで鬱病を益々悪化させていったと考えられる。

こうして読書の背景を探っていくと、樗牛に対する嫉妬と憎しみから漱石が英訳『ツァラトゥストラ』を恰も斥候偵察のように読んでいた風景が見えてくる。無論、其の英訳を読む前に食わず嫌いのままだった樗牛をも改めて読んだと考えられる。とにかく、心底反感を懐いているものを読む以上、相当な葛藤があった筈である。然し、創作の方途を模索することが何よりも焦眉の急だった。それほど追い詰められていた。何としても小説家として有名になりたかったのである。

そこで書き込みの有無に関係なく、『ツァラトゥストラ』の何の言葉が創作上の最大のヒントになり得たか吟味してみたい。ずばり、四部〈上等な人間〉十五の「人々が笑わざるをえない遣り方で、自分自身を笑いの種にすることを学べ！」であろう。無論、此の箴言は自己克服を促すのが目的であり、本来は〈幻影と謎〉二に於ける、蛇の頭を咬み切って吐き捨てたあとの笑いと同様に超人を見据えている。然し、超人の全体的脈絡を把握していない漱石は箴言をヒントにして、己の狂気を逆手に取って売り出すという奇策に奔った。つまり、人間が猫になるという妄想・狂気が、己の狂気を笑い飛ばし、銃後の深刻と厳粛をも笑い飛ばした。そのようにして、漱石は戦争という狂気の祭に参加したのである。因みに、此の創作上の最大のヒントには、書き込みがない。

結果的に、日露戦争は勝利に帰し、「猫」も首尾よく大当たりとなった。鬱病も晴れ渡った気分の下、恰も戦勝一周年記念祭に奉納せむとするかのようにぶちあげたのが、例の八木独仙の奇妙奇天烈な「超人論」である。最後に改めて『ツァラトゥストラ』の中に全く見られない「超人」＝「理想」という概念を漱石が何故に捏ち上げ、「理想」を「不平」に貶めることによって「超人」を葬り去ろうとしたかを問い直してみたい。筆者の考えでは、「理想」という言葉には、高山樗牛の幻影が介在していると見なさざるをえない。無論、樗牛も「超人」が「理想」であるなどとは言っていない。然し、ニーチェを純粋な詩人・預言者と受け止めていた樗牛は、自身の希望や理想と絡めてニーチェを論じることが多い。「文明批評家としての文学者」の中で少なくとも十回は理想という言葉を使っている。その残像が漱石の中に強く留まっていたと考えられる。

漱石のように斥候偵察的に『ツァラトゥストラ』を読む人間にとって、ニーチェと樗牛は同じ敵であることに変わりはない。むしろ、ニーチェよりも樗牛の方が身近な差し迫った敵として意識されていたのではないだろうか。そういえば、「吾輩は猫である」は、何処となく「吾人は須らく現代を超越せざるべからず」をパロディー化したものではないかという気もする。

Ⅶ 「超人」並びに「永遠回帰」の応用問題としての塩原心中未遂事件

「三四郎」連載より前、明治四十一年（一九〇八）七月一日から「朝日」に連載された「夢十夜」

の中、「第一夜」から「第三夜」までは、心中未遂事件が色濃く影を落している。また「第一夜」と「第三夜」には、英訳『ツァラトゥストラ』読書も影を落しているようだ。「第三夜」に着想のヒントを与えたと思われる〈幻影と謎1〉には、すでに最初に英訳を読んだときの書き込みが確認されている。一方、「第一夜」に着想のヒントを与えたと思われる〈新たな舞踏の歌〉には、何の書き込みもない。だから何う(ど)というわけではないが、心中未遂事件後に再び英訳『ツァラトゥストラ』を読んだのかもしれない。或いは、長江との間で此の部分について、何らかの遣り取り(やと)が交わされたことも考えられる。

さて、具体的に論を詰めていきたい。「第一夜」、第一段落の最後の「其の真黒な眸の奥に、自分の姿が鮮に浮かんでいる」は、〈新たな舞踏の歌〉の「汝の漆黒の夜のような瞳の中に、黄金が煌くのを見た」を着想のヒントにした。というよりも、永遠を象徴する「黄金」という言葉を拒絶せむとして書き変えた可能性が高い。此の場合の黄金は、厳しい試練を克服して正に黄金であると証明された生命の黄金、つまり、超人に不可欠の最もディオニュソス的なものである。超人とは、最も自分自身を深めた人間のことを言う。然し、最も深めた所で最大の試練に遭遇する。いわゆる呪われた宿業を何う断ち切るかという当に深淵を山頂に転換する為の戦いを突き付けられるのである。

無論、宿業とは、単なる個人の宿業だけを意味するとは限らない。民族・集団・家族の各々に宿業があり、また男性・女性・風土などによってその性質も異なる。呪われた宿業を断ち切るといっても、単に其の意味を問い直すだけで発想を転換できることもあろう。然し、呪われた宿業が本能化している場合には、そうはいかない。いずれにせよ、先ず第一に、或る個人が己自身を愛するが故に勇気を奮い起こして呪われた宿業を断ち切り、自分自身を発見することから始まって、同じ宿業に苦しむ者たちを救済するしかない。『ツァラトゥストラ』二部に〈救済〉という章があり、つぎのような言葉がある。平川氏の英語からの重訳は意味を捉えていないので、原語からの和訳を次に掲げる。

過ぎ去っていったものを救済し、すべての『然うだった Es war』を、『だから私は斯うしようとした Aber so wollte ich es』に創り変える——これこそが私にとって、初めて救済と呼ばれるべきなのだ！

因みに、この部分に対して、漱石の次のような英文の書き込みがある。Good, but how could you effect it. Try if you can. The world is not made for you. You are a monster, —an one eyed monster like a Cyclop. 対する平川氏の訳は「結構だ、しかしどうやってそれを実現するのだ。できるならやってみろ。世界はおまえのために創られたのではないぞ。おまえは怪物——キュクロプのような片目の怪物だ」となっている。

〈救済〉には、「永遠回帰」という言葉は見えない。然し、其の謎かけとしての相貌は見えている。それが「然うだった Es war」と「だから私は斯うしようとした Aber so wollte ich es」との対照である。従来の訳は、両方に見られる es を同じように訳していた。然し、それでは対照が無く、「永遠回帰」を謎解く筈の価値転換という糸口が消滅してしまう。のみならず、肝心要のことをしない「超人」が出来上がるのではないか。抑、文法的に注意深く吟味してみると、前者のEsは非人称的であり、後者のesは人称的である。決して同一とは言えない。寧ろ、同一扱いにすると、根本思想の骨抜きに加担することになる。だから今回は異同を明らかにする為に「然う」と「斯う」という訳の違いとして表現した。少なくとも後者の価値転換の方向性は、明らかになっていると思う。因みに、生田長江訳は、既に此の非人称的と人称的の異同を明らかにしている。

英語の精しいことは解らないが、人間心理をも内的自然とみなし、多くのことをカバーする未分化で神出鬼没のesが、英語のitと同じ機能を有つとは思えない。だとすると、漱石が英訳で『ツァラトゥストラ』を読んだことには、自ずと限界があったと言わざるをえない。とはいえ、それを差し引いても、漱石の英語の書き込みは、余りにも斜に構えている。もっと心を開かなければ、見えるものも見えなくなってしまうのではないだろうか。

それでは、此の節の本題に入りたい。さて、塩原心中未遂事件が「超人」並びに「永遠回帰」の応用問題だと言い切るならば、まさかと驚くか、或いは一笑に付すむきもあるかもしれぬ。無理もない。現に、「超人」も「永遠回帰」も歴史(知識)の過剰の中で正体が分からなくなってしまっている。まして、百年以上の忖度によって、ツァラトゥストラの根本思想が骨抜きになっている以上、「超人」も「永遠回帰」も市場主義的な愚民化政策に即した宣伝工作か、或いは、直ぐに底の割れる隔靴掻痒の帳尻合わせにすぎない。だから、人目を欺く「超人」や「永遠回帰」などの基礎知識に依らず、自分自身の正直な感触で人物と事蹟を確かめることが何よりも肝要である。

それらが超人や永遠回帰と言えるかどうかは、最後の評価でいいのではないかと思う。

塩原心中未遂事件は、何故に「超人」並びに「永遠回帰」を謎解く為の応用問題であると言えるか。それは、まず〈救済〉の一方のキーフレーズである「然うだった Es war」は、当に森田の女性一般に対する歴史観だった。然し、明は其の歴史観の押し付けを拒絶した。そのうえで、「だから私は斯うしようとした Aber so wollte ich es」(もう一方のキーフレーズ)と後で言えるように、生命掛けで新たな女性の歴史を創造したのである。このように〈救済〉の二つの es の非人称的と人称的との異同を、具体的に解き明かすことのできる実例は極めて稀である。

平塚明は森田草平の「殺す」という言葉を他人事のように聞いていた。というよりも、男社会の迷妄と呪縛から解放される吉兆だと受け止めていたのかもしれない。男に殺す権利を全面的に委ねたにもかかわらず、死の暗い影は迫って来なかった。むしろ、死に場所に向かって刻々と成長していく自分自身が譬えようもなく新鮮に思われ、世界が如何に愛と感謝に満ちているか見えてきた。其のことが男に付け入る隙を全く与えなかった。そして、男に懐剣を谷底へと捨てさせたのである。一連の明の行動は「だから私は斯うしようとした」という、人が最も其の内容を知りたいキーフレーズを極めて聡明に実現したものであると言えよう。

明は、其れまでの女性の歴史を背負っていた。声なき声を受け止めていた。だから、女性に対して呪いの永遠回帰を強いる「深淵の思想 abgründlicher Gedanke」の頭を咬み切ることによって、深淵を山頂に変え、「超人」の眷属となり、山頂から自己克服の勝利に輝く喜びの永遠回帰の光を放った。明は女性の志操に対する評価を改めさせ、価値の転換を見事に遣って退けたのである。

だからこそ、生田長江は平塚明をして「元始、女性は実に太陽であった。真正の人であった」と『青鞜』発刊の声を挙げさせたのである。

このように長江は、心中未遂事件を「超人」並びに「永遠回帰」の応用問題として受け止めていた可能性が高い。一方、漱石は其のような長江の理解とは凡そ異なる方向を進んでいたようである。それを示しているのが、先に触れたとおり、『夢十夜』の「第一夜」の第一段落で〈新たな舞踏の歌〉冒頭から着想を得ながらも、永遠の象徴である「黄金」の換わりに「自分の姿」という言葉を使ったことである。

それにしても、漱石は「第一夜」を誰に読ませようとしたのだろうか。ほんの数ヵ月前に起きた心中未遂事件の平塚明（はる）を連想した読者は、決して少なくなかった筈である。漱石も矢張り明の反応を期待していたのであろう。そのうえで、明を愛弟子にすることができなかった残念無念を適格に表現するには、永遠をリアルな百年に変える必要があった。そして、其の百年越しの残念無念を「真白な百合」に昇華させて、明にそっと奉げたのではないだろうか。だとしたら、樗牛のことを「あんなキザな文士はいない」（明治三十九年二月十三日森田米松宛書簡）と言った漱石先生も、なかなか遣るではないかと言わざるをえない。

ともあれ、「第一夜」は、死と性愛と悪戯（いたずら）とに幻想的な謎の花を咲かせつつ、一つの白百合へと収斂させている。確かに、漱石の芸術的な力量を感じさせる詩である。然し、洗練された表面的な叙情よりも、抑えられてはいるが通奏低音のように伝わってくる濃密な恨（ハン）の世界こそが、此の散文詩の正体ではないだろうか。

濃密の原点は、漱石と森田の関係である。元より、肉体的な同性愛などでは決してない。然し、森田が何処までも駄目亭主だとすれば、その夫に死ぬほど尽くす妻が漱石であろう。恩師としての漱石は、どんなに口うるさく叱りつけても、最後の席次を狙っていた森田を決して見放さない。そのことを森田も知っている。森田は何処までも悪魔であり、漱石は何処までも天使である。ところが、そこに明(はる)という天女が現れると、此の天使と悪魔の師弟は、なんと雑婚状態にあるかのように原始的に益々濃密になる。嘗ての合掌造りの習俗のように。『夢十夜』の「第一夜」のラブコールに引き続いて、『三四郎』でも漱石は明を「美禰子(みねこ)」として描いて熱烈なラブコールを送る。いずれにせよ、これほどの執心と、森田への肩入れは、本気か遊び半分かはともかく、漱石が明に対する雑婚的既得権益を妄想したと言っても過言ではない。

ところが、漱石と森田の濃密な師弟関係に樗牛直系を任じている長江が加わると、森田から一目も二目もおかれている長江が、漱石には何となく妬ましい。また樗牛に代わって漱石を批評せむと見透かしているようで面白くない。そのうえ、心中未遂事件後、明を森田の嫁にという漱石の意向を、平塚家側と同じ目線で一顧だにしなかった長江に対して、漱石は遺恨のようなものさえ懐いていたのではないだろうか。其のような濃密な遺恨の類を反映しているのが『夢十夜』の「第三夜」であると言えよう。

Ⅷ　本邦初の全訳『ツァラトゥストラ』をめぐる漱石の思惑

日本近代文学史の上では、明治四十二年（一九〇九）二月十七日、夏目漱石は「拝啓　友人生田長江氏今般ニイチェの代表的作物ザラツストラ全部の翻訳を思い立ち候……」という文言で始まる葉書を春陽堂の本多直次郎に出して、全訳『ツァラトゥストラ』の出版を依頼したということになっている。然し、漱石に本当に出版を仲介する意志があったのかというと、何（ど）う見ても疑わしい。というのも、前節の最後で触れたように、前年来漱石の方が長江に対して強い蟠（わだかま）りを懐いていたと考えられるからである。そのうえ、年明けから『煤烟』が連載され、長江をモデルにした「神戸」の登場を境にして、折角鎮まりかけていた心中未遂事件をめぐる騒ぎが再燃の兆しを見せていた。既に平塚家の側でも、申し合わせの趣旨と違ってきたと怒りを募らせていたと思われる。事実、二月末から三月にかけて、〝スキャンダル〟追及の火の手は再び燃え上がった。

因みに二月七日の森田宛の手紙で、漱石は長江をモデルにした「神戸」の性格描写に事細かく容喙（ようかい）している。その結果、人物像は「ハイカラ」とは程遠い、少し嫌味で月並みの俗物に変質していく。だからというわけではないだろうが、長江も煽りを食らって、成美女学校は三月二十二日に閉校となり、彼は教師の職を失った。

いずれにせよ、今述べたような慌ただしく而も人為的に仕掛けられた騒ぎの中で、全訳『ツァラトゥストラ』をめぐる話は始まったのである。抑、長江の全訳は未だ完了には程遠かった。だから彼の側から出版依頼の話を持ち出した可能性は低い。恐らく発禁や検閲のリスクについて、出版社側の危機意識の程度を漱石は知りたかったのであろう。此のときの春陽堂側の回答は当然手紙で為され、其の内容は、当局の検閲を慮って明言を避け、ただ漱石と長江の間で何もかも了解したうえで序文を付けて欲しい位のことは伝えたのではないだろうか。春陽堂からの回答を受け取った漱石は、長江を直ちに呼び寄せ、人払いをし、春陽堂側の曖昧に留めて置いた内容を詰めることを長江に迫ったのだと思われる。そこで長江も今こそ本音を明かすしかないと覚悟を決めて、漱石に協力を要請したと考えられる。

そのとき二人が本音をぶっつけ合った様子は、長江最後の漱石論「夏目漱石氏を論ず」から読み解くことができる。全訳するに当たっての長江のニーチェ的自然主義に依る現状認識は、「トルストイやニイチェに診断させると、今日の社会は、人類は、到底膏薬位では間に合わないような、恐ろしい腫物を病んでいる」というものである。だからこそ「決然として外科的(ママ)の手術を施さないではいられないのである」と彼は窮極の本音を明かす。つまり、本来は誰も禁忌だと明言していないにもかかわらず、誰もが畏縮し忖度して禁忌扱い同然にしてしまっている「降臨」を、〈序説1〉第八連の訳語として使いたいという本音をぶつけ、付きましては賛同する序文をお願いできますかと乾坤一擲(けんこんいってき)の勝負に打って出たのだと考えられる。

それに対する漱石の反応は、如何なるものだったのか。長江の次の言葉に如実に反映されている。「然うした荒療治（外科的の手術）は、安易なる楽観主義者（漱石）から言わせると、全く無用のものであり、甚だ有害のものである、危険極まる考である」。これこそ、本邦初の全訳『ツァラトゥストラ』をめぐる長江と漱石の決裂を最も雄弁に物語っている。漱石は運命の余りの重さに戦慄を覚えたのか、或いは、其の任にあらずと判断したのか、いずれにせよ、歴史的使命を嚙み締めるには到らず、運命の星の軌道から離脱した。世界文学者へと脱皮することができたかもしれぬと思えば、惜しまれてならない。

とはいえ、これが「漱石の『ツァラトゥストラ』読書」なるものの、当然の帰結だったのだろう。学んだのではないし、研究したわけでもない。まして、樗牛や長江のように〈三段の変化〉を身読しようとしたのでもない。生命懸けとか生真面目を出来るだけ避け、ひたすら猫の如く低徊して、忍び込める所を物色し、創作のヒントだけを掠め取る。それだけならまだしも、そのうえ厄介なことには、「超人」や「永遠回帰」を全く読み替えたり、書き変えたりする傾向は否めない。此のような狡猾な「善人」の手口は、安倍能成や和辻哲郎などの弟子筋をはじめとして、多くの独文学者に影響を与えているような気がする。とにかく、俳諧・低徊趣味に供されるかぎり、『悦ばしき知識』の序文一で戒められている如く、悲劇がパロディー化されるのは避けられないということか。だからといって、悲劇がパロディーになるのを傍観していいわけがない。

それにしても、俳諧・俳句は、深刻や生真面目を笑うばかりで、其れ自体は全く生命懸けの戦いを経てこなかったのだろうか。そんなことは決してない筈だ。松尾芭蕉四十六歳の時、元禄二年（一六八九）六月十四日奥の細道の途上、酒田にて「暑き日を海にいれたり最上川」という名句を遺している。日本海に沈む黄金の夕陽は余りにも美しく、熱き思いを正直にミューズ（詩の女神）に奉げたものとして夙に有名である。然し、此れを発句するに当たっては、あらむ限りの勇気を奮い起こして正に乾坤一擲の大勝負を挑む思いだったのではないだろうか。

　何故それほどの大勝負だったのか。周知の如く我が国は四方を海に囲まれているにもかかわらず、海に沈む夕陽の美しさを称える短歌は、阿弥陀礼拝系の類を除いて一首もない。それは、「歌会」、或いは「歌集」自体が思想警察網であり、此の国土に最も相応しい短歌を事前検閲の段階で葬り去っていたからだと考える外はない。そのうちに「海に沈む夕陽」という最も美しいテーマは、誰もが畏縮する禁忌扱い同然の習俗となってしまい、歌人も俳人も見ざる聞かざる語らずの〝家畜〟となっていた。上層階級になればなる程しがらみは強く、迷妄と呪縛から逃れる術は無かったと考えられる。

　だからこそ、太陽は誰でも分け隔てなく照らすという事実を芸術にする為には、嘗てない庶民文化の華咲き誇った元禄時代が正に、千載一遇の好機だった。とはいえ、『万葉集』以来最大の呪縛・錯覚・妄想・狂気・不条理に風穴を開けるのは正に革命であり、其の為に生命を捨てる覚悟が必要だった。今でも時折、芭蕉が幕府隠密だったという幽霊のような話が一人歩きするのは、國学系の白色テロ集団と幕府隠密との間で斬り結ばれた暗闘を密かに伝えているのかもしれない。いずれにせよ、芭蕉は己の言葉で砕け散る覚悟を決めた。さもなければ、海に沈む夕陽をテーマにした俳句は誕生しなかった筈である。彼は偉大なる愛を知る人だった。そして、運命の余りの重さに戦慄を覚えても、なお偉大なる歴史的使命の中に不屈の自分自身を見出すことのできる超人の眷属（けんぞく）だったのである。

漱石と長江との全訳『ツァラトゥストラ』をめぐる最終的な話し合いは、二月末か遅くとも三月十日頃までには持たれて決裂したと見なすことができる。集英社版『漱石研究年表』によると、明治四十二年（一九〇九）度、長江の漱石宅訪問は、四月十一日、六月二十四日、六月三十日、七月十一日ということになっている。この中で六月二十四日だけが平塚光沢の抗議との関連のように示されている。然し、多分四月十一日と六月二十四日も其の抗議絡みではあるまいか。そして、七月十一日のメモ「晩、生田長江来。ザラツストラ翻訳の件につき。不明な所を相談」は何う見ても、編纂委員小宮豊隆による全くの捏ち上げと言う外ない。

既に長江の全訳『ツァラトゥストラ』を春陽堂に仲介するという話は決裂してしまった以上、何も相談することが有る筈はない。其のことは、小宮自身やや誇らしげに記している漱石の突然のドイツ語熱からも明らかである。つまり、仲介決裂の際、英訳『ツァラトゥストラ』読書体験から振り翳した漱石の斥候偵察的な妄想は、ニーチェ思想の根本を外していることを長江から存分に知らされていたのである。そこで漱石は長江以外の小宮か阿部次郎あたりに全訳『ツァラトゥストラ』を手がけさせ、自ら見届けていくことを模索し始めていたと考えられる。既に漱石は長江を「敵」とみなしていたのである。

もし長江が七月十一日に全訳『ツァラトゥストラ』の件で漱石宅を訪問していたとすれば、改めて決裂を確認し合ったのち、最後に今一度ツァラトゥストラの精神に立ち念を押して、明治の〝芭蕉〟へと脱皮しては如何ですかと渾身の力を振り絞って漱石を促したのかもしれない。だとしても、漱石は長江の説に最早耳をかさなかった。彼には物質となって消えてもらいたいほど憎んでいた。其のことは六月二十七日から『朝日』に連載されていた『それから』に依っても容易に読み取れる。長江をモデルにしたとされる「寺尾」は八月七日と二十七日、それに九月二十九日の三回登場するが、一言にすると「文匪」として描かれている。とりわけ八月二十四日分では、寺尾は「空しい壁」に譬えられている。漱石の醒めやらぬ癇癪（かんしゃく）の痕跡が感じられてならぬ。因みに七月二十三日、四日の二回は『煤煙』に言及している。これは、多分平塚光沢（つや）の怒り、つまり、小説内容についての申し合わせを反故にした漱石・森田への怒りを宥める回答として、適当にお茶を濁したものであると言えよう。

Ⅸ　明治四十三年（一九一〇）

ツァラトゥストラの根本思想に当たる〈序説Ⅰ〉第八連の翻訳語として、当時は禁忌扱い同然だった「降臨」を長江が使おうとしていることを、正に其れが理由で全訳に関わらなくなった漱石が知っているということは、当然デリケートな事柄だった。好むと好まざるとにかかわらず、内務省の思想警察網に組み込まれる破目になってしまったのである。漱石であれ、弟子の一人であれ、何者かが「國体」誹謗に関する嫌疑を殊更に大きくして、長江を密告する可能性が無きにしもあらずだった。いずれにせよ、漱石に目の敵にされたままであることに流石の長江も苦悩したのではないか。

然し、平塚明を自然主義の女性論客として世に出す機は熟しつつあった。後ろ盾になれば、漱石は長江に対しても「あんなキザな文士はいない」と痛罵するだろう。そんなことは構わない。誰から嫉妬され憎まれ、或いは密告されようと、ディオニュソスの道は苦難の道ではないか！　此のように長江は苦慮を重ねたのち、遅くとも明治四十二年の秋頃までには、全訳『ツァラトゥストラ』の見届人として序文を頼む相手を、漱石から鷗外へと変える決意を固めたものと思われる。無論、前章で触れたように、鷗外はニーチェを発狂したという理由で軽視していた。ニーチェについての理解は漱石と比べても五十歩百歩という所だった。但、対応の仕方が異なっていた。それについては後述する。

明治四十三年（一九一〇）の特筆すべき事柄は、矢張り「大逆事件」である。六月一日幸徳秋水が検挙され、翌日には此の件に関する一切の記事差止命令が当局から発せられた。言わば（捏造された）緊急事態の下で言論統制が敷かれたのである。国民の間に激震が走り、言論界・文壇の動揺と混乱は嘗てないものだった。然し、此の右往左往の中で、火事場泥棒的で卑劣な画策が密かに実行されていた。その疑いが極めて濃厚なのが、先に触れた石川啄木が八月頃に書いたとされる「時代閉塞の現状」である。一方、文壇を臆面もなく危険な方向へと誘導しかねない濃密な「新聞記事」もあった。それこそ七月十九日漱石が長江の記事を差し替える為に『朝日』に発表した「文芸とヒロイック」である。

周知の如く、このとき漱石が長与胃腸病院に入院して一ヵ月が経っていた。ニーチェは「精神（知力・魔物）は一種の胃袋である」と言う。然し、学び方が拙く、最良のものを学ばず、余りにも早く而も性急にすべてを学んだ者の胃袋は、駄目になっていて死を勧めるのだとも言う。まさに、此の死を勧める胃袋の声が、佐久間艇長の死に病的に寄り添ったのではないだろうか。その意味に於いて、文豪漱石の「文芸とヒロイック」と言えども、ただでさえ胃腸を病んでいる者が募る焦燥と敵愾心の中で何のような病的な文章を書くか、また其のせいで何れほど病状を悪化させてしまうかを量る実験的試みだったと言えよう。

　要するに、漱石は佐久間艇長の遺書を写真版で読んで、佐久間大尉が任務と実務に忠実だったらしいと知り、死ぬまで然うだったに違いない、一点の私心もないヒロイックな人物であると過剰な思い入れを示している。過剰は狂気の兆候である。そこから、同様の潜航艇の不幸の際、水明りを求めて折り重なったまま死んでいた英国海軍の将兵は義務心より本能が如何に強かったかを証明したことにして、一方、帝国海軍の将兵は如何にも義務心が動物的本能を抑制したのだと言わむばかりのレトリックへと転調していく。検屍に立ち会ったわけでもなく、単に遺書を読んだだけなのに、何故に其のような牽強付会(けんきょうふかい)が生じるのか。ひとえにヒロイックを盲信している、否、正しくはヒロイックが有ったことにして当局と軍に阿っているからである。客観と主観の一致を例証するつもりで、客観は些(いささ)かも成り立っていない。文壇を危険な方向へと誘導しかねないとは此のことだ。それにしても漱石の本能観は、呆れるほどネガティブで貧しい。長江が漱石を評して「わかわかしさの火がないならば、老熟の[3]鉄槌も其用をなさぬ」と言っているのも宜なるかな、余りにも自分自身を見失い、痛々しい漱石を感じざるをえない。

　自分でも熱くなって感情移入し過ぎたと判っているから翌日に「文芸とヒロイック」の補足並

びに弁解として「艇長の遺書と中佐の詩」を発表した。近代の軍人の陳腐な詩を採点しても始まらない。問題は文人の戦争詩だ。とにかくオバサンの愚痴のように小間切れを連ねるほどに、心に届かない文になっていく。これは森田の心中未遂事件と『煤煙』の関係を彷彿とさせる。決して偶々そうなったわけではない。樗牛は「文は人なり」と言った。剣にもペンにも自ずと構えが有るということだ。弁解を連ねる森田の文は、構えが崩れている。此の構えの崩れた森田の弁解弁法が師の漱石に乗り移り、漱石の構えさえも崩れさせてしまったのである。

裏返して言えば、それほど漱石と森田は濃密な間柄であるということに外ならない。とにかく長江の七月十九日分だけを差し替えたのではなかった。載せるなと命令したのに載せようとした森田への懲らしめもあって、「艇長の遺書と中佐の詩」以後飽くまでも長江の原稿を自分の其れと差し替え続ける為に、漱石は八月一日まで病を押して書き続けたというのである。森田が詫び(4)を入れて一応此の漱石炎上状態に水を差さなかったならば、修善寺に行く前に重篤になっていたかもしれぬ。

それにしても、漱石は凄まじいばかりの縄張り意識を見せつけた。「朝日の文芸欄は天下の漱石様の縄張りだ！　長江など一歩も中にいれさせてなるものか！」と言わんばかりである。無論、長江の原稿の良し悪しは口実にすぎない。ただただ長江が妬ましく憎くて仕方がなかった。其の理由として先ず考えられるのは、長江が序文を依頼する相手を明らかに鷗外に変えたらしいと見られることだった。然し、これは或る程度は予想されていたことである。矢張り最大の理由は、長江が平塚明を新時代の批評家として育て上げようとしていたことである。而も明は長江に深く心服しているらしいと、森田から聴かされていた。無論、森田も相応に妬けただろう。然し、此の道化、此の悪魔は、自分にとっての天使が何れほど心掻き乱され、長江に対して何れほどの悪魔となるのか、残忍で淫らな期待を懐いて嫉妬の炎を漱石へと御裾分けした。結局、本来は自分の愛弟子になる筈だったと心の底で悔しがる漱石にとって、明を〝横取り〟していった長江が、事もあろうに自分の絶対的縄張りである「朝日文芸欄」を使って、明に批評の手本を示すなどということは耐え難いことだったのかもしれない。

X 「夏目漱石氏と森鷗外氏」

これは本邦発の全訳『ツァラトゥストラ』の世に出る直前、明治四十三年(一九一〇)十二月『新潮』に発表された。このとき、漱石四十三歳、鷗外四十八歳、長江はまだ二十八歳である。以来、漱石と鷗外を対照的に論じた批評として知られている。然し、翻訳に関する相談相手と思い込まれてきた二人の権威に対する、長江の総括の側面が有ることを見逃してはなるまい。つまり、二人がニーチェ代表作を何のように取り扱ったかについての、後世へ向けた意味深長な報告なのである。何故そう言えるかというと、此の批評は何よりも二人に読ませる為に書かれた。だから発表されたとき、二人は目を凝らして読んだに違いない。漱石だけにしか分からない意味、鷗外だけにしか分からない意味、もしくは翻訳をめぐる三人の当事者しか共有できない意味が折り込まれている。

冒頭で長江は「夏目漱石氏には可なり久しい以前から色々御面倒を見て戴いた。森鷗外氏に直接の御指導を仰ぐようになったのは、比較的新しいことである。けれども、氏より受けたる間接の影響は、漱石氏より受けたるそれよりも、より長く、より深いものであるかも知れぬ」と述べている。一見全くの感謝の表明のように思えるかもしれぬ。けれども、ここの意味を踏まえておかなければ、此の論文の目的が見えなくなる。何故に「間接の影響」と言っているのか。それは鷗外の長江への人間的な影響ではない。事柄への影響、つまり〈序説1〉第八連の翻訳に直接介入し、「降臨」とは真逆の「没落」を当局の意志として強制したことを指している。其のことの影響は、長く深く未来を覆う雲となって垂れ籠めると預言しているのである。

事実、その後、「没落」は、徐々に日本のニーチェ研究者・訳者の多くが何の蟠(わだかま)りもなく踏襲する慣習・風習となっていく。恰も後ろめたい記憶を封印するために強制された祭が習俗として定着していくように。結局、ニーチェが最も強く訴えたかったディオニュソス的な根本思想は、森鷗外の関与によって「難解や無理解や誤解の狭霧に依って遮られ始め、遂に大空一杯に広がる閑却と黙殺との暗雲に全く包み隠れて了い、綺麗に抹殺されて了った」（一九三五年四月五日付の日本評論社全集版『ツァラトゥストラ』の序）。亡くなる前年に吐露した、その痛切な思いは既に一九一〇年末に「夏目漱石氏と森鷗外氏」を書き起こした思いに近いものだったと言えよう。

そのような長江の思いを理解していなければ、「画家が其のモデルの為に、絵具を塗るのではないように、私は私自らの命の為に筆を執る。或は私自らの為に、私自らを語るに過ぎぬであろう」などと批評家が言うのは奇妙としか思えないのではあるまいか。

「氏（鷗外）の実際の貢献は、自然主義運動の源流を尋ねて行くとき始めて認められることが出来るのである」という表現は、日本自然主義を一般的に論じているとは思えない。恐らく文学ではなく、哲学・美学に限定した文脈である。其処に樗牛と二人だけで共有する美学があり、ニーチェに依って道筋を付けられた健やかな本能観が煌めいているのではないだろうか。長江にとって、全訳『ツァラトゥストラ』は、元来ニーチェから樗牛へと継承された人格の力を発揚するという意味に於ける、言わば自然主義の浪漫的な水脈なのである。だとすると、長江から樗牛を経てニーチェへと遡る源流を尋ねて行けば、三者の使命を際立たせる天敵としての鷗外の姿も認められるのではあるまいか。結局、「氏の実際の貢献」とは、後世の愚直な研究によって始めて謎解かれる真に味わい深い、而も峻烈な皮肉なのである。

　長江の批評眼を感じさせるのは次の言葉である。「批評家は好んで、狭いけれども深い、広いけれども浅いという言葉を用いる。今趣味の問題に関しては、唯だ唯だ鷗外氏を広いと言えば十分で、特に漱石氏を深いと言うには及ばない」。深くない理由として漱石の趣味には[5]「殆ど食わず嫌いと見られるほどの猛烈な偏執」が認められると言う。これは樗牛絡みで身に染みて知っている長江だからこそ言える言葉であろう。次に、漱石が独創を口にすることと殆ど翻訳をしたことがないのは裏腹ではないかと言外に匂わせる。だから余程日本人の国民性を重んじて「凡そ何が気障だと云って、思わせ振りの涙や、煩悶や、真面目や、熱誠位気障なものはないと自覚して居」ると思いきや、「文芸とヒロイック」で露となった漱石の趣味は「浅薄にして不自然なる武士道流の矯飾に対し、意外に寛大である」から驚きだと暗に軍への阿りを皮肉っている。
このように趣味を問題にして、人物の魂の深さを秤ろうとする手法は、『ツァラトゥストラ』の〈崇高なる者〉から学んだと考えられる。

生きることはすべて、趣味と嗜好をめぐる闘争なのだ！
趣味、それは分銅であり、同時に秤皿であり、秤り手でもある。

趣味がこれほど重要なのは、自己克服の戦いが突然であれ偶然であれ、決して野蛮な誘惑に屈することなく、飽くまで健やかな本能の文化的形成であり続けねばならぬという真に難しい課題を突き付けられるからである。然し、趣味の究極の問題は、如何にして「崇高 Erhabenheit」から脱皮して「美 Schönheit」に達するかということにある。

彼が自らの崇高に飽きたならば、そのとき始めて、彼の美が動き出すだろう。――そのとき始めて、私は彼を味わい、魅力ある人格だと見なして遣るつもりだ。

然し、美と崇高との間には、埋め難い深淵が横たわっている。美は他者に転化できない。常に一人称の行為として立ち返ってくる。何ものにも替えることのできない絶対的価値だ。而も復古趣味の崇高と異なり、美は常に現在と未来を見据えている。『ツァラトゥストラ』から此の美を逸早く学び取った樗牛は、天才である前に自らを欺くことを知らぬ「幼児(おさなご)」だった。其の彼に対して「恐ろしき沈黙」の包囲網を敷き「常夜(とこやみ)」の野蛮さえちらつかせて圧迫したのは、滅私奉公・忠君愛国を唯一無上の道徳と奉じる復古趣味の「崇高」なる精神だった。而も此の「崇高」は美へと脱皮することを飽くまで拒絶した。脱皮できない蛇は破滅する(『曙光』五七三)。正にニーチェの言葉どおり、「崇高」なる大日本帝國は破滅した。

結局、時代精神である「崇高」なる風上に立っていたからこそ、鷗外は樗牛との審美論争に於いて思想改め大目付のような権威主義的態度で臨んだ。全く同じ理由で漱石も、樗牛を頭ごなしにキザな奴だと決めてかかり食わず嫌いに徹した。両者とも謙虚さを欠いていた側面が有った。否、寧ろ鷗外は樗牛に対して、漱石は長江に対して尊大であり過ぎたのではないだろうか。〈戦いと戦士〉でのツァラトゥストラの言葉は、其のことを突いているように思えてならない。

君たちは醜いのか? よし、我が兄弟よ! ならば崇高なるものを纏うがいい。醜い者のマントだ!

だが、君たちの魂が大きくなると、魂は尊大になる。すると、君たちの崇高さの中に悪意が宿る。私は君たちを分かっている。

その悪意の中で、尊大な者は、弱者を連れた自分自身と出会う。然し、彼らは互いに誤解し合う。私は君たちを分かっている。

右文を謎解くキーワードは「弱者 der Schwächling」である。「誤解し合う」とは、「尊大な者」は「弱者」を軽視し侮り、「弱者」は「尊大な者」を偉大だと錯覚することでもある。個人を群れの進化もしくは退化と見るニーチェ独特の遠近法的な人間観が反映されている。いずれにせよ、「弱者」を手強い敵だと認識できるものだろうか。当に問題は其処である。「弱者」とは何か。其れは、常に生命限りあるすべての人間にとって躓きの石だった弱点を意味する。其れを古代ギリシア人は、永遠の生命を有つ者（神）に対する生命限りある者の反抗、即ちヒュブリス Hybris（傲慢）であると見なした。無論、他人のヒュブリスを見出すのは容易い。然し、一門・一族のヒュブリスを見出し咎めるのは、人物（例えば平重盛）を得ていてさえ難しいのである。まして個人の勝利であれ、集団の勝利であれ、凱旋勝利の祝祭の崇高な気分に包まれた中で、自身の胸中に一瞬ヒュブリスが過ったとて、其れを決して自分の影の中に潜む手強い敵だとは気づかずに、恰も囚われの身となった「弱者」を見るかのように侮るのが人の性ではないだろうか。まさに、此のような「崇高」の中でこそ、弱った振りをしたヒュブリスは差し迫った危険となり、決して飼い馴らすことのできない獅子身中の魔物となるのである。

とはいえ、「弱者」とヒュブリスとの遠近感は極めて摑み難く、「弱者」の正体がヒュブリスであると判るのは、大抵は結果から見える遠近法である。而も近代人のように失敗から学ぶのが苦手である限り、ヒュブリスは常に後の祭りに出て清められ、過ちの歴史は繰り返す破目になる。だからこそ文学をヒュブリスの呪いから護るためには、作品の市場的成功に一喜一憂する創作家よりも、むしろ文芸批評家の歴史観と世界精神が物を言う。明治三十五年（一九〇二）四月『中学世界』に樗牛が発表した「文芸雑談」の第四節に次のような言葉がある。

文芸は厳粛也

『人生は厳粛也、文芸は遊戯也』とは古の詩人の套語にして人のよく唱ふる所なるが、予は然か思はず。文芸は決して遊び事に非ず、その意義の厳粛なることに於て決して人生に劣るまじき也。

予は常に好んでバイロン、ハイネ、ケョルネル等の詩を読む。予は是等詩人の文字を通じて人生の最も厳粛なる時相を感受するを楽む。畢竟是の如きは文字にあらずして精霊のひびき也、血汐と涙の痕也。吾等の胸に打てば応ふべきあらゆる人生の憂悶と悲愁と希望と歓喜と、活ける呼吸を通じて吾等の耳にひびく也。吾等は箇中に作者の時相によりてその詩篇を解く。詩篇ここに至りて人也、命也、人生也。

予はかくの如くにして詩初めて解し得べしとなす。げに等しきもののみ等しきものを解し得べし。文芸を遊戯と観ぜむは、かつて涙を以て其の麵麭を割きしことなき徒のみ。

——漢字は現代語表記——

約半年余りで此の世の人ではなくなる前に、ありったけの生命力を絞り尽して中学生読者に遺言を伝えようとしている。多分啄木も胸を熱くして読んでいた。この文芸批評そのものが一篇の詩であり、而も限りなく厳粛な文芸ではないか。一瞬一瞬が何れほど貴重だったか量り知れない。「夏目漱石氏と森鷗外氏」の大詰めで、長江は「高貴なる人間は刹那刹那に目的を達して生きて行く」と記している。多分「文芸は厳粛也」を書いた樗牛を思い起こしていた。そして、菩薩道の厳粛を極め尽せば、仏と同じ「遊楽」の境地に達することも悟っていた。だからこそ、続く言葉は「即ち遊戯である」となっているのだ。つまり、「文芸は厳粛也」もまた、ツァラトゥストラの〈三段の変化〉を以て訳せば、「龍」に対する「獅子」の戦いを貫徹した超人の分身たる「幼児（おさなご）」の美しい「遊戯」であると称（たた）えているのである。

此のように「文芸は厳粛也」の中では一見樗牛の厳粛によって全面的に排斥されたかに見える「遊戯」を、菩薩道の究極の厳粛としてニーチェ的アンビィヴァレントに蘇らせたのは、文芸批評家としての長江の力量を示すとともに、樗牛と長江とが生死を超えて響き合う師弟関係にあったことを窺わせる。それとともに返す刀で、漱石の「低徊趣味」なるものの和魂と、鷗外の「あそび」なるものの洋魂とが、樗牛の一心欲見仏・不自惜身命の「遊楽」とは程遠いものであることを示したと言えよう。

本節の最後に漱石と鷗外に対する長江の翻訳総括について改めてここで確認して言うならば、漱石の和魂洋才の「洋才」とは、〈序説1〉第八連の翻訳に関与することを明確に拒絶したことを指している。一方、鷗外の洋魂和才の「和才」とは、翻訳に深く関与しつつも根本思想を骨抜きにしてパロディー化したことを指している。然し、漱石の場合、『ツァラトゥストラ』自体の翻訳には関わらなかったものの、弟子の安倍能成や和辻哲郎などは、ニーチェ思想の読み替えに逸早く手を染めている。而も、断片的ではあるが、『我が輩は猫である』は元より、『三四郎』や『夢十夜』などを通して、漱石自身もニーチェの読み替えやブラック・パロディー化に直接関わっている。とりわけ『こころ』は、其の最たるものであろう。

XI 『こころ』の背景（1）
阿部次郎著『ニイチェのツァラツストラ解釈並びに批評』

（1）集英社『漱石研究年表』に依ると、明治四十四年（一九一一）三月八日と十日の二回に分けて「訳本ツァラトゥストラ」上下なるものが阿部次郎から漱石に届けられたことになっている。然し、発刊された形跡はない。ひょっとしたら、出たばかりの長江訳を読みたくなかった漱石が自身の読書用に作らせたのかもしれない。とはいえ、鷗外・長江の一大事業の向こうを張って、漱石・次郎の全訳『ツァラトゥストラ如是説』を全く模索しなかったとも思えない。実際、阿部のニーチェ代表作への関心は、小宮などとは比較にならなかった筈である。其のような文脈からすると、漱石の依頼であれ、自らの意志であれ、阿部次郎も一度は全訳に挑んだとみていいのではないだろうか。両者で相談の結果、二番煎じになると見て断念したのだろう。

けれども、其の経験が漱石没後二年半経った大正八年（一九一九）五月新潮社発行の『ニイチェのツァラツストラ解釈並びに批評』となったのかもしれない。因みに、次郎は樗牛と同じ山形県出身である。だが、明治三十四年六月「姉埼嘲風に與ふる書」（十）で樗牛の評した「彼らは人生の事すべて哲学上の冷刻なる思索によりて解釈し得らるべしと信ぜる也」という言葉に可成当て嵌まるのが此の阿部次郎であろう。確かに、前年の大正七年六月の『三太郎の日記』（岩波書店）では、大正教養派の知的良心を示したかもしれない。その育ちの良さそうなイメージもあって、ニーチェ解釈に於ける彼の隔靴掻痒は、戦後も其れほど咎められはしなかった。

『ニイチェのツァラトゥストラ解釈並びに批評』は、大正六年の帝國基督教青年會の講演を基礎としている。次郎の話しぶりからは、超人の実現を殆ど不可能だと聴衆に思わせようとしたふしが窺える。恐らく当局の監視網が敷かれていた。つまり、『ツァラトゥストラ解釈並びに批評』は、当局の代わりに基督教青年會によって監視されていた。実際、青年會も当局も気になるのは超人であって、難しそうな永遠回帰ではない。神は死んだと宣言する超人こそが、共通の恐怖の的だった。阿部もその辺はよく判っていた。序論末に彼は記している、私のツァラトゥストラ論も恐らくは「自己の無知に反して語る」ものであるかもしれない。併し私は唯、それが善意と愛とから出た無知であることを以て自ら慰めようと思ふ、と。自分でこう言っている以上、少なくとも「認識の戦士」〈戦と戦士〉ではない。とすれば御用学者か、或いは道化ではあるまいか。

さて阿部次郎著『ニイチェのツァラツストラ解釈並びに批評』四章「ツァラトゥストラの解剖」（下）六七―八頁に括弧で囲んだ謎めいた表現がある。

（猶「ツァラトゥストラ如是説」の芸術的構成を理解するために比較の便宜あるものとして、

日本の読者は手近に夏目漱石の小説を持っている。固より『それから』『門』『こころ』等に於いて、隠されてあるものは過去であって未来ではない。従ってそれは予想として目標として全篇の進行を規定する意志の力ではなくて、過去の因果として現在を支配する自然の力である。この意味に於いて、隠されてあるものの作用は、両者の人生観の相違するが如くに相違する。併し純芸術的に言えば、とにかくに予め或物を隠して置いて、これによって少なくとも興味の緊張と発展とを導いていく点に於いて、それはツァラトゥストラ的構成を持っていると言ってもよさそうに思われる)。

――現代表記に改め――

因みに『ツァラトゥストラ』と『こころ』の関係に触れているのは此処だけである。何のような意図、或いは思惑を抱いて、此のような思わせぶりな一文を載せたのだろうか。この括弧に先立って、「超人」の理想を文脈の伏線として隠すことが論じられている。それが「芸術的構成」だと言うのである。然し、「猫」で「超人」をさんざんこきおろしている漱石の作品を「比較の便宜あるもの」とするのは、土台無理というもの。だからこの括弧には別の意図があると見ざるをえない。後で触れる機会があれば触れてみたい。但、次郎の意図がどうであれ、「ツァラトゥストラ的構成」の中に人間の「救済」というテーマが折り込まれていると受け止めるならば、あの暗い小説『こころ』に何のような救済が有りうるのか、探ってみるのも無駄ではあるまい。

XII『こころ』の背景（2）『自叙伝』（3）『青鞜』創刊

（2）『こころ』に影を落している事柄の有無を探る為に、一九一一年の出来事に触れてみたい。一月十一日の長江全訳『ツァラトゥストラ』を別にすると、『煤煙』の続編に当たる森田草平の『自叙伝』が『朝日新聞』に四月二十七日から七月三十一日まで連載されているのが先ず目につく。多分、前年八月『新潮』の「小説に描かれたるモデルの感想」、つまり平塚明の生の声がずしりと効いてきたのであろう。或は畏友長江の様子から、平塚明の批評家としてのデビューが真近に迫ってきたのに煽られて、何か書かずにいられなかったのかもしれない。いずれにせよ、森田の『自叙伝』は、何の余韻も残さない空しい作品である。弁解に弁解を連ねた悪あがきとしか言いようがない。

とはいえ、三年前の心中未遂事件そのものに始まって、一昨年の小説化による新聞連載、昨年の単行本化という三年越しのスキャンダル騒ぎの長いトンネルを通り抜けたと思っていた矢先、二度と蒸し返さないと森田と約束したにもかかわらず、ここに来て同じ揶揄中傷の種を再び『朝日』連載によって蒸し返され、延延と四年越しで世間とマスコミの好餌（こうじ）であらねばならなかった平塚家側の憤懣は積りに積っていた。だからこそ、明治四十四年（一九一一）五月十六日、平塚光沢（つや）に懇願された長江は、意を決して共に夏目漱石宅を訪問した。さすがに面会を拒否し続けることはできないと判断したのであろう。漱石は光沢と長江に会うことは会った。然し、連載中止を求める光沢の懇願を漱石は拒絶した。此の時の遣り取りは何も伝わっていない。多分、仄聞した人はいるだろう。だが、日本文学史上は禁忌扱いになっている。理由は簡単、間違いなく、漱石は長江に遣り込められたのである。

結局、光沢と長江は、漱石の森田への盲愛と偏愛に改めてうんざりするしかなかった。「夏目漱石氏を論ず」の中で、「漱石氏は如何なる事をする人であるか」の問題よりも、「漱石氏は如何なる事をしない人であるか」の問題が、遥かに私共の興味を惹くと長江に言わしめた直接の原因は、間違いなく此の五月十六日の光沢の連載中止要求に対する拒絶回答だったと考えられる。然し、鶴の一声で直ちに『自叙伝』連載を止めさせるだけの権限を持っていたにもかかわらず、そうしなかった不作為責任を漱石は、程なくして問われることになる。

ひたすら耐えてきた平塚家側も到頭堪忍袋の緒が切れたのであろう。漱石・草平の師弟と話し合っても埒が明かなければ、草平の執拗な心中未遂事件への遡及を社会問題としてマスコミに訴えるしかなかった。実際、新聞という公器を私物化して、殆どペンの暴力と言ってもいいくらいの専横を極むれば、如何に当時の新聞人の水準が低くても草創の使命感に少しは目覚める筈である。果たせるかな、到頭『朝日』の内部からも、草平の専横と漱石の監督不行届きを咎める声が沸き起こり、七月三十一日『自叙伝』は中止に追い込まれ、十月十二日には『朝日文芸欄』をも漱石は廃止せざるをえなくなったのである。全くの自業自得だったと言えよう。

（3）同じ頃の九月、長江の助言によって命名された『青鞜』が産声を挙げた。否、創刊号の「元始、女性は太陽であった」という名文句で始まる発刊の辞は、産声というには余りにも堂々たる内容であり、多くの女性の魂を揺さぶった。今日でも男女を問わず広く読まれるべき古典中の古典ではあるまいか。但、戦前（一九四五年より前）の版の中には、検閲で強制されたのか、誤植なのか、或いは意図的な誤植なのか、わけの分からぬ言葉が紛れ込んでいる。その代表が「神道力」である。

神道力とは神道権力、即ち国家神道と無縁である筈はない。抑、らいてうは神道に反発することはあっても、共鳴したことなどない。事実、昭和三十年（一九五五）の『わたくしの歩いた道』（新評論社）の復刻版である一九九四年の『作家の自伝8・平塚らいてう』（日本図書センター）を見ると、初出の「神道力」は、らいてう自らの筆で「神通力」に修正されているのが分かる。ということは、元々は神通力が本意であり、神道力は検閲によって強制された可能性が高いということである。因みに、初出の「祈禱力」も単なる「祈り」に修正されている。

要するに、事前検閲側の魂胆は、「元始、女性は太陽であった。真正の人であった」と叫んだ平塚らいてうを天照大神の巫女にしてしまおうというものだった。其の為に強いられた文脈上の不自然な違和感を、原著者自らが戦後になって修正したのである。間違いなく、後世此の発刊の辞を学ぶ者が不自然な違和感で掻き乱されないようにとの温かい配慮から為されたと考えられる。ところが、らいてう没後、其の『著作集』とか『評論集』を編上げる編集人の中には、女性活動家の元祖ならではの此の細やかな配慮を無視して、初出だからという理由だけで機械的に事前検閲下の「祈禱力」や「神道力」を踏襲する者がいる。無論、初出に固執するのがいけないとは言わない。然し、それならば少なくとも注解を付して、戦後らいてう自ら「祈り」と「神通力」へと修正していることを明記すべきである。さもなければ、らいてうの人格を殺ぎ落として単に字面だけを後世に伝えるということになりかねない。

『青鞜』創刊の辞の卓越した点は、「大逆事件」の余波で殆ど崩れ落ちかけていた男たちの日本な自然主義の矜持に取って替わり、思ってもみなかった女性と母性の立場からの豊かな矜持が新た自然主義の広大深遠なる可能性を垣間見せた所に有ると言えよう。「日本の自然主義者と云はれる人達の眼は現実其儘の理想を見る迄に未だ徹してゐない。集中力の欠乏した彼等の心には自然は決して其全き姿を現はさないのだ。（中略）彼等のどこに自由解放があらう。あの首械、手械、足械はいつ落ちやう。彼等こそ自縄自縛の徒、我れみづからの奴隷たる境界に苦しむ憐れむべき徒ではあるまいか」と言わしめている。また、犢牛の天才・本能論も見事に継承されている。

今、女性は月である。他に依って生き、他の光によって輝く病人のやうな蒼白い顔の月である。

私共は隠されて仕舞った我が太陽を今や取戻さねばならぬ。

「隠れたる我が太陽を、潜める天才を発現せよ、」こは私共の内に向っての不断の叫声、押へがたく消しがたき渇望、一切の雑多な部分的本能の統一せられたる最終の全人格的の唯一本能である。

此叫声、此渇望、此最終本能こそ熱烈なる精神集注とはなるのだ。

そしてその極るところ、そこに天才の高き王座は輝く。

らいてうは「手いっぱいな私が、発刊の辞とでもいうべきものを引受けるよりほかなくなり、編集をすべて終えてから、深夜、自室に静座後、夜明け頃までに一気に書き上げたものでした」と記している。確かにそうだろう。だが、骨格と筋肉は生田長江から得て、僅かに表皮で覆い血をめぐらせたのが、らいてう自身ではないかとさえ感じられる。つまり、長江が『ツァラトゥストラ』と樗牛の言葉から立派な叩き台を用意したか、さもなければ、長江の精神が平塚らいてうの魂に其れほど深く根を下していたということになる。いずれにせよ、漱石と草平のデカダン的師弟関係とは比べものにならないほど麗しい男女の師弟関係を見ることができるのではないか。鷗外によって骨抜きにされたツァラトゥストラの根本思想を、長江は『青鞜』創刊の辞の中に思い切り注ぎ込んだのである。

XIII　『こころ』の背景（4）「夏目漱石氏を論ず」

（4）「朝日文芸欄」問題と『青鞜』創刊の二つは、程度の差はともかく、確かに『こころ』に影を落していると思われる。然し、決定的な要因となったのは、明治四十五年・大正元年（一九一二）二月『新小説』に発表された長江の「夏目漱石氏を論ず」である。漱石の憎しみと妬みを一身に浴びてきた文芸批評家の最後の反撃は、嘗てないほど手厳しかった。其の内容について、これまで折に触れて言及してきた。改めて概観してみよう。先ず性格描写から始まる。「氏は曾ってきかれもしない自分の希望を、自分から申し出たことがない。よそから持込んでくるまでは、如何なる計画をも持出したことがない。其態度はあくまでもパッシイヴのように見受けられる」。そして、此の性格が漱石の文学的スタンスとなっているのだと長江は言う。

漱石氏一味の「低徊趣味」は、人生の厳かなる大事をことさらに避け、何のあぶなげもなき部分に於いて、極めて小規模に、極めて控目に芸術と人生とを混同して楽しもうとする趣意らしい。

——現代語表記——

そこで漱石の経験を何のように評価するかという問題が浮上してくる。ここから長江の独創的な経験観が披瀝される。固より経験が派手であるか地味であるかは、単なる経験の輪廓にすぎない。重要なのは、経験が豊富な含蓄であるか貧弱な含蓄であるかということである。長江に依れば、輪廓を同じくする経験の含蓄を、貧弱にすることなく豊富にするのは、第一に主観の老熟（老熟の理知）、第二に主観のわかわかしさ（多感なるわかわかしさ）であると言う。かくしてつぎのような理想的経験論が彼の石板として掲げられる。

乃ち、含蓄の複雑にして深刻なる経験を獲んが為には、老熟の理知と、多感なるわかわかしさを必要とする。多感なるわかわかしさを以て焼き、老熟の理知を以て鍛えなければならぬ。焼かなければ鍛えることが出来ず、鍛えなければ人の肺腑を突くような、刃物を作ることが出来ないからである。

そして、多感なるわかわかしさと老熟の理知を兼ね備えた天才の一人として、長江はゲーテを挙げている。また、稚気かセンチメンタリズムであるものの、わかわかしさだけは持っている作家として島崎藤村をあげている。さて、漱石は何(ど)うかというと、長江は次のように言っている。

あまりにも早くわかわかしさをなくする人もあれば、はじめからして年寄りじみた人もある。漱石氏の如きは、あまりにも早くわかわかしさをなくしたというよりも、はじめからして年寄りじみた人ではなかったろうか。作品の上にも議論の上にも、多感なるわかわかしさが甚だ足りない。

わかわかしさの火がないならば、老熟の鉄槌も其用をなさぬ。経験の含蓄をして複雑深刻ならしめることが出来なくなって来る。

斯う見て来ると、竟(つい)に、漱石氏を以て経験に乏しき人となすことの、理由なきにあらざるを思う。特に其すばらしき学問に対しては、非常に遜色のある経験であると思う。

――現代語表記――

前半の結論として、長江が言わむとしているのは、深刻なる経験の欠如が芸術家としての漱石の「第一の弱味」だということである。ニーチェ的に置き換えると、超人へと自己を内面的に深化させる為の経験が欠落しているので、永遠回帰が見えないというところであろう。然し、深刻なる経験の追究という前半のメイン・テーマは、後半の山であるユーモア論に重大な影響を及ぼしていると言わざるをえない。長江に依れば、ユウモリストは Philosopher（哲学者）であって philosophize つまり、哲学を講じるのだと言う。漱石も輪廓の上では philosopher であって、哲学を講じてはいる。

然し、長江に言わせると、漱石は哲学者の立場にいるよりも、Scientist（科学者）の立場にいて、専ら moralize、つまり、道徳を説いているのだと言う。そして、此のタイプのユウモアは、確かに Komik（滑稽）に近い Lustiger Humor（快的ユウモア）として俗耳に入り易い。然し、深刻を欠き易いユウモアであらざるをえないのだと言う。注目すべきは此処で再び出て来た「深刻」という概念である。だが、深刻の二字では到底意味を成さない。先程の長江の「石板」に立ち返り、多感なるわかわかしさを以て焼かれ、老熟の理知を以て鍛え抜かれた、含蓄の複雑にして深刻なる経験だと受け止めることを長江は、読者に求めているのだと思われる。というのも、此のような経験が有って、はじめて人の肺腑を突く命懸けのユウモア、或いは諷刺や皮肉が生まれるからである。

確かに、漱石の「猫」のユーモアは、日露戦争という総力戦の深刻を束の間忘れさせてくれたかもしれない。然し、其の戦後になっても時代の病は益々深刻の度合いを増し、個人の自己克服の可能性は殆ど絶望的にさえ思われてきた。漱石のユーモアは時代の深刻から目を外らさせるのみで、決して其れと対峙していたわけではなかった。言わば宮廷道化と変わらぬ権力の代行をしていたのである。其のようなレヴェルの漱石のユーモアを称して、長江は「深刻を欠き易きユウモア」と形容しているのだと考えられる。

かくして、当初は難解と思えていた「含蓄の複雑にして深刻なる経験」という言葉の内容が明かされてくる。其の頂点は矢張り「漱石氏を何よりも先ずユウモアに富んだ、イマジネエションの豊かなる人として見るときは、やがて氏が、ディオニュソス風の芸術家であるよりも、アポロン風の芸術家であることに想到する」と述べてからである。ディオニュソスは民のもとに下っていく。そこで時代の激変に苦悩する民の声を受止め、共に苦悩を分かち合う。これが、民の細やかな心の襞まで思い遣る「含蓄の複雑なる経験」とならないわけがない。そして、ディオニュソスは同苦の闇を同喜の光に変えようとする。これが「深刻なる経験」とならないわけがないのである。

このように頂点からのまなざしを与えられると、「含蓄の複雑にして深刻なる経験」は、「美しき鬼火の如く地の上を這い、凄まじき烽火の如く燃え上がる」泉鏡花の浪漫主義を生み、アナトオル・フランスに命懸けの皮肉を伝授したニヒリズムの洗礼を生み、更には幕末志士の危険なる理想主義を生むのだということが見えてくる。つまり、「含蓄の複雑にして深刻なる経験」とは、何かを生み出そうとする火の如き熱き認識なのである。これこそ、ディオニュソス風の芸術家、或いは思想家に欠くべからざる精神形成の過程ではないだろうか。

一方、長江は「漱石氏の浪漫主義は、虹の如く華やかにかかり、星の如く高らかに輝く。しかも常に冷やかである」と言う。これは漱石を語る際に忘れてはならぬ指標である。何処か凍りついたような固定観念が身を潜めている。それがプラスに作用するときには、古の宮廷歌人を彷彿とさせる「都会人の官能」となり、逸話や小話が次々と紡ぎ出される。然し、問題はマイナスに作用するときである。ニーチェ・樗牛・長江等のディオニュソス的な炎の世界精神が漱石の島国根性的な和魂の凍りついた固定観念を溶かし脱皮を迫ろうとするや否や、漱石は冷たい水を世界精神の炎に向かって浴びせかける。彼は、世界精神として悲劇に立ち向かう不屈の楽観主義者では到底ありえなかった。常に風上に立って儒家の旗印を誇る親分猫の如き「安易なる楽観主義者」なのである。だからこそ、「現代の世に荘厳の感を起こす悲劇は一つも出ない」と決めてかかり、潜航艇の中で死亡した佐久間艇長の遺書をヒロイズムの理想に祭り上げたのである。

その意味に於いて、理想化という過程も一種の固定観念だった。目前の自分自身の変革を厭うが故に身に染み付いた便法だったのである。漱石は、新たな善悪についての想像力が意外に乏しかった。また、新旧の善悪の矛盾についても深刻に掘り下げようとはしなかった。寧ろ、徳川時代の滝沢馬琴の勧善懲悪を理想主義として踏襲すれば、習俗上誰にでも受容れられると計算していた。此のように習俗と歩調を合わせているからこそ、長江に言わせると、漱石の思想には「概念の改造」が無く「価値の転倒」も無い。また、だからこそ、長江が当初漱石に同意を促した「外科的手術」のような〈序説1〉八連の翻訳は、「安易なる楽観主義者から言わせると、全く無用のものであり、甚だ有害のものである、危険極まる考えである」となったのだ。

然し、何といっても漱石の肺腑を鋭くえぐったのは、樗牛の「文は人なり」から継承された長江の次の言葉だったのではあるまいか。

トルストイや、ニイチェや、ゲエテや、ルッソオや、レオナルド・ダ・ヴィンチなぞの場合にはああした人格であった故、ああした思想になったので、ああした思想の外に人格はなく、人格の偉大はやがて思想の偉大であった。厳密に思想と言えば、斯うしたものでなければなるまい。

漱石氏の如きは、厳密に思想家を以て許されないものだろう。少なくとも思想家としての偉大を認めることは出来ぬ。

全体的に見て、世間が思っていたよりも相当に低い評価が漱石に対して下されているのは否めない。漱石は元より、弟子たちも嘗てないほどの衝撃を受けたと思われる。確かに、生田長江がニーチェ思想を体現した文芸批評家だったことは、漱石評を手厳しいものにしたと言えよう。然し、鏡子夫人とは別の意味で、漱石の生の感情をぶっつけられていた長江だからこそ、彼の人となりを思い知ったのだとも言える。これまで触れてきたように、長江は樗牛の後継者なるが故に、また平塚明の庇護者となったが故に、漱石から執拗に疎んじられてきた。憎しみも妬みも尋常ではなかった。その意味に於いて、此の論文は長江にとって多少の気晴らし、小気味のいい意趣晴らしだったかもしれない。

然し、復讐の暗さはない。「夏目漱石氏と森鷗外氏」でも言っているように、長江の漱石に対する批評は、究極的には自らを語っているに過ぎないのだ。真に、世界文学の該博な知識を駆使した長江ならではの第一級の批評ではあるまいか。これほど漱石の実像を伝えている批評は他にない。だからこそ、長江が殆ど読まれなくなった今でも、漱石批評の古典として伝えられているのである。但、正義の徳は殆どいつも死ぬほど憎まれるとニーチェは言う。図星なるが故の憎しみを買うのは、致し方のないことだった。

XIV 『こころ』の背景（5）『行人』

「夏目漱石氏を論ず」は漱石にとって悪夢だった。然し、衝撃は緩やかながらも深く長く続いた。そして、三度目の鬱病を誘発した可能性が高い。其のような中、漱石は同じ年の十二月六日から『行人』を以て反撃を模索する。当然、長江も予期していた。無論、弟子たちも固唾を呑んで師匠の反応を見守っていた。論文の中で「氏には賞讃せられようとする心より、非難せられまいとする心が強い。虚栄心は少ないけれども、馬鹿にされるということが、恐ろしく嫌いな人らしい」と記してあるとおりである。中断するまでの『行人』は、濃密な非現実を追求する趣きを呈していたが、〈塵労〉からの『行人』は、認識から行為への橋を問うているようだ。〈友達〉三十二から三十三には、嫁ぎ先から離縁されながら出戻ることができずに仲人宅に預けられ気が狂ってしまい、仲人の息子三沢を一途に慕いつつも、やがて死んでしまった美しい女――『夢十夜』第一夜を何処か彷彿とさせる、潤んだ大きな黒い眸の女の話が出てくる。

三沢の方も、此の女に同情し、病状が重くなるほどに其の黒い眸の魅力に惹きつけられていった。少し異常な愛の形だと言えば然うかもしれない。此の女は〈兄〉十から十二までの一郎と二郎との会話にも上り、一郎は此の女が精神を病んでいたからこそ純粋に本音を三沢に吐露したのだと高く評価する。然し、これも漱石の安易なる楽観主義であり、奇妙な理想主義の固定観念であると言わざるをえない。〈帰ってから〉三十一で相変わらず死んだ狂女への追慕を逞しくする三沢と対話していた二郎の脳裏に、兄一郎が妻の直（なお）を同じような精神病に追い込み、本音を吐かさせようとしているのではないかという思いが過（よぎ）る。ここにも漱石の同じ固定観念がとぐろを巻いている。抑、精神病になったり、精神病へと追い込まないかぎり、人は本音を言わないものか。とてもそうは思えない。本音を言うか言わないかは、ひとえに愛するが故の勇気があるかないかに懸かっているのではあるまいか。

　三沢は『夢十夜』で死ぬ女から「百年待っていて下さい」と言われた男を何処か彷彿とさせる。漱石の分身なのかもしれない。然し、問題は兄の一郎である。こちらの方は正しく漱石の分身であろう。一郎は〈兄〉十二の最後で「ああああ女も気狂（きちがい）にして見なくっちゃ、本体は到底解らないのかな」と言って苦しい溜息を洩らす。然し、人格崩壊した狂人であることを示す正直さと、狂人と錯覚されるほど芯の強い人間の正直さとは全く異なる。前者が三沢の追慕する亡くなった狂女だとすると、後者は直である。ニーチェ的に解釈すると、前者は生の貧困に苦悩する人間であり、後者は生の溢れる豊かさに苦悩する人間である。前者は月のように自ら光ることのできない女であり、後者は自ら光ることのできる太陽である。このように本当の精神病者と、狂人ではないかと錯覚されるほどの独創的人物とは、自ずと見分けがつくし、混同されてはならない。後者が沈黙するか或いは本音を吐くかは、「女も気狂にして見なくっちゃ」解らないことではなく、ひとえに愛するが故の勇気に懸かっている。そんなことは文豪も百も承知であろう。にもかかわらず、漱石は、前者と後者を同列に扱っている。こんな所に、此の作品の鬱病で理性を喪失した作家によって書かれた証が留められている。但、芯の強い直には、「元始、女性は太陽であった」と叫んだ記憶も新しい平塚らいてうが部分的に投影されていると言わざるをえない。

其の最大の根拠は、『行人』のクライマックスに当たる〈兄〉二十四に於いて、兄が弟に求める衝撃的な依頼の言葉である。

「それでは打ち明けるが、実は直の節操を御前に試してもらいたいのだ」

Ⅶでも触れたが、ここでも漱石特有の濃密な根（ハン）の世界と裏腹の雑婚回帰が見られる。それが合掌集落を県北に抱える岐阜県出身の森田草平の影響か否かは分からない。然し、漱石の雑婚的な趣向は、平塚明に対する森田との間にしか見られない。雑婚は、元来財産を複数の子に分配することが許されない過酷な風土の奇習である。ひたすら長男の「家」の継承のみが優先される。其の代わり、二男三男が使用人や女中に手を付けても大目に見てもらえる。但し、長男の嫂とだけは絶対に通じてはならない。集落の秩序を破壊するからである。もし不幸にもそうなった場合には、二人で逃げることも許されない。集落ぐるみ血まなこの大追跡が始まる。結局、心中する以外に解決はないのである。

だから消すことのできない愛の炎に包まれた最初から「一緒に死のう」と言うしかない。それが「死ぬほど愛している」或いは「死ぬほど愛して欲しい」という絶対絶命のシグナルなのである。此のような合掌集落の習俗に於ける悲劇的な解決方法が、森田の中で塩原心中未遂事件の先行モデルとなった可能性は捨て切れない。このような背景を踏まえて、一郎が二郎に告げた「実は直の節操を御前に試してもらいたいのだ」という言葉を改めて嚙み締めると、直の節操を試す言葉のマキシマムは「一緒に死のう」或いは「死ぬほど愛している」であることが見えてくる。

無論、平塚明は嫂でもなければ人妻でもなかった。然し、森田は「あなたを殺す」という心中の始まりを告げる言葉によって、明の人間としての絶対的節操を試したのである。だから二郎の役回りは、草平の役回りと何処か似ている。草平が明から見透かされていたように、二郎も直から見透かされていた。草平が明から「だったら殺してください」と突っ撥ねられたように、二郎も直から「貴方何の必要があってそんなことを聞くの。兄さんが好きか嫌いかなんて、妾が兄さん以外に好いている男でもあると思っていらっしゃるの」と突っ撥ねられたのである。

然し、現実と小説とのギャップであるとしても、何うしても腑に落ちないのは、兄一郎との間で嫂の本音を探ってみるとの受合を交わしたにもかかわらず、何故に二郎は直の感動的な言葉をありのままに報告しなかったのか。〈兄〉四十二の「解りませんよ」にせよ、〈帰ってから〉二十二の「貴方の予期しているような変な幻は決して出て来ませんよ」にせよ、直の揺るぎない節操を隠してしまっているとしか思えない。兄と嫂の為に善かれかしと思って動いてくれた筈の弟が、熱誠とも思える嫂の言葉を封印して、嫂との秘密を分かち合う切り札に替え、逆に兄を追い詰めていく。〈帰ってから〉一で、二郎は直を柔らかい青大将に譬えているが、彼自身は其れを上回る蝮となりつつあるかのようだ。いずれにせよ、二郎にも異常な狂気の影が忍び寄っているのは否めない。

結局、小説の語り手である「自分」が定見のない残忍な性格をおびてきたのである。ここにも漱石の鬱病が顔を出している。斯うなれば、物語は徒に複雑になり、出口は見えなくなる。連載が中断したのも宜なるかなである。再開された『行人』の〈塵労〉では、定見のない語り手が間接話法のH氏へと交替したこともあって、一郎の孤立感を改めて確認するに留まっている。冒頭に触れた認識から行為への橋や「神」についての問題提起は、「夏目漱石氏を論ず」を意識したのであろうが、突発的且つ痙攣的であるのは否めない。

次に〈塵労〉に出てくるニーチェの言葉に触れてみたい。先ず三十六でH氏の口にした「Keine Brücke führt von Mensch zu Mensch（人から人へ掛け渡す橋はない）」という言葉の裏を取ってみよう。因みに、岩波文庫の注には「出典未詳」とある。要するに、ニーチェが有ると言った橋を、漱石が無いと言い替えているから「出典未詳」となるのだ。これこそ、漱石と弟子たちのニーチェ解釈ならぬ怪釈にほかならないのである。〈ツァラトゥストラの序説4〉には、「人間は一つの橋であり、目的ではない」という言葉がある。此れには、人と人を繋ぐ橋、未来への橋、超人への橋という三様の意味が籠められている。つまり、三様の橋は一つの橋に収斂する。そして、一部〈歓喜と業苦をもたらすもの〉の中で、ツァラトゥストラは「我が兄弟、汝が幸運に恵まれているならば、或る比類のない徳（正直 Redlichkeit）を堅持するだけで済む。そうすれば、汝はより容易(たやす)く橋を渡って行ける」と言っている。此のように『ツァラトゥストラ』の中には、人と人を繋ぐ橋は有るのだ。其れを漱石は知っていて、H氏に橋は無いと言わしめている。幾度も言及したように斥候偵察的な『ツァラトゥストラ』読書なるが故の「出典未詳」なのではあるまいか。

然し、「出典未詳」と称するニーチェ改竄は、其れに直接連動するツァラトゥストラの言葉 Einsamkeit, du meine Heimat Einsamkeit を胡散臭くしている。先ず第一に「孤独なるものよ、汝はわが住居なり」という岩波文庫の訳は、格調高いニーチェの叙情詩を「一郎」に合わせて矮小化せむとする悪意に満ちた訳であると言いたい。Heimat は「故郷(ふるさと)」であり、「住居」と訳すことはできない。だから此処は「孤独よ、汝、我が故郷(ふるさと)なる孤独よ」と訳さなくてはならぬ。

而も、第三部〈帰郷 Die Heimat〉の冒頭にあるとおり、Ｈｅｉｍａｔとゲシュペルトで表示されている以上、特別な意味が籠められていると受け止めねばならぬ。つまり、太陽の孤独、偉大なる愛と勇気の孤独、生の溢れる豊かさに苦悩する者の孤独、そして詩の女神の慈しみに抱かれる孤独、これ等の孤独こそ、ツァラトゥストラの故郷であると歌い上げているのだ。女房の節操を試してくれなどと弟に頼む、正に生の貧困に苦悩する者の暗い孤独は、此処では全く御門違いの孤独なのである。多分、小宮豊隆は其のことを知っていたからこそ、漱石の御門違いを隠蔽しようとして、注で出典が「第三部の冒頭」だと嘘をついたのだと考えられる。そして、括弧付の三好行雄は其れを鵜呑みにした。

それにしても、節操を試された直(なお)に熱誠の言葉を毅然として言わしめたにもかかわらず、直を救いの女神にすることもなく、最後には己に擬えた一郎を絶望的な孤独の中に追い込んだ作家の胸中には何が去来したのだろうか。此のように八方塞がりの結末になった最大の理由は、矢張り『行人』が「夏目漱石氏を論ず」を書いた長江に対する反撃を模索する為に書かれたことにある。長江を産婆とする青鞜社は、ジャーナリズムから「新しい女」と囃し立てられるのと引き替えに、一年も経たない中に「五色の酒」だの「吉原登楼」だのと騒がれ、以来新聞雑誌の好餌となってきた。無論、漱石もかつての「美彌子」のモデルの動静に無関心ではいられなかった。

確かに、大阪漫才のように乗りのいい尾竹紅吉（富本一枝）や奔放な野生の血をたぎらせる九州女の伊藤野枝など女傑には事欠かなかった。食み出し、履き違え、撥ね上がり、正に女たちの梁山泊だった。女性たちだけの自主運営が最もいいと考えていた長江も、やや憂慮し始めた。然し、らいてうは鷹揚に構えていた。少々の食み出しや履き違えは弁護した。それが大正二年（一九一三）一月『中央公論』に発表された「私は新しい女である。」だった。確かに、創刊の辞に連なるいい文章である。然し、長江は、当局が青鞜社を本気で潰しに掛かると見ていた。此処で初めて、師弟の間に見解の相違が生じる。新聞は其れを嗅ぎつけた。漱石の血は騒いだ。

そこで長江は、らいてうに「青鞜社第一回公開講演会」の開催を強く求めた。中田親子氏の「生田長江と『青鞜』」に依ると、此の講演会は、翌月の二月十五日、神田美土代町の東京基督教青年会館で開催され、長江の演題は「新しき女を論ず」だった。ところが、何故に男社会が「新しい女」を手放しで喜ばないのかを説く、少なくとも五十年は早過ぎたジェンダー論は女性論客たちの分厚い誤解の壁に阻まれ、其の魂に届くどころか、逆に『青鞜』掲載を拒絶され、そのうえ五月号で「婉曲な絶縁宣言」が下されたのである。因みに、長江の婦人論は、『ツァラトゥストラ』

一部の〈友〉、〈年老いた女と若い女〉、〈子供と結婚〉などからの応用だと考えられる。また、長江の婦人論に於ける「小児」という概念は、決して〈三段の変化〉と無縁ではない。

かくして、大正二年（一九一三）二月十五日は、『青鞜』が生みの親の生田長江という遠目の利く舵取りを失う日となったのである。然し、殆ど同じ頃『行人』〈兄〉三十二で、小心に直の節操を試す二郎に対して、漱石が直に熱誠の言葉を毅然として言わしめ、撥ねつけさせたのは決して偶然ではない。自らを一郎に擬え、らいてうを直に擬え「夫婦」となるのが鬱病の発作的妄想だとみられようとも、漱石は長江に取って代わり『青鞜』の後見人となるシグナルを発したのではあるまいか。愛弟子森田草平は失意のどん底にあった。漱石は必死だったのかもしれぬ。『行人』の中には、三沢とか沢山などという多くの言葉に混じって、平塚光沢を彷彿とさせる光沢という言葉も幾度か目につく。また、らいてうの生まれた三番町を彷彿とさせる番町という言葉も〈塵労〉では多い。いずれにせよ、『朝日』お抱えの文豪漱石が『青鞜』の合評会で取り挙げて欲しいと念じて、〈兄〉三十二で此処ぞという一石を投じ、其処から広がる波動を契機にらいてうとの新たな文学上の関係を、草平と共に構築すべく模索した可能性は否定できない。

この件については、今後何らかの新資料が発見されるかもしれない。然し、大震災や空襲もあったし、全集編纂の過程で小宮豊隆などによって漱石神格化に好ましくないものが永遠の闇の中に葬られてしまった可能性は否定できない。だから現在の時点では、詳細な過程が明らかにならない以上、作品から推定されうるものだけを頼りに、起死回生のために投じられた漱石の妙手ともいうべき一石も、結局は水泡に帰したのだと見なさざるをえない。鏡子夫人は何が起きたのか知る由もなく、弟子たちも拱手するしかなかったのであろう。八方塞がりとなった一郎が窮鼠猫を噛む如く断片的な想念に食らいつくさまは、真に痛々しく、「夏目漱石氏を論ず」が何れほど漱石を叩きのめしたかを雄弁に物語っている。はらわたまで儒教思想に染まっている漱石にしてみれば、弟子たちに全く示しがつかなかった。何とかしなければならなかった。

XV 『こころ』一 罪の意識

漱石の『こころ』については百家争鳴の観がある。だが、一様に問題に上るのが先生の罪の意識ではないだろうか。下五十六の最後から二番目の段落で、先生は「この手紙が貴方の手に落ちる頃には、私はもうこの世にはいないでしょう。とっくに死んでいるでしょう」と記している。Kの自殺に対する此れほどの罪の意識を何う受け止めていいのか。先生も言っている如く、乃木将軍の殉死の本当の理由が能く解らないように、先生の自殺の理由は摑み難い。但、先生は相当に道徳的人間として描かれている。無論、漱石の意向を反映しているのであろう。然し、道徳の過剰は野蛮となるのではあるまいか。いずれにせよ、煩悶する人や今一つ解らないという人が殆どである。とはいえ、連載終了から二年目の十二月九日漱石は逝去し、小説『こころ』でKが葬られた雑司ヶ谷に現実に葬られる。この事実は何処か意味深ではあるまいか。

また、先生の罪の意識は、Kに対してだけではなく、先生の奥さんに対しても認められる。而も、其れが風変りだ。同じく下五十六で「私は妻に残酷な恐怖を与える事を好みません。私は妻に血の色を見せないで死ぬつもりです。妻の知らない間に、こっそりこの世からいなくなるようにします。私は死んだ後で、妻から頓死したと思われたいのです。気が狂ったと思われても満足なのです」と言っているからである。まさに『ツァラトゥストラ』一部に於ける「世界の背後を妄想する者」の台詞ではないか。「こっそりとこの世からいなくなる」などというのは猫の世界の話である。先生は奥さんを何のような人物だと考えているのか。また、漱石は奥さんを何のように性格描写したのか。其れが問われる。

一度『こころ』を読んだ人は皆知っているように、此の奥さんが「御嬢さん」と呼ばれていた若い時、大学生だった先生とKは共に彼女に恋心を抱く。然し、先生の御嬢さんへの愛は、下十四に依ると、宗教心に近い神聖な愛であり、全く肉の臭いを帯びていない気高い愛だというのである。だから先生は遺書の最後で次のように念を押す。

　私は私の過去を善悪ともに他の参考に供するつもりです。しかし妻だけはたった一人の例外だと承知して下さい。私は妻には何にも知らせたくないのです。妻が己れの過去に対してもつ記憶を、なるべく純白に保存して置いて遣りたいのが私の唯一の希望なのですから、私が死んだ後でも、妻が生きている以上は、あなた限りに打ち明けられた私の秘密として、凡てを腹の中にしまって置いて下さい。

「純白に保存して置きたい」という表現が目に留まる。似た表現として下五十二に「私はただ妻の記憶に暗黒な一点を印するに忍びなかったから打ち明けなかったのです。純白なものに一雫の印気でも容赦なく振り掛けるのは、私にとって大きな苦痛だったのだと解釈して下さい」というのが有る。「純白」で思い浮かぶのは矢張り白百合ではないだろうか。それも、『それから』に於ける濃密な都会の官能を呼び覚ます白百合ではなく、『夢十夜』第一夜に於ける百年の祈りを告げる時の鐘としての気高い白百合である。つまり、其処で平塚明の化身として使った白百合を、再び『こころ』では使えない恨（ハン）を籠めて「純白」としたのである。

　よく考えてみれば、先生の奥さんに対する罪の意識であれ、非道徳性であれ、免れ難き咎めは如何ともできないのではあるまいか。Ｋに対する道徳的な帳尻を合わせようとして、拝み倒して来てくれた最愛の妻に対して、此のように残酷なほど非道徳的であるのは理解し難い。確かに人は皆いつか死ぬ。然し、説明のつかない愛する者の死ほど、長く深く悲しませ、煩悶させるものはない。亡骸を返してくれない津波や、石ころで帰ってくる戦死に対して、残された家族は何れほど諦め切れない思いを募らせることか。不条理な死、脈絡のない死は、決して受容れることのできない死なのである。

　こうなると「宗教心に近い神聖な愛」というもののリアリズムを俄に信じることはできない。つまり、小説の筋書きに必要な虚構としか思えないのだ。『行人』が『こころ』の工房だとするならば、奥さん（御嬢さん）の人物像を模索した痕跡を認めることができるのではないか。例えば〈塵労〉三十九の「死ぬか、気が違うか、それでなければ宗教に入るか。ぼくの前途にはこの三つのものしかない」という言葉は、直ちに「しかし宗教にはどうも這入れそうもない」と否定される。然し、同じ三十九の「何も考えていない人の顔が一番気高い」という言葉は、正に「純白」の心象（イメージ）である。まさにここである。死ぬことも気が違うことも宗教に入ることも全て適えられている。つまり、発狂して人格崩壊し、生ける屍となった聖女が見える。彼女こそが、静という名の先生の奥さんではないか。このような〝悲しき巫女〟が漱石のネクロフィラス（死に惹（ひ）かれる）な傾向を示すのか、それとも日本文学の葬り去られた古井戸なのかはともかく、熟れにせよ、唯一の『行人』の収穫であり、Kを自殺に追い込むためには不可欠だったのである。そして、その上で漱石は、多分ニーチェからヒントを得て、聖女に鏡を持たせた。

> 私は妻と顔を合わせているうちに、卒然Kに脅かされるのです。つまり妻が中間に立って、Kと私を何処までも結び付けて離さないようにするのです。妻の何処にも不足を感じない私は、ただこの一点において彼女を遠ざけたがりました。すると女の胸にはすぐそれが映ります。映るけれども理由は解らないのです。

「卒然Kに脅かされる」という冒頭の言葉は如何にも深刻である。何（なに）が何（ど）う深刻なのか、とにかく先生の僅かな言葉を掘り下げていくしかない。そうすれば、漱石の心の深層が見えてくるのではないだろうか。ともあれ、「純白」な信仰の対象の如き奥さんにも、全く異なる二つの側面があることが判る。基調となっているのは、漱石のアニマと呼んでもいいくらいのパッシヴでリアクティヴな、宗教的な静止画像の如き妻である。然し、其の奥の魂の深淵には、ニーチェ的に言うと「鏡を持った幼児」がいる。其の鏡には、悪魔に魂を売って策略を得、強壮なKを羊同然の家畜へと改造し、自ら狼と変じて彼の咽喉笛を噛み切ったかの如き先生の所業が幻影として余すところなく映っているのではあるまいか。下四十二を根拠にした此のような解釈だけが「Kと私を何処までも結び付けて離さない」という言葉に近づく一本橋なのである。

そして、其れに劣らず重要なのが「ただこの一点において彼女を遠ざけました」という言葉だ。一連の文脈には、Kのモデルだと考えられる生田長江が深く影を落している。つまり、次のような背景が有ったと考えられるのだ。抑、「夏目漱石氏を論ず」に於ける漱石評の多くは、残酷なほど図星だった、儒教の呪縛を断ち切った長江の、本格的な西洋論理学・修辞学とニーチェ流の深い個人主義が、漱石の儒教的習俗の個人主義を嗤った。あたかも狩の途上にある鷲の如く、高い空から漱石を吟味して、おまえの個人主義は食えないぞと晴れやかな悪意を籠めて痛快に笑い飛ばしたのである。だから正に下三十七にある如く、長江は漱石にとって魔物のように思えたし、永久に崇られるのではないかと思えた筈である。

『行人』〈兄〉十二の中で、一郎は人格崩壊した重度の精神病者への憧れを示している。当時の漱石の偽らざる心境ではないだろうか。然し、非現実への憧れは、既に己を欺く誤謬錯覚であり、何の気晴らしにもならなかった。頭脳と胃袋が何んなに悲鳴を上げても、漱石は何処にも逃げることはできなかった。長江によって威光と信望の大半を吹き飛ばされ、峻厳な歴史的評価を石板に刻印された漱石像は、「鏡を持った幼な子」とともに何処までも追跡してきたのである。正に此の追跡妄想こそ、下五十二の「Kと私を何処までも結び付けて離さない」ということにほかならぬ。そして「この一点においいて」とは、「追跡妄想を招き寄せるが故に」ということにほかならないのである。

結局、追い詰められた漱石の自己保存本能にとって二つの選択肢しか無かった。自己保存を放棄して狂い死の自滅を待つか、さもなければ長江に擬えた人物を小説に登場させて生殺与奪の大権を揮うかである。無論、言う迄もなく後者が選択され、具体的には長江に擬えたKを自殺に追い遣る筋書きとなって、其の大権は揮われた。但、二年後の漱石の死という事実を鑑みると、『行人』と『こころ』に傾注した渾身のエネルギーは、其の評価はともかく、漱石の生命を殆ど抜け殻にしてしまったと言えるのかもしれない。

Kという名は、下十九になって初めて出てくる。小説の構成上、其れよりも優先的に為すべきことがあった。漱石としては、『こころ』の目的が長江の「夏目漱石氏を論ず」に対する回答、或いは逆襲だということを連載の早い段階で弟子たちに知らせたかった。つまり、弟子たちに対して、示しを付けて置く必要があったのだと考えられる。上十二の冒頭部に、「奥さんの父親はたしか鳥取か何処かの出である云々」というくだりが出てくる。鳥取県は生田長江の出身地。因みに鳥取県では、農民一揆が比較的多く発生している。生田長江の曾祖父啓介は、農民一揆の首謀者として獄死した義民の一人に数えられている（平成十九年十一月「白つつじの会」会報）。そのような意味に於いて、長江は生粋の鳥取県人であると言えよう。

そのうえ、長江は鳥取出身の代表的な文壇人として既に広く知られていた。だから上十二のくだりは、長江にモデルになってもらうぞと弟子たちに向けて予め暗示しているのだと解することができる。そして一日置いた上十四に「とにかくあまり私を信用しては不可ませんよ。今に後悔するから。そうして自分が欺かれた返報に、残酷な復讐をするようになるものだから」という衝撃的な言葉が登場する。「自分が欺かれた」というのは、VIIIとXIIIで触れたように、「夏目漱石氏を論ず」に即して言うと、「外科的手術」のような「降臨」を使った〈序説1〉八連の翻訳が漱石の賛同を得られず、逆に「危険極まる考え」であると拒絶されたことを意味している。

それにしても驚かざるをえないのは、天下の文豪だと思われている漱石が長江の歴史的な名著「夏目漱石氏を論ず」を、「自分（長江）が欺かれた」ことに起因する「残酷な復讐」だと解していることである。然し「欺かれた」ことと「残酷な復讐」とは、いったい何う結び付くのだろうか。余りにも図星を突いた批評家の言葉を決して受容れたくない小説家の嫌悪と憤怒が、此のような表現となったのだとしか思えない。実際、其のようなことは、批評家と小説家の間で時には起こり得る筈だ。然し、漱石の場合、一筋縄ではない。彼が「夏目漱石氏を論ず」を「残酷な復讐」という大義なき私怨私憤に帰しているのは、外ならぬ漱石自身が残酷な復讐心を懐き、小説『こころ』の中で長江をモデルにしたKを自殺に追い遣ることを目論んでいるからではないか。正に其処に、小説を読んだだけでは窺い知ることのできない先生の罪の意識が、作家の素顔となって現われているのだと思われる。

XVI 『こころ』二 読み替えられた掛け声としての「覚悟」

上十四で「残酷な復讐」の意味を語り手から問われた先生は次のように答える。

かつてはその人の膝の前に跪ずいたという記憶が、今度はその人の頭の上に足を載せさせようとするのです。私は未来の侮辱を受けないために、今の尊敬を斥けたいと思うのです。私は今より一層淋しい未来の私を我慢する代りに、淋しい今の私を我慢したいのです。自由と独立と己とに充ちた現代に生まれた我々は、その犠牲としてみんなこの淋しみを味わわなくてはならないでしょう。

跪ずいたからといって、何の理由もなく次には相手の頭の上に足を載せたいものだろうか。「欺むかれた」ことと「残酷な復讐」が結び付かないのと同様に、「跪ずいた」ことと「頭の上に足を載せようとする」こととは結び付かない。正に上十五で語り手の言う如く、「現代一般の誰彼について」の内輪の話、即ち漱石と長江との間の経緯であって、一般読者の与り知らぬ話である。だから事情通か弟子たちにしか解らない。実際、言わむとする所の狙いは、弟子たちに向かって「夏目漱石氏を論ず」のように図星を突いてはならぬ、正義は死ぬほど憎まれる、わしも絶対に許さぬぞと訓戒を垂れているに等しいのである。「自由と独立」という概念も、其のような儒教的上下関係からの自由と独立という意味にほかならぬ。猫好きだと言われる漱石の、犬社会の序列意識にも似た儒教的家父長的意識が露になっていると言わざるをえない。

実際、「未来の侮辱を受けないために、今の尊敬を斥けたい」とか「今より一層淋しい未来を我慢する代りに、淋しい今を我慢したい」などという自己保身が可能であるとしても、其のように自分を出し惜しみする傷つき易さや臆病は、斥けるまでもなく尊敬されることはないし、既にこのうえない淋しさを示している。だから先生は「私は私自身さえ信用していないのです。つまり自分で自分が信用出来ないから、人も信用できないようになっているのです。自分を呪うより外に仕方がないのです」と言うしかない。ところが、上十四、十五の語り手は、あれもこれも先生の「覚悟」なのだと言う。神託めいた謎かけである。というのも、虚無主義が退廃主義へと堕落してしまうのを防ぐ一種の目配りに近い緊張感を湛えているからである。何故に其のような緊張感を湛えることができたのか。無論、下五十六にあるような乃木将軍の覚悟に重なるということもあるだろう。然し、当時なお根強い人気を博していた樗牛を意識した可能性はより高い。つまり「文明批評家としての文学者」で樗牛の多用した「覺悟」を読み替えたのだと考えられる。

因みに、此の「覚悟」と下二十三から先生の使い始める十数回の「覚悟」との間には、当然乍ら違いがある。前者には、通奏低音としての漱石の恨（ハン）の世界が投影されている。端的に言えば、漱石は樗牛もろとも長江を呪うより外に仕方がなかったということだ。然し、後者は先生がKを追い詰めていく心の遣り取りと関わっていく。そこで気になるKの人物像を生田長江との関連に於いて、若干掘り下げてみたい。養子に出されて復籍したとか、先生と同じ文科大学で学びながら専攻が異なるなどというのは、取り立てて長江らしい特性ではない。然し、Kが既に少年時代から仏教漢籍に親しみ、キリスト教の聖書にも通じているらしく、そのうえ日蓮に深い関心を示しているとなると、長江を彷彿とさせる。

無論、それだけでは、Kのモデルが長江であることを示す決め手になるわけではない。筆者の考えでは、下三十六でKが御嬢さんへの愛を告白する際の次の場面は決め手になる筈である。

彼は元来無口な男でした。平生から何か言おうとすると、いう前に口のあたりをもぐもぐさせる癖がありました。彼の唇がわざと彼の意志に反抗するように容易く開かない所に、彼の言葉の重みも籠っていたのでしょう。一旦声が口を破って出るとなると、その声には普通の人よりも倍の強い力がありました。

注目は最後の一文である。Iの堀口大学とIIの平塚明との一致した長江評価として、「透んだよく通る声」というのが有った。さすがに漱石は「透んだ」とは言わないが、「よく通る」を「人よりも倍の強い力」と表現したのだと受け止めることができる。そのほかKについては、何処まで長江と重なるかはともかく、「剛情」「偉大」「男らしい」「一図」「独立心の強い」「超然とした」「度胸もあり勇気もある」「余りにも正直」「余りにも単純」「余りにも人格が善良」「真面目」「落付いている」など一部には若干の皮肉は有るものの、総じて評価は高い。

此のKを先生は同じ素人下宿に入れさせようとする。当初、日清戦争で夫を亡くし一人娘の御嬢さんと慎ましやかに暮らしていた家主の奥さんは、直感的に反対していた。然し、Kに劣らず真面目で正直であろうと努める先生は、「溺れかかった人を抱いて、自分の熱を向こうに移してやる覚悟で」（下二十三）Kを引き取りたいのだと二人を何とか説得した。とにかく、脇目も振らず求道的で不健康なほど苦行的だったKを「人間らしく」あらしめようとした。其れほど先生は「美しい同情を有って生まれて来た人間」なのである。ここの「覚悟」が下巻で初登場の覚悟だということは留意して置く必要がある。

ところが、無口なKが「人間らしく」御嬢さんや奥さんと打ち解けていくにつれて、先生の方が却って穏やかでなくなっていく。元々中学時代から、先生には「何をしてもKに及ばない（漱石は、森田草平の生田長江に対するコンプレックスにも顔を出させているようだ）」という自覚があった。そして、Kが恋の競争者となるかもしれぬという懸念と共に、Kに対する嫉妬が芽生え始める。気分一新を求めた先生はKを房州への旅へと誘い出す。機会を見て、御嬢さんへの恋心をKに打ち明けるつもりだったのである。

然し、Kの高踏的態度のせいで、先生自らいうには、卑怯にも其の機会を逸した。そして暑さと疲労とで道連れの行商人のようになった二人が旅の終わり頃に投宿した宿で寝ようとした少し前、急に彼らは難しい議論をする。前日Kのほうから話題にした日蓮のことを先生が取り合わなかったことに対して、Kが「精神的に向上心がないものは馬鹿だ」と遣り込めてきたのだ。一方、Kから軽薄者扱いされたと思った先生は、Kの然ういう決めつけこそ「人間らしい」とはいえないと遣り返したというのである。

此処の「精神的に向上心」は「多感なるわかわかしさ」を否応なく彷彿とさせる。「多感なるわかわかしさ」とは、XIIIで触れたとおり、長江が「作品の上にも議論の上にも」漱石には「甚だ足りない」と断じたもの――。つまり、「夏目漱石氏を論ず」の長江の武器庫にある利剣、正に「多感なるわかわかしさを以て焼き、老熟の理知を以て鍛え」抜かれし勝れものではあるまいか。とにかく其の利剣を何者かに盗ませて、なまくらに改変した〝刃物〟こそ正に「精神的に向上心」なのである。低徊派ならではの〝猫忍者〟の如き手口ではないだろうか。いずれにせよ、斯ういう漱石工房の地下室が見えてくると、長江がKのモデルであるという確証が深まるのみならず、長江に対する尋常ならざる敵意、否むしろ害心、或いは殺意などという、まさに漱石文学の底知れぬほど暗い腸(はらわた)が目に入ってくる。下三十でKが先生を咎めて言った房州宿での言葉は、やがて下四十一で逆に先生がKを追い詰めていく殺し文句となるのだ。

　先生が御嬢さんに対する恋心をKに打ち明けなかった付けは、思わぬ衝撃となって返ってきた。恋を感じるには「鈍い」と高を括っていたKの方から、逆に御嬢さんに対する恋心を先生に打ち明けてきたのである。（先述、下三十六）。自分より強いと思っていた相手から不意打ちを食らった先生は、適切に対応する言葉を見つけることができず、ただ悔恨し混乱した。然し、先生が固唾を呑んでKの次の行動を観察していると、Kは直ちに奥さんや御嬢さんに向かって結婚の申し込みをする風情でもなかった。幾日か経った或る日、探りを入れてみた所、果せるかな、彼は先生より外にはまだ誰にも打ち明けていないと明言した。

　クライマックスの始まり下四十で、Kは到頭、先生を図書館から散歩へと誘い出して、恋に悩む苦しい胸の内を吐露した。要点を絞ると、「進んで可いか退いて可いか、それに迷うのだ」と

Kは言う。それに対して、Kに進まれては困る先生は、現金にも「退こうと思えば退けるのか」と聞き返した。するとKは言葉に詰まり、ただ苦しいと呟いて押し黙った。

因みに、此の下四十には、「(Kが）私に公平な批評を求めるより外に仕方がないと言いました」とある。然し、小説家ではあるまいし、一図で超然とした度胸もある男らしい男が、たとえ恋の苦しみの最中にあるとはいえ、自分の迷うさまを公平に批評してくれなどと弱味を見せるのと引き換えに、進むか退くかを決定するなどという他力本願に奔るだろうか。その辺りは非現実的であると言わざるをえない。但、作家の方で退くものと決めていれば話は別である。然し、そうなると、Kは漱石の操り人形か、将棋の駒みたいな存在になってしまう。つまり、Kは長江の藁人形であり、漱石は最初から処刑すると決めていたと考えるしかない。呪いもまた文学ということか。

さて、偉大な人物が不思議な恋の病のせいで意外にもちっぽけになっているのを知って安心した先生は、Kがほかならぬ先生こそ恋の最大の競争者であるのに全く気づいていないのをいいことに、余りにも正直で余りにも単純で余りにも人格が善良だったKの抱え込む、求道者的な気真面目さこそが決定的な隙となり得ることを摑んだ。そして早速、其の隙を突いた。

精神的に向上心のないものは馬鹿だ。（下四十一）

右が隙を突く殺し文句だった。「精神的に向上心」は、ここXVIで先に述べたように、其の先行モデルは「夏目漱石氏を論ず」の長江の武器庫にある利剣「多感なるわ、か、わ、か、し、さ」だ。先行モデルを使うと次のようになる。

多感なるわかわかしさのないものは馬鹿だ。

これだと小説作りの地下工房を自ら暴露するようなもの、そのうえ、漱石自身をもパロディーにするほど鮮やかに切れてしまう。だからこそ、彼は「多感なるわかわかしさ」という利剣をなまくらの「精神的に向上心」という鈍刀に焼直して、傷ついた己の血の汚れを清め、其の清めに与った鈍刀を以て、長江モデルのKの隙を突いたのである。真に、漱石作の人形浄瑠璃ではあるまいか。

かくして、嘗てKが先生を咎めて言った、房州宿での「精神的に向上心のないものは馬鹿だ」という一言は、逆に先生がKに対して放った「復讐以上に残酷な意味」をおびた一撃となった。然し、流石に漱石は言い過ぎたと思ったのか、次の次の段落でトーンを低めて言い替えてはいる。それでもなお、「復讐以上に残酷」という残像は決して掻き消されない。多分漱石としては「夏目漱石氏を論ず」という長江の「復讐」よりは残酷な意味を有つのだと言いたかったのかもしれない。いずれにせよ、残像は掻き消される間もなく、先生は同じ言葉を言い放つ。

「精神的に向上心のないものは馬鹿だ」

私は二度同じ言葉を繰り返しました、そうして、その言葉がKの上にどう影響するかを見詰めていました。
「馬鹿だ」とやがてKが答えました。「僕は馬鹿だ」

二度同じ言葉を異なる人間が間を置いて繰り返せば、落語や漫才の掛け合いになることもある。それが音楽的であれば、喜歌劇にも、或いは深刻な悲劇にもなるかもしれぬ。多分、いずれの要素も此の場合全くないとはいえぬ。とはいえ、筆者は、矢張り漱石作の人形浄瑠璃だと考えたい。先生の心の動きに比して、Kの心の動きが単純すぎるからだ。作家の本能は「道のためにはすべてを犠牲にすべきものだ」というKの第一信条に狙いを定めている。「すべて」が正に生命そのものとなれば、攻撃本能は己自身の破壊に向かう。

ニーチェは「人間は、自分自身に対して最も残忍な動物である」〈癒されつつある者〉だという。ツァラトゥストラのネガティブな部分には殊更敏感に反応する傾向のある漱石は、多分此の言葉を知っていたと思われる。否、それどころか、漱石の傾向をニーチェが図星で言い当てたと思っていたかもしれぬ。だとしたら、自分自身に対して最も残忍だという傾向を示しつつあるKは、表面上は長江に擬えた正に長江の藁人形であるとはいえ、深層心理の奥底では漱石自身を意味するのではあるまいか。それもまた、復讐以上に残酷なことだと思われる。

下四十二では、Kは到頭「もうその話は止めよう」と言い出す。それに対して、先生は「君の心でそれを止めるだけの覚悟がなければ、一体君は君の平生の主張をどうするつもりなのか」と応じた。此の覚悟は、忍ぶる恋を胸に秘めて武士道に殉じた「滝口入道」の覚悟に近い。然し、

Kが夢見るように「覚悟？」…「覚悟」、「――覚悟ならない事もない」と独言のように呟いた翌日、先生はKが到頭一世一代の大恋愛に生命を懸ける覚悟を固めたのではないかと一気に不安の中に突き落とされる。まさに其の覚悟こそ、高山樗牛が文明批評家に求めた其れと同じドイツ浪漫主義的な覚悟だったのである。だから漱石は、其の樗牛の覚悟を打ち負かして「滝口入道」の自死への覚悟へと誘導すべく、先生に勇気を奮い起こさせて、Kの知らない間に奥さんと談判して御嬢さんを手に入れる覚悟を決めさせたのである。

XVII　『こころ』三　重力の魔と影

ツァラトゥストラには、「重力の魔 der Geist der Schwere」という不倶戴天の敵（Erzfeind）がいる。悪魔（Teufel）とも呼ばれる。事実、〈読むことと書くこと〉や〈幻影と謎Ⅰ〉では、ツァラトゥストラは「私の悪魔 mein Teufel」と呼んでいる。〈憂鬱の歌〉で呪術師は「私の憂鬱な悪魔」と呼んでいる。いかにもドイツ生まれの悪魔らしい。紛れもなく、ゲーテの大作『ファウスト』の天敵メフィストーフェレスを継承していると言えよう。但し、メフィストーフェレスという悪魔が如何にも中世の悪魔像を留めた一大道化であるのに対して、重力の魔は逆に影の如く非人格的で抽象的、特徴は専ら憂鬱（Schwermut）の気を孕むこと。それこそ「重力」の意味であろう。生真面目や深刻や荘重や徹底性に取り憑いて近・現代を支配する、言わば姿なき悪魔である。いずれにせよ、神は死んでも悪魔は強かに生き延びるということである。無論、これは単に書物や文学の中だけに限定されたことではない。脱亜入欧となれば、欧州の悪魔も西洋の文明に食らいついて日本に遣って来る。ニーチェの重力の魔は、拡大した悪全般への問題提起なのだ。

鬱病に苦しんだ漱石は、当に鬱病の根源ともいうべき此の重力の魔を何う受け止めたであろうか。大変に興味深い所である。英訳『ツァラトゥストラ』の三部〈重力の魔 Of the Spirit of Gravity〉には、一箇所に対して書き込みが確かに認められる（岩波漱石全集第二十七巻二五二頁）。然し、それらは共に残念乍ら重力の魔自体に関するものではない。だからといって、全く着目しなかったとは考えられない。というのも、『こころ』下五十二辺りから重力の魔を何処か彷彿とさせる場面に注意を惹きつけられるからである。

私は一層思い切って、有のままを妻に打ち明けようとした事が何度もあります。しかしいざという間際になると自分以外のある力が不意に来て私を押え付けるのです。

下五十五には更に「私がどの方面かへ切って出ようと思い立つや否や、恐ろしい力が何処からか出て来て、私の心をぐいと握り締めて少しも動けないようにするのです」、「私は歯を食いしばって、何で他の邪魔をするのかと怒鳴ります。不可思議な力は冷やかな声で笑います。自分で能く知っているくせにといいます」、「何時も私の心を握り締めに来るその不可思議な恐ろしい力は、私の活動をあらゆる方面で食い留めながら、死の道だけを自由に私のために開けて置くのです」。

此のように「力」「恐ろしい力」「不可思議な力」「不可思議な恐ろしい力」などの違いはあるものの、いずれも重力の魔の悪魔的な呪縛力を示しているのではあるまいか。

然し、重力の魔は「自分以外のある力」と思われることがあるとはいえ、決して外因的と決め付けることはできない。それが身近に迫る予兆として、つまり影として顕在化する場合、容易には遡ることのできない生命の深層の記憶が、逸早く予感として内発的に反応することは多いからである。ここに永遠回帰の前段階である深淵の思想(abgründlicher Gedanke)との対決が見えてくる。問題は其の時の戦慄をどのように受け止め、咀嚼し、生命自体にとっての意味を見出すかであろう。下五十四の中に次のようなくだりがある。

私の胸にはその時分から時々恐ろしい影が閃きました。初めはそれが偶然外から襲って来るのです。私は驚きました。私はぞっとしました。しかししばらくしている中に私の心がその物凄い閃きに応ずるようになりました。しまいには外から来ないでも、自分の胸の底に生まれた時から潜んでいるものの如くに思われ出して来たのです。

憂鬱の気を孕んだ重力の魔の兆しを影と呼ぶのは、漱石が其のことを意識するか否かに関わりなく、ニーチェをはじめとする普遍的な修辞法（レトリック）に数えられている。外国の深層心理学者の中には、絶対的な影とは悪魔を意味すると考える人は少なくない。ツァラトゥストラ的観点に立つと、下五十四からの右の文自体が深淵の思想との対決である。言うまでもなく深淵は、重力の魔の好む所。深淵の思想との対決とは、重力の魔との対決でもある。因みに、此処で重力の魔の悪魔的な呪縛力を代弁している言葉は、勿論「恐ろしき影」である。

影にも濃淡があり、自ずと意味の強弱が生じる。『こころ』全体を概観すると、次のようになる。鳥影・雲の影(上六)、厭世的の影(上三十一)、人生の影(下二)、薄暗い影(下五)、魔の通る前に立って、その瞬間の影に一生を薄暗くされて(下十八)、黒い影(下四十三)、黒い光(下四十八)、黒い影(下五十二)、恐ろしい影(下五十四)、黒い影(下五十五)等々である。因みに、下十八の影は魔(重力の魔)との関係を垣間見せている。また、黒い光は、刺激を好む象徴詩の手法であり、短歌の中で光のことを影と詠んでいた遠い昔の逆説(パラドックス)だと解することができる。要するに、漱石はKの自殺の場面に登場する「黒い光」に対して格別の意味を籠めた。其れは殆ど絶対的な影、つまり悪魔、或いは重力の魔そのものを指すと言ってもいいのではあるまいか。

そのように考えると、小説の中で三回繰り返される「黒い影」の間に置かれている「黒い光」と「恐ろしい影」との結び付きは、取り返しの付かない事件そのものと、其れのもたらした戦場トラウマにも等しい悪夢の記憶との関係に譬えられるべきものではあるまいか。さもなければ、下五十五の如く、自己克服しようとする先生に対して何処からか恐ろしい力が出て来て先生を少しも動けないようにするとか、幾度も自己克服に失敗する原因を自問する先生に対して不可思議な力が「自分で能く知っているくせに」と冷笑するとか、更には其の不可思議な恐ろしい力が先生のあらゆる自己克服を阻みつつも、死の道だけは自由に開けて置くなどということは全く説明が付かないのである。

脱皮できない蛇は破滅する（『曙光』五七三）とは有名な言葉だ。〈肉体の軽蔑者〉のツァラトゥストラに依ると、自らを超えて創造するというのは、元来は生殖欲に近い本能的な熱情（Inbrunst）なのだと言う。とはいえ、自己克服の時機が遅過ぎると、無意識の自己（Selbst）は、自らを超えて創造するという本懐を喪失したことに落胆して破滅を望み、肉体の軽蔑者となるのだと言う。無論、遅過ぎるというのは年齢を取り過ぎているか否かではなくて、長江の言うように、わかいかしさが有るか否かに懸かっている。其れが足りなければ、否応なく肉体の軽蔑者となるのだ。因みに、肉体の軽蔑者には、「世界の背後を妄想する者」や「死の説教者」など色々有るようだが、先生のように自殺したがる人間もまた、紛れもなく「肉体の軽蔑者」という名の病人であろう。

こうしてツァラトゥストラの思想に照らしてみると、『こころ』の先生は恰も第一次世界大戦の戦場から帰還した兵士の如く、天然の自己克服本能を甚だしく傷つけられ、決して元どおりには回復できないほど深く病んでしまった人間と重なってくる。それにしても、「猫」の軽妙洒脱で日露戦争の御時勢を驚かせた同じ作家が、此れほど深刻に人間の心を追求していった誘因は何処にあったのだろうか。確かに、戦争と殺戮の二十世紀に敏感に反応し、当に影となって現われた声なき声を先取りしたと言えるのかもしれぬ。然し、直接的な原因は、矢張り「夏目漱石氏を論ず」ではあるまいか。

さて、ここで再び本来のテーマに戻りたい。既に言及した如く、自己克服に挑む時機が遅過ぎると、其れは重力の魔のせいで益々困難になるばかりである。其のような絶望的状況を下五十四の「恐ろしい影」が象徴していた。であるならば、小説を現実に置き換えてみると、益々困難になるより以前に、自己克服に挑む機会が有ったのではないか。『こころ』という小説から教訓を得たいと思っている人にとって、此の問いは読者自身の現実問題として否応なく突き付けられる。そこで、少なくとも自己克服の最後の機会というものを模索していくと、矢張り、Kの自殺事件そのものを象徴する「黒い光」（下四十九）より前の「黒い影」（下四十三）が、必然的に其の目安として浮上してくる。

因みに、下四十三の黒い影と、「黒い光」の後の下五十一と下五十五の二つの黒い影とは、同じものであるという側面と全く異なったものであるという二つの相矛盾する側面を有っている。先ず第一の違いは、下四十三の影は生きているKの人影としての黒い影である。これは自明のことではある。然し、掘り下げて考えてみると、下四十三の黒い影は、何処か夢占いにも似た救済のシグナル――Kと先生の双方にとって――である可能性が高い。つまり、後の二つの黒い影が「然うだった Es war」という過去からの呪いであるのに対して、最初（下四十三）の黒い影は、いわゆる未来の吉凶占いである。即ち、Ⅶで述べたように、過去からの呪いを拒絶して「だからこそ私は斯うしたい Aber so will ich es」という行動を刻むことができれば吉であり、其れができずに「然うだった」という過去からの呪いに屈し、深淵の思想、つまり重力の魔との対決を避けてしまえば凶となる。

然し、先生は下四十三のKの黒い影からKと自分とを救い出すシグナルを受け止めることができずに、呪いの永遠回帰を選択してしまった。言うまでもなく、凶となる運命を選択してしまったのである。無論、吉となれば、深淵は山頂となり、「幼児（おさなご）」の視界は祝福の永遠回帰を見渡した筈である。これが本来のツァラトゥストラ的構成に不可欠の要素なのである。ならば、XIで取り挙げた阿部次郎著『ニイチェのツァラツストラ解釈並びに批評』四章「ツァラトゥストラの解剖」（下）六七―八頁に於ける「ツァラトゥストラ的構成」とは、いったい何のことだろうか。

XVIII 『こころ』四 永遠回帰への殺意
再び『ニイチェのツァラッストラ解釈並びに批評』

前節で明らかなように、此の小説には、永遠回帰の前段階である、深淵の思想（重力の魔）との対決が有って然るべき所（下四十三）に、其れらしきものが無い。故に、本来のツァラトゥストラ的構成に不可欠の超人・祝福の永遠回帰という二大要素を欠いていることが判明した。そこから必然的に言えるのは、阿部次郎の言わむとする『こころ』の「ツァラトゥストラ的構成」の中には、少なくとも超人を頂上へと押し上げる為の深淵の思想との対決が無いと断言できるということだ。

では他に『こころ』の「ツァラトゥストラ的構成」として何が残り得るだろうか。下四十三の「黒い影」が深淵の思想との対決の可能性を殺ぎ落とされ、其の痕跡にすぎない残影となり、下五十一と五十五の二つの「黒い影」を紡ぎ出して、横（縦）並びの三つの過去からの呪いが出来てしまった。このことは無論、漱石の意向である。然し、途中に黒い光（下十八）と恐ろしい影

（下五十四）を挟んだ三つの黒い影（下四十三、五十一、五十五）は、脇役ながらも、「ツァラトゥストラ的構成」と呼べないことはない。

　確かに、超人や祝福の永遠回帰という主役が殺ぎ落とされている以上、せめて其の悲しみや恨みの痕跡ともいうべき影にでもお出まし願うしかない。真に、影は勝れた脇役である。抑、『ツァラトゥストラ』の中で、影という言葉は、其の象徴的な意味の光を三六〇度に渡って放射している。極め付きは「ツァラトゥストラの影」と称する登場人物ではあるまいか。因みに、阿部次郎も『ニイチェのツァラツストラ解釈並びに批評』四章六〇頁で「黒い影」という言葉を使っている。無論、漱石を意識したのだと思われる。実際、『それから』には、黒い影や幾つかの影が出てくる。また『門』というタイトルにしても、〈幻影と謎1〉が元になっているのは広く知られている。だから此の場合の門も矢張り幻影という影なのである。いずれにせよ、阿部次郎の引き合いに出した此れら二作も『こころ』と同様に、影に依って興味と緊張を読者に与えていることに変わりはない。

　然し、問題は漱石が最も要となる下四十三の黒い影から真の永遠回帰の芽を殺ぎ落としたことに呼応して、弟子の次郎が小じんまりした「永遠回帰」を仕立て上げ、其れを「ツァラトゥストラ的構成」と呼んでいる可能性が高いということである。因みに、XIで言及した括弧を閉じた後で、次郎は「余談」であるなどと弁解している。然し、問題は、漱石を無理に超人に繋げようとするかの如く、長江の漱石批判の向こうを張って「永劫回帰の教えは超人を鍛え出す鉄槌となる」（二一七頁）などという大上段の構えにこそ、次郎の知ったかぶりの嘘が透けて見える。

どうしてこんなロジックが生まれたのか、とにかく次郎の言い分を聞いてみよう。

人生に於いて絶対的に取返しのつかぬもの、修正改造を許さぬものは過去である――特に過去の罪過痴愚屈辱滑稽である。故に人は思を過去に致す毎に、必ず何等かの痛恨事に触れて呻吟大息することを禁じ得ない。彼はこの痛恨が常住にその胸の奥にあって彼の心を蝕することを感ずるのみならず、又この痛恨の故に不機嫌を世界の一切に拡充してこれを呪咀せむと欲する――これが復讐の精神の根本動機である。併し人はこの痛恨と復讐欲とに因はるる限り、到底世界の繋縛を脱することができない。而も過去は過去として到底これを改善するの余地なきが故に、此等の繋縛を脱却するの途は唯過去をそのままに是認すること、過去を再び意欲することにあるのみである。過去に対する嘔吐を過去に対する熱愛に改造することにあるのみである。凡ての過去を永劫に回帰するものと見よ。これが永劫に回帰するものと見て、この逃るべからざるものを肯定することを学べ。その時汝は真正に自由となることを得よう。故に永劫回帰の教は超人を鍛え出す鉄槌となるのである。　（二一六・二一七）

ここには喜びのかけらもない。深淵（しんえん）の思想そのもの、否、重力の魔を代弁しているのではないか。こんな永劫回帰では絶対に超人は鍛え出せない。然し、それこそ次郎の狙いではないか。要するに、阿部次郎は、二部〈救済〉を読み解くだけのドイツ語力を持っていなかった。更に、その知ったかぶりの上で、超人と永遠回帰を入れ替えて逆立ちさせてしまったのだ。

阿部次郎の最も許せない点は、『この人を見よ』の『ツァラトゥストラ』の一、冒頭に於いて「根本構想」と訳すべきGrundconceptionつまり「永遠回帰の思想」を、『ニイチェのツァラツストラ解釈並びに批評』の中で一度「根本結想」とし結局は三度「根本思想」と言い替えたことにある（その意味に於いて、西尾幹二氏の先生に当る）。その意図は、大正二年（一九一三）の安倍能成訳本邦発の『この人を見よ』に於ける『悦ばしき知識』三四二から三四一への根本思想の掏り替えを確定することにあったと考えられる。事実、能成と次郎の代表作は、大正中期から昭和二十年前後まで大日本帝国に数々存在した〝没落軌道〟の車の両輪の一つに数えることができる。

阿部次郎に依れば、「根本思想」の永遠回帰は一八八一年八月に出来た以上、既に過去に定まれる形をとっている（五〇頁）のだと言う。然し、現世をそのまま肯定し、このままの存在を聖化することによって、自己の自由と個人の救済とを全うしなければならぬ超人は、現世の苦痛を超脱し、現世に対する嘔吐を征服するために、或る神秘的直観（二一〇頁）を感得することを求められる、それこそが永遠回帰の教えなのだと言う。

然し、煙幕を張るなかれ。鉄槌の嘘は見えている。定まれる形をとっているのは、「過去は然うだった Es war」という過去の呪いだけではないのか。神秘的直観とは、人間に秘められている最高の可能性のことではないか。だとしたら、其のような神秘的直観を感得するためには、単に「駱駝」のように忍耐するだけでなく、自由と救済の為に「獅子」となって戦わなくてはならぬのではないか。更には「幼児」（超人の隠喩）となって生命懸けの創造の軌跡を後世の範として刻んで置かねばならぬのではないか。だからこそ、〈三段の変化〉は何よりも肝心要なのではあるまいか。

此の〈三段の変化〉を全うし得る者こそ、正に超人ではあるまいか。それが Es war とは全く異なる Aber so wollte ich es（だから私は斯うしようとした）ではないか。抑、神秘的直観とは、超人の心に開示される悟達ではあるまいか。であるならば、超人の悟達によって迎えられる世界、つまり、超人の永遠のまなざしに映った視界を真実の永遠回帰と呼ぶのではあるまいか。なればこそ、超人ありてこそ、永遠回帰これに続くと言えるのではあるまいか。

此のように阿部次郎の「永遠（永劫）回帰」論に対しては、不審や疑問が次から次へと湧き上がってくる。いずれにせよ、呪いの永遠回帰と向き合うだけでは、其のことを思想と呼ぶことはできない。喜びによって生命の価値転換が為されてはじめて、永遠回帰は近代的な意味の思想となるのである。無論、それが気構えや言葉だけで済むこともあるだろう。其の場合、「然うだった Es war」と「だから私は斯うしようとした Aber so wollte ich es」との差は、比較的僅かな努力に依って埋まるかもしれぬ。然し、〈幻影と謎2〉の牧人の咽喉に食らい付いた蛇の如く、待ったなしのつまり、下四十三の黒い影のように価値転換を迫られる場合には、気構えや言葉だけでは済まない。直ちに価値転換の行動に踏み出さなくてはならぬ。これが阿部次郎の「永遠回帰」論に欠けている。其のことが師の漱石にも当て嵌まるのである。

ならば、漱石は、最も要となる下四十三の黒い影から真の永遠回帰の希望をどのように殺ぎ落としたのであろうか。其の部分は、XVIで扱った下四十二の「覚悟」による追い込みと密接に関わっている。

私はKと並んで足を運ばせながら、彼の口を出る次の言葉を腹の中で暗に待ち受けました。あるいは待ち伏せといった方がまだ適当かもしれません。その時の私はたといKを騙し打ちにしても構わない位に思っていたのです。しかし私にも教育相当の良心はありますから、もし誰か私の傍へ来て、御前は卑怯だと一言私語（ささや）いてくれるものがあったなら、私はその瞬間に、はっと我に立ち帰ったかも知れません。もしKがその人であったなら、私は恐らく彼の前に赤面したでしょう。ただKは私を窘（たしな）めるには余りに正直でした。余りに単純でした。余りに人格が善良だったのです。目のくらんだ私は、其所（そこ）に敬意を払う事を忘れて、かえって其所に付け込んだのです。其所を利用して彼を打ち倒そうとしたのです。

Kはしばらくして、私の名を呼んで私の方を見ました。今度は私の方で自然と足を留めました。するとKも留まりました。私はその時やっとKの眼を真向きに見る事が出来たのです。Kは私より背の高い男でしたから、私は勢い彼の頭を見上げるようにしなければなりません。私はそうした態度で、狼の如き心を罪のない羊に向けたのです。

「もうその話は止めよう」と彼がいいました。彼の眼にも彼の言葉にも変に悲痛な所がありました。私はちょっと挨拶が出来なかったのです。するとKは、「止めてくれ」と今度は頼むようにいい直しました。私はその時彼に向って残酷な答えを与えたのです。狼が隙を見て羊の咽喉笛へ食らい付くように。

第二段落最後の「狼の如き心を罪のない羊に向けたのです」という言葉は、『三四郎』五の九から十にかけて美彌子の口にする「迷える羊 stray sheep」との関連で着目に値する。というのも、下四十の最終段落でK自身が「迷っているから自分で自分が分らなくなってしまった」とか「進んで可いか退いて可いか、それに迷う」などと言っているからである。然し、其れよりも遙かに重要なのは、第三段落最後の「狼が隙を見て羊の咽喉笛へ食らい付くように」という言葉である。

この言葉は『ツァラトゥストラ』〈幻影と謎2〉の「その時（牧人の眠っている時）を狙って、蛇は咽喉元に食らい付いたのだ」という深淵の思想（abgründlicher Gedanke）との食うか食われるかの対決を直ちに思い起こさせる。然し、蛇が狼に掏り替えられ、牧人が羊に掏り替えられている。だから牧人は逆に蛇の頭を咬み切ることができたが、羊は何の抵抗もできずに狼の為すがままに生命を奪われるしかない。前者がニーチェ思想だとしたら、後者は漱石的和魂による洋才的読み替えということか。実際、其の後の筋書で、Kは僅かに黒い影の声なき声として救済のシグナルを弱々しく発する以外、殆ど抵抗らしきことはしなかった。正に羊のように「覚悟」という読み替えられた掛け声によって自殺へと追い込まれていった。

〈幻影と謎2〉の中では、深淵の思想（重力の魔）は、黒くて重たげな蛇に変身した。その展開を可く知っている筈の漱石が蛇の頭を咬み切る牧人の勇気を羊の無抵抗に掏り替えたとしたら、深淵の思想（重力の魔）との対決が回避されたとか、真の永遠回帰の可能性が殺ぎ落とされたという今までの言い方は、此処に来て修正されねばならぬ。つまり、深淵の思想という悪魔が漱石に取り憑いたのだと言わざるをえない。結局、深淵の思想という呪いの永遠回帰だけが、漱石にとっての「永遠回帰」だったのである。いずれにせよ、根底に於いて、漱石は勇気というわかわかしさの価値を信じてはいなかったということになる。

事実、それを裏付ける資料が有る。因みに平川祐弘氏の「夏目漱石の『ツァラトゥストラ』読書」には、取り上げられてはいない。然し、先に挙げた岩波夏目漱石全集二十七巻に収録されている、英訳『ツァラトゥストラ』三部〈幻影と謎1〉への書き込みが其れである。先ず書き込みの対象となった箇所をドイツ語原文から日本語に訳してみる。

人間こそ、最も勇気のある動物である。勇気によって人間は、すべての動物に打ち勝った。響き渡る勇気の鼓舞によって、人間は更にすべての苦しみを克服した。人間の苦しみこそ、最も深い苦しみである。

右の文に反駁する為に、漱石は英語でMan has conquered every animal not by his courage, but by his tricks. For man is the most cunning of all animals. と書き込んでいる。和訳すると次のようになる。

人間は勇気によってではなく、策略によってすべての動物に打ち勝った。というのは、人間はあらゆる動物のうちで最も狡猾だからである。

既に気がつかれたむきもあると思うが、〈幻影と謎1〉の最後から五番目の連に対して、漱石は其の前段を反駁しているのみであり、後段に対しては何の書き込みもしてはいない。然し、後段こそニーチェの思いが強く滲んでいる土台部分であろう。苦しみに耐える勇気、これこそ〈三段の変化〉に於ける「駱駝」の精神のはじまりとなった。正に、超人を生み出す第一歩に外ならぬ。それはまた、悲劇に立ち向かうディオニュソスの道でもある。抑、ディオニュソスは何故に艱難辛苦や迫害に耐え忍ばなくてはならぬか。

それは、他者の苦しみを己の苦しみと受け止め、その同苦を同喜に変えようとするからである。ツァラトゥストラの道また然り。更には、イエス・キリストや仏陀、そして日蓮にしても全く同様である。此の宗教的な使命は、文学や文芸批評にも継承されているように思われる。然し、世界宗教の開祖や中興の祖たちは、同苦の始まりである同情という原始的情念に潜む危うい未分化性を可く認識していた。それはツァラトゥストラの「同情は全く底知れぬ深淵だ」〈幻影と謎1〉という言葉に凝縮されている。

其の言葉は小説『こころ』にも全く当て嵌まる。「美しい同情を有って生まれて来た人間」（下四十）だと自覚し、「溺れかかった人を抱いて、自分の熱を向うに移してやる覚悟で」（下二十二）Kを引き取った真面目な同じ先生が、何故に毒を含む「覚悟」という掛け声で以てKを自殺へと追い込む破目になったのか。真に不条理である。当に、同情のもたらした深淵であり、深淵に潜む悪魔の誘惑に誑かされたのだと言わざるをえない。

然し、だからといって、先生の同情心から為したKの引き取りを一概に「愚行」と片付けるのは、傍観や無視の方がましだという間違った教訓を引き出すことに繋がりかねない。ツァラトゥストラの同情論に即して言うと、問題は同情にあるのではなく、原始的で未分化な同情を、聡明な知恵と勇気に満ちた偉大なる愛へと脱皮させなかったことに有る。小説『こころ』が同苦という深刻なテーマを物語の重要な契機として選択した以上、それは否応なく同喜という根源的に宗教的な救済を模索したことになる。だから同苦を中途半端な同情という「愚行 Torheit」に終わらせてしまえば、それこそ英訳『ツァラトゥストラ』にはじまる漱石の〝ニーチェ学〟全体が、一体何だったのかと改めて問われる。

抑、同情（同苦）と永遠回帰は、裏腹の関係にある。ツァラトゥストラの言う如く、確かに同情は底知れない深淵である。然し、その深淵が山頂に変わる、つまり同苦が同喜に変わる絶好の機会が有る。それは深淵の思想（重力の魔・呪いの永遠回帰）との対決を制した時である。そこに、真の永遠回帰と同喜とが有る。因みに、同苦の暗闇の中で、同喜を信じ抜いて歌い上げたのが〈夜の歌 Das Nachtlied〉である。そして、摑んだ同喜を高らかに歌い上げたのが〈七つの封印 Die sieben Siegel〉である。いずれの詩も、他の追随を許さない珠玉の名詩として広く知られている。但、同苦から同喜への困難を踏まえないと、永遠回帰という的を外してしまう。とにかく、同苦から同喜へという命脈が無ければ、永遠回帰は価値転換の思想とはならない。

超人も永遠回帰も〈三段の変化〉から離れては成り立たない。〈三段の変化〉を貫く唯一の徳は、徳の中で最も若い正直（Redlichkeit）である。正直捨方便、但説無上道と法華経で言われるように、正直は自ら欺くことができない。もし先生が本当に正直であったならば、勇気を奮い起こして下四十三の黒い影からKの救済を思い立ったであろうし、奥さん（妻）に対しても有りのままを打ち明けることができたであろう。それができなかった先生はKに対しても奥さんに対しても正直であったとはいえない。但、真面目だっただけである。つまり、真面目に嘘を吐いていたのである。儒教的な真面目と仏教的な正直は似て非なるものである。にもかかわらず、上十七や下四十二、四十七には、真面目と正直との安易な混同が見受けられる。些細なことかもしれないが、看過するのも良くないので、一言付け加えさせてもらった。

第八章　生田長江訳における根本思想の暗殺

I　樗牛の「海の文藝」からのアプローチ

此のテーマにアプローチする為の最も分かり易い糸口は、五章のⅨでも少し触れた高山樗牛の「海の文藝」であるかもしれない。そこで樗牛は詩人ハイネの「北海」篇を絶賛し、病気の時や失意の時の唯一の伴侶として携えて歩いたと記している。そして「我邦には何故海国でありながら是の如き海の詩人が出なかったのであろうか」と素朴な疑問を提示している。[1]基本的な主張の原点は、「夕陽は美しいが、其の中でも海の夕陽ほど美しいものはあるまい」ということに有るようだ。翻って日本の詩人は、どうだったのか。[2]樗牛言わく「斯様に貴ばれている夕陽の美をば、本邦の詩人はどれ程歌ったであろうか。[3]如何にも夕日影とか、夕照とか云う文字は見えぬではないが、其の崇大なる光景を想わしむるに足る一首一篇だに我文学史の上に見出され得るであろうか。自分の寡聞なる、未だ是れあるを知らないのである。自分は花鳥風月に傷心してかかる天地の大観を遺却せる本邦人の美意識には聊か不満足の意を表さなければならぬ」。

どうやら海の夕陽の美はおろか、たんなる夕陽の美さえも、自然の中で太陽の果たす主役の座に相応しい地位を、我が国の詩文芸の中では決して与えられていなかったようである。然し、周りを海に囲まれた国でありながら、阿弥陀礼拝系の類を除いて、海の夕陽の美を称える古典詩を欠いてきたという事実は、樗牛ならずとも不可解になるのではないか。というのも、其の美は、単なる美に留まらず、沈黙の中にあっても余りにも豊かに語り掛ける、自己克服と平和の教師だからである。其の発信を受け止めて言葉にする詩人がいなかった筈はない。

七世紀末の統一国家形成より以前には、東南アジアから東アジアにまたがる漁撈・海洋交易と共に、海人の習俗が日本列島に広く見られていたとされている。未だ文字は知らずとも口承文芸として、海人の労働歌や祭歌、或いは恋愛歌も有ったことだろう。そして、其の文芸の枠として、海の夕陽を称える歌は確実に有ったのではないか。というのも、曙光の疾駆も夕陽の黄金も、海の目線で感じる海人ほど鮮烈に知る者は、ない筈だからである。だから万葉前史の中では、海の夕陽の美しさを讃嘆する詩は、自然の中で太陽の果たす主役の座に相応しい大役を果たしていたとしても不思議ではない。

そのように考えると、万葉集編輯ということも、新たな遠近法を以て受け止めざるをえないのではなかろうか。つまり、古代海人からの口承文芸を殺ぎ落とすか、さもなくば痕跡を留めないほど読み替えて換骨奪胎化を謀る密室作業だった側面が有るということである。恐らく其の作業は、既に「古事記」編集前後から始まっていたのであろう。政治的には、新羅との海上交通権益を独占的に支配していた宗像海人族を取り込み、同じ宗像三女神を奉じて宗像族に替わる渡来人の一大拠点となっていた宇佐八幡を勧請に依って畿内に取り込んだ時期と重なっている。

II　パロディーの始まり

精神を骨抜きにされて翻訳された箇所は、ただ一点に集中。既に言及した如く『この人を見よ』で、ニーチェが「根本思想が示されている」と読者にむかって教えた所、〈ツァラトゥストラ序説1〉第八連である。既に序章と三章で原文を示し、三章のIでは現代語訳を示してある。ここでは一〇五年前に合わせて古文調の訳も示してみたい。ともあれ先ず一〇五年前の検閲・事前検閲下での生田長江訳を見ていただきたい。

我は汝の如く没落せざるべからず。我が降り行かむとする人々、これに名け(ママ)て没落と云ふ。

これが明治四十四年（一九一一）一月新潮社発刊の単行本『ツァラトゥストラ』の訳である。まことに奇妙な日本語ではないか。「汝」とは太陽のことである。没落は破滅、零落、落魄、堕落と同様に、人間や人間集団の所業や宿命を指す。太陽のような天体の運行とは、全く無関係である。パロディーであるとしても、前段の「没落」は「下降」でなければ後段の「没落」との論理が成り立たない。没落しなければならぬと自分で言った以上、自ら名付けたのであって、人々が名付けたのではない。まるで譫言(うわごと)ではないか。何故にこのような酷(ひど)い訳になったのかここで改めて原文とともに古文調の訳を示しておきたい。

Ich muss, gleich dir, u n t e r g e h e n, wie die Menschen es nennen, zu denen ich hinab will.

我は汝の如く下降せざるべからず。我が行く手にいる人々、かくの如きを名付けて降臨と云ふ。

（長江原案とおぼしき訳）

酷い訳になった原因は明らかである。つまり、長江が本来後段の一ヵ所だけに望んでいた「降臨」という訳語は、皇統神話の「天孫降臨」に対する挑戦だと見なされ、その懲罰として「没落」が強制されたと見るべきであろう。但、何故に「没落」が二度まで強制されたかは、重要な問題なので後述する。さて、原文に照らして、後段に求められているのは、闇を照らす精神の太陽がまさに太陽のように下降することを何と形容するかということである。明らかなのは、前段と後段が原文では順接で結ばれている以上、後段では健やかな歴史観が偉大な精神を賞讃するということだ。仮に「人々」が、それを否定し拒絶する為に「没落」という言葉を以て嘲笑し、悪印象を広めようとしても、それは後段が逆接でなければ成り立たない。順接を装ってそれをやるのは、根本思想の暗殺を狙っているからである。やはり、後段に相応しい言葉は、三章で示したように「降臨」である。四章の始めに触れたように、この言葉は約二〇〇〇年前中国で使われ始めた。記紀神話自体には見られない。ただ、神話一般の解釈や貴人の神格化という文脈に於いて広く使われてきた。その意味で禁忌には当たらない。ところが、幕末に生まれ、明治維新をまたいで官製四文字熟語となりつつあった「天孫降臨」を神話から歴史へと掏り替えようとする国家中枢の動きと相俟って、世間も知識人も「降臨」の使用を控えるようになり、やがて畏縮して皇統神話以外には殆ど用いられなくなっていた。歴史上度々繰り返される、権威に対して卑屈な日本人の心性である。そこから生じる習俗が事実上の禁忌と同じ役割を果たしていたのである。然し、「降臨」を使わないことは、ツァラトゥストラの中に現われるディオニュソスの性格を伝えないことであり、古代ギリシア悲劇や神話に目を閉ざすことであり、ひいてはヨーロッパ文学を根底に於いて否定することにほかならない。このジレンマから誰も逃れることはできない。世界神話の中に差別を持ち込んではならぬ。政治と文学を混同してはならぬ。『ツァラトゥストラ』翻訳の為には、言論の自由が絶対に確保されねばならぬ。まさに〈三段の変化〉の命じるままに、長江は「獅子」となって「降臨」という言葉を奪い返す決意を固めていたのである。

然し、ニーチェは、生田長江のような人物が直面する、翻訳上の苦難を預言していたと思われる。それを如実に示しているのが〈古い石板と新しい石板11〉冒頭の次の言葉である。

過去のすべてに対して、わたしが同情したくなるのは、それが恣にされているのが分かるからである。——

——過去のすべては、後の世に生まれ過去のすべてを自分の橋として解釈し直す、それぞれの世代の好みと精神と狂気とによって恣にされているのだ！

とてつもない暴君が現れるかもしれない。奸智に長けた怪物でもあるならば、己の好き嫌いのままに過去のすべてを無理強いし、ついには己の渡る橋とし、予兆とし、伝令とし、鶏鳴とするまで己の鋳型に嵌め込み続けることであろう。

右を、最もディオニュソス的な〈序説1〉八連の翻訳に当てはめると、「過去」とはニーチェ原作の *Also Sprach Zarathustra* 、それが長江訳『ツァラトゥストラ』として翻訳されたとき、「それぞれの世代の好みと精神と狂気とによって恣にされて」と、解釈し直されたということである。つまり、ｕｎｔｅｒｇｅｈｅｎは、日本の当局によって「没落する」と解釈し直された。要するに、受容れることのできない異文化として骨抜きにされたのである。最初の長江訳以降、訳者研究者出版社にとって「没落」は無視できない、否むしろ使わざるをえない強制になっていく。そして昭和初期、彼らが「没落」を使っているかどうかが、当局の「監視網」となっていった。然し、自由を奪うこの畏縮効果は、訳者研究者を否応なく「生の貧困に苦悩する者」に近づける。その分、「生の溢れる豊かさに苦悩する者」即ちディオニュソス的類型から遠ざかっていく。このジレンマからは誰も逃れることはできない。

Ⅲ　四十七番目の詩の謎と、長江訳『悦ばしき知識』第四書三四二訳の不思議な括弧

〈古い石板と新しい石板11〉の中での預言と相呼応するかのように、〈序説1〉八連にたいして

規範的な影響力を有するのではないかと考えられる一つの詩がある。御存知のむきもあろう。一八八二年作の「ドイツ風の韻律による序曲 Vorspiel in deutschen Reimen」という副題の付いた「たわむれ、たばかり、意趣ばらし 〝SCHERZ, LIST UND RACHE〟」という六十三篇の詩から成る詩集の四十七番目に *Niedergang* という原題をもつ小詩がある。原文はつぎのようになっている。

47. Niedergang

„Er sinkt,er fällt jetzt"—höhnt ihr hin und wieder;
Die Wahrheit ist: er steigt zu euch hernieder!

Sein Überglück ward ihm zum Ungemach,
Sein Überlicht geht eurem Dunkel nach.

因みに詩集全体は、『ツァラトゥストラ』の前史とも言うべき『悦ばしき知識』に組み込まれている。その意味に於いて、また題名と内容から見ても、この詩は〈序説1〉八連の翻訳に対して逸脱せぬようにと縛りをかける規範的な影響力を有するのではないかと考えられる。ところが、日本に於いて真っ先に翻訳されたのは『ツァラトゥストラ』だった。しかも、天孫降臨神話を畏れ憚ることなく、「降臨」を〈序説1〉八連に使おうとした長江に対して、当局は懲罰として真逆の「没落」を使うように強制した。そのうえ、皮肉にも「没落」は長江訳以降、東京帝国大学の後輩たちによって踏襲されていく。結局、順序が逆転した。つまり、本来は正しい翻訳から逸脱せぬようにと縛りをかけていた *Niedergang* という詩のほうが、逆に〈序説1〉八連の「没落」という訳語によって縛りをかけられ、自由な翻訳とは成り難くなっていたのである。縛りは、その詩を最初に訳した長江にまず向けられた。

四七

『彼は沈む、今落ちる』――と折々汝等は侮蔑する。

事実は、彼が汝等の所まで降って行くのだ！

彼の大き過ぎる幸福が、彼の苦悩になったのであり、
彼の強過ぎる光が、汝等の闇を追ふのである。

（漢字は現代表記・大正九年六月新潮社版　生田長江訳『ニーチェ全集』第四編「悦ばしき知識」）


因みに、この翻訳は昭和十年（一九三五）十二月の日本評論社版『ニーチェ全集』六でも全く同じである。長江以後の翻訳との際立った違いが二つある。一つは原文と異なり、二行目と三行目の間に空白がない。今一つは大変に奇異であり驚くに値する。詩の題名が抜け落ちている、つまり原題 *Niedergang* が訳されていないのである。六十三篇の詩の中で唯一なのだ。当初は「降臨」

と訳していて、事前検閲で黒く塗りつぶされた、それでも長江は「没落」に変えることを拒否したということも考えられる。或いは、どの道「没落」を強制されるならというので題名を訳さなかった。そのことを通して、最初の単行本〈序説1〉八連に「没落」を強制されたことを告発していると見なすこともできる。たぶん、この推理のほうが当っていると思われる。というのも、同じ文脈の告発は同じ『悦ばしき知識』第四書三四二にも見られる。ここは三章の始まり部分でも触れたように、見出しと「ウルミ」を除いて、まさに強制された〈序説1〉第八連と同じになるはずではないか。ところが、文語と口語の印象の違いを差し引いても、内容の違いは次のように余りにも明らかである。

私は汝と同様に没落しなければならぬ（私の降りて行こうとする人々が没落と云っているのだ）。

最大の違いは謎の括弧である。括弧内は原文（序章・三章参照）ではwie以下の副文に当る。ところがwie（正しくはesと一体になって「この類を」と訳さなくてはならぬ）は元より、esまでも翻訳には全く反映されていない。つまり、括弧内は、翻訳とは無関係であり、むしろ「没落」という呼称が決定された内幕を読者に明かしていると受け止めるほうが分かりやすい。その文脈からすると、ここの「人々」とは直接には翻訳に容喙した当局の人物を指す。言わば迫害者である。だが、〈序説9〉に即して言うとディオニュソス的創造者を逆に「破壊者とか、犯罪者とか決めつけて最も憎む」者、つまり「善人」である。とはいえ、ディオニュソス的人物（生田長江）に対する迫害を知っていて、押し黙っている者や間接的に迫害に加わる者（安倍能成）もまた「善人」である。かくして「善良な者公正な者」と称する偽善者の数は膨大になる。まさにこのような「善人」の中にこそ、「あらゆる人間の未来を脅かす最大の危険」が潜んでいるのだ。改めて確認すると、括弧内の「人々」とは迫害者であり、彼らが「没落」という言葉を以てディオニュソス的人物を貶めようとしている。然し、自分はそれを決して認めない——。というのが長江の括弧に籠めた主張であろう。これこそ「序曲」詩集四七で題名を空白にした論拠ではないだろうか。空白と括弧を結んでいくと、小詩四七の一行目「『彼は沈む、今落ちる』——と折々汝等は侮蔑する」の背景も見えてくる。

Ⅳ　単行本訳に対する抵抗としての全集訳

長江訳『悦ばしき知識』の中に於ける「序曲」詩集四七と「第四書」三四二各々の謎をジグソーパズルのように組み合わせてみると、長江が「没落」という訳語を決して受容していないことが判る。むしろ、いつか機が熟すれば「降臨」に改正する計画を抱いていたのではないだろうか。言わば反転攻勢の為に着々と手を打っていたのである。その反転攻勢の意志は、一年五ヵ月後の大正十年（一九二一）十一月新潮社版『ニーチェ全集』第五編『ツァラトゥストラ』の〈序説1〉第八連の訳にもあきらかである。

我は汝の如く没落せざるべからず(わが降り行かむとするところの人々、これを称して没落と云ふ)。
——全集訳と呼ぶ——

ここの括弧は、前年の『悦ばしき知識』三四二の括弧のように、内幕を読者に明かすような性格のものではない。ずばり、国家権力に対する抵抗であり、読者に対する釈明である。その意(こころ)は「この主文を強制されている以上、副文訳は不必要である。自分の意志ではないことを示す為に、副文だけは括弧で囲む」——である。因みに、昭和十年(一九三五)七月の日本評論社版『ニーチェ全集』第七巻と昭和七年八月の春陽堂版文庫本、これら生前の三つの訳と、長江没後の二つの文庫本と復刻版など合計六つの訳は、すべて大正十年の全集訳を定本としている。[4] つまり、長江の七つの〈序説1〉第八連訳の中で、最初の単行本訳だけが例外なのである。ということは、むろん誤植などではない。むしろ、括弧には強い表現意欲さえ感じ取れる。

括弧は、原文の二つの副文 wie die Menschen es nennen, zu denen ich hinab will に相当する部分を囲っている。この部分の日本語訳は、最初の単行本訳、次の全集訳ともに誤訳である。しかも、長江や助言者の森鷗外のようなドイツ語の精通者の犯すはずもない文法上の過誤が存在する。文法を無視せよという野蛮な強制が働いたとしか考えられない。むろん、その強制は、単行本訳に対して最初に働いた。できうることなら、初版で長江は括弧を設けたかったにちがいない。原文の wie . . . es . . . という組み合わせは、類似関係を示す準関係代名詞と呼ばれるものである。類似関係を示しているかぎり、二つの長江訳のように、あたかも同一関係を示す関係代名詞が存在するかの如く、「これ」と訳すことはできない。文語であれば「かくのごとき」、口語調であれば「この類(たぐい)」などと訳すしかないのである。とはいえ、其の訳の必然性は、決して文法だからというだけではない。

ここで高山樗牛との関連に触れておきたい。前章で言及したように、樗牛は〈序説1〉第八連を自ら実践した。その総括が「吾人は須らく現代を超越せざるべからず」という墓碑銘となった。然し、この言葉は〈序説4〉に於けるニーチェとの深い共鳴に由来している。

> 人間が偉大であるのは、人間が一つの橋であり、目的ではないからだ。人間が愛すべきものであるのは、人間が一つの移りゆくものであり、太陽のように下降するものであるからだ。

「橋」とは光の橋という意味である。光は飛ぶ。その軌跡を「橋」と呼んでいるのだ。「光」とは徳の光のことである。因みに〈序説4〉ではツァラトゥストラの説く唯一の徳、つまり自己克服本能に対する正直（Redlichkeit）が徳の精神として宣揚されている。その精神に依って太陽の如き下降を解釈すると、自らを超えて創造する（über sich hinaus schaffen）ということになる。言い換えると、後世の為に礎となり、行手を照らす星となるということである。星は砕け散っても、その光は永遠の旅をする。同じように樗牛という人物は亡くなっても、その徳の光は永遠の旅をする。それこそ、まさに「吾人は須らく現代を超越せざるべからず」ということにほかならない。

このように太陽の如き下降を噛み締めていくと、〈序説1〉から〈序説4〉へと繋がり、最後には樗牛の墓碑銘という誓願へと自ずと到る。むろん、樗牛のこの言葉はツァラトゥストラ・ニーチェにも当てはまる。のみならず過去に分かり易い実例を求むるならば、改革者イエスにも部分的には当てはまると言えよう。というのも、ものごとには順序がある。ニーチェがディオニュソス的生き方を手近な例に即して伝えようとするならば、ヨーロッパのキリスト教社会に模範的精神として深く根をおろしてきた、殉教者イエス・キリストを一応の目安とするのが読者の目線に適っているからである。実際、原文の副文中の主語 die Menschen（人々）とは、惨めな刑死を遂げたイエスの殉難の生涯を、後に「神の子」の降臨と称えた「人々」を彷彿とさせる。その意味において、〈序説1〉八連の副文 wie die Menschen es nennen, zu denen ich hinab will は、偉大なる精神文化を受容する形（Form）であると見なすことができる。むろん、その形もまた文化であり、それが文法となって現われている。ところが、「降臨」を使おうとした長江を懲らしめる為に「没落」を強制したとなると、文化は一変して野蛮となる。

我は汝の如く下降せざるべからず。我が降り行かむとするところの人々、かくの如きを名け（ママ）て没落と云ふ　（当局側第一案）

これが最初の単行本訳に際して、長江原案を闇に葬る為に当局が持ち出した第一案だったと思われる。要は「降臨」を真逆の「没落」に掏り替えただけである。しかし、一章で言及したように、ニーチェは「生の溢れる豊かさに苦悩する者」をディオニュソス的類型として、一方それに対して生の貧困化（Verarmung）、つまり「生の没落に苦悩する者」を反ディオニュソス的類型として峻別している。個人の物心両面の没落であれ、一族党派などの集団の没落であれ、とにかくディオニュソス的人物は「生の没落」から最も隔たっている。貧困の中で心豊かになることはあっても、決して心が貧しくなることはないのである。太陽の如き下降が「生の溢れる豊かさに苦悩する」ディオニュソス的類型であることは余りにも明白であり、そのような人物の下降を「降臨」と呼ばずして真逆の「没落」などと呼べば、その嘘もまた余りにも明白になる。つまり、「かくの如き」は読者に「生の溢れる豊かさ」を想像させる形式であるにもかかわらず、真逆の「生の貧困化（没落）」へと無理に繋げられている。これでは、長江原案を葬り去るために、それをブラックパロディー化したことが見え見えである。これには、たぶん翻訳に容喙した当局者も自身の魂胆を見抜かれる思いがしたはずである。仮にそうであったとすれば、ニーチェによって時限装置のように仕組まれていた、「序曲」詩集の謎のタイトル「たわむれ、たばかり、意趣ばらし」が見事に的中したことになる。つまり当局者の一人である森鷗外は、自身の「意趣ばらし RACHE」を果たさむとして「たばかり LIST」を為し、ディオニュソス的根本思想を「たわむれ SCHERZ」にした。ところが、当局側第一案で、それが早くも露呈してしまったのである。そのせいもあって「没落」を二度強制したということはありうる。然し、多分それだけではない。

V　ニーチェ「たばかりList」の一端

さてここで、読者には目まぐるしくて恐縮ではあるが、再び「序曲」詩集四七に戻りたい。先に示したように抵抗の意志を示す為に長江訳だけは、原題の *Niedergang* を訳していない。因みに *Niedergang* は『ツァラトゥストラ』原文にも四回は出てくる。Untergang の雅語であり、ほぼ同じ意味である。これをどう訳すかが『ツァラトゥストラ』〈序説1〉八連の訳と連動してくる。それが問われるのは、訳者自身に悲劇（苦難）に立ち向かう決意が有るか否かということである。それでは『ツァラトゥストラはこう言った』の訳者として名高い氷上英廣の訳を取り挙げてみよう。

四七　没落

「彼は沈む、もうおちる」――諸君はかれを嘲笑する。
真実は、――彼は諸君のところへ降りてくるのだ！
彼のあまりにも大きな幸福が、彼には苦労となったのだ！
彼のあまりにも大きな光明が、諸君の闇を追い求めるのだ！

この訳詩の初出は、二度目の生田長江訳『悦ばしき知識』から十七年後、同じ *Die fröhliche*

Wissenschaft を昭和二十七年（一九五二）に発表した氷上英廣訳『華やかな智慧』（新潮社版全集の一つ）だった。時代は言論の自由の下にあった。長江が後世の英知に託した題名部分の空白を、今や謎解いて「降臨」という正解で埋めることのできた最初の人物こそ、氷上英廣だったのである。長江が詩の題名を空白にした理由の一つは「降臨」が使いたくても使えなかったことにあるが、今一つの理由は題名を「没落」と訳してしまうと、ニーチェの描いたディオニュソス的類型と反ディオニュソス的類型とのアンビィヴァレントな緊張関係を全く無視して、あたかもニーチェが反ディオニュソス的な没落の道だけを奨励しているかのような酷い誤解を与えてしまうからである。それだけは翻訳者の良心が許さなかったのである。長江訳からも氷上訳からも明らかなように、一行目では「生の没落（貧困化）に苦悩する者」が「生の溢れる豊かさに苦悩する者」の生き方を、自分より下に見て「落ちる」と蔑んでいる。なぜ蔑むかというと、「落ちる」は「転落する」、「没落する」という意味だからである。ところが、その見方を詩人（ニーチェ）は、二行、三行、四行目で念入りに正している。つまり「降臨」と「没落」を同一視してはならぬと警告しているのである。だから詩の題名は当然、「生の没落に苦悩する者」即ち反ディオニュソス的類型に対する「生の溢れる豊かさに苦悩する者」即ちディオニュソス的類型の勝利を象徴する「降臨」でなければならなかった。それこそ、訳者に求める原作者ニーチェの規範であったと考えられる。

もし氷上が「序曲」詩集四七の題名を「降臨」と訳していたならば、その詩が『ツァラトゥストラ』〈序説1〉八連の前史に相当する以上、それ以降の『ツァラトゥストラ』翻訳にとって戦前からの呪縛を断ち切る大転換となったのは元より、竹山道雄訳から吹田順助訳を経て生田長江訳にまで遡って、「没落」採用の経緯が洗い直されていたかもしれない。そして「没落」を長江に強いた森鷗外の「たわむれ、たばかり、意趣ばらし」も見えてきたことだろう。実際、そのように当局に依る翻訳介入を洗い直さないかぎり、戦後の新たなニーチェ研究は始まらないのである。というのも、大戦への没落軌道と、『ツァラトゥストラ』の「没落」とは、不思議にも軌を一にした日本固有の病理現象だったからである。

然し、氷上は「没落」を選択した。余りにも心根の善い人だったのだろう。ツァラトゥストラは「一つの真実が生まれるためには、善人たちに悪と呼ばれているすべてが結集しなくてはならぬ〈古い石板と新しい石板7〉」と言っている。因みに氷上訳以降、「序曲」詩集四七の原題 *Niedergang* の訳は、神保光太郎訳（昭和二十九年創元社）の「落下」、信太正三訳（昭和三十七年理想社）の「没落」、浅井真男訳（昭和四十二年弥生書房）の「没落」、富岡近雄訳（昭和四十三年人文書院）の「没落」、多田利男訳（昭和四十四年勁草書房）の「下降」へと続く。多田訳の「下降」は、前年までに四回続いていた「没落」訳に矛盾が噴出したことが原因となったのかもしれない。いずれにせよ、戦後の横並びは、さすがに樗牛時代の「恐ろしき沈黙」とまではいかない。「没落」の不条理な口裏合わせを皮肉を以て突いてくる翻訳も現れてくる。富岡近雄氏の「序曲」詩集四七の訳は、まさにその典型であろう。

没落

「あいつは沈む、さあいよいよ没落だ」――君らはときどきそう言って嘲り笑う。
本当のところはしかし、彼は君らのところへ下降してくるのだ!

自分のあふれるばかりの幸福に嫌気がさして、
その過剰な光が君らの暗黒を追っかけているのだ。

まず語義から入りたい。一行目の「没落だ」の原語は fällt(不定詞は fallen)である。この fallen が実は、日本語の「転落する」から「没落する」という語脈に最も近い。個人の心的物的貧困化は fallen だけで充分に対応できる。因みに fallen には、陣地や都市が陥落するという、日本語の没落の古い意味まで備わっている。原題 *Niedergang* がここでも「没落」と訳されているのは、共訳者の秋山英夫を始めとする呪縛から逃れられないからである。然し、富岡氏は、お仕着せ題名の曖昧な「没落」が後段のディオニュソス的人物の生き方を受け止めていることは百も承知であるにもかかわらず、そのようなディオニュソス的人物が存在することを信じることができなかったのだろう。題名の「没落」と一行目の「没落」を比較して、一体どこが違うのかと問題提起しているようだ。このように形体上の矛盾を顧みることなく、敢えて問題提起したのは、先達である氷上訳信太訳浅井訳に対する辛辣な皮肉でもあろう。実際、富岡訳は、氷上訳信太訳浅井訳が潜在的に孕んでいた矛盾を顕在化したにすぎない。確かに三者の訳は fällt を「落ちる」と訳してはいる。然し、これが心的物的貧困化、つまり富岡訳と同じ「転落する」、「没落する」という意味をもつのは明らかである。

原題の *Niedergang* を「没落」と訳した場合、遅かれ早かれ、このようにして矛盾が噴出してくるのは避けられない。これこそニーチェの「たばかり List」なのである。矛盾は三つの理由から説明されうる。いずれにも共通しているのは、信なくしては立たずということである。まず第一に、そもそも原作者が訳者に対して求めている暗黙の規範を無視してしまえば、既に見てきたように自ずと二つの「没落」類型が生じる。然し、没落を映し出す鏡は、専ら世俗的、つまり心的物的貧困化でしかない。とりわけ、個人の没落はそうである。だから訳者研究者が題名の「没落」は降臨と紛うような聖なる意味をもつのだと説明したところで、説明する本人がディオニュソス的人物の存在と正義を確信していて、それを読者に具体的に伝えることができないかぎり、「そんな没落があるのか」と疑念は一層深まっていく。結局、どんなに言い繕ってみても、「序曲」詩集四七と〈序説1〉八連だけに通用する特例の「没落」などというものは牽強付会としか言いようがない。むしろ「降臨」という本来の尊厳を呑み込んでしまった隠蔽工作だと受け止めるほうが分かり易いのではないだろうか。

次に、題名を「没落」にするということは、ディオニュソス的人物の存在と正義を信じているように見せかけて、本当は信じてはいないということである。どんなに客観主義を貫こうとも、ディオニュソス的人物に関するかぎり、信じているか否かという二者択一から逃れることは許されない。戦後の学者の中には、それを信じないか、或いはせいぜい半信半疑の距離を保つことが客観的公正であるかのように錯覚している者が少なくない。それが「生の溢れる豊かさに苦悩する者」なのか、それとも「生の没落（貧困化）に苦悩する者」なのか吟味されねばなるまい。然し、高山樗牛や生田長江は、ディオニュソス的人物の存在と正義を信じることができた。その信なくしては、ディオニュソス（ツァラトゥストラ）に続いて悲劇に立ち向かう勇気も湧かないし、悲劇の先を見据える希望も見えないからだ。ディオニュソス神とは、彼らにとって少年時代から親しんできた仏陀や日蓮と何ら別人格ではなかったのである。仏教には元来、前史である各地の民族神話を平等に受け止める寛容なる世界精神がある。記紀神話だけを歴史として特別扱いするのは、樗牛や長江にとって狂気であり、かえって天照大神を隠してしまう不敬としか思えなかった。だからこそ、その不敬を糺す為に、樗牛の後継者である長江は、敢えて〈序説1〉八連に「降臨」を使おうとした。然し、王政復古と軍国主義は、それを決して許さなかった。一方、氷上英廣には言論の自由が保証されていた。にもかかわらず、存在しないはずの軍国主義の幻影に突き動かされる如く、彼は「没落」を使い続けた。なるほど氷上訳四七は、誰の訳よりも甘美で流麗である。ニーチェや長江への同情も充分に感じ取れる。然し、訳文自体で読者を陶酔させることによって、「降臨」を丸呑みしたのではないかという疑念を、麻痺させようとしているのは否定しようもない。氷上がディオニュソス的人物の存在と正義を信じていないのは明らかである。

第三に、そのようにディオニュソス的人物を信じてはいないのに、信じているように見せかける偽信は、全然信じていない虚無主義から遅かれ早かれ嘲笑されるということである。むろん、これは虚無主義が正しいということではなく、遠近法的に意味をもつことがあるということである。明治四十四年（一九一二）に生田長江全訳『ツァラトゥストラ』〈序説1〉第八連から根本思想が骨抜きにされて以来、そのことが遡って非難されるどころか、今尚追認と隠蔽の上塗りが繰り返されている。「生の溢れる豊かさに苦悩する者」即ちディオニュソス的人物は、権威主義的官学的文脈によって囲い込まれ続けるばかりで、現代の闇を照らす存在だとは信じられてはいない。要するに、根本思想が骨抜きにされたその時以来、無信仰の虚無主義はどん底の着地点を模索する一大潮流となっている。その中には最早、犢牛や長江のような「生の溢れる豊かさに苦悩する者」は殆どいない。大抵は「生の没落（貧困化）に苦悩する者」たちである。彼らは〈三段の変化〉を他人事だと受け止める。或いは、世界戦争を惹き起こした道化者アドルフ・ヒットラーにディオニュソスの幻影を見出そうとする。前者は戦後になって、後者の戦時中の陶酔と痙攣と麻痺を嘲笑する。無信仰が狂信を咎めるのだ。同じように無信仰が偽信を嘲笑しないわけがない。

VI　ニーチェ「たばかり」の全体像

さて次に、〈序説1〉八連の訳者に対してニーチェが求めた規範、即ち「たばかり」とは俯瞰的に見て何だったのか。元よりニーチェは、この部分の翻訳が権力の介入を招くか、或いは迫害者の否定的文脈で汚される危険性を予見していたと思われる。「序曲」詩集四七は、それを克服するための予行演習であり、そこでニーチェは「降臨」を「没落」へと掏り替えようとするたくらみをfällt「没落する」という動詞を投入することによって阻もうとした。然し、それでもニーチェの「たくらみ」を無視して、しゃあしゃあと掏り替える訳者が出現することも見据えていた。そのような訳者は、〈序説1〉八連でも当然乍ら「降臨」を「没落」によって丸呑みさせようとする。然し、ニーチェは〈序説1〉八連では今度は訳語の掏り替えは許すまじと言わんばかりに、剣法ならぬ文法を以て「没落」を寄せ付けない備えをした。それは、既に示した当局側第一案を見れば明らかである。

我は汝の如く下降せざるべからず。我が降り行かむとするところの人々、かくの如きを名付けて没落と云ふ。　（当局側第一案再掲）

「かくの如き」がブラックパロディー化を皮肉にも漏らしてしまうことは既に述べた。因みに「かくの如き」を「これをしも」に改変して語順を並べ替えたのが昭和十六年の竹山道雄訳（弘文堂書房）である。

われもまた、なんじの如くに降りてゆかなくてはならぬ。これをしも、いまわれがその所へ降り行かんとする人々、名づけて没落と呼ぶ。

当局側第一案との違いは、パロディー化を化粧で隠して欺いたという所であろう。然し、九章でも触れるが、wie . . . es を was 同然に扱う文法改竄がある。

いずれにせよ、「没落」という言葉に限って言えば、何しろ百年以上の長寿であり、しかも今なお現役として根本思想を丸呑みし続けている。その呪縛の壁は、想像を絶するほど部厚い。傍観者的客観主義と、責任は先人に推しつければ済むという安易な踏襲と追認は、悪魔の高笑いを一種の禁忌のような習俗に祭り上げてしまったかのようだ。だからであろうか、「没落」が〈序説1〉八連に相応しい訳語として選び抜かれ、書物の中に実現されていった過程は、今なお闇の中である。つまり、「没落」は明治四十四年当時も今も、闇からいきなり飛び出してきた「道化」なのである。

確かに小詩四七は、無知・偏見・誤解から「没落」文脈が生じることを戒めてはいる。然し、そのような心の動きを自在に操り、しかも本格的な迫害の意図をもった意外な「没落」文脈が、既に作品の中に折り込まれている。〈ツァラトゥストラの序説6〉の中で突然現れた「塔の道化師」は、演技中の綱渡り師の頭上を飛び越す。一方、不意に飛び越され、動揺したその男は転落死をとげる。長江と鷗外は、この譬喩からニーチェのどのような暗示を感じ取ったであろうか。ともあれ、作品中では綱渡り師の転落死騒ぎのせいもあって、ツァラトゥストラの説く「超人」は市場の群衆の心には届かなかった。それどころか、「超人」のディオニュソス的下降は、宿命に翻弄される哀れな男の転落と二重写しになった。しかも、転落死の強烈な印象は、元々群衆の理解力を超えていた「超人」についての説教が恰も転落死の誘因であるかのような錯覚へと繋がっていった。かくしてツァラトゥストラは、市場の公序良俗にとって好ましからぬ人物に仕立て上げられた。つまり、ツァラトゥストラもまた、急に没落したかのように群衆の眼には映ったのだ。それを象徴しているのが墓堀人たちの「殊勝なことだ、ツァラトゥストラが墓堀人になったとは！」という言葉である。これは「序曲」詩集四七前段の具体的な再現だ。確かに墓堀人たちは断片的な印象を切り取り、彼らの目線に合った言葉でツァラトゥストラを嘲笑しているにすぎない。然し、それとても、「塔の道化師」が綱渡り師を転落死せしめることによって、ツァラトゥストラの説く「超人」のディオニュソス的下降を、宿命に翻弄される男の転落実話へと掏り替え改竄し、それとともに「ツァラトゥストラが没落した」という目論見どおりの印象を群衆の間に広めることができたからである。

綱渡り師を転落死へと追い遣った「塔の道化師」は、良心の痛みもなく他人の生命を奪う権力者か、或いは深く権力に取り入った権力の代弁者であると見なさざるをえない。この「道化師Possenreisser」は「宮廷道化Hofnarr」の変型であろう。いずれにせよ、専ら笑いの対象でしかないと思い込まれている道化こそ、ディオニュソスの降臨を「没落」へとブラックパロディー化し、プロパガンダを謀る者として預言的に描いたのである。鷗外は、自分がニーチェによって完全に見抜かれていると戦慄を覚え、逆に深い憎悪を抱いたかもしれぬ。というのも、鷗外こそ、まさに「没落」を投入しようと企んでいたからである。自分のことを指していると思われる「塔の道化師」を、鷗外は「沈黙の塔」と改変し、単行本訳の序として冠したのかもしれない

今まで述べてきたことから、ニーチェが三度までも詩によってブラックパロディー化を阻もう

としたことが明らかとなった。最初に「序曲」詩集四七では fällt（没落する）という唯一つの動詞を投入することによって、次の〈序説1〉八連では副文中に言わば〝文法監視カメラ〟を据えることによって阻もうとした。そして三度目は、既に〈序説1〉八連の訳に於いてまさにブラックパロディー化を遣って退けたかもしれぬ訳者に対して、「おまえこそ、塔の道化師か、さもなくばその同類である」と言わしむばかりに「鏡をもった幼な子」宜しく良心の鏡を突きつけることによって猛省を促し、〈序説1〉八連に遡ってブラックパロディー化を撤回させようとしたのである。ここまで原著者が〈序説1〉第八連の翻訳の為に気配りを示していることは、一体何を物語るか。時代は国家主義が支配していた。人々は何をやるにも国家主義の文脈をこぞって読解こうとした。ドイツから立憲君主国家の制度を学んだ日本の知識人もまた然り。ところが、よりによって国家の形を取り入れた当にドイツから「国家は、あらゆる冷血な怪獣の最たるものである」といって憚らぬニーチェの代表作が輸入されたのである。国策に背く輸入であると憤った政府高官がいたとしても不思議ではない。また、国家主義の文脈でニーチェの代表作を制御する為には、個人主義的根本思想を骨抜きにして、ブラックパロディー化するのが上策であると別の高官は考えたことだろう。高官たちのこのような反応は、蓋し、ディオニュソスの教えが古の昔から個人の自立を促すがゆえに為政者たちによって不当に恐れられ憎まれ、無知や誤解や偏見や妄想で紡がれた伝説で以て囲い込まれてきた歴史のはじまりであると言わざるをえない。ニーチェは、最愛の〝息子〟『ツァラトゥストラ』の行末を案じて、できうるかぎりの手を打ったのである。

Ⅶ　二つの「没落」の謎

最後に八章全体を総括しつつ、章の始まりに掲げた単行本訳〈序説1〉八連の二つの「没落」を謎といてみたい。まさにこの二つの「没落」のために、当局はドイツ語文法の改竄のみならず、日本語を破綻させることも厭わなかった。長江と鷗外という当時としては最もドイツ語に通じていた二人の文学者が翻訳に関わっていて、尚このような文章の破滅を招いてしまっているのは何を物語っているか。何としてもツァラトゥストラの根本思想を伝えたいと願った長江と、何としてもその思想を骨抜きにして遣りたいと画策していた当局側の代弁者森鷗外との意見の食い違いが最早のっぴきならぬものになっていたのである。長江は犢牛の夢を実現してやりたいと思っていた。一方、鷗外は、この件を巧く処理して山県有朋の信頼を確かなものにし、陸軍大将（格）に昇り詰めることを密かに狙っていたのではあるまいか。結局、単行本訳〈序説1〉八連を見るかぎり、この訳でいくか、さもなくば発禁だという当局側の恫喝で以て、事前検閲の折衝は一方的に打ち切られたと推測するほかない。それほどの野蛮と拒絶が刻印されているということである。それはまた、たぶん明治元勲の影であるかもしれぬ。故に単行本訳のような支離滅裂は、文章ではなくて、国神の狂乱祭ではないかと受け止めるほかない。明治四十三年（一九一〇）十月十五日の鷗外日記には「生田弘治 *Zarathustra* を読みて質義に来ること數次なり。此日質義全く終る」とある。「數次」と記している以上、幾つかの段階を経て単行本訳へと達したのである。とはいえ、改良を重ねたとは推定できない。むしろ、原文の根本思想から遠ざかるという意味に於いては、改悪を重ねたのではないか。単行本訳が何よりも雄弁にそれを証明している。むろん、剛直な長江が、当局側と鷗外の言いなりになっていたはずはない。ここぞとばかり、論理を尽くして理非を審らかにしたにちがいない。然し、事前検閲の過程は今なお闇に閉ざされたままである。

然し、単行本訳が見るも無残な根本思想の暗殺現場であり、そのことを当局が少しも隠そうとしなかったのであれば、その〝犯行現場〟は手を加えられることなく確保されるほうが後世の研究者にとっては有難い。というのも、全集訳の副文が、不必要なりとの抗議を示す括弧で囲まれていて、それが決定版となっている以上、単行本訳の副文を見詰めれば、それが括弧で囲むことができないほど酷い代物、つまり当局が自らの手に依ることを見せつけた〝犯行現場〟であるのは自ずと明らかだからである。

然し、歴史の死角には、狂気であれ、犯行であれ、だから神聖に映るのだと一人ほくそ笑んでいる大物の道化がいる。長江訳単行本の序として「沈黙の塔」を掲載した森鷗外である。鷗外は、その中で恰も当局に対する抗議をしているかのような錯覚を読者に与え、世間を欺くことに充分に成功している。加藤周一の如き論客でさえ、『日本文学史序説』下巻の中で、鷗外が政府の権力乱用を痛烈に批判したことは、官僚として大変に勇敢であったと称えている。確かに明治四十三年（一九一〇）十一月に「沈黙の塔」が『三田文学』に発表されたときには、その前年七月の「ヰタ・セクスアリス」の件についての抗弁や、四十三年五月に〝発覚〟した〝大逆事件〟

以降の行き過ぎた思想介入に対する抗議という意味もあるだろう。その意味に限れば、加藤の指摘は当っている。然し、「沈黙の塔」が『ツァラトゥストラ』の序となる意味は、当局に対する抗議とは凡そ真逆の文脈によってしか読み解くことはできない。それは、当局に依る〝犯行現場〟にも等しい単行本訳〈序説1〉第八連を見れば一目瞭然である。真剣な努力の結晶である自分の翻訳を、自らブラックパロディー化する訳者などいるはずはない。つまり『ツァラトゥストラ』の翻訳に関しては、鷗外は当局側の代弁者となって動いたのである。「沈黙の塔」の狙いが実はここにあったとするならば、『三田文学』に於ける初出は、長江訳『ツァラトゥストラ』の根本思想を骨抜きにするための布石、或いは陽動作戦だと見なすことができるのではないか。

当時、政府高官、高級軍人としての鷗外の、このような策謀に気づいた者はいたかもしれない。然し、公言することは憚られた。だから何も無かったことにされている。いずれにせよ〝大逆事件〟という背景は無言の圧力となったのである。以後、学者たちは「没落」に対して表立って批判を加えず、むしろ、それを徐々に公認の権威ある言葉のように取り扱っていった。そのことは、何よりもドイツ語と日本語を「没落」させた。というのも、〈序説1〉八連に於ける順逆の掏り替えは元より、原文にはない関係代名詞があるかのように装う嘘や、主文訳にいきなり「没落」を使うことの不条理から眼を逸らせたのみならず、呆れたことにそれらの掏り替えや嘘や不条理を、学者たちは卑屈にも各々に模倣したり踏襲したりしていったのである。むろん、このような罪の意識もなければ批判的理性もない、横並びの安易な追随は、「没落」を強制した鷗外の責任を不問に付しこそすれ、聊かも長江の意に適うものではなかった。それどころか、当局の容喙が「前門の虎」だとすれば、この類の追随は長江の生前没後に関わりなく、いわゆる「善人」たちによる「後門の群狼」に等しい迫害ではないだろうか。ともあれ、翻訳の全責任を当初から一身に担わされていた長江の孤独感は、言論の自由の時代からの想像を拒むほど深いものだったと推察されうる。

蓋し、単行本訳〈序説1〉八連の二つの「没落」に依る譫言(うわごと)のような背理に対して、全く学問的な言語批判が加えられなかったことは特筆に値する。むろん、意外な文脈によって仰天させられ、判断力を奪われたということもあろう。然し、〝大逆事件〟絡みで当局は、自らの〝犯行現場〟を露骨に見せつけ読者を金縛りにしようとする為に、「理性を失って半狂乱になることこそ、神の姿に似ることであり、それを疑うことが罪だった」という古代シャーマニズムのレトリックを伝家の宝刀として振りかざしたのである。つまり、譫言のような背理が「理性を失って半狂乱になること」であり、「神の姿に似ること」であるならば、それは、日本土着の神の御告げ、即ち託宣もしくは神託ということになる。たとえ、近代人を古代人ほど容易く欺くことができなくても、権力者の中に神懸かりの狂気を認めた場合、賢い大人であればあるほど、最悪でも「さわらぬ神に祟りなし」と思って口を噤む。このことを森鷗外は予めよく解っていた。そして、その予測は概ね当っていた。それどころか、昭和に入って、国神の威勢が増すにつれて、「神懸かりの狂気」は、公認の「神意」に祭り上げられた。つまり「没落」は、国神のディオニュソスに対する呪詛を示す「神託」として横並びの習俗となった。結局、近代人も古代人も大差はないことが判ったのである。鷗外には、大変な先見の明があったということになる。然し、森鷗外がツァラトゥストラの根本思想を暗殺した張本人であることに変わりはない。百数年経った今日、そのことに気づく者は殆どいない。残忍極まる殺戮の現場には、崇高な神社仏閣が聳えていることが少なくない。鷗外を読んだ後のどことなく崇高な残像も、葬り去られた声なき声を伝えているのかもしれない。

Ⅷ　復讐の狂気

それにしても不可解さは想像を絶する。ツァラトゥストラの根本思想を骨抜きにする為にブラックパロディー化するのであれば、昭和十六年の竹山道雄訳とほぼ同じ当局側第二案で以て充分に目的は達せられたはずである。なぜ、単行本訳の如き改悪のどん底まで「没落」し、意味不明の責任を鷗外は長江に負わせねばならなかったのか。当局の意向だけでは説明のつかないものがある。たぶん、長江原案を見た時、〈序文1〉八連訳への長江の意気込みの中に、鷗外は高山樗牛の幻影を見たのではないだろうか。審美論争に於いて、樗牛は陸軍の要職にある鷗外に屈辱的な敗北感を与え、大いに悔しがらせた。この悪夢は鷗外の癒えぬ古傷となっていた。むろん、長江は鷗外の古傷には触れぬよう注意を払っていた。鷗外も何も無かったように装っていたかもしれない。然し、初版訳作成をめぐる遣り取りの過程で、鷗外は疑心暗鬼になっていったのではないか。とりわけ、樗牛の墓碑銘の一部として有名な言葉「超越せざるべからず」と原案の「下降せざるべからず」との間に何かあるのではないかと大変に気になった。

そして、鷗外は自ら『ツァラトゥストラ』を原書で読み、樗牛の言葉の原点を探ってみた。まず〈序説4〉で「下降するもの」が「渡りゆくもの」と同義であると明言されていることを科学的だと思った。そして、太陽の光を精神に置き換えるのもゲーテに準じていると受け止めることができた。然し、「自らを超えて創造する über sich hinaus schaffen」というツァラトゥストラの言葉を二度三度と目にしたとき、鷗外は樗牛と似たものを感じて少なからず衝撃を受けた。というのも〈三段の変化〉に依ると、「創造」は「幼児(おさなご) das Kind」の営為とされていたからである。じつは「幼児」こそ、ニーチェと樗牛を繋ぐ言葉なのである。かくして「下降」と「自らを超えて創造すること」が一つに重なって見えてきた。それと同時に、一部で音楽的主題のように繰り返される「人間は超越(克服)されねばならぬ何かである Der Mensch ist etwas, das überwunden werden muss」という言葉が、樗牛の「吾人は須らく現代を超越せざるべからず」の原点だと思えてきた。そして、三部に入ると、「山頂と深淵——これらが今一つになったのだ」〈旅人〉という決定的な言葉が現れた。もはや明らかだった。「下降せざるべからず」と「超越せざるべからず」とは同義であることが明らかとなったのである。

鷗外は思った。外国文学の翻訳語として「降臨」を使うことは必ずしも禁忌ではない。然し、長江原案を公認すれば、自由と個人主義のニーチェが本格的に民衆の心を捉えるだろう。のみならず、樗牛は日本のニーチェとして蘇る。「美的生活」は見直され、樗牛は以前にもまして天才だと評されるだろう。もし、そんなことにでもなれば、自分にとっては悪夢の再現ではないか。

この想念に捉われるや否や、鷗外は約十年前の悪夢の虜となった。彷徨い出でた憤怒と遺恨の悪霊は、意外にもメフィストの如く腹を抱えて大笑いした。そして鷗外の耳許で囁いた。「チャンスが転がり込んで来ましたぜ、旦那、さあ、前髪を摑んで存分にお遣りなさい！」と。――以後、まさに悪魔のように、鷗外は水も漏らさぬ復讐計画を実行していった。長江原案の「降臨」をブラックパロディー化する為に、鷗外はそれを、樗牛が「滝口入道」や「平家雑感」で多用した「没落」と掏り替えた。いかにも樗牛の遺志を果たしてやっているかのように装ったのである。然し、真意は、樗牛の剣で樗牛を暗殺するが如き残忍なものだった。のみならず、既に主文を「没落せざるべからず」に変えていた。その理由の第一は、先に触れたように、鷗外自ら研究した結果、「下降せざるべからず」は「超越せざるべからず」と同義だと判ったからである。いずれ有力な意味解釈として、長江自ら宣言する可能性が高い。理由の第二は、長江は初版時まだ二十九歳と若い。自分（鷗外）の死後、後段の「没落」を「降臨」へと改訳するかもしれない。そうなれば、初版の「没落」が逆に笑いものになる。いずれにせよ、初版時から主文を「没落せざるべからず」にして、「超越せざるべからず」という星を射落して「没落」させてやるに越したことはないと鷗外は考えたのである。そのために、ドイツ語文法の改竄や日本語の破綻をも遣って退けた。この段階で鷗外は、狂気を露骨に見せつけることこそ、皮肉にも国神の「神意」となると計算していたのである。このようにして、二つの「没落」が踊ったのである。これこそ長江が「夏目漱石氏と森鷗外氏」の中で言及した鷗外の「あそび」ではあるまいか。

第九章　『ツァラトゥストラ』〈序説1〉第八連を中心とする翻訳史

Ⅰ　長江以前

学問上の批判精神は、歴史を切り拓く原動力である。それゆえに大変に尊重されている。異文化の真実を伝えようとする翻訳にも、それは必然的に当て嵌まる。ましてや、根本思想を表す言語untergehenとUntergangがどのような日本語になるかは、『ツァラトゥストラ』翻訳の成否を決定する。然し、既に言及しているように、〈序説1〉第八連の自由なる翻訳が禁忌に触れるかもしれぬという思惑が『ツァラトゥストラ』〈序説1〉の翻訳を遅らせていた。だからであろうか、動詞untergehenの名詞化Untergangは、独立した翻訳文の中ではなくて、個別の解説用語として逸早く出現した可能性が高い。明治三十五年（一九〇二）八月桑木厳翼著『ニーチェ倫理説一斑』（育成會）に於ける用語がそれである。その中の「ツァラトゥストラの緒言」を読むと、肝心の〈序説1〉八連を外し、〈序説4〉を中心に解説している。その第四連でÜbergangを「経過」、Untergangを「転（轉）滅」と便宜上訳しているのである。必然的に「転滅」は都合九回使われている。桑木も苦しんだのであろう。「転滅」とは、真に苦しげな訳である。辞書を見ても見当たらない。まだ存命だった樗牛は、桑木の説を読んだらしく、「ああ吾等の関わるところは説に非ずして人也」（「感慨一束」）と長嘆息している。

翌明治三十六年（一九〇三）に入って漸く『ツァラトゥストラ』翻訳の兆しが現れる。同年八月、まだ生田星郊と号していた長江は、「輕佻の意義」に於いて次のように語っている。

嗚呼、ニーチェは未だ全く我が思想界に理解せられざる也。聞くならく近者登張竹風子、アルゾー、シュプラッハ、ザラッストラの飜訳に着手し、矻々其筆を進めつつありと。これ實に一世の大事業也。吾人は満腔の同情と歓喜とを以て此事業を祝福し、其一日も速かに完成せむことを熱望して止まざるもの也。

（『明星』卯歳八號）

ところが、三年後の明治三十九年（一九〇六）三月、竹風ではなく樋口龍峡という人物が、その著書『碧潮』（嵩山房）の中で、〈序説〉の一部を訳した。その中に〈序説１〉八連も含まれていた。本邦初の公表された〈序説１〉八連訳である可能性が高い。

人は汝を呼んで没すと云ふ。我れまた汝のごとく、没して人圜に趣かんことを欲す。

冒頭の主文訳には誰しも我が目を疑う。予習しないで苦し紛れにトンチンカンな訳をし、爆笑を誘って教師をも苦笑させる二日酔学生の訳のようだ。そのせいだろうか。この樋口訳は、戯訳と見なされ、最初の〈序説１〉八連訳とは認めないむきもあるようだ。然し、樋口龍峡は、一八七五年生まれ、東京帝大卆、樗牛に「美的生活」論争を挑んだ論客の一人でもある。のちには衆議院議員（当選五回）にもなっている。最も難しい（語学的意味だけではない）箇所の最初の翻訳者として名を挙げたかったのかもしれない。

翌明治四十年（一九〇七）二月、長江が久しく待望していた登張竹風の〈序説〉訳が到々『やまと新聞』に掲載される。題名は「新道徳經（ニイチェのザラツストラ）」である。まず二月一日に翻訳予告をして、二日から翻訳に入り五日まで続いたところで、連載は一時中断する。たぶん〈序説4〉のUntergangをどう訳すかについて頭を悩ましていたものと思われる。当局の介入が有った可能性が高い。十三日に連載再開となるが、以後は十九日、二十七、二十八、三月四日と進み、十一日で終了となった。因みに三月四日で〈序説〉は終わり、三月十一日には〈三段の変化〉の翻訳が掲載されている。ということは、当局の指図か、或いは新聞社の自粛によって、それから先の連載が中断された可能性は否定できない。

〈序説〉訳に関して言えば、ザラツストラという主人公の名が題名の括弧の中にしか見当たらないのが何よりも目立つ。代わりに「烏有（いずくんぞ有らんや）先生」というパロディーが主人公名となっている。竹風の意志とは思えない。次に目立つのが、桑木厳翼が「転滅」と訳したUntergangが「滅亡」と訳されていることである。これも竹風としては苦々しい選択(当局の指示)だったのではないか。ならば、肝心要の〈序説1〉八連訳は、どうなっているのか。これがまた、鳥獣戯話ではないかと思わせる。

われは、汝の如く、下り往かざるべからず。下り往くとは人の語なり、われは、その人の許に趣かんとす。

(明治四十年二月二日『やまと新聞』訳)

ご覧のとおり大変に奇異なのは、樋口訳の主文とは異なり、「下り往くとは人の語なり」という意味不明の副文訳である。同じく竹風の大正十年(一九二一)訳、更には竹風決定版となった昭和十年(一九三五)訳と比べてみよう。

われは汝の如く沈み行かざるべからず、沈み行くとは人の語なり、われは、その人の許に趣かんとす。

(登張信一郎譯註及論評『如是經序品 光炎菩薩大師吼經』星文館書店)

私は、お前と同じように沈み行かねばならない。沈み行くとは人間の言葉だ、私はその人間のところへ下り行こう。

(登張全訳『如是説法ツァラトゥストラー』山本書店)

結局、樋口訳の主文が荒唐無稽だったのに対し、登張訳の副文は三つとも表現の目的を欠いている。つまり、単なる無意味な戯文なのである。まさに噴飯ものである。冗談ではない!「沈み行く」だけが人間の言葉ではない。すべて人間の言葉ではないか。むろん、独文学の草分けとされる登張竹風が、二歳若い樋口の荒唐無稽を、せいぜい無意味な戯文ていどにしか進化させることができなかった裏には、何か重大なことが隠されているのかもしれぬ。とはいえ、樗牛の友人としては、余りにも軟弱すぎるのではあるまいか。いずれにせよ、明治四十年、大正十年、昭和十年と三度も版を改めたにもかかわらず、〈序説1〉八連の中で、鳥獣魚類の語るが如き間延びした無意味は、変わることなく継承されている。而も、其れは戦後も続いたのである。

生田長江は明治四十三年（一九一〇）四月『文学世界』の「『ツァラトゥストラ』の翻訳其他」に於いて、竹風の明治四十年『やまと新聞』訳を評している。はじめは樗牛の友人だということもあり、型どおりの先輩への敬意を示している。然し、「忌憚なく云うと、思想上の含蓄に対する解釈には少々不審と思われる箇所もあるようだ」と明言している。たぶん、〈序説1〉八連に関しては、それが発表された四十年二月二日当日か、遅くとも数日後には目にしていたと思われる。そのうえで彼は、根本思想部分の訳が話にならない、最早、登張氏には多くを期待できぬ、自ら生命懸けで翻訳するしかないと決心していた可能性が高い。

II　長江訳評

さて、ここで明治四十四年（一九一一）一月の生田長江全訳『ツァラトゥストラ』の出番となる。評価については、既に五章で取り扱ったので改めて論じることはない。ただ、この最初の全訳に対する直後の評価は、気になる所である。とはいえ、既に言及したように正面から〈序説1〉八連訳を問題にしたものは、殆ど無いと見受ける。皇統神話に触れないようにして、せいぜい遠回しに、或いは因果を含めるような言い方をするしかなかったのであろう。哲学の徒に宮本和吉という人物がいる。長江に遅れること三年目、明治四十二年（一九〇九）に宮本は、東京帝大文科大学哲学科を卒業した。樗牛や阿部次郎と同じ山形県生まれである。因みに宮本は八十九歳の長寿を全うした。明治四十四年七月の『文章世界』第六巻第九號の中で、〈新著二種〉と題して宮本は、まず長江より前の樋口訳と登張訳を暗に指して次のように述べている。

これまでも吾国の二三の学者が此の『ツァラトゥストラ』のホンの一部分を訳したが人の話によると随分ヒドイ間違いをやっているさうである。

悪意はないのだろうが、人の話を鵜呑みにして公に評価を下すことを恬として恥じていない所が面白い。「ヒドイ間違い」の背後に当局の容喙の有無などを想像しても、一文の得にもならないと思っているようだ。いずれにせよ、若い割には、村長臭い世故に長けた人物のお出ましである。

生田氏が、よく『ツァラトゥストラ』を譯したとは原書を讀んでつくづく自分の感じたことである。決して一通りの苦心や骨折りではなかったろうと思ふ。而して氏の譯文は中々よく出来ていると思ふ。殊に自分の感心したのは氏が原文に非常に忠實で、殆ど一字一句を追ふて譯された事である。従って多少は直譯臭いような所があった、而して文章の調子が滑らかでなく、ギコチな窮屈な所があった。併しさう感じた個所は決して多くはなかった。

確かに、宮本自身は、長江の前人未踏の大業に敬服している。然し、初版単行本訳の初端から目に飛び込んでくる二つの「没落」の異様さを、淡々と読み過ごしたのだろうか。だとしたら、その目は余程の節穴だと言わざるをえない。否、カント哲学研究者である宮本は、好人物ではあっても、決して無能な人物ではなかった。恐らく、長江を育んだ東大哲学流の総意を代弁して、『ツァラトゥストラ』全訳の労をねぎらうと同時に、〈序説1〉八連の二つの「没落」は「ギコチな窮屈な所」ということにして、議論を封殺し事実上の禁忌扱いにしたのである。然し、賢明な読者の目には、樋口訳登張訳に引き続いて三たび同じ箇所が狙い撃ちにされたという強い不審の念があったはずである。そのような当局に対する不審の念を「ギコチな窮屈な所」を以て、海綿のように吸収させること迄も、宮本は狙ったのであろう。だが、それは巧く行かなかったのではないか。そもそも、三たび同じ〈序説1〉第八連が狙い撃ちにされたにもかかわらず、その傷跡を「随分ヒドイ間違い」と「ギコチな窮屈な所」に立て分けて、後者のほうが遥かにましだと言い繕うとしたら、余りにも惨めな魂の囚人同士の諍いだと言わざるをえない。事実、生田長江による本邦初の全訳〈序説1〉第八連は、到底「ギコチな窮屈な所」に収まるほど生易しいものではない。むしろ、「随分ヒドイ間違い」に属するのではないか。ただ、その「間違い」は、国神の狂気を公然と見せつける凄まじいものだった。要するに、哲学の徒である宮本和吉は、言葉を喪ったのである。確かに微に入り細に入り長江訳を批評してはいる。然し、その多弁さは読者の心に届かない。その虚しさは、宮本自身の批判精神が途方にくれていることを物語っているのだ。

実は、宮本和吉著の〈新著二種〉の内容を調べる過程で、偶々同じ『文章世界』の中に、「杜の人」なる匿名の人物が長江訳『ツァラトゥストラ』についてやはり批評を下しているのが筆者の目に入った。その批評は、当時の主要な翻訳者を批評する中で必然的に生じたという形式を取っている。題名は「現代の重なる翻訳家」――。かなり意味深である。つまり翻訳者同士の影響を論じていると見せかけて、じつは容喙の痕跡ありと臭わせているのではないだろうか。「杜の人」自身相当に翻訳に通じているらしく、しかも日本語力に於いても宮本和吉よりは数段は洗練されている。というよりも、むしろ、その批評文全体が、一種の文芸作品か、或いは〝小戯曲〟とさえ思えてくる。

「杜の人」は、まず故長谷川二葉亭を称え、続いて昇曙夢、相馬御風、吉江孤雁など露文学の翻訳者を二葉亭ほどではないが、それなりに評価している。然し、続いて出てきた馬場孤蝶への評価は、決して高いとはいえない。上田敏も「海潮音」を除けば、それほどでもない。そして、いよいよ、宿敵森鷗外に対して、言葉を尽くした讃辞が献げられる。戦いの火蓋が切って落とされたのだ。

　森鷗外氏は何と言っても現代翻譯壇の泰斗(たいと)である。氏の譯文の特徴は調子の森厳なるに在る、洗練彫琢を經ているに在る、宛も珠玉の如く渾然として一部の隙もない。實に能く製(つく)られた文章だ。

右のほかにも讃辞としては「だから模範文として信頼に足りる」とか、「文字に白粉を塗らずに而も麗しい」など破格の取り扱いである。持ち上げるとか取り入るという称え方ではない。他人には死角になって見えないことも、自分には余す所なく見えているんだぞと言わんばかり、今にも攻め掛からむばかりの真剣勝負の間合いである。然し、論調は一転して意味深長にして晦渋(かいじゅう)になる。題名どおりの本題に入ったのだ。

鷗外氏―敏氏―生田長江氏、此の三者には微ながら或系統がありはすまいか。鷗外氏の厳格の風格と敏氏の気取りとは氏の譯文に入った。調子に情熱の存する所、刺戟的の色彩を用いる所は敏氏の方に似てゐる。が、文章家としての質は敏氏の上にあらう。

「氏の譯文」とは、後出の『ツァラトゥストラ』だと考えて間違いない。問題は「刺戟的の色彩を用いる所」を、どう受け止めるかである。〈序説1〉八連の二つの「没落」を指す隠喩だと受け止めることができれば、「杜の人」の評は宮本の評より一段と深い核心に迫る気配を示していると言えよう。ただ、それが「敏氏の方に似てゐる」と結論づけられると、「杜の人」が誰か容易に想像がつくだけに、折角の大将同士の歴史的な一騎打ちへの期待感が些か殺がれる思いがする。確かに〈一部〉には萩原朔太郎を刺激したかもしれぬ「欲情」とか「異常」などという訳語が認められる。然し、それらは「没落」に始まる、まさに狂乱のパラダイム(枠組み)であり、長江が決して望んだものではない。まして上田敏発のものであるわけがない。訳詩をめぐる論敵でもあった上田敏にたいして、「杜の人」は単に揺さぶりをかけたのである。これについては改めて触れるとして、続いて「杜の人」の長江訳評を見てみよう。

近頃のニイチェの「ツァラトゥストラ」の訳、あれは極めて難解の文学なりと聞く。が、單に文章の調子や色彩から言うと確かに或成功を収めてゐる。兎に角ニイチェの文章の含んだ要素を想像する事は出来る。併し氏の文章は餘に彫琢に過ぎはすまいか。文章にあれ程の光をつけた所は豪いには違いないが、どこか未だ生硬な所がある。才気もあり、苦心もあり、相も麗しい一言にすれば手触りのいい文章ではあるが、何處かに野暮な喰い足りぬ所がある。文章の態は聖書流の森厳な調子に情熱の色をつけた芸術的の気分に富んでゐる。斯る難しい文體を撰んだ勇気と努力とには敬服せねばならぬが、是を以て大成の域に達したとは言い難いであろう。

「何處か野暮な喰い足りぬ所」は「刺激的の色彩を用いる所」の言い替えである。本当は「野蛮な喰えない所」と言いたい所を抑制して言ったのであろう。再び〈序説１〉八連の二つの「没落」を突いてきた。上田敏を攻めると見せかけて、やはり大将の鷗外を攻めてきたのである。後続の文章は、聖書を復古に、情熱を狂乱に、芸術的を神聖に置き換えると、鷗外の動きが浮かび上がってくる。

文章の態は復古流の森厳な調子に狂乱の色をつけた神聖の気分に富んでゐる。

むろん、一貫して変わらぬ「森厳」は鷗外を指す。つまり、この一種の〃あぶり出し読み〃は、〈序説1〉八連への鷗外の関与を雄弁に物語っているのである。繰り返される言論の自由なき時代に備えて人智は様々な伝達回路を蓄えてきた。それが芸術となり、文芸となった。「杜の人」こと坪内逍遥はそれを暫し借用したのだ。続く「難しい」という形容詞は同じ引用文冒頭の「難解」と同様、単に語学的な意味だけではなく、当局が異常に神経を尖らせているという意味をも含んでいる。その困難に敢えて挑んだ長江の勇気と努力には敬服せねばならぬと、坪内逍遥が称えている。宮本和吉には殆ど見られなかった文脈である。

Ⅲ　大正期

長江の全訳単行本が世に出る少し前、明治四十三年（一九一〇）から『独逸語學雑誌』にて、独和対訳の『ツァラトゥストラ如是説』の題名で連載していた山口小太郎という慶応三年（一八六七）に生まれ東京外国語学校を卒業して活躍していたドイツ語学教授がいる。山口もまた、その当時の慣例に従って、〈序説1〉から訳していたわけではなかったようである。ひょっとしたら訳していたかもしれない。そのうえで、長江訳を目にして当局の意向を感じ取り、それに合わせて自訳を変更し、以前の訳を回収したということも考えられる。大正五年（一九一六）七月精華書院から出版された『獨和對譯ツァラトゥストラ如是説』第一編の〈序説１〉第八連は次のようになっている。皇学國学との絡みのある注目すべき訳である。

予は今人寰（じんかん）に降らんと欲するが故に所謂下向没落するものなり。

見てのとおり、有るはずの「汝（太陽）の如く」という訳語が見当たらない。強いてその痕跡を認めるとすれば、「人寰」であろう。寰には、天子の直轄領地という意味がある。皇学文脈に依ると、天子の皇祖は天照大神、即ち太陽である。その天照大神に対して「汝の如く」と直訳するのを、山口は畏れ憚ったと見るべきか。そして「汝の如く」と「人々のもとへ」とを牽強付会にも「人寰」と言い換えたようだ。ここ迄やれば、翻訳の目的は翻訳ではない。天子の支配する「人寰」へと降臨することが許されるのは天照大神だけであり、外来の神（ディオニュソス）であれ、異国の貴人ツァラトゥストラであれ、この地では没落するしかないと明言することにある。むろん、それは直近一九一一年の長江訳〈序説1〉第八連に対する当局の容喙を受け止めてはいる。然し、直ちに追認・追従の類だと見なすことは適当ではない。露骨な追従は、そこから見えてくる事実に対する皮肉の一刺しであるからだ。その一刺しによって明かされるのは、世界共通の太陽神話を政治的に一人占めせむとする狂気がツァラトゥストラの根本思想を骨抜きにしてしまったという真理の女神の嘆きと怒りの声である。

大正期の訳としては、ほかに長江の新潮社全集訳と、先に挙げた登張信一郎譯註及論評『如是

經序品　光炎菩薩大獅子吼經』（訳は序説のみ）がある。前者が大正十年（一九二一）十一月に発刊されたのに対し、後者はそれより一ヵ月早い同年十月に発刊されている。登張竹風は長江訳を強く意識していたのではあるまいか。この書物の珍奇な特徴は、「註譯論評の拙文だけは、殆ど全く純佛教殊にわが親鸞聖人の宗教信仰に基いてゐることであります」と解題で大仰に明言していることである。続いて竹風は「（親鸞）聖人を通じて、通佛教を観るやうになりました私は、佛教的見地に立って、ニーチェ先生の如是經を身讀するようになったのであります」と言う。「身讀」とは、たぶんニーチェ思想の故に東京高等師範学校を辞職する破目になり、その後第二高等学校へと都落ちしたことを指していると思われる。続いて竹風は平然と「私見によれば、本書所説の超人は佛であり、超人を説くツァラトゥストラは佛經に見ゆる菩薩であります」と言って退ける。

確かに仏教学理的に見ると、死者だけを仏と見る偏見を打ち砕いているように思える。然し、日本の仏教社会は江戸時代以来、学理的に動いた例がない。常に習俗として動いてきた。その文脈からすると、「超人」は現世を離れて阿弥陀仏の許へ迎えられた人間、要するに死者だと受け止められる可能性のほうがより大きい。それでは悪人正機説のうえに超人正機説が加わっただけのことである。これが竹風の以信能入、つまりニーチェの親鸞的解釈ということになる。何のことはない。死者を仏と見る俗見・偏見に取り入り、それを更に拡大しただけではないか。学者のやることではない。一儲け企む山師の所業であると言わざるをえない。日本で最も多いとされる浄土真宗系檀徒の懐を狙っているのは明らかである。それあらむか。あってはならぬ「譯者曰

有信者　悉可讀、無信者　不可讀」などという言葉が訳に入る直前に添えられている。これは、訳註でも論評でもない。原作の改竄に当る。なぜならば、ニーチェの言う「信者 die Gläubigen」とは、極めて否定的概念だからである。

確かに『ツァラトゥストラ』の中に於いても、信じるということは重要な要素である。とりわけ、自分自身を信じるということは肝心要である。然し、そのためには自分自身を探し求め、発見しなければならぬとニーチェは言う。しかも、この発見が最も難しいと言うのである。悲劇的な苦難の中で自己克服する過程に於ける、自分自身の発見こそ、闇を光に変えるような、つまり最もディオニュソス的意味を有っていると考えているからである。そのうえ、この発見は単なる認識ではなく、黄金によって象徴される永遠不滅の自分自身と出会った、創造的且つ本能的な魂の底からの歓喜である。これなくして、超人も永遠回帰もない。いずれにせよ、信じるということは、ニーチェ思想に於いては、単純に抽象的に論じることはできない。それどころか、古代ギリシア悲劇の意味を模索しつつ、創造的行為へと到る深甚の位相を見据える知恵（遠近法）を孕んでいるのではないだろうか。

そもそも、ツァラトゥストラは、弟子たちに対して自分の言うことを盲信する信者であってはならぬと釘を刺す。そして、自らも詩人であることを明言した上で「詩人たちは余りにも多くの嘘をつく」と注意を促す。信じるということは、最大の価値転換の一つなのである。その指標となっているのが「神は死んだ」という言葉ではないだろうか。ツァラトゥストラは神ではない。自分自身に目覚めた人間であり、生の溢れる豊かさに苦悩する人間である。だからこそ、魂の眠っている人間や自分自身を喪失している人間、自分自身に不正直な人間や自分自身を愛することに失敗している人間、或いは復讐主義者や、いわゆる「死の説教者」などから絶大な信仰を捧げられるのは御門違いなのである。つまり、たとえ善意からであれ、その信仰は有害無益な誤解・妄想・先入観・偏見であり、新手の迫害であらざるをえないということなのである。この類の信仰の疑いが濃厚であると見なさざるをえないのが、「超人は佛である」という登張竹風の言葉である。

時代の不安は、生の貧困（没落）に苦悩する人間を否応なく生み出していく。そこから同情の雲が拡がっていく。それに紛れて人間の邪智も蠢く。そして、牧人と畜群に喩えられる聖職者と信者との間で飽くことなく繰り返されてきた、虚偽と愚行の歴史が、虎視眈々と返り咲きの機会を窺う。竹風は、時代に垂れ籠めた暗雲を神として、伺いを立てたと言えよう。それが戦争の暗雲であり、そこから己一身の利益を謀ろうとするのであれば、竹風の立場は、ツァラトゥストラの言う「死の説教者」に近いと言わざるをえない。

IV　昭和期（一九四四年まで）

筆者の調べた限りでは、大正十年（一九二一）秋の竹風・長江訳から昭和四年（一九二九）二月の加藤一夫全訳『ツァラトゥストラは斯く語る』（三章特記に既出）まで改めてここに留め置くほどの〈序説1〉八連訳は無いようである。既に三章で論じた加藤は一八八七年生まれ、明治四十三年（一九一〇）明治学院の神学部を卒業した詩人である。彼は〈序説1〉訳で「没落」を全く使っていない。換わりに使っているのは「下降」である。むろん、「没落」という訳語が廃れていたわけではない。それどころか、阿部次郎をはじめとする、解説書や論文の著者によって、「没落」は当局の意図した畜群化の烙印として可成り浸透しつつあったと見るべきであろう。それあらんか、ニーチェ代表作と共に『この人を見よ』までもが収録された加藤の一大訳業『世界大思想全集』8の奥付きには、括弧で囲まれた「非賣品」という文字が刻印されている。要するに、「没落」という烙印を拒否した加藤訳〈序説1〉は出版市場から締め出されたのである。或いは、そうなることをはじめから予想して、彼はキリスト教関係者や文学愛好家、ニーチェ研究者などに向けて寄贈計画を立てていたのかもしれない。いずれにせよ、全訳は生田訳だけだったこの時期に、学者でもない在野の一詩人がニーチェ代表作のみならず『この人を見よ』まで訳して発表したのは特筆に値する。ただ惜しむらくは、『この人を見よ』の中でGrundconceptionを「根本的思想」と訳していることである。

加藤訳の半年後、昭和四年八月に登張竹風の東大独文の後輩、吹田順助譯註『獨和對譯ツァラトゥストラ解説』（郁文堂、訳は二部まで）が刊行された。流石に専門の研究者だけあって、その解説は研鑽の跡を窺わせる。然し、それとは裏腹に、肝心の〈序説1〉八連訳には同一人物の仕事かと思わせるほど失望させられる。また大変に腑に落ちないのは、原文の底本と記すべき所を「臺本（台本）」などと記して出版社名を記していないことである。ひょっとしたら、〈序説1〉八連の極端に小さなイタリック体と関係があるのかもしれない。今後の研究に俟つとしよう。ともあれ、それは他日を期すことにして、左に加藤訳と吹田訳を並記してみた。

汝の如く我は、我が将に降り行かんとしているその人々の語に従えば、下降しなければならぬ。

（昭和四年二月　加藤一夫訳）

わしは、お前とひとしく、没落しなければならない――わしが降りて行かうとする人間どもの、言うところに従えば。

（昭和四年八月　吹田順助訳）

両者に共通しているのはwieを接続詞として「従えば」と訳出していることである。逐語的に文法に忠実であろうとする傾向は、明治期の樋口訳登張訳や大正期の山口訳より解り易いアプローチである。然し、単に接続詞の機能のみに留まるのではなく、wie . . . esを一体として関係代名詞に準じる捉え方をしなければ、正確な訳とは言えない。在野の詩人である加藤の語学力がその水準に達していないのは、ある意味で仕方がない。だが、専門の独文学者である吹田の訳がその水準に達していないのは奇妙である。それどころか、「従えば」を動詞の前に置いた加藤訳がどこか自信ありげ（「没落」を拒否した自信であろうか）であるのに対し、それを文末に置いた吹田訳は、訳者の深層心理にある不審と迷い、更には「嘔吐 Ekel」さえも余韻として漂わせているのではないだろうか。

ひょっとしたら、吹田なりのシグナルかもしれぬ。無理もない。彼は美学系でも哲学系でもなかった。〈序説1〉第八連の翻訳に於いて、吹田順助は最初の独文学者として「没落」という烙印を受けたのだ。当然、後輩たちは、吹田訳「没落」を先例としていく。相当な葛藤がないはずはない。本来ならば、吹田の損な役回りは、独文の草分けである登張竹風が引き受ける性質のものだったかもしれない。然し、竹風はそれを嫌って、浄土真宗系檀徒を読者市場にする道化芝居に打って出た。吹田にこんな真似はできない。だからといって、加藤訳のように「非賣品」扱いされるのも矜恃が許さない。学究の階段を踏み外さない為には、泣く泣く当局の求める烙印を受けるしかなかった。いずれにせよ、若かった吹田はジレンマに苦しんだのである。そんな彼を何よりも慰めたのは、自分の対訳本が思った以上の売り上げを示したことではないだろうか。

戦前の昭和十年から十五年までに限定すると、十年四月の日本評論社版生田長江訳『ツァラトゥストラ』、同じく十年十二月の山本書店版登張竹風全譯『如是説法ツァラトゥストラー』、更には十四年八月の吹田順助譯註『ツァラトゥストラ』の三書が〈序説1〉八連を擁する旗頭だった。生田訳の〈序説1〉八連は大正十年訳（括弧付き）から不変であり、吹田訳のそれも昭和四年訳と全く同じだった。ところが、竹風最初の全訳に於いては、既に言及したように〈序説1〉八連が文語から口語に変わった。また、同じく〈序説1〉の最終連も「還相廻向」から「下化」となっていた。然し、変わったのは〈序説1〉だけではなかった。戦時用に合わせて大化けしたのは〈序説4〉である。大正十年訳では、〃踏み絵〃の「没落」の換わりの「還相廻向」に合わせて、〈序説4〉でも「没落」の換わりに「還相」を多用していた。その伝で行けば、昭和十年訳〈序説4〉は「下化」を多用することになるはずである。ところが、「没落」の換わりになったのは「下化」

ではなくて、なんと「墜落」だったのである。
ここまでの竹風訳の違いを明らかにする為に明治・大正・昭和三種の〈序説4〉第四連を並べて比較してみたい。

今の人若し愛すべくんば、そは今の人の過渡にして、また滅亡たるところに存す。
（明治四十年二月『やまと新聞』訳）

人間の敬愛せられ得る所以は、そが往相にしてまた還相たるところに存す。
（大正十年十月『如是經　序品』訳）

人間が敬愛される所以は、それが過渡であって且つ墜落であることだ。
（昭和十年十二月『如是説法ツァラトゥストラー』訳）

Ｕｎｔｅｒｇａｎｇの訳が「滅亡」から「還相」を経て「墜落」へと大化けしているのが分かる。他にも同じ〈序説4〉の中で、「かようにして墜落するのが彼の本懐であるからだ」とか、「そのようにして一切萬物は彼の墜落となる」、更に〈序説9〉には「かくして、私の躍進は彼等の墜落でありたい！」などという「墜落」節が〈序説〉全体で、その数なんと十回、祭の非日常に破目をはずす旅人宜しく踊っている。むろん、Untergangには「墜落」などという意味は、あるはずがない。露骨な逸脱であり、改竄である。生田・吹田訳の「没落」を出し抜く為に、更に刺激の強い異常な言葉を使って非日常の祭を演出し、逐次入ってくる日中戦争の戦勝報道に酔い痴れる軍部と俗衆に迎合していたのではないか。確かに、『如是説法ツァラトゥストラー』の昭和十七年三月版が既に六版だったことからすると、竹風全訳は勇ましい「ニーチェ主義」だと称えられ、仏教宗派統制下、相当な軍需景気に与ったものと思われる。むろん、「墜落」といっても、当初は零式戦闘機に撃墜されて墜落する中国軍の複葉機や、太平洋戦争開戦時には米英軍機しか、日本人は想像できなかったであろう。然し、昭和十七年六月のミッドウェー海戦を境に、墜落は、むしろ日本軍に増えてきた。やがて、若き未熟な航空兵の特攻という事実を前にして、民草は漸く「墜落」の本当の意味は無謀無策の特攻なりと謎解いたのではないか。まさに大日本帝国の「墜落」である。それあることを竹風は心のどこかで予感していたのであろうか。それならそれで、自前の詩を創るべきではなかったのか。然し、登張竹風は、ツァラトゥストラの思想を己の野心に合わせて改竄した。そして、ツァラトゥストラに事寄せて戦争を煽り続けたのである。その文才や悲し、その道化ぶりや寂し、文芸を生業とする者の罪業や深しと言わざるをえない。

とはいえ、戦争そのものと直結した竹風の「墜落」と比べて、生田・吹田訳、更には昭和十六年二月から市場に参入した竹山道雄訳『ツァラトゥストラかく語りき』（弘文堂書房）等の〈序説１〉第八連の「没落」のほうがより上等だったかというと、決してそうではない。というのも、市場が戦争特需と結びついている限り、文脈は自ずと世相を通して読者の心に伝わっていく。そこでは、Untergang の原意の比喩である「太陽の如き下降」は全く消滅し、訳語の「没落」は、ひたすら「戦死者Gefallene」の家庭の衰亡を映し出す。その意味に於けるUntergangはいかなるFallよりもFallめいている。つまり「戦死」と「衰亡」、ついで「堕落」「転落」「淪落」そして「破滅」である。竹風の「墜落」も、元はと言えばFallの領域である。そのようにして「没落」という転落蜘蛛は、暗く寂しい夢を紡いでいく。

元より、戦争特需を逆手に取って食い物にした元凶は、市場という魔物である。にもかかわらず、戦後になると、ニーチェ自体に責任を転嫁しようという空気が生まれる。それは本末転倒というもの。そもそも『ツァラトゥストラ』は太陽神話、否、太陽童話――「幼児」の声なき声――と呼んでも過言ではない。その太陽童話に「没落」の呪いをかけ、蜘蛛の巣をはりめぐらせ、魔物を招き寄せたのは、多くの戦死と戦死者を見てきた森厳なる文芸祭司、あの「崇高」を演じさせると並ぶものなき大物役者、文豪森鷗外ではないか。このことを見誤ると、魔物の森を見て祭司の鷗外を見ない破目になる。つまり、歴史を見誤るのだ。然し、見誤っているか、或いは見ようとしないからこそ、現在なお「没落」という訳語は廃れていない。むしろ、市場という名の魔物は、戦争特需期に「没落」や「墜落」によって他人の不幸を食い物にした甘い毒の味を忘れることができない。夢よ、もう一度、それこそ、我が永遠回帰なれと、我田引水の倒錯したニーチェ主義を妄想しているのだ。ディオニュソス的なるものからほど遠い、まさにこのような「哀れむべき安逸」こそ、「没落」と呼ぶに相応しい。

V　戦後

八章Ⅵで紹介した竹山道雄訳は、弘文堂書房から新潮社へと版元を変えた後も、今なお日中・太平洋戦争に合わせた訳註を臆面もなく付けている（次段落で後述）。当時、「墜落」に象徴される登張訳が意外にも戦争特需に合致して相当に売れていた。それに煽られて、竹山も時流に乗り遅れまいと売り出したものと考えられる。つまり、竹山は登張と戦意高揚を競い合ったのである。竹山に有利な条件は揃っていた。まず第一に明らかに「墜落」は遣り過ぎだったこと、第二に登張竹風訳の〈序説1〉第八連は明治・大正・昭和と一貫して鳥獣戯画的道化芝居に託した竹風流の韜晦（とうかい）だったこと。第三に登張訳は遅かれ早かれ戦局にそぐわなくなり、それに代わって国家国民の戦意高揚をしっかりと受け止める翻訳を東大独文の首領として用意することを求められるはずだと考えたことである。そのうえ、独文として最初の烙印は、吹田が引き受けてくれた。竹山は、二番手として「没落」をしゃあしゃあと踏襲することができた。しかも、吹田が〈序説1〉八連の主文訳で「没落」を使った点を修正して、副文訳で初めて「没落」を使った。その限りでは、吹田訳より少しは上等のように見える。然し、竹山訳の「これをしも」は「まさにこれを」という意味以上ではない。つまり、wie . . . es を一体として「かくのごときを」と訳す的確な訳ではないのだ。そのように訳せば、「没落」の嘘が笑われる。だからこそ、「これをしも」という小細工を弄した。戦意高揚の為には、それくらいの偽装は何でもないと竹山は考えたのである。

『ツァラトゥストラ』解釈を竹山が国家の戦意高揚という一点に収斂させることができたのは、彼がこのニーチェ代表作を深く理解していなかったし、戦意高揚の文脈以外で解釈する気が毛頭なかったからでもある。例えば、〈死の説教者〉で、竹山は「死の説教者」とは厭世主義者であるという趣旨の註[1]を付けている。確かに、これが竹風の手法を指しているという意味に於いては部分的に当っている。然し、竹風が「死の説教者」であるのは、〈新しき偶像〉に記してあるとおり、国家的文脈の大量死に即して「墜落」を煽っているからである。同じような文脈で「没落」を煽っている竹山と比べて、言葉の印象の違いこそあれ、大差はない。自ら戦場に赴くことなく、「死して生きる」[2]とか、「生きんがために死する」[3]などと説くのは、〈新しき偶像〉で竹山自ら記しているとおり、「死の説教者」の〝殺し文句〟ではないか。要するに、竹風も竹山も「死の説教者」であることに変わりはない。

昭和二十年代(一九四五〜五四)から『ツァラトゥストラ』は全訳(縮小版も有り)の時代に入る。といっても、新訳は二つしか記録に残ってはいない。竹山より遥かに多いニーチェ研究業績を示していると思われる土井虎賀寿の『ツァラトゥストラかく語りぬ』(昭和二十五年八月、三笠書房)を方々探してみたが残念乍ら見つからなかった。もし、本人が手を尽くして回収したのであれば、仕方がない。今一つは初めて京大(独文科)卒業者として手がけた佐藤通次訳である。〈序説1〉八連は次のとおり。

われは、汝に似て、没し行かねばならぬ。いまわがそこへ降り行かんとする人々、これを名づけて没落と呼ぶ如くして。

（昭和二十六年六月『角川文庫版　ニーチェ全集』第十一巻「ツァラトゥストラはかく語りき」上巻）

始め登張流、次は竹山流、最後の「如くして」は吹田流の「従えば」と同じ。三流折衷主義なので、徒に文が長い。むろん、原文の格調もリズムもない。というよりも、魂の抜けた文である。佐藤通次は『ドイツ広文典』（一九五一　白水社）の著者として知られている。然し、退屈な文として、これ以上の見本はない。文法学者が自分でやったとは到底思えないのである。或いは、余程、この部分を訳すのが嫌だったのだろう。さもなければ、意図的に間延びした文にしたと見なさざるをえない。

次に昭和三十五年（一九六〇）二月、稲門の浅井真男訳「ツァラトゥストラはかく語った」である。

わたしはお前とひとしく、没落せねばならぬ、――わたしが下って行こうと目ざす人間たちは、下って行くことをかく呼んでいるのだ。

（『世界文学大系』42　筑摩書房）

主文で「没落」を使っていることと、語順はともかく副文訳中の「かく」は吹田訳の「従えば」と同じである。この頃の当面の商売敵は竹山訳であり、同様の訳は避けて、吹田訳の踏襲を選択したと言えよう。竹山訳のように wie . . . es を一体としながらも、不定関係代名詞（was）同然にしてしまうのは確かに文法の改竄ではある。然し、wie を単に接続詞にすぎないレベルに留めておくのも、不当に浅い訳に甘んじるもの、早い話が的を外す誤訳である。
奇妙にも浅井は、〈序説1〉八連に付した註（7）でUntergangの原意である太陽の下降には全く触れずに、原意から二次的に派生した、しかも正反対のネガティブな枠組みに属する「没落」について次のように述べている。

「没落」（Untergang）は、単に「下って行く（untergehen）という動詞の名詞化だが原語でも、滅亡・衰微の意味を持つ。人間のもとへ行くことが亡びの意味を含むのである。

言葉足らずの無責任な註は、読者を徒に迷わせる。確かに、日本語の没落には、太陽の下降などという立派な意味はない。然し、ドイツ語の「没落Untergang」は、太陽の下降が原意であり、没落であれ滅亡であれ、そこから派生した二次的意味にすぎない。そのことを知らない読者に日本語限定の「没落」を丸呑みさせて、置き去りにしてしまうのは、辻褄が合わないのではないか。そもそも、浅井は註（3）と註（5）では、太陽の下降に倣った「太陽の如き下降」という人間的深化を模索するディオニュソス的欲求を、自ら明らかに示しているのだ。この自語相違を浅井は何と説明するのだろうか。〈序説1〉第八連を前にして、突然、心変わりしたとしか思えない。
ともあれ「お前（太陽）とひとしく」とある以上、untergehenであれUntergangであれ、まず第一に原意に基づいて註（7）を始めるべきである。なぜならば、「太陽の下降」という原意の中でこそ、太陽が再び姿を現すさまを想像することができるからである。また、それが希望の光となるからこそ、悲劇の価値転換と、そのディオニュソス的意義とが熟成の瞬間を待つのだ。むろん、太陽の下降と「太陽の如き下降」とは、自ずと性格を異にする。後者が人間の営為である以上、その動きには二面性があり、それらはアンビィヴァレントな動きを示す。つまり、「太陽の如き下降」というディオニュソス的根本思想が希望・克服・救済・蘇生・超越などを始めとする健やかな創造的枠組みを形成する一方で、それを阻もうとする「重力の魔 der Geist der Schwere」は、「生の溢れる豊かさに苦悩する人間」を「生の貧困化（没落）に苦悩する人間」へと改変し、没落・堕落・転落・淪落・破滅・滅亡などの病的破壊的枠組みの中へと囲い込もうとする。この心的動向が二次的派生の意味となって言語に反映されているのだ。

このように、原意に即した創造性と、そこから逸脱し正反対の方向に増殖した破壊性とは決して相容れない。とはいえ、双方は同化という形で力への意志を示す。前者の同化は教化・文化となり、後者のそれは蒙昧化・野蛮となる。前者が後者を強い意欲を以て教化しようとするとき、後者は逆に強い迫害への姿勢を示すことがある。いわゆるディオニュソス的迫害である。その迫害に耐え切れず、教化しようとしていた前者が心変わりし一転して後者の、つまり迫害者の群れに加わることがある。浅井真男が註（3）と註（5）で「太陽の如き下降」という Untergang の原意（の比喩）に即して健やかで創造的に、まさに教化するように説明していたにもかかわらず、いわくつきの〈序説1〉八連を目の当たりにして、突然、心変わりし、註（7）では Untergang の原意とは正反対の方向に増殖した「没落」文脈で読者の蒙昧化を謀ろうとしたのも、教化する側から迫害する側への突然の心変わりの一例であると言えよう。因みに浅井訳所載の『世界文学大系』42の編者は国松孝二である。ほかの訳者には、秋山英夫（「生に対する歴史の利害について」）、氷上英広（「この人を見よ」）、手塚富雄（「書簡〈和辻哲郎との共訳〉」）など、のちの『ツァラトゥストラ』の訳者が冒頭の浅井訳の次に順番を待つかのように列をなしている。

三番目は、昭和三十六年（一九六一）十月、高橋健二、秋山英夫訳「こうツァラトゥストラは語った」である。〈序説1〉八連は次のとおりである。

わたしは、なんじとひとしく、下って行かねばならない。それを人々は没落と呼ぶ。わたしが下っていく目あてとする人々は。

（『世界大思想全集』「哲学・文芸思想篇14」河出書房新社）

竹山道雄系の訳である。同じように wie . . . es を不定関係代名詞 was 同然に扱う文法改竄がある。原文と同じ配列にした珍しい訳文であるが、それが裏目に出て、三番目の文は目あてなく彷徨っているような印象を与える。秋山の解説によると、この部分の訳は高橋の仕事らしい。とはいえ、「仕事」と表現していることから判断すると、高橋は自ら訳さなかったかもしれぬ。そもそも、彼が『ツァラトゥストラ』を訳すこと自体信じられないのである。だから秋山の説明は、鵜呑みにはできない。ヘルマン・ヘッセの訳者として有名な高橋が担ぎ出されたのは、たぶん、出版社の市場戦略であろう。いずれにせよ、誰が訳したか知らないが、パロディー化の巫山戯気分が「目あて」という言葉から漂っているのではないだろうか。いい訳文を真剣に作ろうという意欲は、毛頭ないものと見受ける。

四番目は、昭和四十一年（一九六六）二月、手塚富雄訳「ツァラトゥストラ」である。〈序説１〉八連は次のとおり。

わたしも、おまえのように下りてゆかねばならぬ。わたしが下りて訪れようとする人間たちが没落と呼ぶもの、それをしなくてはならぬ。

（『世界の名著』46　中央公論社）

高橋・秋山訳に続いて、やはり竹山系の不定関係代名詞があるかのように偽装した訳である。「わたしが下りて訪れようとする人間たちが没落と呼ぶもの」をドイツ語に置き換えると、Was die Menschen den Untergang nennen, zu denen ich hinab will, となる。原文は、wie die Menschen es nennen（以下は同じなので略）である。然し、原文の副文は主文と一体なので、個別には訳せない。ところが、手塚訳をドイツ語に訳すと、主文と副文は別の文である。大文字で始まり、再び、最後に言い換えた別の主文（たぶん das muss ich machen）で終わる。同じように不定関係代名詞が原文にあるかのように偽装した高橋・秋山訳、更には、その流派の元祖である竹山訳の同じ部分をドイツ語に戻したら、どうか。確かに、手塚訳と同じドイツ語にはなる。然し、不定関係代名詞 was が高橋・秋山訳と竹山訳の場合には、小文字となる。偽装は偽装、誤訳は誤訳なりに主文と一体となっているからである。だが、手塚訳のドイツ語訳 Was を was にすると、副文の前後に、二つの主文があることになる。だから独立させて、二つの文にするしかない。三つの誤訳同士の、この違いは何なのか。

結局、手塚訳は主文で言ったことを、次の文で言い換えて強調している。むろん、原文は、そのような形をとってはいない。元より、それは承知のうえで、手塚は著者ニーチェの真意を伝える為には、たとえ原文にないとしても、訳文中の解釈として許容される、否、むしろ必要であると主張するのかもしれない。然し、そもそも、高橋・秋山訳であれ、竹山訳であれ、はたまた手塚訳であれ、wie . . . es は類似関係を示す準関係代名詞として「かくの如き（この類）」と訳さなくてはならぬと分かっているにもかかわらず、それでは「没落」の嘘が明るみに出るという理由で、あたかも同一関係を示す不定関係代名詞が存在するかのように「これ」或いは「それ」と訳しているのではないか。そのうえ、更に嘘の上塗りをするために嘘を強調する神経は、鷗外が国神の狂乱を見せつけた一九一一年長江訳〈序説1〉第八連を彷彿とさせるものがある。確かに学者は、余りにも清らか過ぎて嘘をつけないという面をもっている。然し、習俗となってしまった嘘には抵抗する力もなく染まる傾向（Ohnmacht zur Lüge <Vom höheren Menschen 9>）も合わせ持っているようだ。

八章で縷々述べたように、主文は強い決意と行動であり、副文はその精神の歴史的評価である。それを下すのは、飽くまでも無名の庶民、即ち「人々 die Menschen」であって、決して訳者ではない。訳者のやるべきことは、wie . . . es という普遍的問いかけ、即ち汝の民族は「太陽の如き下降」を如何なるカデンツァ（自由演奏）に依って紡いでいくのかという問いに答えて、相応しい訳語を選ぶことである。それは何よりも、直ちに理解できるものでなければならぬ。白色テロの如き脈絡なき言葉、つまり仰天させる言葉や判断力を奪う言葉は、毒を盛る言葉。主文と副文が順接関係である以上、答えは「降臨」の類しか有りえない。それでこそ、悲劇の価値転換が成る。ところが、それとは正反対の、むしろそこからの逸脱である「没落」を以て答えるならば、それは「人々」の下した歴史的評価をパロディーにしてしまい、そのうえ悲劇そのものさえも闇に葬るということほかならない。だから、「没落」という訳語を選択した〈序説１〉八連は、一様にこの順接文脈の暗殺を犯している。とりわけ一段と露骨にそれを推し進めているのが手塚訳だということである。その〈序説１〉八連訳の「没落」に付した注（２）を左記に取り上げてみたい。

高きから低きへ下りることであり、通常はマイナスの意味だが、ツァラトゥストラにとっては、人間の世界へくだって行って、自分をかえりみず、惜しみなく自分を与えつくすという意味をももっている。

このくだりがどういう代物か、〈新しい偶像〉を訳した手塚訳が自ら明かしている。「善と悪とについてのことばの混乱。これこそ国家の目じるしである。まことに、死への意志をこの目じるしは示している。まことに、それは死への説教者たちに目くばせを送っている」。既に言及したように、日本語の「没落」には、ドイツ語の Untergang の原意である「太陽の下降」が全く欠けている。むしろ「没落」に極めて近いのは Fall である。こちらのマイナスの意味が Untergang のそれと重なり合う。この肝心なことに一言も触れなければ、「善と悪とについての言葉の混乱」が起きるのは目に見えている。意図的に肝心なことには触れないで、混乱を誘発し、無知を手玉に取っているとしか思えない。浅井訳註（7）はUntergangとuntergehenという名詞と動詞を表示している。最低限の良心であろう。結局、手塚訳のこの註は、「言葉の混乱」から己の文脈を紡いで、純朴な無知を絡め取る毒蜘蛛の網ではないだろうか。確かに「自分をかえりみず、惜しみなく自分を与えつくす」とは、一見すると「太陽の如き下降」、つまりディオニュソスの降臨以外の何物でもないかのように聞こえる。然し、その降臨を「没落」へとブラックパロディー化しておいて、しかも降臨の意味だけは抜け目なく盗み取った毒蜘蛛が「自分をかえりみず、惜しみなく自分を与えつくす」などと〝道徳〟を説いたところで、それはかつて登張や竹山が既に遣って退けていたように、特攻隊志願者を募っているようにしか聞こえないのである。

VI　手塚富雄の土井虎賀寿訳批判

手塚は昭和二十五年十一月号『展望』の「誤譯☆惡譯☆珍譯」(二)の中で「青木智夫」なるペンネームの下に第一段落末尾で「……ともかく、この土井（虎賀寿）譯『ツァラトゥストラかく語りぬ』は、土井著『ツァラトゥストラをかく珍譯しぬ』の誤植だろうね」と言って退けた人物である。その第一段落の中で「青木」はSeeleの訳が竹山訳では「霊魂」で統一されていることにしたうえで、「心霊」と「魂」とに二分割されている土井訳を咎めて次のように述べている。

ハ調のドは第一楽章の最初であれ、最後であれ、第二楽章の中央部であれ第四楽章のどこであれ、つねに必ずハ調のドでなければなるまい。『ツァラトゥストラ』では、Seele に「霊魂」の訳語を与えたら、つねに「霊魂」でおし通さなくちゃ、あのすばらしい文体の音楽性は滅茶滅茶だよ。ものによっては、訳文の語彙の豊富さを誇ることも必要だが、少なくとも『ツァラトゥストラ』では、最も適格な訳語を決定して、それを狂わせない用意が肝心じゃないかと思うが、どうだろう。（漢字は現代表記に改め）

確かに、原文の音楽性は尊重すべきである。然し、そのことと、訳語を一貫させねばならぬということとは全く別ではないだろうか。原文の音楽性は、ドイツ語と日本語の食い違いには配慮しない。そもそも『ツァラトゥストラ』に於ける訳語の統一性を論じるのであれば、最も音楽的（ディオニュソス的）しかもアンビィヴァレントな Untergang を、あたかも没落軌道を突っ走る兵員輸送列車の如く、「没落」一辺倒で訳す戦前からの宿痾（しゅくあ）こそ俎上に載せるべきである。それを論じることが森を見据えることであり、Seele を闇雲に「霊魂」で押し通そうとするが如きは「没落」一辺倒亜流の木しか見えていない。というのも、〈序説６〉で竹山自ら「なんじの靈魂は、なんじの肉體より先に死ぬであろう」と訳しているとおり、霊魂不滅は、ここで門前払いされている。つまり「霊魂」は永遠回帰する主体でも超存在でもない。だから、たとえ「霊魂」と訳されていようとも、〈肉体を軽蔑する者たち〉の中で「幼児（超人の遠近法）」が「ぼくは肉体であり、魂なんだよ」と言っているとおり、生きている肉体の中だけに存在する魂以上では決してないのである。

そもそも、手塚は竹山訳の「霊魂」が一貫させて然るべき最も適格な訳語の如く言い回しているが、この前提が全く成り立っていない。確かに一部では生田長江訳より遥かに多くの「霊魂」という訳語が目に留まる。然し、その一部でさえ、〈蒼白き犯罪者〉や〈純潔〉や〈老いたる女と若い女〉、また〈自由なる死〉の中でも、竹山はSeeleを「魂」と訳している。むしろ、二部三部と進んでいくにつれて、「霊魂」という訳語は段々と少なくなり、四部では皆無ではないが探すのが難しい。ニーチェの筆鋒がそれを許さないのである。そもそも、十六年後の当の手塚訳でさえ、彼がSeeleを「霊魂」と訳した箇所は、竹山に義理で合わせたかのような〈序説6〉の「君の霊魂は君の肉体よりも早く死に就くだろう」以外にはまず見当たらないのである。そこで手塚がSeeleの「最も適格な訳語」だと決定し押し通したのは意外にも土井の使っていた「魂」だった。然し、『展望』では、「霊魂」が「最も適格な訳語」だと手塚は見なしていたからこそ、それで押し通すかの如き竹山訳を宣揚したのではなかったか。他人に模範を示して、自分は遣らない。他人に「墜落」や「没落」を煽っても、自分は決して「墜落」も「没落」もしない。竹山や竹風宜しく、手塚富雄も言っていることと遣っていることが全く違うのではないかと非難されても仕方あるまい。要するに、手塚は独文の縄張りに仏文の院生が侵入してきたのが面白くなかった。だから竹山を出しにして、仏文から出た杭、土井虎賀寿を猫のようになぶりものにしたのではないだろうか。

「誤譯☆悪譯☆珍譯」(二)が単にそのようなパワーハラスメントを兼ねたものであれば、改めてここで取り上げるまでもないかもしれない。然し、それを突破口として、幾つかのより大きな問題が垣間見えてくる。まず第一は、手塚があれほど竹山訳の「霊魂」を支持したのは何故か。やはり彼自ら言っている如く、その音楽性なのであろう。然し、その音楽は、決してニーチェ的な、カルメンの舞踏を見守る澄み切った青空ではない。むしろ古の森から轟いてくる魔性の太鼓のような、死と狂気への誘惑、つまりワーグナー的嗜好の音楽である。むろん、このような音楽を奏でる「霊魂」という言葉は、ニーチェ的な意味の、つまり生きている肉体にしか宿らない「魂」ではない。前近代では長く民間信仰だったが、今では迷信にすぎない霊魂不滅へと逆走する「霊魂」である。だから、たとえ意味上は迷信だとしても、言霊として空気を掻き鳴らし、デカダンの魂を摑む時、かつて幾度も呪縛されてきた魂の古層を呼び覚まし服従させる抗い難い魔力となる。

では具体的内容を見てみよう。先に触れたが、竹山は全体を「霊魂」で押し通したわけではない。然し、一部だけを見ても、生田長江訳が十一回であるのに対して、竹山は三倍以上の三九回も「霊魂」を使用している。因みに〈序説〉だけに限って言えば、長江の八回に対して、竹山は〈序説5〉の「霊」も含めると十三回「霊魂」を使用している。具体的にみると、最初に「霊魂」が登場する〈序説3〉で、早くも両者の違いが現れる。長江にしてみれば、ここは昔の話から入っているので、その遠近法的視点に立てば、「霊魂」と訳すことに何ら問題はない。つまり、複眼的には霊魂不滅を意味するものではない。ところが、長江がそこで使った「霊魂」という訳語に対して、竹山は全く別の思惑を抱いた。つまり、意味上は否定的文脈の中に置かれていても、数と言霊との音楽的効果によって霊魂不滅を演出することができると踏んだのである。

そもそも永遠回帰と霊魂不滅は完全に異なる。前者が行為こそすべて、行為だけが残るという絶対的変革と価値転換の思想であるのに対して、後者は素性・出自こそすべてであり、階級・差別を当然と受け止めるデカダンス本能の顕現である。金持ちであれ、貧乏であれ、非ディオニュソス的な生の貧困化のあるところ、必ず霊魂不滅は悪霊のように蘇る。だからこそ、Seeleという言葉が初登場した機会を捉えて、ニーチェは霊魂不滅が生まれる原点を俎上に載せ、そこへと逆走する「霊魂」は「貧困と不潔と哀れむべき安逸」だったと断言することによって、霊魂不滅の幻影を断ち切ったのである。因みに、断ち切ったのは一回や二回ではない。霊魂不滅の幻影は、永遠回帰の幻影にも化けるので、幾度も彼は断ち切らねばならなかったのである。長江が、そのニーチェの思いを完璧に自分のものにしていたかどうかを論じるのは別の機会に譲るとして、〈序説3〉で「霊魂」使用を六回に留めたことから推量すると、聖なる数字とされる七回に固執した竹山ほどには言霊効果を狙ってはいなかったようである。然し、そこでの僅か一回の差が、一部全体で竹山三九回と長江十一回という大差となって現われたのである。むろん、竹山の回数は過剰であり、過剰は狂気を招く。

逆説的に見れば、ニーチェが霊魂不滅の幻影を断ち切るべく始めた過去のSeeleの総括を、竹山は改めて自らに問い直すことなく、逆に「霊魂」と訳すことによって霊魂不滅の幻影を少しでも多く掻き立てることに狙いを定めたと言えよう。長江が一部の〈悦楽と欲情と〉を境にしてSeeleは「魂」としか訳さなかったのに対し、竹山は二部三部でもそれぞれ「霊魂」と訳すこと八回、四部でも二回そのように訳している。結局、四部まで通してみると、長江が十一回のままであるのに対して、竹山は長江の五倍以上の五七回「霊魂」を使っている。数字の上からも、竹山がニーチェ的文脈をワーグナー的音楽に読み替えていることが分かるのではないだろうか。その絡みで注目すべきは「没落」が戦死の幻影そのものに同化してしまっていることである。竹山道雄訳『ツァラトゥストラかく語りき』（上）が戦時体制下の昭和十六年二月に世に出たことを忘れてはならない。

竹山は翻訳していて自分を欺いたり、あるいはニーチェの考え方と合わないとき、一文字か二文字加えて捻りを入れることがある。前者の例が〈序説１〉第八連の「これをしも」である。このときはまだ「没落」という訳語に対して半信半疑だったのではないかと思われる。因みに、後者の例が〈序説６〉の「死ぬるであろう」である。さて、その心もとなく船出した「没落」に手を差し延べたのは何だったのか。〈序説３〉注に依ると、「没落」とは「生きんがために死することである」らしい。ならば、死後どう生きるのか、それについては何も記していない。その代わりに、竹山は〈序説３〉の Seele に着目した。そもそも、ここに Seele は五回しか出て来ない。二回は代名詞の sie である。むろん、「魂」という訳が正しいのである。ただ、既述のとおり、長江のように霊魂不滅を否定するために「霊魂」を用いるという遠近法もある。ところが、竹山はニーチェとも長江とも全く異なる、まさに昭和十六年の戦時体制に呼応するかのように、〝聖なる〟七回の「霊魂」の響きから霊魂不滅の幻影が戦死の幻影と一体と成る、誘惑の種を撒いたのだ。つまり、竹山にとって、霊魂不滅こそ〈序説１〉注の「死して生きる」ということなのである。かくして〈序説３〉の機銃掃射の如き「霊魂」は、〈序説１〉で危うい船出をした「没落」

に手を差し延べ、戦死へと突き進む「没落」軌道列車、即ち竹山訳の両輪となったのである。四部の〈憂鬱の歌〉で「魔術師」が竪琴を手にして歌うと、聞いている者たちが「小鳥のようになって、知らず知らずこの男の狡猾で憂鬱な、狂喜の網」に掛かってしまう場面がある。後期ロマン派、とりわけワーグナー音楽の魔性を想定して描いたと考えられる。むろん、それは警鐘を鳴らす意味である。然し、竹山はむしろ、そのことを逆手に取って自ら言霊を爪弾く「竪琴」となってみたのではあるまいか。ともあれ、霊魂不滅否定の書である『ツァラトゥストラ』に霊魂不滅の幻影を押し着せることによって、竹山は当時軍国日本を支配していた「死して靖国の祭神となる」という飽くことなく犠牲を呑み込む思想に奉仕したのである。無論、多くの若者を戦地へと駆り立てたことを、竹山は彼なりに反省したかもしれない。或いは『ツァラトゥストラ』翻訳に於ける自らの「竪琴」体験が「ビルマの竪琴」に繋がったかもしれない。然し、竹山道雄訳『ツァラトゥストラかく語りき』は相も変わらず戦時体制のままである。再びの戦争を待っているのではあるまいか。

第十章　「安城家の舞踏会」と『ツァラトゥストラ』の「没落」

Ⅰ　日本のグレートゥヒェン原節子

明治四十四年（一九一一）の生田長江訳『ツァラトゥストラ』の序として、「沈黙の塔」に描かれた「鴉の群れ」は、何を意味するのだろうか。「鷗」を装った鷗外の意図を離れて、前章の翻訳史に照らしてみると、「没落」に群がり食い散らす人間たちであると読み解くしかない。食い散らすというと聞こえは悪いが、要するに竹山流の戦死の「没落」から爛熟の「没落」への嗜好の変化が現れたのである。とはいえ、源氏物語のような「没落」が、戦後すぐに〈序説1〉八連の訳語として現われたのではない。但、その伏線は既に戦争末期に敷かれていたのではないだろうか。無論、戦死を食いものにした「没落」の〝戦争犯罪〟から目を逸らさせる為である。ともあれ、その爛熟の「没落」を見てみよう。それは偶偶手塚訳の次に現われた。

五番目は、翌年昭和四十二年（一九六七）四月、氷上英廣訳『ツァラトゥストラはこう言った』上である。〈序説1〉八連は次のとおり。

わたしも、あなたのように没落しなければならない。わたしがいまからそこへ下りて行こう

とする人間たちが言う没落を、果たさなければならぬ。　　　　　　　（岩波文庫）

氷上訳が手塚訳を更に諄くしたものであるのに、改めて言葉を喪ってしまう。主文（訳）で「没落」を使っていることからすると、一見吹田系の訳のように見える。然し、吹田は副文で「没落」を使ってはいない。主文と副文で二度「没落」を使ったのは、一九一一年に森鷗外によって根本思想を骨抜きにされた長江訳だけである。なにゆえに氷上は、五十六年前に遡ったのだろうか。奇しくも一九一一年は氷上の生年ではある。たぶん、十年後の大正十年（一九二一）の全集版生田長江訳〈序説1〉八連に於ける、鷗外に対する長江の抵抗を示す括弧を意味不明として斥ける目的があったのではないかと思われる。そのうえで、一九一一年訳に見られる鷗外の狂乱の背理に化粧を施した。それが「もののあわれ」を超え、激しい情欲さえ感じさせる爛熟の「没落」となったのだ。まず分かり易い所から吟味してみたい。第一に言えることは、手塚訳を市場に於ける商売敵と見なしているふしがある。つまり、主文内容の繰り返しである。然し、手塚訳が最初の文（主文訳）で言ったことを次の文で言い換えて強調しているのに対して、氷上訳は最初の文の動詞だけをより強調している。要するに、違いは、前者が「没落」一回、後者が「没落」二回。同じなのは、ともに「人々（氷上訳では人間たち）」の歴史的評価を無視して訳者の主観を挿げ替えたということであろう。さらに文法的に驚かされるのは、氷上訳をドイツ語に訳すと竹山訳や高橋・秋山訳や手塚訳と同様に最初の副文は不定関係代名詞文へと化けるのであるが、それだけではなくて、なんと氷上訳だけは定関係代名詞文（Den Untergang muss ich durchsetzen, von dem die Menschen sprechen, zu denen ich hinab will）にも化けることができるということである。

鳩のような語り口でありながら、残忍な鴉の如く食い散らす――。これほど原文を改竄していれば、〈序説1〉八連と『悦ばしき知識』三四二の中にツァラトゥストラの根本思想があるとは認めたくないはずだ。否、根本思想が〈序説1〉第八連にある（と分かっている）からこそ、過剰なほどの改変をしたのではないだろうか。そう見なさざるをえない。改変するのは、恐れ憎んでいるからである。まさにディオニュソスに対する恐れと憎しみであり、そこから生じる迫害と同じであると言わざるをえない。ひょっとしたら、長江に対する独特の思惑や同情心を抱いていて、氷上なりの謎かけのようなシグナルを発しているのかもしれない。然し、氷上訳の『華やかな智慧』と『この人を見よ』と『ツァラトゥストラはこう語った』の三書が一貫してディオニュソス的なもの、つまりツァラトゥストラの根本思想を骨抜きにする文脈で終始している以上、残念ながら弁護の余地はない。

氷上の場合、「没落」という言葉の心象に対する、文学者特有のデカダン的な嗜好の強さを感じざるをえない。たぶん、これは哲学系よりも、文学系に顕著な嗜好と言えよう。その嗜好を抽象的に紡ぐのは適当ではないので、戦時中の「没落」の妄想性と夢想性について触れることによって、そこへ近づいてみたい。昭和十七年（一九四二）十二月三日に公開された東宝映画で「ハワイ・マレー沖海戦」と称するものがあった。監督は山本嘉次郎、戦意高揚を狙った国策映画であり、一億人は見たと言われるほど戦時下で最も当った戦争映画である。その映画の中で、志願した海軍航空兵の家庭には、既に父親の姿はなく、母と姉（原節子）妹の三人しかいない。御国への奉公を吹き込まれた母は、既に息子の戦死を信じ切って疑わない。いわゆる軍国の母である。一家に忍び寄る没落の暗い影――。然し、美しい姉の清らかな声と上品な物腰は、映画を見る男たちをして、「俺は何を見ているのだ？ 比類なき天女の姿が、この魔法の鏡に映っているぞ！（『ファウスト』〈魔女の厨〉）」と心の奥で叫ばせたことだろう。

然し、戦争は美を必要とはしない。戦争が求め抜くのは、美の幻影であり、美とは似て非なる「崇高」である。戦争は原節子の類稀な美さえも、幻影に改造して商品化しようとする。彼女は戦争の暗雲が最も重く垂れ籠めていたときに、女優となった。しかも、女優になるべく背中を押したのが、学生時代「ニーチェに凝り」結局ニーチェとは似ても似つかぬ熱狂的国粋主義者となった義兄の映画監督・熊谷久虎だったというのだから、二重の不運が重なったと言えよう。因みに、ニーチェから国粋主義への転向は、ハイデッガーをはじめとして悪い手本が幾らでもある。中には、最初から国粋主義の文脈でニーチェを読み変えて、ニーチェ本来の美と愛と自立の思想を骨抜きにする者も少なくない。ナチス政権下のニーチェ利用は、そのような文脈の最たるものである。ところが、よりによって、そのナチス政権下の映画製作の為に来日した監督アーノルド・ファンクの霊感を最も刺激したのが、モダンな西洋美に溢れる十六歳の原節子だった。高崎俊夫による[1]と、ファンクはゲーテの悲劇『ファウスト』のヒロインであるグレートゥヒェンを原節子に重ね合わせたのだという。一九三七年雑誌『スタア』二月下旬号に載ったこの事実[2]は、グレートゥヒェンについて少しは知っていた旧制高校生や、『ファウスト』の講義を実際に受ける独文科の大学生の心を甚くときめかせたのではないだろうか。当時二十代中頃だった氷上英廣が無関心の石部金吉だったとは考えられない。竹山や安倍も然り。というのも、独文学者はグレートゥヒェンという言葉に独特の条件反射を示すからである。何しろ、どんな研究をしているにせよ、Gretchenというドイツ語の響きを耳にしただけで、ファウストになったかのように夢想し、どんな転落破滅が待っていようと、「この瞬間よ、留まれ、お前は美しい」[3]と叫んでみたい誘惑に駆られる。そのような独文学者は少なくないのである。しかも、加齢とともに、この傾向は強くなる。

然し、十六歳の原節子を「新しき土(ドイツ版『サムライの娘』)」の主役に抜擢して「日本のグレートゥヒェン」を描き出そうとしたファンクにしても、当然乍ら決してゲーテのような古典文学者のまなざしで彼女を見ていたわけではない。やはり元ニーチェかぶれの第三帝国宣伝相ヨーゼフ・ゲッペルスの眼鏡に適う、つまり悪魔メフィスト――フェレスの視点から戦争を支え抜く美の幻影を、まさに「魔女の厨」としての国策映画の中に描こうとしたのではないか。そのような意味に於いて、熊谷であれ、ファンクであれ、山本であれ、小津安二郎であれ、野心に燃える男たちのプロ意識こそ、メフィストにたぶらかされたファウストの如く「この瞬間よ、留まれ、お前は美しい」と叫んで、マルガレーテのような女学校生徒を国策映画へと誘い、天照大神の〝巫女〟たらしめ、戦後なお彼女に〝巫女〟の残像を求め続け、「戦争未亡人」として逃げられないように囲い込んでいるのではないだろうか。

ニーチェは生を女性に譬え、その中に一瞬宿る黄金の輝きを〈新たな舞踏の歌〉に描いた。周知の如く黄金は、永遠の象徴である。星は姿を失っても永遠の旅をする。ニーチェの詩の中に、生田長江の名訳で知られ、萩原朔太郎に深い影響を与えたとされる「秋 Der Herbst」と称する詩がある。その中でも、とりわけ秀逸の出来映えと目されているのが「ゐぞぎく die Sternenblume（直訳すると星の花）」の語る後半部分である。

今は秋。その秋の尚ほ汝の胸を破るかな！
飛び去れよかし！　飛び去れよかし！
「我は美しからず
——斯くゐぞぎくの語るをきく——
されど人間を我は愛し
人間を我は慰むるなり——

彼等は今も尚ほ花を見るべく、
我が方へ身をかがめ、
嗚呼！　さて我を折るべし——
その時彼等の目の内に
思い出は輝き現れむ、
我よりも勝りて美しきものの思い出は。
そを我は見る、我は見る——かくて死に行く我ぞ。」

今は秋。その秋の尚ほ汝の胸を破るかな！
飛び去れよかし！　飛び去れよかし！

因みに、このニーチェ作生田長江訳「秋」全体に対して、昭和四十八年（一九七三）研究社発行の『比較文学読本』の中で、氷上英廣が註釈と解説を加えている。言わく「蕭殺の気がみちている秋のけはいは、ニーチェ特有の緊迫した気持ちと一つになり、漢文調の生田長江訳のリズムによく乗っている」。確かに筆者も長江訳「秋」は並ぶものなき名訳だと思う。然し、長江が秀逸の名訳を成し遂げたのは、彼がまさにディオニュソス的苦難の真っ只中にあったからであり、氷上は全く言及していないが何よりも長江が詩人だったからではないだろうか。実際、残された幾つかの自作の詩は、骨太で炎の激しさを湛えている。自作詩に見られるこの傾向が、訳詩「秋」にも寄り添ったと受け止めるべきであろう。とはいえ、長江の名訳を以てしても、画竜点晴を欠く恨みがあるのではないかと不審を抱かざるをえないのが「ゑぞぎく」である。エゾギクであれ、ヒナギクであれ、日本固有の具体的名称が「秋」の書かれたスイス・アルプスと日本列島とを結ぶのは難しい。むしろ、エゾギクに「アスターaster（星）」という属名がある以上、「星の花」と普遍的比喩的名称を以て訳してこそ、スイス・アルプスと日本列島とを結ぶ心の花となっていたはずである。むろん、このことで、当時歩行さえも困難だった長江一人を咎めるわけにはいかない。

氷上の解説を一言にまとめると、隔靴掻痒である。「エゾギクは折られながら、人間の目の中にひらめく、いまはない過去の美しいもの（エゾギク自身よりも美しいもの）の思い出をみとめ、一種の満足を、絶望の中でおぼえつつ死んでゆく」。最重要部のこのような浅い解説が、ストンと読み手の腑に落ちることはまずないだろう。その欲求不満をはぐらかすべく、最後は感傷を肴に一献「まことに傷心のきわみというべきである」で締め括られる。結局、朔太郎・子規・虚子との横並びの比較にすぎない教養便覧しか残らない。そのような歴史・教養主義的アプローチは、自分で考えることを止めた証として、ニーチェが最も忌み嫌ったものではなかったのか。とはいえ、ツァラトゥストラの根本思想を骨抜きにした暗流は、民衆が暗流の底を見るのを好まない。自分で考えることを放棄させ、上辺だけの知識と教養を丸呑みさせ釣上げる。市場はそこから流行を演出して民衆を翻弄する。市場は厳しい真実を忌み嫌う。だからこそ、ツァラトゥストラは「偉大なものはすべて、市場と名声から離れたところに生じる〈市場の蠅〉」と言っている。

では、ニーチェの「秋」には、どのようなアプローチが相応しいのだろうか。この詩が読者にテーマは何かと問うならば、「それは美である」と答える以外にはない。ニーチェ著作の中で、美を最大のテーマとしている作品は何か。それは紛れもなく『ツァラトゥストラ』である。これを海に譬えるならば、前後の著作はすべてこの海に注ぐ河川であろう。その意味に於いて、美はニーチェ理解の要諦である。美はニーチェに依れば、かすかな声でしか語りかけないという。とはいえ、美の声が弱々しいわけではない。〈夜の歌〉に言わく「私の美から飢餓にも似た欲求が生まれる」。美は愛を求め、愛の言葉をかけたくて仕方がない。然し、どんなに語りかけたくても、美は雄弁な沈黙という美の形に留まらざるをえない。それだけに、美の孤独は増していく。そのような美の声こそ、「秋」の「ゐぞぎく（星の花）」であり、その「アスター」を使って花言葉を占っていたマルガレーテ（グレートゥヒェン）であり、あるいは「日本のグレートゥヒェン」原節子なのかもしれない。それにしても、人間にとって何故に美の声を聞き取るのは難しいのだろうか。

「秋」抄訳の前に触れた〈新たな舞踏の歌〉は『ツァラトゥストラ』三部の最後から二番目の章である。最終章の〈七つの封印〉が頂点から見える世界、即ち永遠回帰の景色を歌い上げる歌とするならば、〈新たな舞踏の歌〉は、登山に譬えると、その景色を得る為の山頂踏破である。これこそ、生の自己克服の頂点にほかならぬ。そこで個人に秘められている最大限の価値が輝き、真の自分自身が発見される。但し、その価値と存在は、永遠なる回帰を求めてやまぬ大歓喜によって照射されねばならない。登頂の為の苦悩が頂上で大いなる喜びに変わる、その妙なる瞬間――。その舞い踊りたくなるような喜びの記憶が万人に向かって差し出される〈新たな舞踏の歌〉は、つぎのようにして始まる。

おお、生命の妖精よ、わたしは先頃、汝の目に見入った。汝の漆黒の夜のような瞳の中に、黄金が煌めくのを見た。――私の心は、静かに大歓喜に満たされた。

「秋」との共通点は、まず第一に「目 Auge」に宿る美をめぐっての記憶である。両者の違いは、「秋」が「シュテルネンブルーメ Sternenblume（星の花）」という自己の外界なる対象（三人称）を美としているのに対して、〈新たな舞踏の歌〉はツァラトゥストラ自身の内発的なる生を比喩的に（生の妖精として）二人称化して、そこに美（黄金）を見出していることである。愛という観点からすると、前者は人間たちが自分自身への愛を外界の美に投影している。つまり、外なる美である三人称の美は、未熟な自分自身の影でもある。だから浪漫的である。一方、これに対して、後者はツァラトゥストラが自己克服しつつ、それから逸脱することなく、自分自身への愛を貫徹している。美は、その生き方に分身として寄り添う二人称、即ち生の妖精となる。つまり遠近法的分身の美は、自分を最も理解してくれると同時に最も厳しい忠告を与えてくれる友であり、鏡である。その文脈に於ける黄金の譬喩は最も信頼のおける客観的証明を意味している。確かに、これは詩であり、文芸の遠近法ではある。然し、借り物ではない本物の美がある。そこから「絶対的幸福」をめざす「美的生活」が見えてくる。つまり、「秋」の中でニーチェが苦悩しつつ模索していたものが、〈新たな舞踏の歌〉として実を結んだのだ。

然し、後者だけにしか、本物の美がないかというと必ずしもそうではない。というのも、三人称の美は、花であれ、名画であれ、生きている人間であれ、代を重ねた自己克服の結晶であるかもしれないからである。もし、そうであるならば、花であれ、名画であれ、生きている原節子であれ、自己克服を促すという意味に於いて、それらを客観的な美であると承認することに何ら問題はない。三人称の美の場合、問題は美の側にあるのではなく、むしろ美を見る側の人間にあるのだ。「少し多すぎるか、少し足りないか。まさに此れこそ、美について多くのこと、最も多くのことである」。〈崇高なる者〉対象に投影された愛が度を越せば、そうでなくても誤謬・錯覚に傅（かしず）かれている愛の中から妄想狂気が彷徨（さまよ）い出て、美は幻影となるしかない。

「我よりも勝りて美しきもの」とは、美を意味するものではない。概ね美よりも強く魅了する、まさに美の幻影を意味している。だからこそ、花言葉の語り始めは「我は美しからず」となっている。つまり「私は私の幻影ほど美しくありませんわ」と美が困惑して抗議しているのだ。この文脈を踏まえないかぎり、隔靴掻痒の解説とならざるをえない。次の「されど人間を我は愛し、人間を我は慰むるなり——」。むろん、花がこんな言葉を語っているのを聞いた人はいない。原節子だってこんなことは観客にむかって言わないだろう。然し、だからといって、「人間を愛し、慰むるなり」と言わないことには決してならない。なぜならば、美の存在自体、ツァラトゥストラがそうであるように、その溢れる豊かさに苦悩する姿が、「ものみなを育む大地」の鼓動を伝える詩の言葉、つまり「美の声は、かすかに語りかける。それは最も冴え渡った魂の中だけに、そっと忍び入るのだ」〈有徳者〉ということにほかならないからである。

美は人間の自己克服を忍耐強く待つ。これが美の形、つまり文化である。『ファウスト』最後の「永遠に女性的なるもの」とは、そういう意味ではないだろうか。「ゐぞぎく」否「星の花」もまた、そのように忍耐強く待った。その身体言語が「人間を愛し、慰むるなり」という声なき声を放つのだ。然し、忍耐強く穏やかな美にも、美の性質上譲れない本音がある。それは、自己克服の美を達成できなかった（或いは自分自身を超越して創造できなかった）代償を美に求められても、お門違いで困るということである。〈有徳者たち〉には、その様々なお門違いが列挙されている。美と美の幻影は似て非なるもの——。美は一つの生にとって掛け替えのない絶対的なるものであり、常に実像を求める。美に対して、美の幻影であれと要求するならば、どういうことになるか。

答えは明らか、「秋」に「さて我を手折るべし」、更に「かくて死にゆく我ぞ」とあるとおり、美を死に到らしめることになる。まさに、そのようにして、「ゐぞぎく(アスター)」とグレートゥヒェンとが死んでいった。然し、「日本のグレートゥヒェン」であれ「戦争未亡人」であれ「永遠の聖処女」であれ、原節子は美の幻影であることを拒絶する為に、女優を引退して会田昌江に戻った。

さて、原節子に対する、戦死—没落—類稀な女性美という枠組みの幻影は、先に触れた如く既に戦時中に予感されていた(或いは種を撒かれていたとも言えよう)が、根を張っていったのは昭和二十年代である。まず昭和二十一年五月、彼女は「麗人」で没落する華族の娘を演じる。時代設定が大正初期であるとはいえ、新憲法発布を約半年後に控えていた華族や大地主の長嘆息が聞こえる。このような中、昭和二十一年(一九四六)九月、竹山道雄訳『ツァラトゥストラかく語りき』(上)は、三版目を世に出した。続いて十月、登張竹風訳『如是説法ツァラトゥストラー』上巻も負けじと七版目を世に出した。而も、その直後の十一月三日、日本国憲法が発布され、旧華族をはじめ財閥・大地主など特権階級の没落が現実に見えてきた。竹山も登張も恐らく其れを当て込んでいたのであろう。但、登張の「墜落」は空々しくなりかけていた。それに比べると、時流となって押し寄せ、社会現象となった没落を逆手に取った竹山は、戦死を意味した男の「没落」の裏読みをデカダンの悦楽へと向けさせることを狙い、原節子のような女優が、心ときめく女の「没落」を華麗に演じてくれないものかと願っていたのではないだろうか。そして、翌二十二年五月三日の新憲法施行から約半年後の九月三十日、「安城家の舞踏会」で彼女は没落しゆく華族の娘「敦子」を見事に演じた。因みに、この作品は二十二年度キネマ旬報ベストテン第一位になり、原節子の人気は急上昇したと言われている。興味深い事実である。

戦争が美の幻影を必要としたように、竹山訳も美しい原節子の幻影を必要とした。そして、氷上訳の艶（なまめ）かしい「没落」もまた、同じ幻影の中で、美しい戦争未亡人が転がり込んでくる夢を紡いでいる。森鷗外の「沈黙の塔」の周囲では、今なお「没落」に群がり食い散らす鴉の宴が続いているのだ。いずれにせよ、『ツァラトゥストラ』〈序説1〉第八連に「没落」などという訳語を使えば、悪魔（重力の魔 der Geist der Schwere）の影は、どこまでも大きくなるということである。

II　「没落」の延命

国家神道の神懸かりに取り憑かれ、軍国主義の狂気に酩酊していた日本国民は、一九四五年八月十五日、大敗北の現実を突き付けられ、正気を取り戻して新たな知に目覚めた。ひとを呪わば穴二つ、没落したのはツァラトゥストラを呪っていた軍国日本だった。〈序説1〉八連の掏り替えは、軍国日本の没落の巻添えを蒙った、ディオニュソス的受難だったのだ。だからこそ、戦後は、骨抜きにされていたツァラトゥストラの根本思想の名誉回復が何よりも求められた。決して難しいことではない。今や軍人階級も特高もいなかった。言論は自由だった。文法に即して正直に訳せば済むことだった。そうすれば、自ずと「没落」は本来の「降臨」に取って換えられるはずだった。

真っ先にそれを遣って退けるべきは、本来ならば大戦前から登張竹風と「没落」か「墜落」かを競い合っていた竹山道雄だった。然し、竹山には、それができない事情があった。九章Ⅵの最終部で述べたとおり、竹山訳の「没落」は戦死へと突き進む軍用列車を「霊魂」と共に支える両輪の一つだった。つまり、霊魂不滅を否定している『ツァラトゥストラ』に対して、霊魂不滅の幻影を情緒的に押し着せることは、学徒兵を「没落（戦死）」させ「靖国の祭神」に捏ち上げる為の最大の嘘だった。今さら「祭神」となった「霊魂」たちにたいして、「ニーチェは霊魂不滅を否定している。君たちは、ニーチェ的に言うと祭神でも霊魂でもない」とは言えなかった。ニーチェ解釈の要を「國体」思想の文脈に組み込んだばかりに、取り返しのつかない汚点を残したのである。人脈上の繋がりを辿ると、竹山は抑、〈序説1〉八連のツァラトゥストラの根本思想を「没落」によってブラックパロディー化した鷗外に阿る為に、『この人を見よ』に於ける「ツァラトゥストラの根本思想」の在り処を『悦ばしき知識』三四二から三四一へと掏り替えようとした安倍能成に兄事していた。悪く言えば、安倍との馴れ合いから「國体」思想に磨り寄っていったと考えられる。これこそ、客観的中立を掲げる傍観者的学者の傾向ではないか。彼らの訳したものは、やはり傍観者的読書人に向けられている。そこには、ごく表面的な教養としての知識はあっても、ツァラトゥストラの根本思想という血脈はない。幾度となく葬り去られた根本思想の上で、戦死を食いものにした竹山と登張の二人が、鷗外作「沈黙の塔」の鴉の宴のように「没落」か「墜落」かを市場で競い合っていたのである。だから此の二人は、ツァラトゥストラの根本思想の名誉回復に着手するには、余りにも毒されていた、つまり、其の資格をとっくの昔に失っていたと言わざるをえない。

但、さすがに戦争末期になると、戦死を意味するのみならず、「靖国の祭神」の為の通行手形の如き「没落」に対して、本来のニーチェからの逸脱を咎める声は元より、戦争責任を問う声が起こることは避けられぬと竹山は覚悟していたようだ。昭和十九年（一九四四）鎌倉に転居したのは、敗戦後に備えて工策を練る為だったと思われる。ここで世間の目を欺けるかもしれないと思って手を染めたのが、純真無垢な少年少女の優しい心を手玉に取った「ビルマの竪琴」だった。然し、凡そ秀逸の文学作品というものは、出だしが斬新なときめきと緊張に満ちている。作り話だということを忘れさせてくれるのだ。それは、未知の読者を作家の文学世界へと誘う為の礼節であろう。「ビルマの竪琴」の出だしには、斬新なときめきと緊張とがあるだろうか。とてもあるとは言えない。小説が嘘だということを改めて思い知らせてくれるばかりではないだろうか。

然し、鎌倉に移転した本当の目的が「ビルマの竪琴」に有ったとは思えない。昭和十二年の「國体の本義」に合わせて戦死と直結させた「没落」は、まさに軍国日本とともに没落する。だから何とかして戦後に備えて別の意味付けを模索せざるを得なかった。とはいえ、戦後になって改訳したのでは、「靖国の祭神」となった学徒に対して申し開きが立たない。復員兵たちからも侮蔑される。だから訳も注も其のままで、素知らぬ顔の半兵衛を決め込むしかなかった。要は、戦後の読者が「没落」に対して、戦死とは別の印象を抱いてくれさえすればいい。誤謬でも錯覚でも構わない。其のように竹山は、ひたすら願ったのではないか。然し、ただの他力本願で手を拱いていただけではない。やはり世人を手玉に取る謀略を紡ぐには、その道の大先輩である安倍能成に相談し、彼の政治力を動かすのが早道だった。

安倍は、何といっても「没落」に籠めた軍人鷗外の意図を（長江は別として）最初に読み解き（占い）、素早く反応して、出世の糸口としてきた人物である。「沈黙の塔」に即して言うと、「没落」に食らいついた最初の鴉ということになる。『古事記伝』の中で本居宣長は「悪しきもの奇しきものなども、よにすぐれて可畏きをば神と云なり」と語っている。鷗外を「神」に祭り上げ「沈黙の塔」を絶対規範として、安倍が後輩たちに継承させるべく身を以て示したこと――、それは何か。樗牛に対する復讐の機会が転がり込んできたことに、鷗外が残忍な喜悦を隠そうとはしなかったことについて語ってはならぬ。むしろ、遺恨を晴らす狂気を露骨に見せつけた「没落」こそ、日出づる地を治める国神の神意であると厳かに黙認しなければならぬ、ということである。それは概ね巧くいった。戦後の後輩たちにも恐らくは踏襲されていくと安倍には思えた。巫女が女神となり、祭司が「神」となるように、文芸祭司森鷗外も一種の「神」に祭り上げられた。安倍能成という人物は、結局「鷗外神社」の宮司として近代日本文学史を密かに取り仕切ったのである。

その宮司としての既得権益を戦後も守り抜く為に警戒すべきは、ツァラトゥストラの根本思想の名誉回復を図ろうとする動きである。それに対しては睨みを利かせ、先手を打たねばならぬ。三十年前を振り返ってみれば、それが「沈黙の塔」という〝御神体〟の霊験だった。そのようにして大正期、安倍をはじめとする漱石の弟子たちと白樺派による包囲網――つまり、長江に対する沈黙の包囲網が出来上がった。共通認識は、長江を悲劇の主人公にしてはならぬ、生殺し状態に留めおけ！ということである。一方、包囲された長江は、何とか風穴をあけようと論争を仕掛けてきた。それをきっかけにして、自らがやったことにされている誤訳〈序説1〉八連）を、論敵が挙げつらうことを狙っていたのだ。無論、そんなことにでもなれば、鷗外は頭を高くして眠れなかったことであろう。然し、長江に対する沈黙の包囲網は、大正文壇に密かな渦を巻き起こし、それを嗅ぎ取った田山花袋や、のちには、長江の弟子である佐藤春夫までもが其の包囲網を部厚くしていった。

やがて長江は、不運にもハンセン氏病に見舞われ、失明して昭和十一年（一九三六）一月十一日亡くなった。学殖・人格、どちらをとっても、安倍は長江に遠く及ばなかった。だからであろうか、妬みは深かったようである。然し、深手を負った長江の後ろから鷗外に呼応して毒矢を放ったに等しい安倍訳『この人を見よ』以外に手柄という程の成果は無きに等しい安倍能成は、三章でも触れたが京城大学教授、一高校長という日の当たる階段を上ってきた（のちに文部大臣・学習院長を歴任）。己一身の栄達と引き換えに、真実のニーチェ理解の芽を青年たちからどれ程奪い去ってきたか計り知れない。

長江は既に亡くなっていたとはいえ、太平洋戦争中も〈序説1〉八連の括弧で鷗外に対する抵抗を示している長江訳『ツァラトゥストラ』（昭和十二年新潮文庫版や同十年の日本評論社全集版）は市場で健在だった。戦後、言論の自由の下で、此の長江訳が市場で生き残るとすれば、安倍にとっては全くの癪の種になる。というのも其の括弧の原因を追究する研究者が出現するかもしれないからだ。それを糸口にして、ツァラトゥストラの根本思想の名誉回復を図るかもしれない。そのような事態を避ける為にも、長江訳を市場から締め出してしまわなければならぬ。その早道は、竹山訳を弘文堂から新潮社に乗り換えることだ。そうすべく実績を重ねる為にも、竹山訳は戦後も弘文堂で更に一稼ぎしてもらわねば困る。確かに、戦時体制向けの竹山訳は、戦後になると奇異に思えるかも知れない。然し、「奇しき」は「妖しき」に通じる。戦争が終われば女が主役の時代が来る。性風俗の大変化は疑い無しだ。戦争のはじめには天照大神の〝巫女〟だった原節子も没落するだろう。そうなれば、竹山訳の「没落」に寄り添って欲しい。語呂合わせだ。安倍は全く虫のいいことを想像していたのだろうか。否、そうとばかりはいえない。いずれにせよ、戦後も娯楽の中心が銀幕スターの活躍する映画であることに変わりはない。影響力は大きい。映画界に顔の利く里見弴に竹山を早目に近づけておいたほうがいいだろう。安倍が其のように考えたとしても不思議ではない。

注解

序章

（1）dtv Friedrich Nietzsche KSA3 2011, s346

（2）同右　s571

（3）直訳すると『ツァラトゥストラはこう語ったであるが、多用するので便宜上『ツァラトゥストラ』と表記する。

（4）Kröner Taschenausgabe Bd. 75, Friedrich Nietzsche, *Also Sprach Zarathustra* 1988, s5

第一章

（1）Martin Heidegger *Nietzsches Erster Band* Klett-Cotta 2008, s389

（2）マルティン・ハイデッガー著、圓増治之訳『ニーチェⅠ』（創文社版ハイデッガー全集第六―一巻二〇〇〇年）一三五頁

（3）注（1）s2

（4）『ツァラトゥストラ』一部

（5）同右

（6）同右四部〈最高をめざす人間9〉

（7）生田長江著『宗教至上』新潮社　昭和七年（一九三二）一三頁
（8）『ツァラトゥストラ』二部〈同情者〉
（9）注（7）一五頁
（10）「種種御振舞御書」建治二年五十五歳作　与光日房於身延
（11）高山樗牛著「文芸批評家としての文学者」明治三十四年（一九〇一）一月『太陽』

第三章

（1）dtv Friedrich Nietzsche KSA6 2011, s335
（2）同右　s336
（3）序章（2）
（4）同右（4）
（5）『ニーチェ全集』15　ちくま学芸文庫　二〇一〇年　一三〇頁（三八頁に紹介）
（6）『ニーチェ全集』第四巻（Ⅱ期）白水社　一九九一年　三八三頁（同右）
（7）『世界文学大系』42　筑摩書房　一九六〇年　三九四頁（同右）

第四章

（1）鳥取県立図書館編集・発行「郷土出身文学者シリーズ⑥」生田長江年譜　平成二十二年（二〇一〇）三月

（2）シェイクスピア
（3）ナポレオン
（4）注（1）に依れば明治三十九年（一九〇六）三月『芸苑』に発表した「小栗風葉論」の後に命名。
（5）『ツァラトゥストラ』三部〈古い石板と新しい石板26〉
（6）同右一部〈肉体の軽蔑〉
（7）〈序説3〉に始まり一部四回、三部二回、四部一回　合計七回繰り返される。
（8）明治三十四年十二月『太陽』「吾れは又ニイチェの思想に先天の契合を覚えぬるは如何にぞや」。
（9）注（6）
（10）『朝日新聞』平成二十七年（二〇一五）十月二十五日29面。
（11）「もの」（古い時代の転記なので其のままに」

第五章

（1）単行本は二〇〇三年に新潮社から出版された。
（2）「炳焉（へいえん）」は、あきらかなさま。
（3）『自然主義の研究上巻』二〇七頁
（4）同右　二〇九、二一〇頁
（5）同右　二一〇頁
（6）同右　二〇五頁

（7）同右　二〇八頁

第六章

（1）五章XI『自然主義の研究　上巻』
（2）生松敬三著『森鷗外』（東大出版会一九五八）一一七頁に、『芸大題辞』で鷗外の使っている「問題提供者」という言葉は、高山樗牛を諷したものと考えられると記されている。
（3）原文は、dtv KSAI 2012 s259
（4）dtv KSAI 2012 s288
（5）同右　s273
（6）同右　s273
（7）同右　s274
（8）同右　s276
（9）同右　s274
（10）同右　s315

第七章

（1）資料提供は、鳥取県日野町図書館内白つつじの会（生田長江顕彰会）に依る。資料は、荒波力著『よみがえる〝知の巨人〟生田長江④』南アルプス書房　平成二十一年（二〇〇九）一月一日　六〜九頁「一高講演会」。
（2）はじめ『煤烟』で後に『煤煙』となった模様。
（3）「夏目漱石氏を論ず」（『新小説』）明治四十四年（一九一一）
（4）『近代文学研究資料叢書』(3)「朝日文藝欄」（解説吉田精一）日本近代文学館　昭和四十八年（一九七三）四六七頁
（5）「夏目漱石氏と森鷗外氏」（新潮社）明治四十三年（一九一〇）十二月

第八章

（1）高山樗牛『人生讀本』第一書房　昭和十一年（一九三六）二二七頁
（2）同右二二八頁
（3）同右
（4）昭和十二年の新潮文庫『ツァラトゥストラ』と昭和二十八年の創芸社版の近代文庫『ツァラトゥストラ』（前・後二編）
（5）『ツァラトゥストラ』一部〈背後の世界を見る者〉

第九章

（1）竹山道雄訳『ツァラトゥストラかく語りき』一部〈死の説教者〉訳注1〜3
（2）同右〈序説1〉訳注6

（3）同右〈序説4〉訳注1

第十章

（1）『原節子』キネマ旬報KK発行　二〇一二　一六四頁「モダニティと日本回帰」
（2）同右　一六五頁
（3）ゲーテ著『ファウスト』一七〇〇行、一一五八〇行

あとがき

生田長江の出身地である鳥取県日野郡日野町根雨にある白つつじの会の先生方には大変にお世話になった。また米子市立図書館や鳥取県立博物館の先生方にも手助けしてもらった。心から御礼申し上げたい。また、石巻専修大学の菅原澄夫教授の長女菅原路子先生には、資料を提供して頂き、大変に役立った、有難う。最後に、無理難題を黙々と受け止めて資料を送ってくれた鈴木克己先生に心からの感謝を捧げたい。

因みに、本書は夏目漱石没後百年に合わせて、二〇一四年から書き起こしていた。二年近く遅くなったが、目次はそのまま削除しないことにした。

著　者

著者紹介

小山修一（こやま・しゅういち、本名・今井修一）

1948年　福岡県生まれ。

中央大学大学院文学研究科独文専攻博士後期課程修了。

1989年4月から2012年3月まで石巻専修大学経営学部准教授。

元『文芸東北』同人

著書：詩集『黄金のひみつ』（鳥影社 2001）
　　　詩集『韓国の星、李秀賢君に捧ぐ』（文芸東北新社 2008）
　　　『「ツァラトゥストラ」入門』（郁文堂 2005）
　　　『ニーチェ「ツァラトゥストラ」を少し深読みするための十五章』（鳥影社 2013）

訳書：『ツァラトゥストラ』上（鳥影社 2002）
　　　『ツァラトゥストラ』下（　〃　2003）
　　　『黄金の星（ツァラトゥストラ）はこう語った』上（鳥影社 2011）
　　　『黄金の星（ツァラトゥストラ）はこう語った』下（鳥影社 2011）
　　　『2018改訂 黄金の星（ツァラトゥストラ）はこう語った』（鳥影社 2018）
　　　※訳書の原典は、いずれも*Also Sprach Zarathustra*

根本思想を骨抜きにした
『ツァラトゥストラ』翻訳史
―並びに、それに関わる
日本近代文学

定価（本体2000円+税）

2018年8月 5日初版第1刷印刷
2018年8月15日初版第1刷発行
著　者　小山修一
発行者　百瀬精一
発行所　鳥影社 (www.choeisha.com)
〒160-0023 東京都新宿区西新宿3-5-12トーカン新宿7F
電話 03-5948-6470, FAX 03-5948-6471
〒392-0012 長野県諏訪市四賀229-1(本社・編集室)
電話 0266-53-2903, FAX 0266-58-6771
印刷・製本　モリモト印刷
©KOYAMA Shuichi 2018 printed in Japan
ISBN978-4-86265-698-8 C0090

乱丁・落丁はお取り替えします。